Envisioning Real

UTOPiAS

真實烏托邦

Erik Olin Wright

黃克先 譯　林宗弘 校訂

國家圖書館出版品預行編目資料

真實烏托邦
Erik Olin Wright 著；黃克先譯
--1版.--新北市：群學，2015.3
面； 公分
譯自：*Envisioning Real Utopias*
ISBN ：978-986-6525-89-6（平裝）

1.社會主義 2.社會正義 3.烏托邦主義
549.2 104001796

真實烏托邦
Envisioning Real Utopias
作　者：Erik Olin Wright
譯　者：黃克先
校訂者：林宗弘
總編輯：劉鈐佑
編　輯：李宗義
封　面：井十二設計研究室　no12.studio@icloud.com
出版者：群學出版有限公司
地址：新北市新店區中正路508號5樓
電話：(02) 2218-5418
傳真：(02) 2218-5421
電郵：service@socio.com.tw
網址：http://socio123.pixnet.net/blog
印刷：權森印刷事業社　電話：(02) 3501-2759

定價500元
2015年3月　一版1印
2015年4月　一版2印

Envisioning Real Utopias

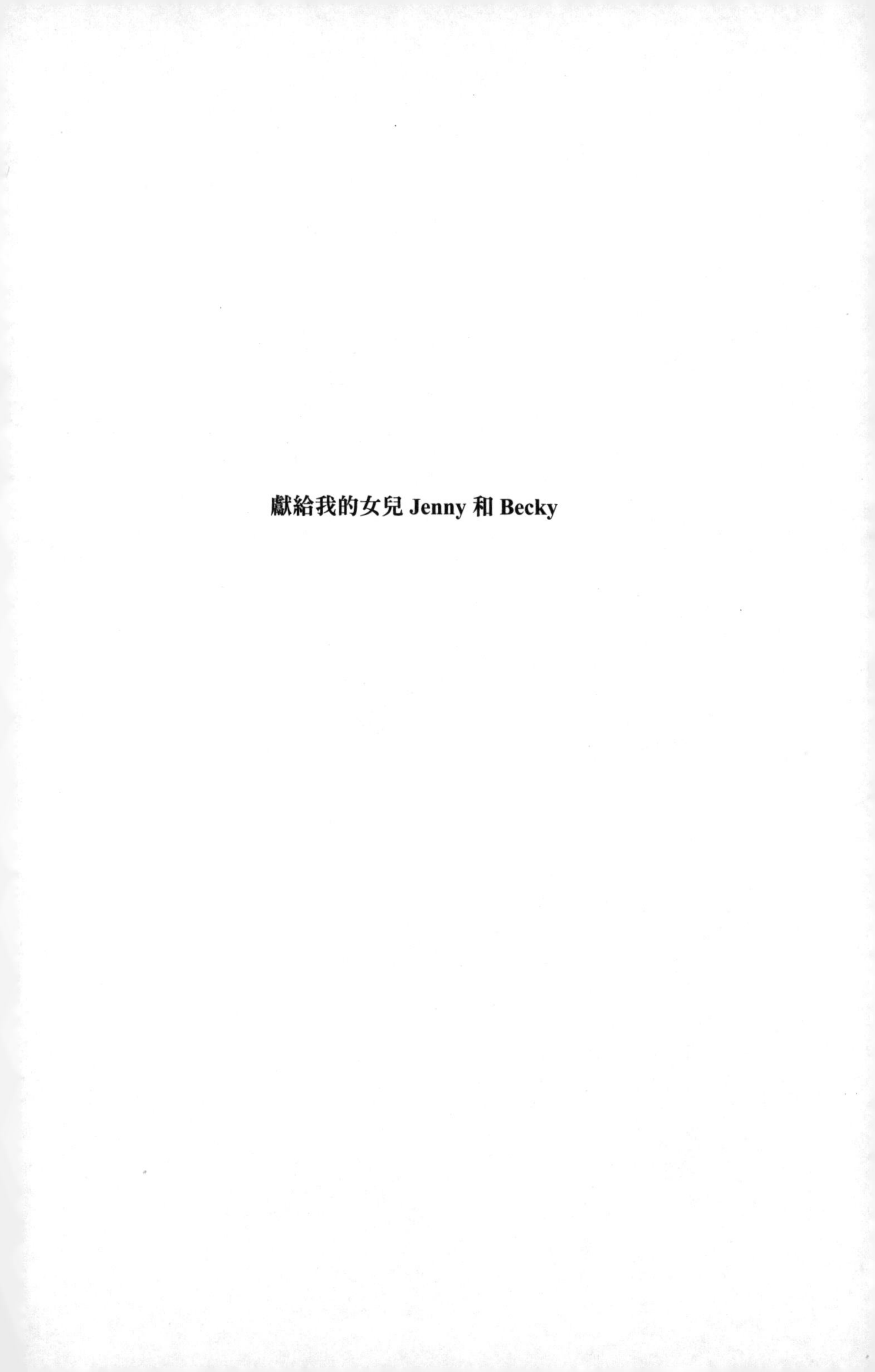

獻給我的女兒 Jenny 和 Becky

目錄

推薦序／陳東升　007
導讀　墜入真實烏托邦：Erik Olin Wright 速寫／林宗弘　009
中文版序／Erik Olin Wright　019

序　031
第一章　導言：為什麼要提真實烏托邦？　043
第二章　解放社會科學的任務　055

第一部　診斷與批判
第三章　資本主義壞在哪？　079

第二部　替代選項
第四章　思考資本主義的替代選項　141
第五章　社會主義的羅盤　165
第六章　真實烏托邦（一）：社會賦權與國家　209
第七章　真實烏托邦（二）：社會賦權與經濟　255

第三部　轉型

第八章　轉型理論的要素　347

第九章　斷裂式轉型　387

第十章　間隙式轉型　403

第十一章　共生式轉型　421

結論　實現烏托邦　451

參考文獻　461

索引　471

推薦序

《真實烏托邦》這本書一出版就受到全球學術社群的重視，我也是因為同仁引介才透過網路書店訂購，一打開本書就無法停止翻閱，花了一些時間讀完整部作品。早在十多年前美國社會學者 Michael Burawoy 便倡議公共社會學，試圖將理論與實踐結合在一起，引起世界各國社會學者廣泛的討論，不過公共社會學是一種原則性的主張，對於真實世界所面對的政治經濟問題鮮少提出可能的替選方案，以及可能改變的歷史路徑，所以一段時間後，公共社會學就有些沉寂了。我認為 Wright 這部作品的出版正好補足這個理論結合實踐的缺口，他蒐集以歐美社會為主的政治與經濟制度替選模式的案例，並且深入比較分析，以這些經驗為基礎，發展出一組類似指北針的框架，指引當代社會可能變革的幾個方向。雖然 Wright 的論述是立基於他一貫所秉持的馬克思主義的立場，但是我們可以清楚地看到因應不同社會情境與歷史脈絡，他做了相當程度的修正，特別是實踐的主體和方式，不會只侷限在勞工階級所組織的革命行動，而是有不同類型的行動者透過社區經濟、參與式預算等各式各樣創新的方法進行變革。對於面對層出不窮的社會議題的公眾來說，雖然 Wright 介紹的做法不見得適用於自己的社會，但這本書提供了思索可能變革行動方案的創新性刺激。

從我個人知識發展的角度來說，我正好進入將理論應用於解決實際問題的階段，Wright 的作品扮演著擴大個人視野與定義研究方向的功能。以 Wright 介紹的替選案例為基礎，我開始廣泛蒐集相關文獻和案例，特別著重於台灣過去的操作經驗，也開始在研究教學上做一些不同於過去的嘗試。我在 2011 年開授了問題解決導向的統整式課程：「社會經濟組織的創新與設計」，以 Wright 的作品為藍圖規畫整個課程內容，鼓勵學生將所學應用於社會學知識所定義的重要議題，提出長期實作的方案，這三年來也已經有些突破。而在研究主題上，我也開始探討互惠做為社會行動的基礎所發展出來的社群治理模式，對於分享經濟與參與式民主的可能影響。在學術實踐上，則是透過科技部人文司的支持，推動人文創新與社會實踐的全校型計畫，將學術研究推進到地方社會的實作，試圖發展出另外一種學術典範。這一波行動比起上一世紀公共社會學的倡議，是更有系統的實踐，可能更為接近真實的烏托邦。

陳東升

（臺灣大學社會學系教授）

導讀

墜入真實烏托邦
Erik Olin Wright 速寫

本書作者 Erik Olin Wright 教授是美國最著名的新馬克思主義社會學家之一，並且獲選為美國社會學會 2012 年度的理事長。美國社會學會理事長為所有會員（包括參與學會的教師或學生）上網投票普選出來的，筆者也每年參與投票。通常，學術成就備受肯定的公共知識分子，才能獲得多數會員的青睞。Wright 是近年來美國社會學界最活躍的公共知識分子之一，獲選實至名歸。

「墜入馬克思主義」：階級分析

Wright 博士畢業於加州大學柏克萊分校，長期任職於全美頂尖的威斯康辛大學麥迪遜分校社會學系，他曾經是美國 1960 年代學生運動的活躍分子，早年知名的研究集中在社會階層化領域——更準確地說是階級分析，他是結合博弈理論與馬克思主義的「分析馬克思主義」學派代表人物之一，除在美國主要社會學期刊發表許多有關美國階級結構轉型的知名論文（例如 Wright and Perrone 1977; Wright and Singelmann 1982; Wright and Martin 1987; Wright and Cho 1992），其主要著作《階級》（*Classes,*

1985）與《階級很重要》（*Class Counts,* 1997）兩書，重構了階級剝削的理論分析，以及新中產階級的實證研究，在社會階層化領域獨樹一幟。他曾經在 1990 年代主持三大跨國社會學研究計畫之一的階級比較計畫，將臺灣納入分析比較的個案之一，與中研院歐美所許嘉猷（1994）、社會所蕭新煌（1994）、吳乃德（1994）等知名學者合作進行社會調查，並出版相關著作。

Wright 對於社會階層化理論的貢獻，首先是確保「剝削」概念在社會階層化研究中的重要地位（Wright 2005）。相對於拒絕探討剝削與其在階級不平等當中所扮演的關鍵角色的新韋伯派社會學者（例如 Erikson and Goldthrope 1992），Wright 努力不懈地強調剝削的重要性（例如 Wright 2000a, 2002），並且影響了 Tilly（1998）的分類不平等理論、後來的新涂爾幹派階級理論（例如 Sørensen 1996, 2000; Grusky and Sørensen 1998; Grusky and Galescu 2005）、甚至是所謂的「創意階級」理論（Florida 2002），後續這些階級理論都承認財產權所造成的剝削，是導致人類社會不平等的其中一種重要機制。

Wright 的另外一大成就是對新中產階級的分析。馬克思主義者經常忽視或貶抑中產階級的存在，或者將其當成是一部分勞工階級錯誤意識之產物、或是沒落中的傳統技工行會與小業主的殘餘。Wright（1985）則認為中產階級是真正的階級（也可以是複數），其獨特之處在於該階級處於多重生產關係中之「矛盾的階級位置」：藉由資本之外的組織資產與技術資產所有權，中產階級既是被支配者也是支配者、既被剝削也剝削他人，並且獲得中等收入，因此其意識型態介於無產階級與資產階級之間，也不奇怪，Wright（1997, 2000b）由此衍生出相關的階級形成（class formation）與階級妥協（class compromise）理論。

在 1994 年編輯的《審問不平等》（*Interrogating Inequality*）一書中，Wright 以「墜入馬克思主義、成為一個馬克思主義者」為題寫了一篇前言，在英文脈絡裡，「墜入」（fall-in）一詞通常用於感情或婚姻，Wright 用這個詞形容他參與學運到走入學界、堅持馬克思主義立場的心路歷程，他與新馬克思主義質化研究的重要學者 Michael Burawoy 相知相惜的友誼，更是學界少見的一段佳話（Burawoy 2005[1979]；林宗弘 2005）。當時在威斯康辛大學求學的蔡淑鈴教授回憶，Wright 身體力行實踐平等家務分工，有次帶學生到家裡上課，上到一半還得幫女兒換尿布。令人意外的是，Wright 奠定階級研究的學術地位之後，竟然選擇墜入另一個學術領域。

墜入真實烏托邦

從 1990 年代中期開始，共產主義世界的瓦解與轉型，對西方的馬克思主義學者與左派運動造成巨大衝擊，加上以美國為單極霸權的資本主義走向另一回合的全球化，保守主義學者宣稱歷史即將終結。在這種局勢下，關懷社會的左派公共知識分子，亟需建立另一套對社會正義的觀點與實踐路線。Wright 此時逐漸淡出階級研究的學術戰場，轉向另一個研究計畫——他稱之為「真實烏托邦」（例如 Wright and Fung 2003），本書是其成果最完整的集結。

如本書所深入探討的，真實烏托邦所指的是符合民主平等主義理念的經濟活動，主要是在國家與市場之外，由公民社會參與的各種經濟組織創新。根據本書的觀點，現代經濟生活的制度安排由各種權力基礎組合而成，Wright 將經濟體背後的各種權力基礎區分為國家主導、資本（市場）主導，與公民社會參與甚至主導的多種概念類型，筆者整理如下表：

表 1 現代經濟體的主要支配權力機制與概念類型

類型＼機制	國家	資本	公民社會
國家主義	○		
資本主義		○	
威權資本主義？國家資本主義？	○	○	
社會經濟（合作社）、產業民主		○	○
社會統合主義、預算民主	○		○
社會民主福利國家、混合經濟	○	○	○

根據本書的觀點，單靠國家主導與資本主導的經濟活動，亦即國家計畫經濟與自由放任的市場經濟，既不民主也不平等，因此無法促成人類社群的蓬勃發展。而 Wright 所謂的真實烏托邦，就是具有民主參與及社會正義理念、由公民社會主導的經濟組織類型，因此廣泛地包含了上表後三類：所謂的社會經濟（合作社運動、社區經濟、產業民主）、社會統合主義政策或草根民主的參與式預算，以及其他北歐已經存在的社會民主福利國家等。Wright 關於各種非資本主義生產組織或混合經濟發展模式的討論，對臺灣目前仍處於發展階段的社會創新活動，例如小農

合作社、社區經濟、社區托育與照護等，有相當重要的啟發。

由於 Wright 的研究著重於真實烏托邦存在與發展的條件，對於國家結合資本這個經濟類型，他並未多加討論。中國大陸改革開放以來，形成了一個國家與資本共謀、缺乏民主制衡且遠離平等主義的發展模式。儘管有人稱之為「中國模式」，然而在歷史上的法西斯政權與東亞各國所謂的「發展國家」中——例如人民行動黨統治下的新加坡、國民黨威權統治時期的臺灣、軍事獨裁下的南韓等——這種國家與資本合謀的模式由來已久。在中國模式下，脆弱的公民社會究竟能否開創真實烏托邦經濟，令人好奇。隨著經濟發展帶動中國的國力增長，這種高度剝削性的威權資本主義也有向外擴張的趨勢——在東亞已經民主化的臺灣與韓國，則以威權官僚菁英與財團政治結盟的形式班師回朝。

另一方面，2007 年底由華爾街爆發的全球經濟衰退，展現了資本主義最惡劣的金融騙局，2010 年起，從北非的阿拉伯之春、占領威斯康辛州議會到占領華爾街，各種反抗威權主義與資本全球化的占領運動風起雲湧。上述政治經濟危機也改變了處於美國與中國之間的東亞之權力平衡，牽動著臺灣的政治局勢。

墜入太陽花學運

翻譯本書的最初想法，來自 2011 年的「真實烏托邦」讀書會。這個讀書會是由苗栗客家青年、長年關注臺灣社運的劉介修醫師發起，協同二十餘位社運界朋友組織起來的。當時臺灣社會正面臨 ECFA 通過之後兩岸開放交流、財團勢力增強與各種社運抗爭蜂起的情勢，本書引發了不少有趣的討論。

在讀書會接近尾聲時，有人提議要集體翻譯本書，並且委託筆者在美國社會學會年會上邀請作者訪臺。我雖然自詡為 Wright 階級分析在華人學術界最忠實的追隨者之一（參見林宗弘 2009, 2012, 2013；林宗弘、吳曉剛 2010），與他亦有數面之緣，然而當時認為一個來自臺灣、籍籍無名的後生小輩，貿然對學會理事長提出邀請，成功機率頗低，不過反正自己臉皮夠厚，便姑且一試。

當我前往 2012 年於丹佛舉行的美國社會學會年會時，我們既沒有把書翻譯出來、也沒有具體的機構名義或資金可以提出邀請。年會最後有卸任理事長演說，Wright 為了推廣基本生活收入的想法講了很久，創紀錄拖延一個多小時，演說結束後，趁著 Wright 來到國際學者的歡迎會上致詞，我與何明修教授一同向他提出邀請，希望他可以來臺訪問、並且為中文譯本寫篇新序言，沒想到 Wright 十分乾脆地一口答應，而我們也非得硬著頭皮找錢接待他、並把書翻譯出來不可。

幸好，群學出版社的劉鈐佑總編及時伸出援手，當時仍就讀於美國西北大學、後來前往德國做博士後研究、曾譯有《泰利的街角》和《自由之夏》等經典著作的臺大社會系黃克先教授允諾翻譯，在奮發求職之餘將本書譯出，而在本人初步校訂後，擔任特約編輯的李宗義博士孜孜不倦多次校閱，終於造福中文世界關注社會改革的讀者。此外，中研院社會所蕭新煌所長爽快答應協助邀請 Wright 來臺，李宗榮博士共同申請科技部獎助，臺灣社會學會王宏仁理事長與中山大學楊靜利系主任、蔡宏政教授、

Wright 的指導學生東海大學黃崇憲教授、艾琳達博士、農陣蔡培慧教授、鍾怡婷博士與臺灣勞工陣線都提供不少協助，Wright 從美國到亞洲的機票則由時任香港科技大學社會科學部領導的黃善國教授申請提供，讓我們搭了順道參訪的便車，在此對他們致上衷心感謝。

2014 年初本書譯稿已經進入校閱階段，我們依約請 Wright 在 3 月 26 日訪臺一週。然而在 17 日午夜，學生與社運人士（包括協助安排其訪臺行程的勞陣工作者、《崩世代》的共同作者張烽益、洪敬舒與孫友聯等）占領了立法院議場，開啟了為期 24 天的太陽花學運。協助接待的臺灣社會學會多位學者（包括我）皆參與部分活動，中山社會系也停了課，我們遂把其中一場占領威斯康辛州議會經驗的演講，改到學運決策小組的密會場所之一——勞陣辦公室舉行，並且陪同 Wright 進入議場與學生對話。他意外地接受了臺灣近年來最大規模社會運動的洗禮，本書的臺灣中文版序言詳細記錄了這段驚奇之旅。此外，Wright 也要求參訪臺灣的真實烏托邦，例如以賴青松先生為代表的小農合作社群，參訪過程中，Wright 的感動之情溢於言表。

在 2014 年 7 月於日本橫濱舉辦的國際社會學會世界大會中，Wright 受 Burawoy 之邀談真實烏托邦，卻花了相當多時間講他對太陽花運動的觀察，令在場的臺灣社會學者感動莫名。當時 Burawoy 私下笑稱他是「太陽花男孩」（Sunflower boy），或許 Wright 是旁觀者清，比我們更能體會太陽花運動的重要性。隨後，我們在舊金山的美國社會學會相見，他仍然關注臺灣學運與政治的後續發展，我與何明修教授則提到太陽花運動對香港民主運動的激勵，以及可能的兩岸政治效應。當時，我們對社運局勢已經相當樂觀，沒想到一個月後便爆發了雨傘革命，臺灣九合一大選國民黨的重挫，更超乎我們所有人的預期。

或許我們還未能充分了解 2007 年以來全球資本主義的危機與占領運動的風潮，對於全球政治民主化與左派運動的歷史意義，然而，革命即便成功，公民社會還是要面臨接下去「怎麼辦」的考驗。在太陽花學運似乎成功拒絕威權資本主義的入侵之後，本書所談論的許多「社會創新」實際案例與政策建議，包括維基百科、基本生活所得制度、各式各樣的合作經濟、由公民團體運作的托嬰、托兒互助經濟組織，以及勞工參與經營的公司體制等等，可以為臺灣本土產業創新提供許多靈感。即便是對於質疑平等主義理念、或支持資本主義全球化的讀者而言，本書也是個有趣的思想挑戰。總之，本書企圖擺脫二十世紀國家主義計畫經濟的陰影，提供了新世紀左派更加貼近社會現實的民主平等主義經濟發展策略，閱讀本書絕對是趟智識上的精彩旅程。

林宗弘

（中央研究院社會學研究所副研究員）

參考資料

吳乃德 (1994) 階級認知與階級認同：比較瑞典、美國、臺灣，和兩個階級架構。見許嘉猷編，階級結構與階級意識比較研究論文集，頁 109-1149。臺北：中央研究院歐美研究所。

林宗弘 (2005) 譯序：邁可・布若威與生產的政治。見 Michael Burawoy 著，林宗弘等譯，製造甘願：壟斷資本主義勞動過程的歷史變遷，頁 5-67。臺北：群學。

—— (2009) 臺灣的後工業化：階級結構的轉型與社會不平等，1992-2007。臺灣社會學刊 43: 93-158。

—— (2012) 從毛澤東主義到社會民主？測量中國城鎮居民的階級意識。東亞研究 43(1): 40-86。

—— (2013) 失落的年代：臺灣民眾階級認同與意識形態的變遷。人文與社會研究集刊 25(4): 689-734。

——、吳曉剛(2010) 中國的制度變遷、階級結構轉型和收入不平等：1978-2005。社會 30(6): 1-40。

許嘉猷(1994) 階級結構的分類、定位與估計：臺灣與美國實證研究之比較。見許嘉猷編，階級結構與階級意識比較研究論文集，頁 21-72。臺北：中央研究院歐美研究所。

蕭新煌(1994) 新中產階級與資本主義：臺灣、美國與瑞典的初步比較。階級結構與階級意識比較研究論文集，頁 73-108。臺北：中央研究院歐美研究所。

Burawoy, Michael (2005[1979]) 製造甘願：壟斷資本主義勞動過程的歷史變遷 (*Manufacturing Consent: Changes in the Labor Process under Monopoly Capitalism*)。林宗弘、張烽益、鄭力軒、沈倖如、王鼎傑、周文仁、魏希聖譯。臺北：群學。

Erikson, Robert and John H. Goldthorpe (1992) *The Constant Flux: A Study of Class Mobility in Industrial Societies*. Oxford [England]: Clarendon Press; New York: Oxford University Press.

Florida, Richard (2002) *The Rise of Creative Class*. New York: Basic Books.

Grusky, David, B. and G. Galescu (2005) Foundations of a Neo-Durkheimian Class Analysis. In *Approaches to Class Analysis,* edited by Erik Olin Wright. Cambridge, UK; New York: Cambridge University Press.

—— and Jesper B. Sørensen (1998) Can Class Analysis Be Salvaged? *The American Journal of Sociology* 103(5): 1187-1234.

Sørensen, Aage B. (1996) The Structural Basis of Social Inequality. *The American Journal of Sociology* 101(5): 1333-1365.

—— (2000) Toward a Sounder Basis for Class Analysis. *The American Journal of Sociology* 105(6): 1523-1558.

Tilly, Charles (1998) *Durable Inequality*. Berkeley, CA: University of California Press.

Wright, Erik Olin (1985) *Classes*. London: Verso.

—— (1994) *Interrogating Inequality*. London: Verso.

—— (1997) *Class Counts*. London: Verso.

—— (2000a) Working-Class Power, Capitalist-Class Interests, and Class Compromise. *The American Journal of Sociology* 105(4): 957-1002.

—— (2000b) Class, Exploitation, and Economic Rents: Reflections on Sørensen's "Sounder Basis". *The American Journal of Sociology* 105(6): 1559-1571.

—— (2002) The Shadow of Exploitation in Weber's Class Analysis. *American Sociological Review* 67(6): 832-853.

—— (eds.) (2005) *Approaches to Class Analysis*. Cambridge, UK; New York: Cambridge University Press.

—— and Archon Fung (2003) *Deepening Democracy: institutional innovations in empowered participatory governance*. London: Verso.

—— and Bill Martin (1987) The Transformation of the American Class Structure, 1960-1980. *The American Journal of Sociology* 93(1): 1-29.

—— and Donmoon Cho (1992) The Relative Permeability of Class Boundaries to Cross-Class Friendships: A Comparative Study of the United States, Canada, Sweden, and Norway. *American Sociological Review* 57(1): 85-102.

—— and Luca Perrone (1977) Marxist Class Categories and Income Inequality. *American Sociological Review* 42 (1): 32-55.

—— and Joachim Singelmann (1982) Proletarianization in the Changing American Class Structure. *The American Journal of Sociology, Supplement: Marxist Inquiries: Studies of Labor, Class, and States* 88: S176-S209.

中文版序

2014 年 3 月的最後一週，我來到了臺北，在中央研究院發表了一篇關於真實烏托邦的演說。這次的訪問行程，早在一年多前就開始籌備，之所以遇上了因臺灣與中國簽署自由貿易協定的爭議而起的「太陽花」抗爭運動，純屬巧合。訪臺之前，我對該貿易協定一無所知；事實上，我對臺灣歷史的認識，也僅止於在國共內戰之後經歷國民黨威權統治、1971 年退出聯合國，以及 1990 年代轉變為一個民主政府等基本事實罷了。我也不了解臺灣的政治文化所涉及的複雜認同、利益問題。因此，我是個全然的局外人，意外闖入了這個接連發生學生占領立法院並引發大規模抗爭的政治時點。

太陽花抗爭運動特別能引發我的共鳴，因為在三年前，我居住的美國威斯康辛州，也發生了占領州政府議會大廈的大規模抗爭行動。這場威斯康辛抗爭運動的導火線，是共和黨籍的州長試圖在州議會通過法案，進而有效地摧毀公部門的工會力量。共和黨內大多數的右翼力量都支持這項攻擊工會的做法，它同時也是試圖破壞美國民主這個更大行動議程的一部分。我的許多學生都是這一系列抗爭運動的核心成員，我本身也參與了多場相關的抗議活動及集會。

威斯康辛抗爭運動的核心，便是占領州政府議會大廈。在立法過程中，該州眾議院的委員會曾組織聽證會，讓公民能表達各自的看法。事實上，幾千名曾發言的人全都反對這項法案。在聽證會歷時十七個小時後，立法委員會中的共和黨人步出會場，他們說已經聽夠了。然而，民主黨的代表仍繼續參與聽證；他們宣布，只要還有人想發言，聽證仍將繼續。等待發表證言的人徹夜排隊，直到隔天仍在持續。透過社群媒體，許多人得知聽證仍在繼續，眾人徹夜守在議會大廈等候作證；結果，好幾千人動身前往州議會大廈加入抗爭。不久後，這演變為一場持續占領議會大廈的行動。這樣的情況維持了十七天，其間大廈內的公共空間被抗爭者占領，而大廈外每天都有示威與集會活動在進行。規模最大的一場示威抗議，從威斯康辛州各地號召了超過十二萬人，在州議會大廈周圍遊行，抗議打壓勞工運動的舉動。在人口僅有二十五萬人的麥迪遜市中，這是有史以來規模最大的一場政治示威抗議活動。

最終，抗議人士未能達成他們當前的目標，法案仍然通過了。然而，這場抗爭運動卻對威斯康辛人們的政治覺醒，留下了難以抹滅的影響。在我訪臺期間，這場抗爭運動的經驗時常湧上心頭。

在臺灣的這段時間，我詳細記錄了每天發生的事件與活動。我從日誌中整理出如下的摘要，回溯我與抗爭人士會面的情況，以及我與相關人等進行的一些討論。

威斯康辛州議會大廈內的抗議集會，2011 年 3 月。

旅行日誌摘錄
（2014 年 3 月 26 日至 4 月 2 日）

3 月 26 日

如果可能的話，我當然想進到立法院議場，看看裡頭的情況，與那裡的人聊聊。當時出入已遭到嚴格管控，因此花了一些功夫安排。警方對人數進行監控，把會場內的人數控制在一定數量，除非有人得到特許……。

會場內的場景感覺十分戲劇性、氣氛緊張，令觀看者感到有些興奮，與 2011 年占領威斯康辛州議會大廈的運動截然不同。在威斯康辛的運動中，雖說議會大廈被占領，但主要占據的是圓形大廳這塊公共空間，而不是議場本身。我不認為有關當局會容忍抗議群眾占領議場。但在這裡，被占領的地方是議場。由於國民黨籍立法院長的默許（至少在剛開始時），這項舉動便被允許，但學生顯然覺得警方隨時有可能衝進來架走他們。因此，他們把椅子及其他傢俱疊起後綑綁起來，形成巨型障礙物。除了一個出入口外，其他每個通道都用這樣的方式堵起來，有些障礙物上還坐著人。牆上貼滿了布條及海報，但整個會場不像在威斯康辛的圓形大廳那樣，具有節慶般的氣息。人們也很疲累了，許多人已待在這裡一個星期，有些人還要堅持下去。一度短暫聽到音樂，但也僅有幾分鐘而已。我與一些學生及幾位記者交談。有人問我願不願意站上發言臺，對著所有的學生講話。事前在電子郵件中，有人已提醒我可能會發生這樣的事，而且至少有兩個人告訴我，這麼做會有風險，因為全國媒體都在那裡，包括電視臺記者也在拍照。或許最後什麼事也不會有，但考慮到當時緊張的政治局勢，當局可能會有動作，我可能會被要求離開臺灣。然而，他們的邀請頗具吸引力，情況似乎也沒那麼糟。只是，來臺灣之前，我已決定不採取這類公開露面的舉動，畢竟我對情況真的不是那麼了解。所以，最終我拒絕了。但我私下確實有與一些學生及記者談話。他們問我關於威斯康辛抗爭運動的事，我提了一些顯見的相似點及差異。顯然，兩者都高度重視民主的保衛，這也成為運動的導火線。但是，在威斯康辛，參與的群眾很多元，包括勞工、學生、退休人士，以及一些未直接受抗爭議題影響的人，而在這裡的運動似乎完全由學生主導。這裡似乎也牽涉許多曖昧模糊的現實政治議題。究竟是什麼力量在驅動著這場抗爭，不同的人告訴我的論點相當不一樣……。

3 月 31 日

晚間，我再次回到立法院。當天下午，雨斷斷續續地下著，所以立法院前群眾的人數變得較少，但仍有數百人，同時還能聽到演講及音樂演唱。立法院內的情況看起來差不多，但可能多了些海報及裝飾……。我被詢問想不想以研討會相互討論的形式與學生碰面。結果，有人宣布我是誰，大約十來個學生靠過來談論。

我告訴他們一些關於真實烏托邦的研究計畫，以及民主對於想像一個人類能在其中更加蓬勃發展之世界的重要性。然後，我提供了一些關於威斯康辛及臺灣抗爭活動的觀察：兩者的核心關懷都是民主的問題；在真正發生之前，都無人預料到抗爭活動是以這種方式及強度出現；學生都扮演了關鍵的角色。然而，兩者間也存在重要差異：參與威斯康辛抗爭運動的人，從年齡及階級來看，涵蓋的層面非常廣，而臺灣的抗爭者主要是學生；威斯康辛的抗爭者占領的是議會大廈，而不是立法議場，大多數時候，人們可以自由進出被占領的空間；但在臺灣，出入占領空間的行動被嚴格限制。據此，我們可以引申出一些關於議場內世界的有趣討論。

「我們在這裡創造了我們自己的社會。」一位年輕女性這麼說：「它就是一種真實烏托邦，你不覺得嗎？」我回答，這類自力打造的微型社會，確實有烏托邦的一面，人們在這個獨特的世界中體會到的連帶及社群經驗，將會影響他們離開這裡以後發生的事。我接著說，不過這裡只是個暫時的社群，它的需求及問題都很簡單，所以從可適用到其他脈絡的模式角度來說，它並非真的是個「真實烏邦托」。這樣說來，這裡像是場美妙的夏令營，身歷其境的人們體驗了彼此互惠的精神及同志情誼。這確實將產生影響深遠的記憶，召喚出我們生活中大多時候缺乏的某種烏托邦感受。

當中有幾個學生問我，對於接下來他們該怎麼做，有沒有什麼建議。我說我不太能建議些什麼，但可以提出幾個問題讓他們思考。其中一個問題是，該如何結束這樣一場占領行動。這就有點像在問「在不可能達成所有訴求的情況下，何時及如何結束一

場工人罷工」這樣的問題。我被問道：「有沒有辦法可以有尊嚴地離開這棟建築物？如果我們不能達成訴求，也不能放棄，我們該怎麼做，才能讓自己不覺有愧呢？」另一個人又問：「如果我們失敗了，那麼這一切真的存在任何意義嗎？」多麼沉重深刻又動人心弦的問題：**如果你輸了，那麼抗爭的意義何在？**

對於這些問題，我有兩個回應：第一，成敗的認定，部分取決於你們如何看待這場抗爭。這是場孤注一擲的抗爭，其意義僅在於是否能打敗服貿協定嗎？它唯一的目標，就是擋下這個協定？或者，這只是長期、結果尚未可知的社會轉型過程的一個階段，為創造更民主及人道之臺灣的奮鬥過程的一部分？這場抗爭是否為無限期延伸至未來、迄今仍未知的一系列事件中的一個**插曲**？如果這是個漫長的過程，那麼評估你們成就了什麼及何時該結束眼下這場行動的方式，就與把它僅視為孤立事件迥然不同。如果這真的是個促成社會變革的長期計畫，那麼你們眼下已達成了可觀的成就。你們改變了你們自身：這一點至關重要。你們站了出來，向世界——以及你們自己——宣告，一個能挺身參與的公民就該像這樣。這也是為何學生在抗爭運動中，如此活躍的原因之一：他們正處在找尋「我是誰」及「我想成為什麼樣的人」的生命階段，而採取行動支持社會正義及民主，便是他們創造自我的一種方式。同時，你們正在協助改造臺灣的政治文化——你們正在打造「何謂認真看待民主這件事」的理想典範。這些都是強而有力的意象，將伴隨人們長長久久。它們會成為共享記憶的一部分，繼而成為共享期望的一部分。這也是為何歷史記憶在政治上如此重要的原因之一：它不只是**個人的**記憶，而是**共享的**記憶，能在未來不同的脈絡下，幫助我們思考自己該做些什麼。

因此，從這些向度來說，你們已達成了可觀的成就，當你們確知不可能實現所有的要求時，結束抗爭行動便不再意味著抗爭失敗了。不過，如何離開、如何把事情做個結束，仍是待解決的問題。在許多文化中（這涉及我第二個論點），這麼做格外困難，因為「榮譽」、「面子」這些概念很重要。離開被視為「退縮」且是不名譽的，而非僅是認識到眼下這個時刻，抗爭運動的潛能已耗盡。愛面子的問題可能成為致命的陷阱，引導人及運動走向自我毀滅。當然，結束占領行動的後果必須要詳加考慮，這一點很重要。會擔心這麼做是否降低了一場政治運動的信用，這也很正常。但是，擔心面子問題又是另一回事了，我認為面子問題是一個政治文化中不可欲的元素。

「但如果你離開了，你或許將永遠會有一種自己原本可以做得更多的感覺。」我說。不確定性永遠存在。當工人罷工進行到一定階段，有些人可能覺得再持續下去，也爭不到什麼東西，但其他人或許覺得如果再堅持一個月，就有可能會贏。重要的是，我們得思考、討論這些問題，如此才有可能取得共識。

「暴力的問題呢？採用暴力，是正當的嗎？」當然，這可以算是所有問題中最難回答，也叫人最憂心忡忡的一個。我解釋了為何我強烈支持非暴力的原因，但這不是說什麼破壞都不能做。我認為關鍵恰恰在於這場抗爭行動的觀眾是誰。在威斯康辛的抗爭運動中，觀眾是威斯康辛的廣大州民，抗爭人士希望擴大公眾的支持，並在相關議題上教育大眾。這是他們為何特地使用不易留下痕跡的雙面膠帶來張貼海報的原因之一。州議會大廈占領活動中，人們高喊的一句口號是：「這是誰的議會？**我們的議會**。它的名字是？**人民的議會**。」我告訴他們，當我去雅典針對占領行動進行演講時，在場的運動者說，如果他們占領政府大樓，他們會用噴漆在牆上塗鴉，並打破窗戶，好讓他們的敵人付出更高的成本。他們抗爭的觀眾是「敵人」——即政治上及階級上的菁英——並非一般大眾；而抗爭的目的，是迫使「敵人」為減少抗爭產生的成本而做出讓步。我說，暴力因為會破壞一般大眾的支持、使局勢走向極端而使讓步更難產生，所以到後來經常會反噬運動。但另一方面，上週在行政院發生的暴力行動，或許加速了協商姿態的出現，使週末的大型集會成為可能。總之，這些議題總是很難簡單明瞭地說清楚。

4月1日

從週一晚上起，我多次回想那段我在立法院議場裡與學生們約莫一小時的談話。與他們在一起的經驗，帶給我張力十足的視覺印象：坐在地上、緊挨著彼此以便聽到對方說話、在一面上頭展示了所有立法委員大頭照的看板之前，與議場內的其他空間以某種結構相隔開。那些學生大多身穿黑衣，這似乎是這場抗爭的「官方」顏色；我穿了一件藍色襯衫。我強烈地感覺自己「身在那裡」，深覺與他們的對話相連結，而我想他們也都全神貫注於眼下情境，聆聽我要說的話。在這類情境之中，新的想法及構想，會在說與聽的過程裡迅速浮現腦海。我總是說，我的想法是在教學中形成的，因為當你真的想幫助他人理解時，你表達想法的方式會有助於想法的創生。這裡的情況甚至比教學時更具互動性：真正連結的過程，讓每個人都共同參與了想法的創造。不過，在這場會面中，我感受到另一些東西。我六十七歲，而與我一同討論及思考這些抗爭、奮鬥及其意義的這些人，大多只有二十幾歲。我以不同方式思考這些議題約有五十年了，而在其中日日夜夜花許多時間，在與社會正義及如何使世界更美好的相關廣泛範圍下，思考各類想法。因此，像眼前這樣一個特殊的時刻，我將我思考的一切帶入了這場會面。我也持續被要求做一些「長者」總被要求做的事：提供因著我較年長且（或許）「較有智慧」的這個事實而得以歸結出的某種指引……。關鍵不僅在於擁有很多知識並言之成理，也在於能在不同類型的知識中分辨出哪些較為重要，並在考量眼下的脈絡後，賦予這些知識適當的意義。當然，這絕不是說光是年紀大就能保證勝任。年紀大也可能讓人不知變通、淪為教條主義、害怕新觀念——像俗話說的，「老狗玩不出新把戲」。不管怎麼說，我這裡想表達的是，這場會面對我來說極具感染力且令人感動。

＊＊＊

我與占領立法院的學生討論的議題，與「真實烏托邦」的概念密切相關。如果我們把抗爭行動理解為，自過往以來、貫穿現在、直到不定的未來的時間長河內，為爭取轉型而抗爭的歷史裡的一段段篇章，那麼很重要的一點就是，對於你想往哪去，必須要有一個盡可能愈清楚愈好的願景——不只是你在某場抗爭行動中立即的訴求而已，還得包括你一直試圖打造的世界究竟是什麼樣子。抗爭行動幾乎都是因反抗某事而觸發，抗爭的訴求基本上圍繞在反抗某種特定的傷害。然而，在這些訴求背後，我們可以擁有一個願景：「另一個世界是可能的」。我問那些參與抗爭的學生——包括在立法院裡，或是在其他演講場合中參與討論的——他們對於臺灣未來的願景是什麼？在他們想要參與創造的世界中，核心的理念又是什麼？對於這些問題，大多數和我對談的學生都難以給出清楚的答案。相較於他們想要什麼，他們更清楚意識到自己反對什麼。

真實烏托邦提供了思考以下這個一般性問題的方法：如何將解放性的理念，連結到在這個世界中實現這些理念的任務。這項表述包含兩大概念。首先，真實烏托邦的概念，是逼近讓世界更好之實際行動方案的一條途徑。想改善世界，透過減低傷害的改良式改革是一種方法，而透過真實烏邦托則是另一種；在真實烏托邦裡，我們試著在當前這個世界中打造新制度及關係，這也預示了我們想實現的未來世界藍圖。第二，真實烏托邦是一種思考如何爭取社會正義的方式：真實烏托邦的努力試圖拓展特定社會空間，以便讓那些預示未來的解放性替代方案，能在其中萌生並蓬勃發展。策略性的願景是，從長遠來看，這類空間的拓展具有侵蝕支配性制度之權力及重要性的潛力。

本書嘗試釐清這個促成社會轉型的宏大取徑，為「如何挑戰並改變做為一經濟體系存在的資本主義」尋找答案。如今資本主義更嚴重地傷害人們的生活及環境的健康。對大多數的人來說，這似乎是個難以改變的自然力量。有些社會民主派希望透過政府決定性的規範舉措，來化解資本主義的傷害效果，但資本全球化及金融化已大大損害這種**馴服資本主義**的願望。至於透過革命驟然取代國家權力、以強制的方法瓦解資本主義制度並以解放性替代方案取而代之，這種**消滅資本主義**的雄心壯志已難取信於人。然而，這些並不是促成轉型的唯二邏輯。真實烏托邦為人們指出了一條超越資本主義的不同路徑：在資本主義經濟體內的空間及間隙，打造替代資本主義之方案，同時竭力捍衛並拓展這些空間，藉此**侵蝕資本主義**。

Erik Olin Wright

美國威斯康辛州麥迪遜

2014 年 6 月

序

由於面臨越戰時期的徵兵令，我在 1970 年決定前往加州柏克萊的湯瑪斯史塔金宣教學院（Thomas Starr King School for the Ministry）就讀，這是所隸屬於一神普救派的神學院（Unitarian-Universalist seminary），就讀的學生都能獲得緩徵，因此神學院的學生人數在 1960 年代末期陡升。我當時籌劃了一門由學生自行舉辦的討論課，名為「烏托邦與革命」。在十週的時間裡，我與十幾位來自柏克萊神學研究生聯盟的學生碰面，一同暢談美國與世界其他地方發起革命性轉型的原則與前景。那時，我們都還年輕、有熱情，受到民權運動及反戰運動中的理想主義、以及反對競爭性個人主義及消費主義的反文化浪潮所感召。我們討論了透過革命推翻美國資本主義的前景、「無產階級專政」所產生的複雜後果，以及是否有可能透過另類的生活方式，以反文化來顛覆既存的權力與支配結構。

為了幫助該課程中討論的進行，我每週都為課程錄音，並打出逐字稿給每位參與的同學。在第一堂課中，我們談了各自心中「烏托邦」的意義。討論接近尾聲時，我提出了以下想法：

> 我認為，我們不應該把建構一個烏托邦想像的任務，也就是我們正在做的這件事，視為替各種問題找到明確的制度性解答的一種嘗試。或許，我們可以判定哪幾種社會制度會否定我們的目標，哪些制度似乎至少能讓我們更接近目標。但

> 是，想要列出詳細的計畫，裡頭包含能充分體現我們所有理想的實際制度，根本就不可能。我們真正的任務是試著想出本身具備動態改變之能力、能夠回應人民需求並據此調整的制度，而不是去想出一些完美無瑕而無需改變的制度。

x

由於徵召入伍的制度變成以抽籤決定順序，而我抽到了個好號碼，因此得以在 1971 年進入加州大學柏克萊分校，成為社會學系的研究生。

接下來的二十年裡，我的研究圍繞在重新建構馬克思主義的問題，特別是它分析階級的理論架構。社會主義以及資本主義的替代選項這類問題不斷浮現，但都不算是我研究及寫作的核心關懷。

1992 年，我重新回到烏托邦及解放性轉型（emancipatory transformation）這項主題。當時柏林圍牆已倒、蘇聯解體，新自由主義及市場基本教義派主宰了資本主義民主政府的政策。隨著中央計畫經濟的消逝及名聲敗壞，許多人相信資本主義與自由民主是人類未來唯一的出路，宣告了「歷史的終結」。[1]

以上是我在 1990 年代初開啟真實烏托邦計畫的脈絡，這個計畫嘗試更深入並嚴謹地討論現存權力、特權、不平等之結構的替代方案。這項計畫不是要擘劃一般性、抽象的龐大設計，也不是針對現存做法，提出立即可達成的小規模改革，其構想聚焦在從根本上重新設計不同場域之社會制度的特定提案。對於想追求嚴謹討論的目的來說，這個計畫有點令人左右兩難。比起構思聽來有道理的基進重建工作，去談論如何修補現存安排的具體做法要來的容易得多。馬克思說得對，將替代方案說得很仔細的藍圖，常常只是無意義的空想練習。我與真實烏托邦計畫裡的合作夥伴想做的是，清楚詳述一些可行的制度性原則，而這些原則能啟發替代現存情況的解放之道。這樣的努力介於單純討論推動實際工作之道德價值，與細緻詳述各項制度性特徵之間。

xi

到了 2003 年，該計畫已出版了四本書（此後又出了兩本），當時似乎是個好時機，讓我們暫時抽離具體的方案，試著把這項計畫鑲嵌到更大的分析架構中。[2] 同一時間，我開啟了與 Michael Burawoy 合寫一本書的計畫，該書取名為《社會學式的馬克思主義》（*Sociological Marxism*），至今尚未完成。我們以此為題合寫了一篇文章，收錄在一本社會學理論手冊裡，我們認為將這篇文章擴充為一份書籍篇幅的手稿會是個好點子。[3] 這篇論文的核心論點是，馬克思主義傳統裡最健全且影響延續至今的部分，就是階級分析。而圍繞著階級分析，我們可以建構出一個廣泛的社會學式馬克思主義。在計畫要寫的這本書中，我們希望追溯馬克思主義傳統中社會學式馬克思主義的歷史根源，這一部分主要由 Burawoy 負責；同時我們也要深入闡述它的理論基礎，這一部分主要由我負責。於是，我開始撰寫我主要負責那一部分的草稿，其中最後幾章就在闡釋展望真實烏托邦的概念。後來，Burawoy 被選為美國社會學會的會長，沿著「公共社會學」這個新主題開展一系列的思考及寫作，因此我們合寫書的計畫便暫時擱置。他鼓勵我可以利用後面那幾章發展成一整本書，最後便成了《真實烏托邦》。

2004 年秋季，我在美國社會學會以及推動社會經濟學社

（Society for the Advancement of Socio-Economics）的年會上，發表了〈認真看待社會主義中的「社會」一詞〉（Taking the "Social" in Socialism Seriously）一文，分享了該書核心論點的初步想法。在這兩場研討會上都得到不錯的迴響。然後，我又在分析馬克思主義小組的會議上發表同一篇文章。這個由學者組成的小組，自 1980 年左右起幾乎每年都會定期碰面，討論彼此的作品。[4] 他們不太喜歡這篇文章，尤其是我試圖以一經濟體的組織內「占據支配地位的」（dominant）特定權力形式，來區分不同類型經濟體系的做法。我們花了很長時間，針對如何界定在複雜的關係結構中，特定因素之「支配」的問題，進行著激烈（有時讓人沮喪）的討論。沒人能提出特別具有建設性的建議，而我也只能看著這場聚會變得士氣低落。

在會議結束後的幾個月裡，我又進一步思考，認為雖然那場討論中提出的分析性問題確實存在，但這並未嚴重削弱我的取徑對此問題的主要實質論點（這些議題將在第五章中討論）。於是我在 2005 年重新回到這篇論文，進行全面性的修改。其成果最終在 2006 年發表於《新左派評論》（*New Left Review*），而其中揭示的核心想法在本書中被更細緻、全面地討論。[5]

到了 2005 年春天，我覺得自己已經有了一個可以捍衛的核心論點，但還不確定自己到底希望這本書包含多大企圖心。它應該微幅細緻化、擴充《新左派評論》那篇文章即可？還是我應該試著把展望真實烏托邦的特定論點，放到一個更廣的解放性社會理論的研究議程裡？我是否應該直接與馬克思主義對話，一方面為我的論點找出在馬克思主義傳統裡的定位，另一方面標示出它如何異於該傳統的某些面向？我認為最能幫助我解決這些問題的方法，就是開始盡可能廣泛地公開討論該書的想法，於是我接受了所有請我去演講的邀約。這一方面使我的論點在對談過程中變得更加清晰，同時也能讓我更加明白，擴大此書本身的議論事項（agenda）會有多大的幫助。

因此，我開始了合計為期四年、巡迴世界的旅行，在各大學、研討會或其他場合，藉由演講、專題討論會、工作坊，或在少數幾處以系列講座的形式，來談論我的書稿。我當初從未想過最後竟會在十八個國家發表了超過五十場演說：

2005 年：亞利桑納大學、瑞典的于默奧（Umea）大學（四場演講）、布拉格的查理（Charles）大學、布拉格的捷克國會主持專題討論、義大利的特倫托（Trento）大學、札格雷布（Zagreb）的克羅埃西亞社會學會（Croatian Sociological Association）、札格雷布大學、蘭開斯特（Lancaster）大學的道德經濟研討會、加州大學爾灣分校（U.C. Irvine）的社會生態學院、都柏林大學的社會正義學院。

2006 年：普林斯頓大學的社會系、在波士尼亞的塞拉耶佛（Sarajevo）舉行的「黑格爾、馬克思與心理分析」研討會、倫敦政經學院、加州大學柏克萊分校（六場演講）、密爾瓦基（Milwaukee）的中西部社會論壇（Midwest Social Forum）、多倫多大學。

2007 年：紐約大學（四次演講）、哥倫比亞大學、哈弗福特學院（Haverford College）、惠特學院（Wheaton College）、日本仙台的東北大學、日本福岡的九州大學、日本大阪的關西學院大學、京都大學、東京大學、阿根廷的布宜諾艾利斯大學、智利聖地亞哥的迪亞哥波塔列斯（Diego Portales）大學、北京的人民大學、北京清華大學、北京的中國社會科學院、廣州的中山大學、南京大學、上海的復旦大學、南非約翰尼斯堡的威特沃特斯蘭德（Witwatersrand）大學（四場演講）、約翰尼斯堡的約翰尼斯堡大學、約翰尼斯堡的南非全國總工會領導才能工作坊（COSATU leadership workshop）、加州大學柏克萊分校（八場系列演講及討論會）、挪威特隆赫姆（Trondheim）大學（三場演講）、安卡拉的中東科技大學（四場演講）、伊斯坦堡的博斯普 斯（Bogazici）大學、明尼蘇達大學。

2008 年：巴塞隆納大學、米蘭大學、義大利的西耶納（Sienna）大學、西班牙畢爾包（Bilbao）的巴斯克自治區（Basque Country）大學、巴黎政治大學、墨西哥城的墨西哥學院、蘭開斯特大學。

或許有人會認為我講了這麼多次，所得到的知識回饋一定會變得愈來愈少。但事實並非如此。每一次發表及討論，都是根據我最新的修訂及思路；而本書最重要的精華，有一些是在這巡迴之旅的尾聲，才在討論中被激發出來的。[6] 在這些演說過程中，我仔細記下討論的要點，甚至錄下其中一些討論並打成逐字稿。[7] 根據這四年討論記錄的要點，我針對各種問題、未解決之議題及可能的修改方向，進行收集與整理，並或多或少地不斷修改這份書稿，把最近改好的章節草稿放到個人網站上。在我演講時，經常有些聽眾已經閱讀過這份不斷修改的書稿，並提前準備了意見。

計畫這麼一趟遍及世界各國的演說之旅時，我本來預期會在不同的地方得到迥異的反應。當然，在中國被問到的問題跟在挪威很不一樣。但是，在各地的討論中，最令人驚訝的卻是各種相同之處：對我開展的研究議程，大家提到相同的議題、批評及擔憂之處，也一樣普遍抱持熱情。各地的人們似乎都很欣賞我提出的將社會主義構思為制度性多元主義的做法，以及我所捍衛的社會正義的道德願景；各地的人們也都對根植於公民社會的社會權力成為超越資本主義之基礎的可能性，抱持懷疑的態度，特別是在全球化的情況之下。當然，就我的聽眾而言，其本身就存在著高度自我篩選的機制：最有可能出現在一場名為「展望真實烏托邦」演講會場的人，很可能已對現存制度有所不滿，並已積極思考解放性替代方案。然而，除了一些有趣的例外情況，我清楚看到人們很能接受以下想法：面對從資本主義向解放性替代方案轉型之問題時，將民主及社會權力置於核心，並在現實中探索如何透過各種不同的制度實現上述目標。我覺得自己參與了一場全球對話，這場對話討論的是我們時代面臨的兩難困境，即使許多人仍對真實烏托邦的可行性存疑，但我所提出的分析已經引起人們的共鳴。

xv

在歷次旅行間的空檔，我在 2005 年及 2008 年於威斯康辛大學開設了真實烏托邦的博士討論課。2008 年春季的這門課基本上是按照本書當時的草稿來設計進行的——學生每週閱讀並評論其中一章草稿。這堂討論課還包括每週與一群布宜諾艾利斯大學社會系學生進行網路視訊研討；這些學生在 2007 年 5 月參加了我在當地的演講，並表示想參與我在威斯康辛開設的討論課。[8]

在那個學期末，這些阿根廷學生來到了麥迪遜，參與為期兩天的「展望真實烏托邦」小型研討會，與會者還包括威斯康辛的學生，以及來自柏克萊、紐約大學、明尼蘇達大學一些曾參加過我演講及討論會的學生。這堂密集且（對我來說）大有收穫的討論課結束後不久，這本書便完成了最後的修訂與補強。

經歷上述過程後，我很難明確指出新想法及補強受益於何處。最準確地說，它們源自我熱情參與的廣泛對話。當然，想法是社會產物，不只是源於內在反省後的個人想像，這話一點不假。不過就本書而言，其中的想法不只是社會的產物，還是全世界數以百計與我討論書中想法的人共同合作的集體產物。對於上述許多參與討論，並在發展本書裡各種想法的協力過程中貢獻己力的人，我深表感激。

對於某些人，我不知是否該在這裡具名感謝。我在此要略過那些藉由質疑、尖銳的評論或建議，而在推進本書論點的過程中，扮演重要角色的那些人。不過，仍須明確向某些人致意：Burawoy 一直以來都是我最忠實的批評者，也是我兩位最忠實的支持者之一。他對真實烏托邦的想法有著豐沛的熱情，同時也對我分析的許多細節，有著源源不絕的批評。他是最極力強調「社會」一詞重要性的人，也是透過與他的討論（特別是在北加州騎著腳踏車與散步時），這種討論「社會主義」之中的「社會」一詞等術語的習慣才得以浮現。我的妻子 Marcia Kahn Wright 是另一位最忠實支持我這項工作的人，她不只持續挹注我對真實烏托邦計畫的熱情，寬厚地包容我因為持續旅行而對生活造成的干擾，同時也在我們偶爾深夜討論特定問題及主題時，在實質上為本書貢獻了重要的想法。近幾年來，Harry Brighouse 已成為最常與我討論真實烏托邦問題及其哲學基礎的人。社會正義及人類蓬勃發展（human flourishing）的概念支撐了本書的規範性基礎，而對這些概念的特定闡述，有很大一部分源於我們兩人的討論。我的兩位學生 Gianpaolo Baiocchi 與 Amy Lang 的博士論文，處理了真實烏托邦制度性創新的特定問題，而他們對案例的細緻討論，及其對深化民主這個更廣泛問題所帶來的意涵，也讓我獲益良多。我與 Archon Fung 合作撰寫真實烏托邦計畫叢書第四冊《深化民主》（*Deepening Democracy*）裡的破題之作，這對於幫助我了解為何民主是超越資本主義的核心問題，有著莫大的重要性。我稍早的作品曾強調剝削在資本主義中的核心地位，而剝削對於資本主義的運作當然很關鍵。但是，超越資本主義的核心軸卻是民主。從真實烏托邦計畫一開始，Joel Rogers 就以各種方式參與其中。事實上，這個計畫名稱是他在 1990 年代初提出來的，當時我們一如每星期天早晨都會做的，帶著我的黃金獵犬去散步，途中我們正規劃著與結社民主相關的研討會，這研討會後來也成為該計畫第一本書出版的基礎。雖然（我覺得）曾是我學生的 Vivek Chibbrer 現在勉強同意我的觀點，亦即在今日的世界不太可能以階級鬥爭這種斷裂式邏輯來改變並超越資本主義，他仍反覆提醒我階級鬥爭及階級政治必須是此一變革力量的核心。雖然在我首次向 2004 年分析馬克思主義小組的成員 G. A. Cohen、Philippe Van Parijs、Sam Bowles、Josh Cohen、Hillel Steiner、Robert Brenner、John Roemer 以及 Robert van der Veen 提出本書論點的最早版本時，他們的反應讓我有些沮喪，但這些

xvii

回應最終確實幫助我進一步發展這些議題。更重要的是，與小組成員長達四分之一世紀的相互討論，讓我認識了平等及實現平等條件的哲學概念。最後，我想感謝在柏克萊及威斯康辛開討論課的學生，他們讀了本書各章的草稿，並為每次的討論寫下頗能觸發進一步思考的質疑觀點。他們努力提出犀利的批評，並質疑我的許多論證，讓我在許多地方重新修改這份文本，我也加入許多腳註來回應他們在課堂上提出的不同觀點。

給本書讀者的說明

在開始寫作本書時，我心目中的讀者群是相對廣泛的普羅大眾。我希望自己能夠嚴謹處理這些困難的理論及政治議題，同時讓那些未受過基進馬克思主義社會理論訓練的人，覺得這是本可親且吸引人的書。撰寫本書的過程中，我遇到一些我覺得必須面對的批評，我清楚覺察到，我對話的對象事實上是思想相當深刻的人群。「學術」寫作的其中一項標記便是，你能回應對你論點的某些潛在批評，但大多數讀者根本不會提出那些批評。我希望這本書對於未涉入學術辯論的人來說仍具可讀性。為了解決這個難題，我試著把許多深究的學術討論及針對那些批評我分析的回應，放到腳註裡去。讀者可以不閱讀腳註而直接讀本文。

關於我心目中所期待的讀者，仍有另一方面的問題。我希望本書不但與那些在知性及政治立場上支持社會主義左派的人有關，同時也吸引以下這種人：他們雖然不認為馬克思主義傳統是思想上的重要來源，也未涉入關於它的辯論，但是，在邁向更為正義及人道之世界的過程中，這些人仍廣泛關注即將面臨的兩難及各種可能性。要同時兼顧以上兩種人的需求，是很困難的一件事。對於那些在基進地超越資本主義的議題上同情馬克思主義的人來說，重要的是去探索歷史上傳統馬克思主義理論的革命性轉型及其侷限。與馬克思主義的傳統沒有連繫的人，很可能會覺得上述討論根本無關緊要。使用「社會主義」這個詞來描寫替代資本主義的解放性方案的結構面向時，也反映出這種緊張關係：同情馬克思主義傳統的人會覺得，我以社會權力及基進民主的角度，重新檢視社會主義的嘗試，連結了長期被關注的一些主題；對於非馬克思主義者來說，「社會主義」這個字眼似乎有點過時了，儘管我努力說明詞彙的界定，他們仍認為這個詞幾近等於中央集權的國家主義。

xviii

同時為那些認同馬克思主義的人，以及那些對馬克思主義無感或敵視的人而寫作的張力，又因為我想讓這本書被不同國家的人閱讀的願望而進一步加深。畢竟在不同國家裡，「馬克思主義」及「社會主義」有著不同的意涵。在美國，社會主義這個詞完全位於主流的政治生活之外，但在許多歐洲國家，這個詞被廣泛用來稱呼那些認同民主、平等價值的進步政治勢力。

我不知道自己是否成功克服了這些讀者異質性所帶來的問題。我的策略是努力把東西寫清楚，界定好我所有使用的關鍵概念，並以邏輯清楚的方式，小心呈現我論證中的每一步，好讓無論熟悉或不熟悉這類討論的人，都更容易讀懂我的文章。

威斯康辛州麥迪遜

2009 年 7 月

註釋

1. Francis Fukuyama, *The End of History and the Last Man* (New York: The Free Press, 1992).
2. 這六本真實烏托邦計畫的書分別是：*Associations and Democracy*, by Joshua Cohen and Joel Rogers (London: Verso, 1995); *Equal Shares: Making Market Socialism Work*, by John Roemer (London: Verso, 1996); *Recasting Egalitarianism: New Rules for Equity and Accountability in Markets, Communities and States*, by Samuel Bowles and Herbert Gintis (London: Verso, 1999); *Deepening Democracy: Innovations in Empowered Participatory Governance*, by Archon Fung and Erik Olin Wright (London: Verso, 2003); *Redesigning Distribution: Basic Income and Stakeholder Grants as Cornerstones of a More Egalitarian Capitalism*, by Bruce Ackerman, Anne Alstott and Philippe Van Parijs (London: Verso, 2007); *Gender Equality: Transforming Family Divisions of Labor*, by Janet Gornick and Marcia Meyers (London: Verso, 2009)。
3. Michael Burawoy and Erik Olin Wright, "Sociological Marxism," in Jonathan Turner (ed.), *Handbook of Sociological Theory* (New York: Kluwer Academic/Plenum Publishers, 2001).
4. 分析馬克思主義小組一開始是討論馬克思主義理論的核心主題，特別是剝削的概念。在 1980 年代初期，小組成員發展出了一種探索馬克思主義的獨特風格，後來被命名為分析馬克思主義。我在 1981 年受邀加入該小組。小組裡還有 G. A. Cohen、John Roemer、Hillel Steiner、Sam Bowles、Josh Cohen、Robert van der Veen、Philippe Van Parijs 及 Robert Brenner（並非所有人都是從一開始就加入）。Adam Przeworski 與 Jon Elster 在 1980 年代還是小組成員，但在我發表這篇文章時已離開小組。欲一窺這個知識圈成員的著作合集，請參考 John Roemer (ed.), *Analytical Marxism* (Cambridge: Cambridge University Press, 1985)。
5. 當投稿到 *New Left Review* 時，該文仍沿用"Taking the 'Social' in Socialism Seriously"的標題，但該刊編輯說他們不喜歡冗長的標題，把它改為"Compass Points: Towards a Socialist Alternative"，新的題目呼應了我在文中使用的比喻。雖然我更偏愛原本的標題，但我也默許了編輯的判斷。
6. 例如，在第五章的討論裡提到的兩條「社會賦權的途徑」，就是在 2008 年 5 月到過巴塞隆納後才加上去的。
7. 我的網站（http://www.ssc.wisc.edu/~wright）上可以找到一部分在這些演講和討論會中對於本書手稿之討論的逐字稿，有些還有影音記錄。
8. 在我的網站（http://www/ssc/wisc/edu/~wright）上，也可以找到該堂討論課每週的討論影音記錄，同時還附上學生的評論及我的回應。

第 1 章

導言：為什麼要提真實烏托邦？[1]

1

不久以前，無論是資本主義的批評者或擁護者都相信，「另一個世界是可能的」。一般將它統稱為「社會主義」。右派譴責社會主義違背了個人的私有財產權，同時釋放出怪獸般的國家壓迫，而左派則認為社會主義能開啟一系列的新局，帶領我們走向社會平等、貨真價實的自由，以及發揮人類潛能的未來；雙方都相信替代資本主義的選項是可能的。

時至今日，大多數的人——尤其是那些在經濟已開發地區的人——不再相信這個可能了。對他們來說，資本主義似乎成為事物自然秩序的一部分，悲觀主義已取代了 Gramsci 口中那若想改變世界則不可或缺的樂觀主義（optimism of the will）。

本書探索各種差異頗大的制度及社會關係，這些制度及社會關係都具有一定潛力，能推展歷史上與社會主義這個概念相關的民主平等目標，透過這些研究，我希望重建解放性社會變革之可能方向。我的探索，一方面是經驗性的，它檢視各種制度創新的案例，這些案例體現了目前主流社會組織以外的解放性替代方案；另一方面則偏重理論思索（speculative），探討一些從未被實行的理論方案。在討論過程中，我們的重點仍放在制度設計及社會適用性的實際議題上。我希望為另一個可能的社會世界的基進民主平等願景，提供經驗與理論基礎。

2

我們將在往後的章節詳細討論四個例證，讓讀者具體了解上述構想。

1. 參與式的市政預算編列

在世界上大多數由某種民選制度產生的政府來治理的城市中，市政預算的編列是由該市主要行政主管——通常就是市長——底下的技術官員彙整而成。倘若該市同時也有民選的議會，那麼這份官僚彙整的預算書，或許會送到議會修改及認可。這位市長以及其他主要的政治勢力，與經濟學家、工程專家、市政規劃人士及其他技術官僚商議後，依據其政治議程，決定整個預算的基本樣貌。這就是真實世界的情況。

現在，試想底下這個替代的可能世界：市政預算編列過程不再是由上而下形構而成，而是將整個城市分成許多社區，各社區都有一個參與式的預算會議（participatory budget assembly）。然後，針對各種涉及整個城市利益的主題——例如文化節慶或大眾運輸——設立一些全市的預算會議。這些參與式預算會議的任務就是要規劃出具體的預算提案（特別是針對某種基礎建設的計畫），然後提交至全市的預算大會（city-wide budget council）。市內所有居民都可以參與會議，同時針對各種提案投票。他們運作的方式很像新英格蘭的鎮民大會，只不過他們會在幾個月的時間內固定聚會，這麼一來，在提案獲得批准前，才有充裕的機會制定和修改提案。各個會議在批准這些社區式及主題式的預算後，選出各自的代表參與全市的預算大會，在為期數月的討論後，得以採行一套完整且統一的預算方案。

在現實世界中，這個模式存在於巴西的愉港市（Porto Alegre）。在 1989 年正式設立這套制度以前，很少人認為在一個民主傳統薄弱、貪污及政治派系惡鬥情況嚴重的國家，在一個相對貧窮、人口超過一百五十萬的城市，參與式預算能夠運作起來。它建立了一種直接的、參與式的民主模式，與以往把社會資源依據城市內各種目的而分配的傳統模式大相逕庭。我們將在第六章深入討論這個案例。

2. 維基百科

3

維基百科是個大型且可自由編輯的網路百科全書。到 2009 年中期為止，已有超過兩億九千萬項英文詞條，堪稱全世界規模最大的百科全書。地球上任何有網路的人都能免費使用它，既然現在即使是在非常貧窮的國家，許多圖書館都會提供網路，這意味著任何有需要的人都可以不付一毛錢就取得如此大量的資訊。在 2009 年，粗估每月有六千五百萬人點閱維基百科。上頭的詞條是由數十萬名未支薪的志工編輯提供。任何詞條都可由任何編輯修改，而修改動作可以一直持續下去。我們在第七章將看到，雖然維基百科已衍生出各種規則處理內容上的衝突，但仍是在最低程度的監視及社會控制下發展。而且，令多數人驚訝的是，它的品質基本上很不錯。在《自然》（*Nature*）期刊上發表的一項研究指出，研究者選擇與科學相關的題目來檢視百科全書的詞條，最後發現維基百科及大英百科全書的錯誤率其實差不多。[2]

維基百科是一種從骨子裡反對資本主義的生產與散播知識的

方式。立基在「各取所需，各盡所能」的原則上，做編輯的人不拿錢，不收查閱的人任何費用。它是平等主義的，且建立在橫向互惠而非垂直控制的基礎上。2000 年時，維基百科尚未啟動，當時沒有人——包括它的創立者——想像得到後來所成就的事業。

3. 蒙德拉貢工人合作社（Mondragon worker-owned cooperatives）

經濟學家普遍認為市場經濟只有在特殊的條件下，才有可能存在受僱者自己擁有並管理的工廠。這些工廠的規模必須要小，廠內的勞動力同質性要高。它們或許能掌握資本主義經濟中的一些利基，但無法以資本密集且分工複雜的技術，生產出精緻的產品。生產的產品複雜度高，就要有階層清楚的權力關係及資本主義的財產關係。

4

蒙德拉貢公司位於西班牙巴斯克（Basque）地區，是由工人所擁有的合作社整合而成。它建立於佛朗哥（Franco）獨裁的1950 年代，如今是西班牙第七大產業集團，也是巴斯克地區最大的財團，工人合作社會員超過四萬人。[3] 該集團大約由二百五十個獨立的合作事業組成，每一家都屬於受僱者——沒有非工人的所有者——生產範圍泛及各種商品及勞務：洗衣機、汽車零件、金融、保險、雜貨店。我在第七章將談到，在市場全球化的今日，蒙德拉貢公司面臨了許多挑戰，儘管如此，最上層的管理者仍同樣由工人選舉出來，公司的主要決策也還是透過代表會員的董事會或是全體會員大會來制定。

4. 無條件基本收入制

無條件基本收入制（unconditional basic income, UBI）的想法非常簡單：一個國家中的每位合法居民，每個月都能收到足以讓他們生活在「貧窮線」之上的生活津貼。姑且稱之為「單純滿足（no frills）[①] 文化上讓人有尊嚴生活的標準」。針對任何工作表現或其他種類的貢獻，這份津貼**沒有限制條件**，它是**普遍發放的**——不論貧富，每個人都能獲得。發放的對象是個人，不是家庭。父母是未成年子女所領津貼（比起給成年人的要少一些）的監護人。

在普遍發放基本收入的同時，普及性的計畫——如提供服務而非現金的公共教育及健康保險——仍將持續，然而一旦無條件基本收入開始發放，其津貼已足以讓每個人過像樣的生活，因此大多數其他的再分配轉移機制——例如一般的福利、家庭零用金、失業保險、根據賦稅發放的老年津貼等——將被取消。這意味著在已經透過各種特定方案的左拼右貼，提供慷慨的反貧窮收入補助的福利體系中，因為普及性的無條件基本收入而提高的淨成本其實很有限。由於生活基本支出已由 UBI 負擔，雖然各種因應特定需求而提供的補助仍將持續——例如，給殘障人士的補助——但在現行制度下都將減少額度。最低薪資的規定也將放寬或取消，畢竟如果所有收入事實上都成為可支配收入，那麼法律

5

〔譯註〕

① 通常指稱為了削低商品售價而去除販售過程中不必要的額外成本，包括廣告、贈品、包裝。例如廉價航空。

上也不需要再禁止低於維生水平的薪資。當收取津貼成為每個人無條件可取得的權利，他們的稅將隨著超出基本收入的部分而增加，因此大部分的人遲早都有可能在某個時間點成為淨貢獻者。長期來看，大多數人在生命歷程中時而成為淨受益者，時而成為淨貢獻者。

無條件基本收入是收入分配體制重新設定的重要基礎。我們將在第七章看到，在促進資本主義民主平等的轉型上，它有潛力扮演一定角色：貧窮被消滅；勞動契約會變得更具自願性，因為每個人都有退出的選項；勞工與資本家的權力關係變得更為平等，因為工人實際上擁有無條件的罷工基金；由於生產活動不再需要提供參與者的基本生活需求，人們更有可能組成合作性社團，在市場之外生產商品及服務以滿足人類所需。

雖然最慷慨的福利國家中有一些不完全且片斷式的版本，一個基本收入的試行方案也在納米比亞（Namibia）這個貧窮國家中實驗性地推行，[4] 但目前尚未有國家真正採行這種無條件的基本收入制。它是一個理論提案，必定會涉及某些關於其動態效應的推測。因此，如果真的實行的話，提供太慷慨的基本收入或許不可行——因為各種濫用的效應可能會導致它自我崩壞。但是，誠如我稍後的論證，我們仍有很充分的理由相信它行得通，足以成為另一個可能世界的重要基石之一。

＊＊＊

這些例子即是我所謂的「真實烏托邦」。這個字眼似乎本身就很矛盾。烏托邦是空想，是在不考慮人類心理及社會可行性的前提下設想出的一個和平及和諧的大同世界，讓人在道德上有所啟發。現實主義者避談這類空想。我們需要的是腳踏實地的方案，能務實地改進我們現行的制度。我們必須考量實際的現實情況，而不是耽溺在烏托邦的美夢裡。

6

「真實烏托邦」的概念，擁抱了夢想與實踐間存在的張力。它深植於以下信念：實際可行的事物並非全然與我們的想像力無關，事實上，我們的願景形塑了它。自我實現的預言是歷史上一股強大的力量，雖然「有志者，事竟成」這種話或許過於樂觀，但事實上倘若失「志」，許多「事」就變得不可能了。我們需要培養一種獨到的眼光，看出怎樣才能創造免於壓迫的社會制度，以幫助我們創造一種促進基進社會變革、減少壓迫的政治意志。儘管最終抵達的地方並不存在那樣的烏托邦理想，然而相信烏托邦理想的信念，對於推動人們啟程、脫離現狀是不可或缺的。然而，朦朧不清的烏托邦理想卻會讓我們迷失，驅使我們走上一條根本沒有終點的道路，或者更糟的是，讓我們墮入想像不到的深淵之中。人類邁向解放的奮鬥過程裡，除了「有志者，事竟成」外，還會遇到「通往地獄的道路是由善意所鋪成」的情況。因此，我們需要的就是「真實烏托邦」：建立在真實人性潛力上的烏托邦理想、有階段可達成的烏托邦目標，以及對我們改造不完美的世界、追求社會變革的實際任務能有所啟發的烏托邦制度設計。

社會制度能夠以促進人類福祉及幸福的方式被理性改變，這樣的想法其實有著漫長且備受爭議的歷史。一方面，各式各樣的基進人士認為，過去所遺留的社會安排模式並非不可改變的自然事實，而是可改造的人為創造物。我們可以重新設計社會制度，把威脅人類實現生活目標、追尋意義之願望的壓迫形式給消滅掉。創造出這樣的制度，就是解放政治的核心任務。

另一方面，保守人士經常指出，社會再造的宏圖幾乎總是以災難性的結局收場。雖然當前的社會制度或許稱不上完美，它們大體說來仍能服務人群。至少，它們為社會秩序及穩定的互動提供了最基本的條件。當人們試圖讓社會規則及實作適應變動的環境，這些制度已在緩慢、日積月累的過程中逐步演進。這個過程與其說是按照有意識的設計來進行，不如說是在嘗試與錯誤中推進，大致說來，那些制度具有經得起歲月千錘百鍊的優點，所以才能延續至今。這並不是說我們無法促成制度變革、或有意識推動制度變革，而是說這種變革本身必須非常謹慎、循序漸進，而且不應該採用全面改變現行體制的方式。

對於刻意推動社會變革所帶來的意圖及非意圖效果之間的關係的意見分歧，位於這些備選觀點的核心位置。保守派批判基進方案的論點，主要不是說基進派的解放目標沒有道德依據——雖然有些保守派確實也批評了這些方案隱含的價值觀——而是努力推動大幅社會變革，常難以控制其所造成的、經常是負面的非意圖效果，甚至掩蓋了原先意圖的效果。基進派及革命人士的問題在於 Frederick Hayek 所謂的「不要命的自負」（fatal conceit）——錯誤地認為透過理性計算及政治意志，就能好好設計這個社會，進而改善人類的處境。[5] 漸進式的修補或許並不令人驚豔，但這是我們所能選擇的最佳方案。

當然，有人指出許多保守人士所偏好的改革，同樣產生大規模、破壞性的非意圖效果。例如，世界銀行在許多貧窮國家施行的結構調整方案，造成了極大的浩劫。更有甚者，在特定的情況下，保守人士本身也倡議基進、全社會的制度改革方案，例如在 1990 年代，為了將蘇聯的計畫經濟改造成自由市場資本主義而實施的「震盪療法」（shock therapy），後來證實的確帶來災難。儘管如此，對保守人士而言，以下的一般性宣稱仍相當可信：有意識推動社會改革的計畫的規模及範圍愈大，我們就愈無法事前預測所有變革帶來的相關影響。

一般而言，左翼的基進人士不接受上述這種對人類可能性的想像。基進的知識分子（特別是在馬克思主義的傳統下）一直堅持，人類有能力全面重新設計社會制度。誠如馬克思自己強調的，這並不意謂著我們能在創造替代方案的機會出現前，就設計好有具體細節的制度藍圖。能夠事先設想出來的是替代現存制度方案的核心組建原則，這些原則將指導後續制度建構中嘗試錯誤的實際過程。當然，各式各樣的非意圖效果都將出現，但當它們「在革命之後」出現，就能被順利處理。重點在於非意圖效果未必會對解放方案本身構成致命的威脅。 8

無論這些立場哪一個聽來較為合理，相信基進方案有可能替代現存制度的**信念**，在當代的政治生活中扮演要角。以下陳述是有可能的：社會民主改革的政治空間擴大（或至少部分擴大），是因為對資本主義採取更基進的斷裂被視為有可能，而這種可能性主要仰賴的又是許多人相信基進斷裂是可行的。認為革命性的社會主義可行的**信念**——尤其在蘇聯及其他地方的重要歷史經驗的支持下——讓做為一種階級妥協之形式的改良式社會民主更可能**達成**。漸進式修補社會制度的政治條件，很大程度仰賴於是否擁有較為基進的願景，展望可能的轉型。當然，這不是說只因這些信仰提供了可欲的效果，我們就必須支持對於未來可能性的錯誤信仰，而是說對於基進替代方案的合理願景，輔以堅實的理論基礎，將是促成解放性社會變革的一項重要條件。

在我們如今身處的世界中，人們經常嘲笑這些基進的願景，而不願認真看待它們。隨著後現代主義者拒絕「宏觀敘事」的風潮，即使是在政治光譜上左傾的人士，在意識型態上也排斥宏大的設計。這並不必然意味著我們得放棄具有深刻平等主義涵義的解放價值，但它確實相當程度反映出，如今人們犬儒地看待人類實現這些價值的能力。這種犬儒態度繼而削弱了進步的政治力量。

本書提出了一個宏大的架構，藉此有系統地探索體現「真實烏托邦」理念的各種替代方案，希望透過這樣的努力來對抗上述的犬儒主義。從第二章開始，我們將把展望真實烏托邦的特定問題，放入「解放社會科學」（emancipatory social science）這個更廣泛的架構中。該架構乃圍繞著三項任務建立起來：診斷並批判；塑造替代方案（alternatives）；詳述創造改變的策略。這三項任務界定了本書三個主要部分的具體議程。本書第一部分（第三章）基本上診斷並批判了資本主義，由此驅動我們尋求實現真實烏托邦的替代方案；然後，第二部分討論替代選項的問題。第四章回顧了傳統馬克思主義取向如何思考替代方案，同時也揭示這種取向的侷限。第五章詳述了另一項分析策略，該分析策略立

9

基於以下理念：做為替代資本主義之可能方案，社會主義應被理解為增加社會賦權（social empowerment），使其能控制國家與經濟的過程。第六及第七章則探索，從這種社會賦權的概念出發，各種制度設計的具體方案；在這些章節中，首先聚焦於社會賦權及國家的問題，然後再談社會賦權與經濟體的問題。本書的第三部分轉至轉型（transformation）的問題：如何理解這些真實烏托邦替代方案可能被實現的過程。第八章將一一討論社會轉型理論中的核心要素。第九章到第十一章則依序檢視三種解放轉型的大方略——斷裂式（ruptural）轉型（第九章）、間隙式（interstitial）轉型（第十章），以及共生式（symbiotic）轉型（第十一章）。第十二章是本書結論，在此將把本書的核心論點濃縮為七大要旨。

註釋

1. 本章的部分內容曾出現在真實烏托邦計畫所出版的第一本書的序言中，即 Joshua Cohen 與 Joel Rogers 合著的 *Associations and Democracy*（London: Verso, 1995）。
2. 請見 Jim Giles, "Special Report: Internet Encyclopaedias Go Head to Head," *Nature* 438 (2005), pp. 900-1。
3. Mondragon Annual Report 2007, p.3。請見 http://www.mcc.es/ing/magnitudes/memoria2007.pdf。
4. Claudia Haarmann, Dirk Haarmann, et al., "Making the Difference! The BIG in Namibia: Basic Income Grant Pilot Project Assessment Report, April 2009"; http://www.bignam.org.
5. Frederick A. Hayek, *The Fatal Conceit: The Errors of Socialism* (Chicago: University of Chicago Press, 1991).

第 2 章

解放社會科學的任務

展望真實烏托邦，是所謂**解放社會科學**這個更大知識傳統中的核心要素。解放社會科學試圖提供跟集體方案有關的特定科學知識，挑戰對人類的各種壓迫形式。如要揭示世界如何運作，應承認系統性科學知識的重要，因此我稱它為一種社會**科學**，而不單是社會批判或社會哲學。**解放**一詞界定了知識生產過程裡的核心道德目標——消除壓迫、創造能讓人類發展的條件。[1] 而**社會**（social）這個詞隱含的信念是「人類解放端賴整個社會世界的轉型，而不只是個人內在生命的改變」。 10

為了實現這項使命，所有的解放社會科學都必須正視三大基本任務：針對現存的世界闡述一套系統性的診斷及批判；展望可行的替代方案；了解轉型過程中存在的阻礙、可能性及矛盾之處。在特定的時間及地點，上述某一項或許會較其他任務更為迫切，但就一個全方位的解放理論而言，三項都是必備的。

診斷與批判

建構解放社會科學的起點，就是指明現存的社會制度及社會結構，如何有系統地傷害人們。光是說人們正在受苦，或說當有 11

人生活過得不錯，但仍存在著巨大的不平等，這是遠遠不夠的。一套科學的解放理論必須解釋這種苦難及不平等，是根植於制度及社會結構中的何種特質。因此，解放社會科學的首要任務，就是針對產生這些傷害的因果關係，提出診斷及批判。

通常，有診斷及批判元素的解放社會科學，能啟發最有系統且最成熟的經驗研究。以女性主義為例，許多相關著作都聚焦在現存社會關係、實踐與制度的診斷，探索它們如何產生各種壓迫女性的形式。勞動力市場的研究，強調職業的性別區隔、職業評價體系貶抑那些在文化定義上具女性特質的工作、升遷制度上的歧視、讓母親在職場上不利的制度安排等；針對文化進行的女性主義研究發現，在媒體、教育、文學等制度的各類文化實作中，在傳統上都是不斷強化壓迫女性的性別認同及刻板印象；針對國家進行的女性主義研究，檢視了國家結構及政策，如何有系統地強化女性的從屬位置、以及各種形式的性別不平等。以上所有研究都想闡明，性別不平等及支配，不單純來自男人與女人之間「先天的」生理差異，更是社會結構、制度及實踐所產生的後果。這一系列的觀察同樣出現在受解放理論的馬克思主義傳統、種族壓迫理論，及基進環保主義啟發的經驗研究。在上述每個傳統下所進行的許多研究，都會細數現有社會結構及制度造成的傷害，並試圖指出其中涉及的因果過程。

12

診斷和批判與社會正義及規範性理論（normative theory）的議題密切相關。描述一項社會安排（social arrangement）會造成「傷害」，其實已為該分析注入了道德的判斷。[2] 因此，在每個解放理論的背後，都隱含一套正義理論，討論社會制度必須先滿足什麼樣的條件，才是大家眼中的正義。本書的分析背後也存在著所謂基進民主平等式（radical democratic egalitarian）的正義觀。它立基在兩項規範性的宣稱，其一關注社會正義的條件，其二關注政治正義的條件：

社會正義：**在一個社會正義的社會裡，所有人基本上應能平等取得必要的物質及社會資源，過著蓬勃發展的生活。**

政治正義：**在一個政治正義的社會裡，所有人基本上有著平等的機會來取得必要資源，以有意義地參與會影響他們生活之決定。這包括個人有自由做出影響他們自己做為不同個體之生活的決定，以及個人有能力參與會影響他們做為社群成員之生活的集體決定。**

兩項宣稱都充滿了哲學上的困難及爭議，我並不會在此嘗試為它們作深入且全面的辯護。儘管如此，澄清這兩項原則的意義及內涵，並解釋我相信能為社會制度的診斷及批判提供根基的立足點，仍將大有幫助。

1. 社會正義

13

本書關於社會正義的討論，為批判資本主義及尋求替代方案提供了動力，該討論圍繞在三個主要的概念：人類的蓬勃發展（human flourishing）、必要的物質及社會資源（necessary material and social means），以及基本上能夠平等取得資源的機會（broadly equal access）。

「人類的蓬勃發展」是一個廣泛、多面向的泛稱概念，包括了人類福祉的許多方面。[3] 它就像「健康」這個概念，可以指狹義的健康，如沒有染上危害正常身體運作的疾病，也包含廣義的健康，如身體強健有活力。人類的蓬勃發展，消極來說是指沒有那些導致人無法正常生活的缺陷，包括像飢餓及其他物質被剝奪的情況、健康不佳、社會隔離，以及社會污名帶來的心理傷害。這些例子性質多元，有些指身體受創，其他則是社會及文化創傷。然而，它們透過不同的機制，全都傷害了人的基本生活。在一個正義的社會中，所有人應無條件取得幫助他們的生活蓬勃發展之資源，以狹義來看，即幫助人們滿足基本生活運作所需之資源。[4]

蓬勃發展的生活在廣義上指的是各種使人能發展並運用其才華及能力的方法，換句話說，即實現他們個人潛力的方法。這並非意味著每個人內在都具有某種獨特、潛藏的自然「本質」（essence），只要不受限便能逐漸茁壯並全然實現。廣義的個人蓬勃發展並不等於「每顆橡實內都藏著一株橡樹」：只要搭配合適的土壤、陽光及雨水，就會逐漸蓬勃發展成橡樹，而原本橡實裡的潛力也會實現，成為一顆成熟的大樹。人類的才華及能力有多種面向；有許多可能的發展軸線，從一個嬰孩的基礎，能發展成許多不同樣貌的成熟大人。其中包括的能力有知識、美學、身體、社會、道德及精神等各層面。它們不但涉及創造力，也包含了熟練程度。在一個蓬勃發展的人類生活中，各種類型的才華及能力都能得到發展。

14

人類的蓬勃發展是個中性概念，它包括了生活中的各方面，每個面向都能以特定的蓬勃發展方式建造起來。例如，它不意味知識能力就比身體、美學或精神能力更值得發展，也不假設想要蓬勃發展，人們就必須發展所有的能力：人類具有許多不同的潛能，一般來說，我們不可能實現所有的潛能，遑論還得考量能否取得物質及社會資源。[5]

重要的是，想要發展及運用這些潛能，必須有物質資源及適當的社會條件。物質資源對人類蓬勃發展的生活的重要性顯而易見。倘若少了足夠的營養、住屋、衣著及人身安全等東西，人們確實便難以達到廣義或狹義的蓬勃發展。然而，人要發展知識、身體及社會等層面的能力，所需要的不只是物質必需品。人們必須能進入教育場域中學習，培育其才華，而這不僅發生在孩童階段，而是一輩子都能享有。人們要可以進入適得其所的工作場域，同時在相當程度上可自主地從事工作活動。人們還需要社群，提供他們積極參與公眾事務及文化活動的機會。

15

在正義的社會中，每個人基本上**能夠平等取得**這些條件。「能夠平等取得」是平等的判準，有點類似「機會平等」的概念。不同之處在於，機會平等可以透過公平的抽籤方式達成，只要當初每個人被抽中的機率是一樣的，最後總有些人會得到許多資源能過蓬勃發展的生活，其他人則過著淒慘的貧困生活；但抽籤這個方式卻無法滿足「能夠平等取得」這個判準。[6]

一方面，每個人蓬勃發展所需的「必要資源」並不相同，另方面，存在著某種程度的不平等，人們仍能夠平等取得**必要的**資源過蓬勃發展的生活，因此能夠平等取得資源，並不意味著每個人收入應該一樣，或生活在相同的物質水準上。[7] 基進的平等主義也不意味，在實際上正義的社會中，人人的生活都將蓬勃發展，而只是說一個人的生活如果無法蓬勃發展，並不是因為此人無法平等取得蓬勃發展所需的社會及物質資源。

16

社會正義的概念，不僅涉及階級不平等而已；它同時也譴責基於性別、種族、身體障礙等任何其他無涉於道德特徵之不平等，這些不平等阻礙個人取得蓬勃發展生活所需物質及社會資源。這是為什麼在定義中納入**社會**資源是很重要的，畢竟基於地位特徵產生的輕視、歧視及社會排除，一如經濟不平等，足以構成人們尋求蓬勃發展的嚴重阻礙。因此，我所提出關於社會正義的基進平等概念，不僅有 Nancy Fraser 所謂的承認政治（politics of recognition），也包括物質分配（material distribution）。[8]

雖然這裡提出的蓬勃發展概念並未偏好特定的蓬勃發展方式，然而那些「美好生活」的文化概念也絕非中性，它們從根本上否定了某種人擁有蓬勃發展之條件的平等機會。倘若一個文化認為某個族裔、種族或社會等級的人，不配取得發展人類能力所需的物質及社會資源，那麼它就是不公正的文化。一個文化若堅持女性最蓬勃發展的型態就是扮演滿足丈夫需求的體貼妻子，以及養育孩子的盡責母親，那麼它也違背了這裡的社會正義概念。女性當然可以成為盡責的母親及體貼的妻子而蓬勃發展，但迫使女性服膺這些角色，限制女孩發展其他能力及才華的文化，違背了能平等取得蓬勃發展所需的物質及社會資源的原則。依照這裡所提的標準，這樣的文化導致不正義。[9]

17

基進平等主義者的社會正義觀，並不認為民族國家是適合實現平等主義的唯一場域。「所有人基本上應能平等取得必要的物質及社會資源，以尋求蓬勃發展的生活」這個原則適用於**所有**人，因此更深層來看，它是一個適用於全人類的普世原則。生於瓜地馬拉的人比起生於加拿大的人，較少有機會取得適當的物質及社會條件來蓬勃發展，這件事並不公平。因此，平等主義的理想做為一項批判工具，能針對任何社會單位，只要該單位中取得資源的途徑取決於某些規則及權力結構。當一家人無法平等取得家裡提供的資源來過上蓬勃發展的生活，那就可以批判這個家庭不公平；當一套全球制度在全球範圍內實施某種規則造成不平等，那麼這套制度也可被批判為不公平。實際上，社會正義大多數的討論主要聚焦在我們所謂「民族國家」這個界線清楚的社會實體內所出現的正義問題，畢竟促進社會變革的政治動力（agency）仍大多集中在這個社會單位上，但是上述的實際考量，並不會對我們如何定義自己的核心原則帶來限制。[10]

當然，想明確指出什麼樣的制度性安排實際滿足正義社會的判準，並不是件簡單的事。任何嘗試都必須面對各種不同的難題：關於資源取得的途徑如何公平**分配**（distribution）的道德信念，以及**創造**蓬勃發展所需之社會及物質資源過程中的務實考量，兩者要如何平衡？有些才華比其他才華更有貢獻，能創造出更有助於人類蓬勃發展的社會及物質條件，是否應該提供各種誘因，鼓勵人們發展比較有貢獻的這些才華？如果真是如此，是否違背了平等取得的想法？有些才華發展的代價比起其他才華更高，然而總體上發展才能所需的資源很可能受到預算限制，因此不可能讓每個人平等取得所需的資源，發展他們想要發展的才

18

華。平等取得資源過蓬勃發展的生活，或許並不意味著平等取得必要資源培育自己想培育的才華。想在哲學層次上捍衛「平等取得能蓬勃發展之條件」這個理念，勢必要面對上述以及更多的問題。但是，不管如何討論這個理念，可以確定的是，這個信念必然包含能取得必要資源的條件，以滿足食、衣、住、健康等基本需求，也可以發展及運用某些個人的才華及能力，同時可以在自己生活的社會裡，充分參與其中的社會生活。目前，我們生存的世界則並非如此。

2. 政治正義

本書進行診斷及批判所依賴的第二個規範性原則與個人自由及民主有關。這兩個概念彼此相關，因為它們都關注人們是否有權力，對影響他們生活之事物做決定。核心的原則如下：人們應能夠盡可能控制影響他們生活的決定。「自由」（freedom）就是選擇個人生活的權力；「民主」是身為社會的一分子，能有效參與會影響自己生活的集體選擇之權力。政治正義的民主平等原則是所有人應可平等取得所需的權力，能對自己的生活做選擇，也能參與自己所處的社會裡，會影響他們的那些集體選擇。

這種對自由的平等主義式的理解，承認個人權利及自主性等自由主義的中心理念，而這樣的理念試圖將人們服從外在強制力的程度降到最低。這與標準的自由主義式說法的不同之處，在於它同時強調平等主義的原則，認為所有人應可平等取得決定自己生活所需要的權力，而不僅僅是一起免於他人的強迫。這呼應了

Philippe Van Parijs 所提的「所有人的**真正**自由」（real freedom for all）。[11] 真正的自由意味著對於那些就其自身而言至關重大的決定，人們擁有實質的能力做選擇，同時還意味著人們能取得所需的基本資源，以實現他們的生涯規劃。[12]

19

政治正義的民主面向，關注人們是否能平等取得必要的資源，針對影響社會成員生活的議題，參與集體決策。這不但確認了民主應有形式的（formal）政治平等——所有人應平等取得政治參與的資源——同時，民主也要賦予權力，讓人們能夠集體控制其共同命運。在當代社會中，多數人對民主的看法十分狹窄。一方面，許多關於公共的重大議題，不被認為應交付民主決策的正當過程來處理。特別是許多影響集體命運甚鉅的經濟決定，被視為是大公司的執行長或老闆該處理的「私人」事務。對於「公共」與「私人」的劃分，深受私有財產概念的影響，這概念使許多涉及經濟資源及活動的決定，隔絕於民主控制的介入之外。另一方面，即使是那些被視為理當由公共控制的議題，人民透過民主而獲賦權的情況仍相當有限。選舉很大程度上被菁英把持，故違背了政治平等的民主原則，而人民其他參與的管道，大致來說僅具象徵意義。一般公民幾無任何機會，能實現「民治」的民主理想。

相對地，基進民主認為我們應擴充對民主的理解。所有人民在政治上平等的理念，必須仰賴強而有力的制度性機制，防止私人經濟權力轉換為政治權力。民主決策的範圍要擴大到所有對公眾造成重大影響的領域。此外，公民賦權的領域要延伸到定期選舉投票之外。

20 基進民主本身既是個理想——人們應有權利，有意義地參與會影響他們生活的決定；也是個工具性的價值——就促進人類蓬勃發展而言，社會正義基進平等原則之實現，仰賴政治權力的基進民主制度。社會正義的基進平等觀與政治權力的基進民主觀結合起來，可被稱為**民主的平等主義**（democratic egalitarianism）。這也為本書對現有制度的診斷及批判，以及尋求本書提及的轉型方案，界定出了整體的規範性基礎。

可行的替代方案

解放社會科學的第二項任務，是發展一套邏輯連貫又可信的理論，提出替代現行制度及社會結構的方案，以去除或至少減弱由診斷及批判指出的傷害與不正義。社會替代方案可以依據三項不同的判準來闡述及評估：可欲性（desirability）、可行性（viability）及可達成性（achievability）。如下圖 2.1 所示，三者互嵌形成了一種階序：並非所有可欲的替代方案都可行，而所有可行的方案也並非都可達成。

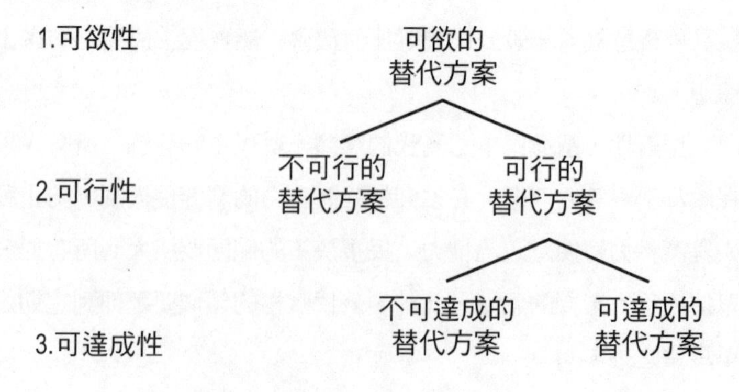

圖 2.1　評估社會性替代方案的三項判準

1. 可欲性

探索**可欲的**替代方案——先不考慮可行性及可達成性——是烏托邦社會理論及許多規範性政治哲學的範疇。一般來說，這種討論很少涉及制度層面，強調的是抽象原則（而非實際制度設計）的清楚闡明。例如，馬克思主義者描述共產主義做為一個**無階級社會**，乃根據「各取所需，各盡所能」的原則治理，但對於現實生活中的制度安排如何實現此原則幾乎一字未提。自由主義的正義理論同樣闡述且捍衛那些體現在正義社會制度中的原則，但卻未系統性地討論：是否可以真的設計出能持續健全運作的制度，並確實按照當初的想法來實現這些原則。可欲性的討論很重要，因為有助我們釐清價值觀，強化對推動社會變革的艱鉅事業的道德使命感。但是，對替代方案進行純烏托邦式的思考，對於打造制度的實際任務幫助有限，也無法讓人更有力地挑戰現行制度。

21

2. 可行性

可行的替代方案之研究，期待提案能使現行的社會結構及制度產生轉型，而先不論一旦推行之後，是否真的能持續且穩健地產生觸發該提議的解放效果。否定基進民主方案的常見理由是：「紙上談兵說得好聽，只怕窒礙難行。」這個問題最著名的例子是全面性的中央計畫經濟，這也是過去革命派試圖實現社會主義原則的典型做法。社會主義者嚴詞批判市場的無政府狀況及市場對社會帶來的毀滅效果，他們相信理性規劃的計畫經濟將改善人們的生活，而能使這夢想成真的制度設計，就是中央集權式的全面計畫。由於經濟現象過於複雜使得資訊超載，也由於各種與誘因相關的問題，結果是全面的中央計畫產生各種「相反的」非意圖後果，顛覆了原本意圖的目標。

另一個例子就是慷慨的無條件基本收入方案，我們在第六章還會討論。試想，每人每月可以無需任何條件及不受任何限制，就領取足以過上有社會尊嚴的生活津貼。從社會正義基進平等的道德立場出發，我們可以找到許多理由解釋，為何這是替代現存經濟分配過程的可欲方案。然而，許多懷疑論者認為，慷慨的無條件基本收入並非代替現行制度的可行方案：或許，它將導致相反的誘因，每個人都變成無所事事的懶鬼；或許，稅率必須調到很高，而這又扼殺了經濟活動；或許，它會讓領基本收入還到勞動市場賺取薪資的人，憎惡那些只靠基本收入過活的人，結果無條件基本收入讓政治局勢動盪。這都是我們在討論替代方案的可行性時需要探索的議題。

22

為實現解放性目標的某項制度設計，其可行性當然在很大程度上取決於所處的歷史脈絡以及各種附帶條件。例如，或許在一個工作倫理及集體責任感深植文化的國家中，慷慨的無條件基本收入制才行得通——因為在這樣的社會裡，只有少數人才會想單仰賴基本收入而不做出相應貢獻——但在一個高度原子化且自私的消費主義社會中，無條件基本收入就變得不太可行。或者，在一個長期以來已經根據具體方案的修補，發展出慷慨的重分配福利制度的社會中，基本收入制是可行的，但若該社會的福利體系對待補助斤斤計較，提供範圍又有限，那基本收入制就不太可行。因此，可行性的討論也要把特定設計在某種脈絡條件下可行的機率納進來。

探索可行的替代方案，會擱置它們在現存社會條件下實際上有沒有可能達成的問題。有些人或許會問：替代方案如果在策略上達不到，那麼有必要討論它在理論上是否可行嗎？對此質疑我的回答是：未來有太多的不確定性及偶然變數，因此我們不可能現在就確知，未來的替代方案可達成的邊界到哪裡。以 1987 年的蘇聯為例，當時沒有人料到蘇聯政府的垮臺，以及隨之而來朝向資本主義的轉型，會在短短幾年之內達成。對於眼下可以努力推動什麼樣的改變，現存條件下有可能與不可能結合什麼力量，還有在不久後的將來某種政治策略可能有效或無效，或許我們可以表達一些意見。但是，我們談的未來距今愈遠，對於什麼會限制可否達成，就更加不確定。

考慮到這種對未來的不確定性，有兩個理由可以說明，為何清楚認識所處世界中可行替代方案的範圍非常重要，這些方案若被實施，有很大機會能延續下去。第一，如果可達成的可能性界限在未來的歷史條件下擴大了，那麼看清可行方案的範圍，將使現今致力於解放式社會變革的社會力量，更能構思出推行替代方案的實際策略。目前，如果我們能仔細考慮並理解可行的替代方案，那麼它們最終將更可能成為可達成的替代方案。第二，關於可達成的實際界限，有部分是仰賴於人們信奉何種替代方案可行。這對於社會學理解促成社會變革的「可能性界限」（limits of possibility）這個概念，不僅非常重要而且不可或缺：可能性

23

的社會界限，並非獨立於對那些界限的信念。當物理學家說事物移動的最快速度有上限，意思是存在一個客觀的限制，而此限制獨立於我們對速度的信念之外。同樣地，當生物學家說，沒有滿足某些條件，就無法出現生命，這也是涉及客觀限制的宣稱。當然，這些物理學家或生物學家的說法可能有誤，但他們的宣稱本身涉及真實的、無法違反的可能性界限。但關於社會的可能性界限之宣稱，和對物理及生物的情形不同，因為在社會的案例中，人們對界限抱持的信念，會有系統地影響到可能性。因此，針對取代現存的權力及特權的社會結構及制度的替代方案，發展出有系統且有說服力的論述，是社會過程的一部分，透過這個過程，可達成替代方案的社會界限也將隨之改變。

想讓人相信「另一個世界是可能的」，並不是件容易的事。人們是出生在已經成形的社會之中。他們成長過程中學習並內化的社會生活規則，感覺起來如此自然。各人掛在心頭的是日常生活的事務，如何賺口飯吃，如何處理生命中的痛苦或享受生命中的樂趣。因為要想像一個大幅改善又行得通的替代方案並不容易，也因為要想像如何成功挑戰現存權力及特權制度以創造替代選項同樣困難，所以社會世界可以經努力而徹底改變，使大多數人的生活有顯著改善，這樣的想法似乎太遙不可及。因此，即便已認同對現存制度的診斷與批判，大多數人最自然的反應，或許仍是帶有宿命色彩的想法，認為若要真正改變現況，自己能做的有限。

24

對於矢志要挑戰眼前社會世界的不正義及危害的人來說，這種宿命論的想法產生嚴重的問題，畢竟對解放改變的前景抱持宿命論及犬儒主義的態度，將大大減低這種前景實現的可能性。當然，可以採行這樣的策略：就是不用太在意要針對基進社會變革的可能性，找出嚴謹的科學論證，而是根據我們對於世界不正義的憤怒，以及對人類可能性注滿希望及熱情，努力創造出一套激勵人心的可欲替代方案。有時，這種充滿魔力的一廂情願，會成為一股強大的力量，動員人們為之奮鬥犧牲。但這並不足以打好讓世界轉變的根基，並真正產生一套持續的解放性替代方案。人類追求基進社會變革的鬥爭歷史中，充滿了這樣的悲劇，對抗現存壓迫結構的英雄勝利歡呼不久，隨之又建立起新型態的支配、壓迫與不平等形式。因此，解放社會科學的第二個任務，就是盡可能以有系統的方式，構想出以科學為基礎、替代現行制度的可行方案。

3. 可達成性

針對**可達成的**替代方案發展出邏輯一致的理論，是促成社會變革實際行動方略的主要任務。事實上，這是個很艱難的任務，因為對可達成性的想法常容易陷於「一廂情願」，且未來各種條件的高度偶然性，將衝擊任何長期策略是否成功的展望。

與可行性相同，可達成性事實上也不能簡單二分為可達成與不可達成：不同的制度轉型方案是否會被推行，其實有著不同的機率。任何一個替代現存社會結構及制度的方案能在未來被推行的機率，端賴兩種過程。第一，支持及反對該替代方案的社會行動者，彼此之間所擁有的**相對權力**，以及他們**有意採行的策略**

25

（consciously pursued strategies）。由於解放性替代方案不太可能就這麼「發生」，往往需藉由人們的努力，同時要能克服種種阻礙及壓迫形式才得以推行，因此所採行的策略很重要。於是，最終成功的機率，仰賴於各股相互競爭的社會力量之間的權力平衡，在此各方都有意嘗試推行或抵抗解放式轉型。第二，任何一項替代方案被推行的機率，端賴影響這些策略成功機率的各式**社會結構條件**長期發展的軌跡。[13] 條件的發展軌跡本身，有一部分是人類行動的**非意圖**（unintended）效果累積而來，但它也是行動者為了**改變自身行動的條件**，有意識採取的策略所產生之結果。因此，一個替代方案能否達成，取決於是不是能夠構思出邏輯一致、有說服力的策略，這些策略不但有助於創造未來推行替代方案的條件，也有潛力動員必要的社會力量，讓他們在上述條件出現時支持該替代方案。進一步認識這些議題便是解放社會科學的第三項任務：轉型的理論（the theory of transformation）。

轉型

26 解放性社會科學的第三個任務，是闡明社會轉型的理論。我們可以將解放性社會科學，視為從現今通往可能未來的理論：對社會的診斷及批判解釋了我們為何想離開當前生存的世界；替代方案的理論則說明我們想往哪裡去；轉型的理論則解釋我們如何從這裡通往那裡——如何達成可行的替代方案。轉型的理論由以下四項元素組成：

1. 社會再生產

所有社會解放理論都有此核心命題：我們在社會診斷及批判中指出的壓迫形式及危害社會的結構及制度，之所以能持續存在，不僅是因為某些社會慣性（social inertia）的定律使然，也有賴於社會再生產的主動機制。這項命題是以一項反事實的推論為基礎：既然這些結構及制度使人們遭受真實的危害，倘若真不存在某種社會再生產的主動過程，那麼深受現存社會安排所苦的人必然會反抗這些危害、挑戰這些制度，進而推動轉型。因此，壓迫的結構及制度的相對穩定性，靠的是各種相互連結的社會再生產機制，它們阻礙或抑制上述的挑戰。所以，若想轉變那些制度，我們勢必得客觀了解再生產如何產生。

2. 再生產過程中的裂隙及矛盾

倘若再生產過程是一套無懈可擊、普遍存在、完美整合的系統，那麼若想推動社會轉型，可蓄意使用的策略便非常有限。解放式變革或許仍會發生，但那只是人們「無意間」促成的非意圖軌跡所帶來的結果。有些社會理論傾向進一步確認這種社會再生產的整體化觀點：支配無所不在且前後一貫，因此所有可見的抵抗行動只不過讓這個支配系統更加穩定罷了。這類理論仍體現了對社會的診斷與批判，但它們最終卻拒絕了解放社會科學的可能，因為它們基本上不相信任何追求解放轉型的奮鬥，因此科學知識也無助於挑戰壓迫的形式。[14] 社會轉型的解放理論需要檢視

27

巍然大廈中的細縫，找出社會再生產過程中的裂隙（gaps）及矛盾，以及社會再生產如何走向失敗——簡而言之，即社會再生產過程如何以各種方式，打開集體鬥爭尋求新可能性的空間。

然而，如果我們認真地將解放社會科學視為**科學**，而不只是**哲學批判**，那麼我們就不能先驗地預設社會再生產之中必會有尖銳的矛盾，足以觸發有效的解放式挑戰。在我們的研究議程中，一項核心任務就是**尋找**能打開解放式轉型空間的矛盾過程，但要**發現**這個可能性必須依靠知識的進步。

3. 非意圖社會變革潛在的動力及軌跡

解放社會科學不只希望涵蓋社會再生產及社會矛盾的社會學理論，也希望能納入解釋**非意圖**社會變革動態軌跡的系統化理論。為了構思具說服力的長期社會轉型計畫，我們當然不能只了解當前策略會遭遇的阻礙及機會，也要了解這些阻礙與機會在時間推移下會如何發展。這是古典馬克思主義的歷史理論（即歷史唯物論）的要旨：它提出了一套有系統且融貫的論述，解釋資本主義內部的動態趨勢，這些趨勢會推動資本主義沿著非意圖社會變革的特定軌跡來發展。這條軌跡本身並非源於任何人的意志，它也不是源於刻意產出這個軌跡的計畫；它只是各行動者在現存社會關係的結構下，為追求其目標而採行的策略所衍生出的非意圖副產品。事實上，歷史唯物論描繪出了未來歷史的大致圖像。**倘若**這個理論恰當，它將對行動者構思推動解放式轉型的長期策略大有幫助，因為這理論讓他們知道在推動鬥爭的策略時，所面

28

臨的阻礙及機會將如何隨著時間變化。

我並不認為解釋社會變革內在趨勢的古典理論令人滿意（詳細原因將在第四章討論），但我也不認為迄今已發展出任何具說服力的替代理論。我們或許對社會再生產的機制及其矛盾有了不錯的科學理解，但對於由再生產、矛盾及社會行動三者交互作用所產生的社會發展的內在趨勢，卻未有相同程度的了解。因此，解放社會理論的一大缺口，就是目前找不到一個有說服力的理論，來解釋社會變革的動態軌跡。這意味著在解放式社會轉型的堅實方案的建構過程中，對未來將面臨之條件所知相對有限。於是，我們將面臨一個有趣的挑戰：因為創造民主平等的社會所需的基本結構及制度變革無法在短期內達成，而對於長遠未來的社會條件，我們產生在科學上可靠之知識的能力也相當有限，所以任何合理的解放式轉型方案，都必須考慮長期的時間軸（time-horizon）。因此，科學理論的時間軸，與為轉型而奮鬥的時間軸之間，就會產生一個裂口。

4. 集體行動者、策略及鬥爭

最後，若可行替代方案的解放願景，真的將成為已達成之替代方案真正的真實烏托邦，那將會是致力於實現民主平等價值的人，有意識地運用策略所產生的結果。因此，社會轉型理論的最後一項核心要素，就是集體行動及轉型鬥爭策略的理論。社會再生產的理論描繪出我們走向社會變革將面對的阻礙。關於矛盾的理論幫助我們了解阻礙下所擁有的機會。動態軌跡的理論——若

29

存在這樣的理論——將告訴我們，這些阻礙及機會長期來看將如何演變。轉型策略的理論幫助我們理解，我們如何一起對抗阻礙，並且利用機會讓我們邁向社會解放。

註釋

1. 在與我私下交流的過程中，Steven Lukes 指出，解放（emancipation）一詞本來與對抗奴隸制相關：奴隸的解放意指他們得到免受奴役的自由。更廣泛來說，解放的概念與自由主義中的自由（freedom），以及完整取得自由主義所謂的權利等想法相關，而非連結到社會主義提倡的平等、社會正義的理想。二十世紀，左派用這個詞泛指消除所有形式的壓迫，而非僅僅意味著否認個人自由權利的強制形式而已。我是在這個廣泛的定義下使用這個詞彙。
2. 當然，有人可能雖然同意當代資本主義確實給人帶來傷害及苦難，但仍認為這並不代表那就是不正義的。有人或許會像許多放任自由主義者（libertarians），認為人們有權利依照自己想要的方式處置他們的財產，即便若以別的方式來使用其財產能減少苦難。前後一致的放任自由主義者會接受資本主義對人類的蓬勃發展產生了重大負面影響，但同時認為強迫人們以違反其意願的方式處置其財產，將違反個人自由權利，並導致不正義的產生。儘管如此，大多數的人仍相信一制度對人們生活造成系統性且普遍的傷害時，這種制度很有可能是不正義的。當然，這仍不表示，同意資本主義不正義的人必然希望從根本改變它，畢竟人們除了正義之外，還在乎其他的東西。
3. 討論社會正義中何謂平等的哲學家，用不同的語彙來指稱他們道德關懷的根源：快樂、福利（welfare）、福祉（well-being）、蓬勃發展。每個詞彙各有其優劣，但在實際討論正義的過程中，用哪個字或許並沒有太大差別。我個人偏好用「蓬勃發展」，因為它意味著廣義的福祉，且蓬勃發展中的許多方面不單指涉主觀狀態，也指涉客觀的性質。
4. 此處闡述的狹義的蓬勃發展與 Amartya Sen 的「能力」（capabilities）概念及基本運作（basic functioning）密切相關。他的分析認為，我們不應以社會能產生多高的人均所得，而應以社會提供人們多少的基本能力，來評價一個社會。請見 Amartya Sen, *Development as Freedom* (Oxford: Oxford University

Press, 1999)。請一併參考 Martha C. Nussbaum, *Women and Human Development: The Capabilities Approach* (Cambridge: Cambridge University Press, 2000)，該書詳述了蓬勃發展這個概念，如何成為一美好社會中的核心理想。

5. 蓬勃發展一詞的多面向也意味著，沒有一個基本的評量標準，能讓人斬釘截鐵地說出「甲比乙更加蓬勃發展」這樣的話，畢竟任何生命在各個面向上都同時有發展，也有缺憾。這就好比在討論一個人身體有多健康時會產生的問題：有個人經常背痛，另一個人氣喘。誰比較「健康」？將該問題放在特定的任務或情境下，或許能找出一個答案——氣喘不會阻礙坐在桌子前這個人類正常功能，而背痛不會使人在空氣不佳的日子裡，阻礙呼吸這個人類正常功能。但我們無法把這兩種情況擺在同一面向的健康尺度上來共量，為「誰比較健康」的問題，提供一個簡單的答案。雖然有這個難題，但我們仍可討論在某個特定社會裡，用什麼方法可促進或傷害人民幸福，因此我們有可能將促進健康，當成是評估一制度優劣的判準。由於這種多面向的複雜性，某項制度安排完全可能促進人類某面向，但同時阻礙其他面向的蓬勃發展。由此可知，斬釘截鐵地宣稱透過特定制度改變能促進人類蓬勃發展，一定有問題。然而，這並不意味著人類蓬勃發展的概念，不適合用來評估一個制度的好壞，而是說評估的方式或許無法那麼簡單及斬釘截鐵。
6. 機會平等也與「起跑點上平等」的觀念有關，即認為只要每個人在成年以前擁有平等的機會往上爬，那麼即使有些人沒有把握這機會，後來無法取得蓬勃發展的條件，這也不算不正義。「平等取得必要的物質及社會資源，以尋求蓬勃發展的生活」意味著，理想上，人們應該終身都能取得過蓬勃發展生活之工具。雖然現實考量下此理想有所限制，同時也與誘因、「個人責任」等複雜議題有關，不過理想上仍是所有人都應該能平等取得。
7. 這裡的論點類似於「公平分享，直到每個人都足夠了；盈餘則公平競爭」（Fair Shares until everyone has enough; Fair Play for the surplus）的規範性法則；請見 William Ryan, *Equality* (New York: Pantheon Books, 1981), p. 9。「足夠」可以指確保基本需求的必要工具（在此，對應了我所謂的狹義的蓬勃發展），或指足以過上較廣義的蓬勃發展生活。這裡我想傳達的概念是，一旦滿足了這個條件，「公平競爭」而非公平分享，應成為正義的操作原則。
8. 「承認」一詞指的是社會實踐，人們彼此展現尊重，確認大家做為社會中道德平等的實體。請見 Nancy Fraser, "Rethinking Recognition," *New Left Review* 3 (2000)。物的分配與道德承認當然相關，畢竟拒絕尊重（「誤認」〔misrecognition〕及污名）會強化物質劣勢，而階級不平等本身也會導致輕視的傷害。關於階級及承認相互關聯的討論，請參考 Andrew Sayer, *The Moral Significance of Class* (Cambridge: Cambridge University Press, 2005)。
9. 有些文化有系統地支持特定形式的不正義，這樣的說法是基進民主平等的正義觀中最受爭議的一面，因為它批判了與特定文化相關的核心價值。有些人認為這種批判隱含了歐洲中心或「西方式」的偏見。我則主張，我在這裡倡議具普遍性的人類蓬勃發展概念，在歷史上確實與西方文化有關係，然而這種普遍主義並不是西方特有的，而與這普遍主義相連的正義理論也不只是反映了侷限於一地的西方個人主義觀。再者，依照我在此捍衛的標準，西方文化在某些關鍵面向上也導致不正義，特別是支持強制施行私有財產制、及高度競爭性的個人主義等做法。

10. 釐清這個論點很重要：實現平等理想的道德範圍包含全球——整體所有人類——然而，實現這些理想的努力，確實深受展現動力之不同場域的實際限制所形塑。
11. Philippe Van Parijs, *Real Freedom for All* (Oxford: Oxford University Press, 1997).
12. 因此，物質資源的平等分配仰賴兩個方面來證成：社會正義要求能平等取得必須的物質性工具，以過上蓬勃發展的生活；政治正義要求能平等取得必要的物質性工具，以實現真正的自由。而又因為真正的自由本身能促進人類蓬勃發展，所以這兩個對物質資源平等分配的界定是相關的。
13. 在此（去脈絡地）引用馬克思著名的格言：「人們自己創造自己的歷史，但是他們並不是隨心所欲地創造，並不是在他們自己選定的條件下創造，而是在直接碰到的、既定的、從過去承繼下來的條件下創造。」請見 Karl Marx, *The Eighteenth Brumaire of Louis Bonaparte* (New York: International Publishers, 1977), p. 97。這段引文經常被用來說明，社會結構限制了人類的能動性，但真正的脈絡是在討論行動的心理條件。該文繼續說道：「一切已死的先輩們的傳統，像夢魘一樣糾纏著活人的頭腦。當人們好像剛好在忙於改造自己和周圍的事物、並創造前所未聞的事物時，恰好在這種革命危機時代，他們戰戰兢兢地請出亡靈來為他們效勞，借用它們的名字、戰鬥口號和衣服，以便穿著這種久受崇敬的服裝，用這種借來的語言，演出世界歷史上新的一幕。」（譯註：中譯文參考中共中央馬克思恩格斯列寧斯大林著作編譯局編譯，《馬克思恩格斯全集》第八卷，〈路易．波拿巴的霧月十八日〉，請見 http://cpc.people.com.cn/GB/64184/180145/180173/10865905.html。）雖然馬克思的重點放在各種改變世界的文化限制，但其更廣泛的含義在於說明，集體策略將遭遇到一些策略性選擇無法直接調整的條件。
14. Michel Foucault 闡述的權力與支配的分析理論架構，有時十分接近這種整體化、不可轉型的權力關係觀。抵抗仍會發生，但它並不具轉型的潛能。Pierre Bourdieu 討論社會再生產的作品裡有很大一部分（強調深植的「慣習」〔habitus〕，即內化的傾向），儘管沒那麼嚴重，但仍不認為有太大空間可供策略性挑戰及產生轉型。社會變革會發生，而且或許在某些內化的傾向與社會空間的契合分裂的歷史時刻，會產生具有解放性的變革。只是，這不太可能是推動解放性轉型的集體計畫下的成果。

第一部
診斷與批判

第 3 章

資本主義壞在哪？

基進民主平等的理想以及所處世界的社會現實之間，有著遙遠的距離。民主平等主義者的理想，就是創造實現該理想所需的制度。將這個夢想轉變為實際抱負的第一步，就是找出我們身處的世界如何阻礙理想的實現。對於現實世界的這種診斷，提供了我們探索可能世界的經驗基礎。

本章將聚焦在資本主義的經濟結構如何違背基進民主平等主義的規範性理想。這不是說那些理想指出的缺陷都可追溯至資本主義的經濟結構。基進民主的平等主義是種全面性（encompassing）的道德信念，取得人類蓬勃發展所需物質及社會條件過程中，它不但挑戰在取得人類蓬勃發展所需之物質及社會條件的過程中，產生不平等的所有社會及文化實踐，也挑戰妨害人們平等獲得實現真正個人自由及集體賦權式民主之條件的所有阻礙，這包括了與性別、種族、族群、性取向、國籍、公民身分等相關的權力及特權結構。因此，展望真實烏托邦的想法，必須能闡述在以上各個面向上，穩健實現平等主義理想的制度安排。儘管如此，由於資本主義如此廣泛且有力地形塑了為人類蓬勃發展和民主賦權建立平等條件的前景，任何基進民主平等的社會轉型計畫，都必須處理資本主義之本質及轉型的前景。由於資本主義在二十一世紀初已被人們視為理所當然的經濟結構，因此這更是一個迫切的任務。這就是我們接著要談的內容。

34

定義資本主義：簡要的說明

資本主義是組織社會經濟活動的一種特定方式。我們可以透過兩個基本面向來定義它，其一是它**階級關係**（class relations）的性質，其二是它**經濟協調**（economic coordination）的主要機制。

階級關係是一種社會關係，透過這種關係，生產工具被擁有，而權力也被運用在生產工具的使用上。在資本主義中，生產工具屬私人所有，生產工具的使用由該擁有者或其代理人所控制。生產工具本身無法生產任何東西；它的運作有賴於各種人類的勞力活動。在資本主義中，勞動由工人所提供；工人並未擁有生產工具，他們是為了賺取收入而受僱於資本家的工廠操作生產工具。因此，資本主義基本的階級關係就是資本家與工人之間的社會關係。[1]

資本主義的經濟協調主要是透過個人做為契約當事人，以去中心化（decentralized）的自願交換機制來達成——此即一般所謂的「自由市場」——生產出的商品及勞務的價格及數量，是透過自由市場而決定的。市場協調通常相對於威權式國家協調，後

35

者運用國家的權力，根據不同的目的，對資源的分配下指令。[2]「看不見的手」這個著名的比喻傳達了市場的基本概念：僅在乎追求自身利益的個人與廠商，與其他個人及廠商進行協商以及自願交換，透過這種未經協調的微觀互動，形成一個在總體層次上

或多或少有協調效果的經濟體系。

資本主義的這兩大特色——由私有制及無產的工人所定義的階級關係，以及透過去中心化的市場交易組織而成的協調——結合起來，造就了資本主義廠商相互競逐利潤及資本積累的獨特動力。每個廠商為了生存下來，必須在與其他廠商的競爭中取得成功。廠商藉由創新、壓低其生產成本及增加其生產力，來勝過對方，增加自己的利潤，據此踩在其他廠商之上進行擴張。每個廠商都面臨此競爭壓力，因此普遍來說，為了生存下來，所有廠商都被迫追求某種創新。因此相較於以往任何經濟組織的形式，這種永無休止的逐利產生了資本主義驚人的動力體系。

當然，現實中的資本主義經濟要比上述所說複雜多了。經濟社會學家強調，只靠私有財產制及市場競爭的機制，資本主義的經濟仍無法有效運作，甚至無法存活；它仍需要其他許多制度安排，才能在現實中運作；而在所有真實存在的資本主義經濟下的社會組織中，也看得到各種不同的制度安排。真實資本主義經濟中的制度特質，隨著時間及空間不同而有所差異。結果真實世界中的資本主義五花八門，與抽象的「純」資本主義不同。例如，有些資本主義中有個強力的政府，管制市場的各個面向，並以各種方式賦權（empower）工人，控制勞動過程中的某些面向。在這類資本主義經濟中，私有制的「私」已有部分遭到侵蝕，而市場中你情我願的交易也受到各種制度設計所限。在某些資本主義中，廠商與工人組織成各種集體結社，這些結社提供了一些有意義的協調形式，不同於市場及國家協調。商業結社、工會、商會以及其他類型的結社，有助於建立某些人口中的「組織性資本主 36

義」（organized capitalism）。其他的資本主義則缺乏這類穩健的集體結社形式，運作起來較接近自由市場模式。各式各樣的資本主義，都包括市場及國家管轄外、在其他場域內所進行的經濟活動，尤其是家戶內及親屬網絡內，以及經常被冠以「社群」之名的、更大社會場域內進行的經濟活動。[3]

不管是對生活在資本主義社會下的人們，或是對該經濟體的動力來說，這些變異都很重要。我們將在第五章看到，這些變異有些可被視為是減少該經濟體內的「資本主義色彩」（capitalisticness）：有些資本主義社會確實比其他社會少了那麼點資本主義。[4] 儘管如此，這些變形都還是資本主義，畢竟它們全都保留了兩項核心元素：生產工具屬於私人財產的制度，以及以市場做為主要的經濟協調機制。[5]

37

對資本主義的十一項批判

資本主義在大多數人眼中，顯然是事物自然秩序的一環。公司的特定做法及政府的特定經濟政策或許是被人批判的對象，但資本主義本身卻不是人們會批判的目標。因此，社會主義者一直以來的重要任務之一，就是說服人們，資本主義會產生一系列不想要的後果，因此，我們至少應樂見這樣的想法，即替代資本主義的方案不僅可欲且可能。

針對資本主義經濟體系的批判，可歸結成以下十一項基本論點：

1. 資本主義階級關係讓人類不必承受的苦難持續存在。

2. 資本主義阻礙了讓人類廣泛蓬勃發展的條件普及化。

3. 資本主義讓個人自由及自主性之中原本可以消除的缺點持續存在。

4. 資本主義違背了自由平等主義的社會正義原則（liberal egalitarian principles of social justice）。

5. 資本主義在某些重大的面向上沒有效率。

6. 資本主義整體上會偏向消費主義。

7. 資本主義會破壞環境。

8. 資本主義商品化威脅了廣被推崇的重要價值觀。

9. 資本主義在由民族國家組成的世界中給軍事主義及帝國主義火上加油。

10. 資本主義侵蝕了社群。

11. 資本主義限縮了民主。

以上這些批判，沒有任何一點可以三言兩語說清楚，每一點都有其爭議。它們全部都包括了某些負面效果的診斷，而這些效果被假設是由資本主義的基本結構所產生的——資本主義是帶有以下兩項特色的生產體系：由私有財產制及無產工人所定義的階級關係，以及由去中心化的市場交換組織起來的經濟協調。這些命題本身並未指出，假使在資本主義社會裡創造反資本主義的制度，可以消除多少負面效果。這些是資本主義所帶來的傷害，而這樣的診斷可能是正確的，而且透過各種制度改變而非徹底取代資本主義，也很可能大大改善這些危害。頭痛可能來自壓力，但 38

造成的危害可藉由阿斯匹靈得到明顯改善。何種轉型才能治療這些危害，這個問題將是往後幾章的重點。在此，我們的目標是診斷這些危害本身，以及這些危害是透過什麼機制造成的。

另外兩點初步的評論是：第一，批判資本主義的人有時傾向將當代世界所有嚴重的問題及危害都歸咎於資本主義，例如種族主義、性別歧視、戰爭、宗教基本教義派、恐同情結等等。我們應拒絕這種傾向。資本主義並非今日世界上所有罪惡的根源；還有其他的因果過程起作用，促成了種族主義、族裔國族主義、男性霸權、種族屠殺、戰爭及其他重大的壓迫形式。儘管如此，就那些不是資本主義本身導致的壓迫形式而言，資本主義仍可能涉入其中，使它們更棘手。例如，資本主義或許不是性別歧視的根源，但由於無法分配足夠的資源，無法提供高品質、政府出資的托育服務，使得社會更難克服性別歧視。因此對資本主義的批判，核心任務就是要具體指出何種資本主義的機制直接導致那些危害，並了解資本主義透過何種方式，間接阻礙了減少各類壓迫的努力。

第二，這十一項批判，有許多也可以用來批判二十世紀所謂的「社會主義」（或我在第五章所稱的「國家主義」〔statist〕）的經濟體制。例如，第六項命題批判資本主義會破壞環境，但我們也知道蘇聯國家主義經濟的威權式中央計畫體制，也不在乎對環境的危害。如果國家主義——生產工具由國家所有及控制，並透過集權化科層體系來協調——是替代資本主義唯一的可能方案，那麼就這些面向而論，對資本主義的批判將失去其力道。我將在第五章說明，還有另一個替代方案，即扎根於「在實質意義

39

上以民主方式控制國家及經濟」這種概念的社會主義構想。[6] 本書的主要論點就是，以此方式建構的經濟能提升我們的集體能力，減少十一項命題裡所提到的危害。

1. 資本主義階級關係讓人類不必承受的苦難持續存在

我要以一個簡單明瞭又沒有爭議的觀察開始：我們身處的世界有出色的生產力、富足，人類發展創意及自我實現的機會大大提升，但同時貧困不曾消失，人類潛力也一直遭到扼殺。這個觀察不但適用於這整體世界的概況，也適用在最發達的資本主義國家裡人們的生活處境。針對這樣的情況，有許多可能的解釋。或許，富足之中的貧窮就是生命苦痛事實的一部分：「窮人將常在我們身旁。」但也有可能只是暫時的情況，經濟進一步發展將消滅貧困：只要時間夠長，特別是在不受國家管制干擾的情況下，資本主義終將消滅貧窮。又或許，這些苦難及無法自我實現，只是個人犯了錯，讓自己的生活陷入窘境：當代資本主義製造了大量的機會，只是有些人因為太懶惰，沒有責任感，或是不願意把握機會，才讓機會白白流逝。但是，富足之中的貧窮也有可能是社會經濟體制基本特質所帶來的現象。這就是社會主義批判資本主義的核心論點：**資本主義系統性地製造人類不必要承受的苦難**——「不必要」在此意味著社會經濟關係經過適當的調整後，這些缺憾可消除。譴責資本主義壓迫及剝削最尖銳的反資本主義論述，即圍繞在這樣的命題上。

40

點出資本主義是當代社會貧窮的主要根源，這讓許多人感覺奇怪，或許還會覺得荒謬。一直以來，「自由市場」以及逐利的企業家精神都被盛讚為技術進步、經濟成長、欣欣向榮的根源。這類論點繼續延伸，認為雖然社會問題及人類苦難的確持存於富足社會之中，但這並不能歸咎於資本主義本身，而是要怪資本主義社會中與資本主義並存的其他社會過程。倘若二十一世紀初的美國仍有 20%的孩童身陷貧窮，那是源於他們破碎的家庭、貧窮社區的文化缺陷、缺乏深思熟慮而導致福利依賴與貧窮陷阱的公共政策，或是設計不良以致無法回應驟變的勞動力市場的教育體制。貧窮的持續完全無涉於經濟體制的資本主義內涵。確實，自由市場會造成經濟不平等，但它也帶來經濟成長，而資本主義制度的捍衛者很愛這麼說：「水漲船都會變高。」如果長期來看，窮人的命運終會得到改善，人們何需在意不平等？此外，所有代替資本主義的方案都導致更多問題。看看蘇聯等由國家控制的經濟造成什麼後果：資本主義最終勝出了，因為它有效率得多，也更能提高大多數人的生活水準，更何況比起其他體制，資本主義往往更能促進個人自由以及政治民主。

確實，長遠來看，資本主義在過去兩個世紀帶動了科學與技術的長足進步，因此在地球上許多地方，有許多的人營養獲得改善、疾病減少，同時平均壽命也增加。與我們的討論格外相關的是，這些改善不僅集中在少數特權階級或階層，而是在近期更廣泛地擴及並包含許多發展中國家。然而，資本主義並不是進步的唯一功臣——例如公共衛生的領域，國家採取的行動也和資本主義同樣吃重。這個事實——資本主義是部成長機器，成長能對許多人的生活水準帶來正向的影響——是資本主義成為穩固社會秩

41

序的原因之一。

第一項命題的宣稱，**不是**指資本主義從未以某些方式，將**以往**世界的苦難狀態降低，而是說相較於世界**可能**的發展，它讓原本可被消除的苦難來源持續存在。這當中帶著反事實的意涵：在今日的世界上，若實行合適的非資本主義制度，人類的苦難將明顯減少。光是引用各種經驗觀察，指出在現存的資本主義體制下，各種物質條件有改善，並不足以說這項反事實有誤。這一點是主張，改善的成就遠不及原來可能達到的幅度。

「資本主義的內在傾向是讓原本可被消除的苦難持續存在」這項主張背後的論點是什麼呢？在此有三項機制特別重要：剝削、技術改變導致社會無法控制的負面外部效果，以及資本主義條件下的競爭。

剝削

資本主義將經濟權力賦予特定一類人，即資本的擁有者，他們為了得到經濟利益，積極使許多人維持經濟依賴或不安定的情況。論證如下：

資本主義這個經濟體系，來自永無止境的追求利潤。這主要不是個別資本家貪婪的個人問題——雖然利潤極大化的文化，無疑強化了看起來很像是「貪婪」的唯利是圖。然而，它其實是資本主義競爭的動力，以及廠商一直有壓力要增加利潤或降低風險的結果。

42

資本主義廠商追求利潤的關鍵之一在於受僱者的勞動。資本主義廠商僱請工人使用生產工具，以生產資本主義廠商所要出售的商品及勞務。生產商品及勞務的總成本與販售價格之間的差異，就成為廠商的利潤。為了利潤極大化，廠商面臨勞動力的雙重問題：一方面，僱用勞動力要給薪水是種成本，資本家想要盡可能壓低這項成本（一如壓低所有生產成本）。在其他條件控制不變下，薪資愈低，利潤愈高。另一方面，資本家想要工人賣命，畢竟薪資水準固定，工人耗費的精力愈多，生產的東西也就愈多。在相同成本下，生產愈多利潤自然愈高。[7] 因此，資本家的經濟利益——他們賺得的利潤——端視他們能以多低的成本從工人身上榨取出多少勞動力。簡單來說，這就是「剝削」的含意。[8]

當然，個別資本家無法單方面決定薪資高低，也無法單方面決定工作的強度，因為這兩者同時受限於勞動市場的條件，也會面臨工人各種形式的抵抗。因此，為了利潤極大化，資本家希望讓勞動市場保持在一定狀況，不但確保勞動力的供給充沛，同時又削弱工人面臨增加勞動強度的反抗能力。資本家尤其希望見到大量的工人爭取工作機會，這樣一來往往能讓薪資下降，也希望失業率居高不下，以便讓工人害怕失去現有工作。換句話說，資本家很希望增加工人的脆弱無助。

43

技術改變

一直以來，生產過程中的技術改變是資本主義競爭的趨勢，畢竟它是資本家維持利潤、增加生產力的關鍵方法之一。增加生產力本身是件好事，因為它意味著同樣的產出，不用再投入那麼多。這是資本主義的偉大成就之一，也是所有為資本主義組織經濟活動辯護的人所強調的重點。

因此，問題出在哪？問題在於技術的改變持續讓既有技能遭淘汰，摧毀了工作，替代了工人，而這迫使人們面對很大的困境。但是，為資本主義辯護的人會說，技術的改變也會創造出新工作與新技能的需求，平均且長期來看，這將讓經濟體內的工作品質及薪資水準升級；據此，技術改變不但不會讓原本可被消除的貧窮深化，反而可能大大減少貧窮的現象。這項回應的問題在於，資本主義這個經濟體系本身並沒有一套機制，使那些技能過時且工作機會有限的人，得到那些需要新技能且逐漸擴張的工作。為那些失業工人提供新的技能及工作機會，可是一項大工程：這類工人很多都年紀偏大，資本主義廠商沒有太高意願，投資年長工人的人力資本；新的工作機會在地理上經常距離那些失業工人的住處很遠，而換到這樣的工作，對當事人來說，必須為脫離熟悉的社會環境付出巨大的成本；面對不具備適當技能的工人，資本主義廠商經常不太願意提供有效的訓練，因為受好訓練的工人，可能會帶著他們的人力資本跳槽到別的廠商。因此，資本主義的技術改變，經常會產生需要新技能的高生產力工作，而比起被淘汰的工作，其中至少有部分工作能提供更好的薪資，但工作被淘汰及創造的過程持續製造出失業員工，許多人無法得到新的工作機會。除了新的機會，技術變革也造成勞動力邊緣化，而**在缺乏非資本主義之過程的制衡下**，邊緣化將導致貧窮。這樣的情況來自資本主義內在的邏輯，而在缺乏非資本主義制度的情況下，這種邊緣化將加深人類的苦難。

44

利潤極大化的競爭

技術改變是資本主義經濟龐大動力的一個特定例證：廠商之間為求利潤極大化而相互競爭將摧毀工作、並使工人失去工作。我們經常可以在全球資本主義與自由貿易中觀察到，資本主義廠商經常將它們的生產移到低薪資水準的經濟體，減少成本並增加利潤。這或許是因為地域間的薪資差異，無關技術改變或技術效能。在這種資本流動的過程裡，工作被摧毀，工人也被邊緣化。因為許多原因，資本遠比人的流動性更強：人生根於社群之中，移民要付出很高代價；跨越國境的流動往往受限於法律；即使在國境之內流動，失業工人也因缺乏所需的資源與資訊，難以移往有新工作的地點。如此一來，雖然資本主義的競爭與減少管制的資本市場刺激了經濟成長，卻也使工人失去工作，尤其是市場全球化之後。

綜合來說，剝削、技術改變的負面社會外部性，以及利潤最大化的競爭等三項過程，意味著資本主義雖是經濟成長的動力，它本身也製造脆弱性、貧窮、剝奪及邊緣化。當資本主義成為全球體系，這些過程就變得更為顯著。一方面，從一些例證中可以看到，資本的全球流動，加上資本主義的剝削、技術改變、利潤極大化競爭延伸到世界上相對未開發的地帶，有助於經濟快速成長及發展，最讓人印象深刻的莫過於二十世紀末及二十一世紀初的中國與印度。[9] 另一方面，上述這些過程也在世界各個角落，製造出嚴重且破壞力十足的邊緣化與貧窮現象。

45

原則上，成長果實的分配，能夠以改善每個人物質生活的方式進行。當今資本主義無疑在世界上創造出可觀的物質財富，即使未來不再有更進一步的經濟成長，仍足以使那些已開發資本主義國家的民眾無需過貧窮的生活，甚至同時滿足第三世界貧窮國家裡每個人的基本需求。然而，不論是富國或全球，**資本主義本身**並不存在任何的機制，能藉由重分配實現上述的效果。水漲若想使**所有**船皆高，必須創造反資本主義的制度，以消除那些資本主義對許多人生活的毀滅性衝擊。正是因為資本主義創造了消除物質剝奪的潛能，但本身卻無法實現這種潛能，最終需承擔這個罪名：資本主義讓原本可消除的人類苦難持續存在。

2. 資本主義阻礙了讓人類廣泛蓬勃發展的條件普及化

當社會主義者（尤其是深受馬克思主義傳統影響的人）批判資本主義時，通常會提出它造成的一長串傷害：貧窮、枯萎的生命、非必要的折磨、機會的障礙、壓迫，或許還有異化及剝削這類帶理論複雜性的概念。然而，當描繪替代資本主義的願景時，浮現的不僅是沒有貧窮或物質被剝奪的消費天堂，而是一種人們在其中能發展蓬勃生活的社會秩序——能培養並充分運用他們的天賦與創意潛能。不再有物質剝奪及去除貧窮，當然是充分實現並運用人類潛能的基本條件，但對社會主義者而言，解放理想的核心是實現人類潛能本身，即我所謂廣義的「人類蓬勃發展」的意思：個人的天賦及潛能得到實現及運用。

46

針對資本主義的第二項批判指出，雖然資本主義或許明顯增加了人類蓬勃發展的潛能——特別因為它使人類生產力大有進展——並且雖然它確實創造了讓不少人能取得過蓬勃發展生活之條件的環境，但是它卻阻礙這些條件擴展到全體人類的可能性，即使是在已開發資本主義國家中仍是如此，更別說世界上其餘地方了。特別值得關注的有三項議題：首先，就取得物質條件以過蓬勃發展生活的機會而言，資本主義創造了巨大的不平等；第二，就取得有趣且具挑戰性的工作機會而言，也存在著不平等；第三，高度競爭將摧毀蓬勃發展的可能性。

物質不平等及蓬勃發展

市場與不平等的關係錯綜複雜。一方面，市場與競爭對促進**平等**具一定效果：相較於早先的社會，資本主義市場創造了條件，容許一定程度的階級流動，而這意味著相較於以往的階級社會，如今在經濟不平等的體系裡，個人較不會因其出身而決定其位置。白手起家致富雖然相對少見，但是透過開放且競爭的市場，確實存在、也才得以成就這種故事。生氣蓬勃的市場經濟通常免不了被各種形式的非經濟的地位不平等所侵蝕，例如性別、種族、族群及宗教上的問題，但至少競爭的勞動力市場使雇主有動機求取人才，而非以「先賦」（ascriptive）的特徵為用人的條件。資本主義有助於消除這類先賦條件的歧視，確實推進了使人類蓬勃發展的條件普及化。[10]

47　但是，市場也是帶動不平等的強力引擎。市場競爭製造贏家和輸家，因為輸贏的效果在個人生命中往往不斷累積，甚至影響下一代，倘若缺乏制衡的機制，市場不平等將隨時間而加強。這些不平等有些來自於個人稍能掌控的因素。尤其，當人們進行不同的投資時，會決定如何分配自己的時間及資源，包括投資以取得人力資本（技能及知識）；因此，即使每個人在起跑點時被賦予同樣的人力及財政資源，經過一段時間後，不平等仍將浮現，反映出行動者不同偏好及努力。然而，許多市場產生的不平等只是機運使然，而非努力工作或個人眼光導致的結果。一名工人可能很負責任地將資源投資到教育訓練，但得到的結果只是一身過時的技能以及十分不樂觀的就業前景。即使這並不意味著身陷於絕對的貧窮，對於個人來說，卻是嚴重降低他運用天賦的能力。廠商倒閉及員工失業，可能不是由於缺乏規劃，或欠缺實務經驗，而是因為市場衝擊無人能控制。市場運作起來，並不是一套獎勵「才能」（merit）的健全機制，反倒比較像是殘酷的摸彩活動。

市場導致的巨大經濟不平等意味著，一旦缺乏制衡的非市場分配機制，用來實現蓬勃生命的物質工具，在國內各種人群之間與全球資本主義的各個地區之間，將分配得十分不均衡。想當然爾，物質不平等將給小孩帶來特別嚴重的後果，大大限制他們取得發展自身潛能的條件。然而，這不僅是影響人類早年發展的問題而已。「蓬勃發展」的概念除了包括童年時期的知識、心理及社會能力，也涵蓋了人終身運用這些能力的機會，以及當生活環境改變時發展新能力的機會。資本主義市場對於一生的發展及運用自身天賦及能力這件事，在實際的機會上產生了巨大的不平等。

48

工作

除了勞動的經濟報酬之外，資本主義也造成人們在獲得有趣及富挑戰性的工作機會上，有很大差異。資本主義下的雇主在規劃工作時，往往考慮如何盡可能以最低成本自工人身上榨取最多的勞力。這經常——雖不見得總是如此——是藉由技術引進來降低工作所需的技術門檻，把主要的任務變成一套例行工作，同時簡化工作所需的監控。技術變革確實能開啟新型態的高技能工人的需求，而其中有些工作也涉及不少解決問題的能力及運用創造力的機會。問題是資本主義下的廠商能提供多少這類具挑戰性的工作機會，不在於藉由該機會能從事有趣工作的人本身的需求，而是由這類工作機會能為廠商提供多少利潤來決定，而替受僱者創造有意義、有趣且具挑戰性的工作，很有可能無法帶來最大利潤。更有甚者，當新的技術條件衍生出有趣及有意義的工作時，如果該工作所需的技能很稀缺，因而薪水甚高，資本主義的競爭往往會持續產生壓力，將該工作相關的任務盡可能地簡化為固定程序，以降低花在僱用高技術人力的成本。[11] 因此，資本主義經濟底下，大多數人在主要的工作生涯中所擁有的工作機會，不大能讓他們發揮創造力及獲得挑戰，而這樣的情況阻礙了人類蓬勃發展的機會。

49

具毀滅性的競爭

競爭與人類蓬勃發展之間的關係也很複雜。一方面，競爭——即想辦法讓自己比別人強——是一種社會過程，驅使人們花許多時間、精力、資源以發展自己的天賦。這並不是說驅使人發展天賦的唯一動力，就是想要勝過他人；能夠掌握特定技能，並運用它們克服某些挑戰，達成目標或成就感也都是動力。然而，競爭是一股強大的力量，為成功發展自身天賦提供報償，因此一定程度的競爭無疑會激勵人類追求蓬勃發展。另一方面，競爭也促成了一種成就文化，僅依照人們彼此的**相對**位置來給予評價。成就不是實現個人的潛能，而是比其他人好，贏得勝利。競爭演變到最極端的型態——Robert Frank 與 Philip Cook 稱之為「贏者全拿」（winner-take-all）式競爭——最終僅有一位最優秀的贏家，拿走所有的獎賞；其他人全是輸家。[12] 這麼激烈的競爭對人類追求蓬勃發展，有著潛在的負面影響。最明顯的一點即是在激烈競爭的體制裡，個人一旦意識到自己實際上已無勝出的機會，很容易變得灰心喪志並全盤放棄。更廣義來說，在這樣的激烈競爭體制下，大多數人都必須接受相對的「失敗」。因而產生的自尊及自信心喪失，也破壞蓬勃發展的心理條件。再者，在資本主義之中，資源配置增進天賦發展主要被視為經濟投資，而投資的成效則以預期的經濟回饋來衡量，培育天賦的資源往往會高度集中在可造之才。畢竟，在一個市場裡，把許多資源投資在平庸的人身上，是很不划算的投資，因此，資質平庸的人最終很可能愈來愈無法取得發展其天賦所需的工具。這也阻礙了人類普遍獲得蓬勃發展的目標。[13]

50

因此，競爭對於普及人類蓬勃發展的條件，既有正面也有負面的影響。最終結果是正還是負，很可能取決於競爭的強度、以及其他有助於蓬勃發展的機制如何平衡競爭的後果。一個經濟體愈傾向以資本主義的方式來組織——市場競爭及私有財產制能左右資源如何分配到不同事務——便愈不可能達成上述平衡。

3. 資本主義讓個人自由及自主性之中原本可以消除的缺點持續存在

資本主義的捍衛者若談到資本主義最能將哪一個價值發揮到極致，那便是個人自由及自主性。Milton Friedman 曾論，深植於個人財產權的「選擇的自由」（freedom to choose），是資本主義最核心的道德。[14] 資本主義產生了無數商店，裡頭擺滿五花八門的商品，只要荷包負擔得起，消費者可以自由選擇自己想要的東西。想投資的人可以自由選擇投資的地點。工人可以自由離職。市場上所有的交換行為都是自願的。個人選擇的自由看起來確實是資本主義運轉的核心。

這種立基在市場及財產制上的選擇自由雖不是幻象，但也不足以完整交待自由、自主性與資本主義的關係。資本主義為何阻礙而非充分實現上述理念，有以下兩大原因。第一，資本主義工作場所內的支配關係，對個人自主性及主導權（self-direction）構成了普遍的限制。私有財產制的核心就是所有者有權決定如何運用自己的財產。這給了資本主義中的廠商一個基礎，賦予他們指揮受僱者行動之權威。僱傭契約中很重要的一環，就是受僱者同意聽命行事。[15] 當然，由於實際上老闆或許無法有效監督員工的每項行為，也由於在一些勞動過程中，老闆或許會授予員工不少自主性，員工在工作中可能仍享有一定程度的主導權。儘管如此，對大多數資本主義工作場所內的眾多工人而言，個人自由及主導權仍大幅受限。在工作的領域內失去自主性及自由，這一點即是批判資本主義人士所謂的「異化」（alienation）。

51

捍衛資本主義人士回應說，如果工人不喜歡聽命行事，他們有離職的自由。既然他們一直面對老闆的權威，都自願選擇順從，那我們就不應說他們是真的被支配。然而，個人可以自由離職逃脫支配不過是種幻象罷了，畢竟工人並不擁有生產工具，也無從取得生活基本必需品，他們必須在資本主義的工廠或國營組織內工作，他們不得不放棄自主性。

資本主義破壞個人自由及自主性理想的第二個途徑，來自於資本主義製造的財富及收入的巨大不平等。Philippe Van Parijs 極有說服力地指出，這種不平等隱含著「真正的自由」（real freedom）在人與人之間存在著顯著的不平等。「真正的自由」包括個人能有效地實現自我的人生計畫，能身處適切的位置實際做出對自己重要的決定。[16] 在這個意義上，財富及收入上的巨大不平等讓某些人能擁有更多的自由。雖然相較於以往的社會型態，資本主義確實增進了個人自由及自主性，但它也築起了高牆，阻礙上述價值的徹底實現。

52

4. 資本主義違背了自由平等主義的社會正義原則

自由平等主義對社會正義的理解圍繞在**機會平等**（equality of opportunity）的概念。[17] 基本上，這個概念意謂一個分配體系中，所有的不平等都是個人選擇與所謂「吉運」（option luck）綜合的結果，如此該體系才是正義的。吉運就像是人們自由選號的樂透——參與者事前就知道風險及成功的機率，然後決定要參與賭注。如果贏了，就變有錢了；如果輸了，也沒什麼好抱怨的。這與「凶運」（brute luck）恰成對比。在凶運中，人們無從控制自己面對的風險，因此對於結果也不需負道德責任。最常舉的例子便是「基因樂透」（genetic lottery），它決定了一個人擁有什麼樣的基因，而大多數的疾病及意外也具有類似的特質。對自由平等主義者而言，一個因為凶運導致其機會或幸福受損的人，理應獲得彌補，但如果是吉運導致的，則無需任何彌補。一旦針對凶運做出徹底的彌補，則每個人在實際上就有了相同的機會，仍存在的不平等就是人們必須承擔道德責任的選擇所造成的結果。

53

資本主義在根本上與機會平等這種強力概念有所抵觸。財富的私人積累與資本主義在所得上的巨大差異，讓某些人擁有與生俱來的不公平優勢，孩子的例子尤其明顯。孩子成長的物質條件存在著巨大的不平等，這違反了機會平等原則，因為這讓某些孩子更容易取得人力資本，也讓某些年輕人更容易取得大量資本。因此，即使先不管如何彌補在基因樂透中受害於凶運的人，只要私有財富繼承制存在，只要父母擁有的資源完全左右孩子在人力資本上能獲得多少投資，機會平等都將淪為空想。由於資本主義必然導致這種孩子生活條件的不平等，它與機會平等有所抵觸。[18]

資本主義不只違背了自由平等主義下的機會平等這種強力觀點，也違背了一般的自由主義的正義理想。自由的正義概念其中一項核心想法就是，在追求自己的個人利益時，若是對別人強加某些非經選擇的負擔，就是不正義。正因如此，竊盜被視為不正當，因為偷竊強加成本給受害者。資本主義中將私人利潤最大化的邏輯，意味著資本主義的廠商有一種內在傾向，試圖把成本轉嫁到其他人身上：在一些條件都相同的情況下，如果某些生產成本由資本家以外的人來承擔——也就是說，如果非經選擇的負擔強加到他人身上——利潤就會提高。污染就是經典的例證：對資本主義廠商而言，直接把廢棄的商品傾倒在環境中，相較於為避免污染而花的成本，前者顯然要便宜許多。然而，該污染是以增加健康成本、環境處理成本、觀瞻惡化的形式，將成本強加到別人身上。這一類將成本轉移到別人身上的例子被稱作「負外部性」（negative externalities）。它們所展現的不只是沒有經濟效率而已——如同將在命題五討論的——也包括了不正義。

資本主義的捍衛者可以這麼回應，即如果我們能徹底具體定義且實行所有的財產權，將不會產生「負外部性」的問題。在一個徹底定義財產權、契約完備且資訊充足的世界裡，倘若有間資本主義廠商想把污染成本強加在我身上，那麼它必須先購買我的許可。如果我願意，我能出個價賣出我呼吸乾淨空氣的個人權利。於是，資本主義廠商就必須決定，避免污染或是支付上述成本較為省錢。如果廠商決定污染空氣，這不過是承受污染者與廠商之間的自願交換。當一間大工廠將生產移往新地點，家的價值下降了；飛機製造出惱人的噪音等等；這樣的思路也可應用到所有其他類型的負外部性個案，全部都一體適用。

54

全面定義財產權歸屬並創造出這些權利能被交換的完整市場，基於幾個原因根本就不可能。創造出這種市場所需要的資訊條件不可能達成。即使差不多做得到，落實這些交換需要巨大的交易成本。更為根本的是，因為利潤極大化的行為造成的負外部性強加到未來的世代，真正背負著非經選擇之負擔的人，無法參與到所謂的自願交換之中。利潤極大化的市場導致的資源消耗，由今日的資源使用者定出價格來支付這個成本，而那些將來得承擔成本的下一代，無法參與這個市場議價的過程。

當然，只要經濟體系內當前的生產與消費抉擇會產生出長期效果，都將面對負外部性強加到下一代的**世代間**不正義（intergenerational injustice）的議題。問題在於某些經濟體系的這個問題比較起來是否更嚴重。因為資本主義主張個人狹隘的自利，縮短投資得到回報的期限，並透過分散的市場來做經濟決定，上述負外部性的世代間不正義問題將更為嚴重。即使把經濟體系內的重大投資交付民主控制，也無法確保下個世代的利益可以得到滿足，但至少在這樣的體系內，當前及未來利益之間的平衡，能被當成是重要議題來審慎考慮，而不只是自利的個人各自選擇所產生的結果。

5. 資本主義在某些重大的面向上沒有效率

如果自由與自主性的理想是資本主義在道德上的核心美德，效率就是它在實踐上的核心美德。姑且不論如何看待資本主義下根深蒂固的不平等及不正義，至少人們認為它可以促進效率。它「創造出源源不絕的商品」。進一步地說，市場競爭藉由促進靜態效率（static efficiency）及動態效率（dynamic efficiency），牢牢地規訓著廠商。

55

靜態效率（有時稱為「配置效率」〔allocative efficiency〕）

是指配置資源生產不同東西的效率。資本主義透過市場供需這個標準機制來提高分配效率，市場透過競爭與分散的決策過程來決定價格。這樣的說法耳熟能詳：如果商品的供給低於需求，那麼價格就會升高，一般而言，也意味著該商品的製造商將創造更高的利潤（因為商品每單位成本不會等比例增加，而賣出商品的價格更高）。這種高出平均的獲利水準，將導致該商品短期供應增加，因此資源也將從獲利較低的活動轉移並重新配置。重新配置的情況將持續到該商品的需求得到滿足價格下降為止。

動態效率指的是增加長期效率的技術及組織創新。前面命題一的討論中已提及這一點：在其他資本主義廠商創新及降低成本的威脅下，每家廠商都有創新的壓力，如此才能維持利潤。當然，把時間、資源、個人的能力花在創新有其風險，畢竟這種努力常常白費功夫。但是，抗拒創新也有風險，畢竟其他廠商在創新，長期下來，不創新的廠商的市場活力便會衰退。因此競爭的壓力往往會刺激創新，而由於相同的產出所需的投入愈來愈少，我們可以據此說競爭的壓力提高了效率。

這些確實是資本主義效率的來源。所以，相較於早期的經濟組織形式，或是由國家組織的集中威權式生產，資本主義似乎更有效率。然而，這並不是說資本主義本身就不會造成沒有效率。判斷資本主義是增加或降低效率，一直是個不易回答的實證問題，我們的估計應該包括各種形式的有效率及無效率，而不只考慮由狹義的市場數值計算出的效率。

56

資本主義中有六項特別重要的無效率的來源：公共財的低度生產（underproduction）、自然資源的定價過低、負外部性、監督及執行市場契約、智慧財產權的變質，以及不平等的成本。

公共財

無論是資本主義的捍衛者或批評者都普遍認同以下說法：資本主義顯然不利於公共財的生產。公共財指的是滿足以下兩條件的各種事物：首先，該事物生產出來後，很難阻止別人使用它；其次，某人對該物的消費並不減損另一個人的消費。最常用的例子便是乾淨的空氣以及國防。知識也是如此：某人對知識的消費，並不減少知識的存量，而且一旦知識被生產出來，你很難禁止人們消費它。由於無法輕易阻止別人消費你生產的東西，你很難獲取利潤，資本主義市場在提供公共財這件事上，做得並不好。因為許多公共財對生活品質以及經濟生產力來說都很重要，仰賴市場來生產公共財是沒有效率的。

乍看之下，能稱得上是公共財的東西似乎並不多。事實上，它的範圍很廣。思考公共財的一種方式是用「正外部性」來理解。正外部性是生產一項東西所附帶的正面效果。以大眾交通運輸為例，就有許多正外部性，包括節省能源、減少交通擁擠，以及降低污染等。這些都是很有價值的正向副效果，都可視為公共財，但它們都難以銷售：都市運輸公司無法因為降低人的健康成本，或因為大眾運輸減少空氣污染致使大家的房屋無須頻繁整修，而向大家索費。這些好處的受益者遠多過買票的人。如果大眾運輸公司以資本主義的邏輯運作，它在決定票價時考慮的是能打平生產該服務所花費的一切直接成本。如果該公司的服務所產生的正外部性可以支付給該公司，那麼每張票的價格將大大降低

57

（因為那些票價收入並不需要負擔運輸服務的所有成本），但在市場內並無這樣的機制讓大眾運輸根據這些正外部性向人們索費。結果，每次搭乘的票價將比從整體效率觀點考量下應有的票價要高出許多，而票價過高使民眾對大眾運輸的需求下降，因此該服務的供給也會較少，進而產出的正外部性也會減低。[19] 這就是經濟上的沒有效率。

關於正外部性的論點，同樣適用於教育、公共衛生服務、甚至像藝術及運動等事物。以上每件事都對整體社會有正外部性，效果超出直接消費該服務的人：生活在一個教育程度較高的社會要比生活在教育程度較低的社會好；生活在一個接種疫苗免費的社會較好，即使這個人本身並未接種疫苗；生活在一個充滿藝術活動的社會較好，即使這個人本身並未直接消費這些活動；生活在一個提供年輕人廣泛休閒活動的社會較好，即使這個人並非年輕人。如果以上的論點正確，那麼仰賴資本主義及市場來提供這些東西，在經濟上便是沒有效率。

自然資源的過低定價與過度消費

基本的經濟理論認為，競爭的市場裡，東西的價格密切反映生產的成本，且這被視為效率的展現，因為價格不斷向生產者及投資人傳達正確的訊號。如果某物的價格明顯高過生產它的成本，意味著該產品的投資人將賺到額外的利潤，而這向生產者傳達了增加產量的訊號；如果價格低於生產的成本，意味著投資人在賠錢，而這傳達了生產及投資都應減少的訊號。

58

藉由生產成本與供需互動能產生有效率的市場訊號，這個基本論點用在汲取及處理非再生自然資源時，顯然就站不住腳。問題基本上出在人們考慮生產成本的投資回報期限較短，並據此解讀價格傳達之訊號。我們知道由於資源耗竭，未來化石燃料的生產成本將比今日高出許多。如果今日在計算獲利率時納入這些未來較高的生產成本，那麼我們就會明白，現今的價格並未反映出這些成本。據此，生產將減少，直到價格上升到足以反映未來較高的成本。然而，市場無法在現今生產的過程裡考量這些長期成本。結果，非再生自然資源的定價過低，因此導致過度使用。長期來看，人們正以沒有效率的方式在使用這些資源。

在某些例子裡，同樣的機制也影響著可再生自然資源。這種情況發生在只顧慮生產的短期成本，而使得剝削資源的速度快過資源再生的速度。經典的例證就是大量漁業資源的快速耗竭。海洋中的魚類當然是可再生的自然資源，前提是魚類被捕獲的速度不能超過魚類本身再生產的能力。然而，在現代科技的輔助下，捕魚的直接成本大幅降低，以至於市場上魚價過低，造成過度消費。因為生產者的成本在市場的投資回報期限太短，資本主義的市場本身無法解決這樣的問題。[20] 這又一次導致了資源分配極度無效率。

59

負外部性

我們已依據自由主義對正義的界定討論了負外部性的問題。負外部性也是資源分配無效率的根源。資源在市場中要能有效率地分配，前提是生產者所經驗的金錢成本反映生產的真實成本，唯有在這樣的情況下，這些產品的需求量才能向生產者傳達正確的訊號。資本主義經濟的問題在於，資本主義的廠商有很強的動機，盡可能把他們的成本轉移到其他人身上，畢竟這麼做能增加他們在市場上的競爭能力。前面說過，污染是經典例證：嚴格從利潤最大化的角度來看，如果資本主義的廠商可以任意棄置廢棄物卻不丟，那就是非理性。同樣的道理可應用到長期來看會影響廠內工人健康及安全的措施，採行這些措施往往得花大錢。除非不健康的條件將影響生產成本，不然以利潤最大化為考量的廠商，有充分的動機避免這些成本。

以上的考量並非僅是停留在理論思辨的層次。如今在討論污染控制、職業健康與安全時，廠商經常抱怨針對上述議題的規範使它們喪失競爭力，並進一步指出，位在開發中國家的廠商毋需遵守這些規範，因此在壓低生產成本的情況下能以較低的價格出售產品。事實上，這也指出未受規範的生產者可以把成本強加到他人身上。廠商抱怨得並沒錯，若不放鬆規範，它們很可能沒生意可做，但這同樣說明了在這些情況下，資本主義的市場競爭迫使資源分配無效率。

資本主義本身無法解決此類問題；這些問題是私人逐利的經濟決策下無可避免的後果。當然，資本主義的社會面對負外部性並非無計可施。常見的做法如國家針對資本主義生產進行規範，藉此防止廠商把成本轉移到他人身上，以減少負外部性。然而，國家規範的機制總會侵蝕與資本主義相關的私有財產權利：其中有些權利將變成公共而非私人問題，例如決定多少廢棄物要傾倒在環境中。

60

監督並執行市場上訂定的契約及私有財產

資本主義沒有效率的第四項來源，來自執行市場契約所帶來的成本。市場交換的核心即契約——自願地同意交換各種財產權利。契約不會自己執行，因而就產生監督及執行協議的各種成本。愈多的資源用在這項工作，用來生產市場交易之商品及勞務的資源就愈少。若考量這些資源並非用在生產，而只是用來避免違約，我們可說這是沒有效率。

請律師及訴訟要花費大筆金錢，只為了處理如契約糾紛、民事訴訟、智慧財產權的保障以及挑戰政府對廠商的規範，足以顯示資本主義的財產權利導致效率不彰。由於爭議牽涉的利益，花這些錢完全是理性行為，而且是在資本主義條件下生產免不了的開支。只是，這會使資源無法直接用在生產活動上。

然而，契約執行產生的效率問題不只涉及訴訟，還影響了契約關係的具體運作。以下兩個例子能說明這個問題的範圍有多大：勞動過程中僱用監督人員所耗費的相關成本，以及分散的私人醫療保險體系在文書作業上的成本。

僱用契約規定以一定薪資換取特定程度的工作量。問題是當工人正式同意執行這項勞動，他們不可能真的讓另一個人獲得消耗自己精力的控制權。由於人非機器，他們對自己的活動總想保留某種控制能力。一般來說，雇主希望工人盡可能賣命，這意味著雇主面臨如何確實從工人身上有效榨取他們的努力成果。解決這個問題的方式綜合了威脅不能怠工（特別是讓工人害怕被解

61

僱）、提供良好表現的誘因（尤其是升職規劃及調漲薪資），以

及監督工人的表現並實施懲罰。[21]

當然，所有需要合作的活動中，總有怠工的可能性。然而，由於勞動過程中的工人並非工廠老闆，資本主義的特定階級關係讓這個問題更加嚴重。例如我們在工人合作社中看到，如果工人擁有工廠，那麼他們個人的利益與上班工廠的利益，聯繫將更密切，而用在社會控制上的資源也將減少許多。[22] 既然工人擁有生產工具，他們普遍將更認真工作，所需的監控也更少，那我們可以說，資本主義生產中密集的社會控制方式，是導致無效率的一大來源。

說明資本主義市場執行契約與效率問題的第二個例子就是醫療照護。美國的醫療照護是透過以下各種機制來支付：有些由政府負責，有些是個人依據使用者付費的原則付給醫生，有些則是依據資本主義利潤最大化原則，透過私人保險公司來支付。醫生、診所、醫院必須僱許多人來處理保險相關表格，檢視病人的共同支付方式（co-payments）；保險公司必須僱人審查保險理賠案件，為想買保險者做風險評估；當然，病人也必須投入可觀的時間及精力，弄清楚一大堆複雜到讓人難以理解的帳單。加拿大的情況十分不同，所有的醫療帳單實際上都由政府透過名為「單一付費」（single-payer）的體系來支付。在醫生及醫療組織協商下，加拿大政府為各項服務訂定費用。醫生將所有的帳單都繳送到單一窗口以獲得費用的核退（reimbursement）。在執行私人保險契約這件事上，有一個指標可用來衡量效率流失有多大，即在兩個體系中與支付相關的文書作業及行政措施的花費，占總醫療成本的比例有多高。1999 年，醫療照護的行政成本在美國

62

占了總醫療照護成本的 31%，但在加拿大僅占了 16.7%。總行政成本裡的所謂「管銷成本」（overhead costs）在美國幾乎占了私人保險公司在醫療照護花費的 12%，但僅占了加拿大體系中的 1.3%。[23] 雖然並非所有的行政成本都與契約有關，但加拿大及美國行政成本之間的差異，絕大多數與市場體制內監督及支付的複雜特性有關。簡化資源配置及會計的加拿大體系，比起仰賴資本主義財產關係的美國體系要有效率得多。

智慧財產權

智慧財產權包括了用來防止人們無償使用各種知識及資訊的法律規定：專利限制人們對發明物的使用；著作權限制知識產品及藝術創作的複製；商標保護品牌名稱的使用。合理化這些私有財產權利形式的理由如下：若沒有它們，人們將失去發明物品、生產知識產品或創作藝術的動機。人們得花時間、精力、資源，投入研究與發展事業，最終才產生發明，過程中存在很高的風險。像書本及藝術作品這類知識產品也需要時間及努力，有時還得投入金錢。一旦這些產品最終有價值，除非事先投入的人有權利獲得該產品帶來的經濟收益，不然他們一開始就不會有動機投入。

當然，上述論點聽來很合理。然而，事實上卻少有經驗證據支持這個說法。[24] 這裡頭有三項重要問題。首先，雖然智慧財產權能確保動機，但也阻礙了資訊流通及新觀念的使用，這都讓進一步的發展受阻。專利及著作權對於發明、創意及知識生產的淨效果，端視以下兩股相對的力量孰強孰弱：動機的正向效果，以

63

及阻礙使用與流通的負向效果。我們沒有理由驟然認定前者必然大於後者。

第二，智慧財產權的捍衛者假定，誘發創意及發明的唯一可靠因素就是金錢報酬，但事實絕非如此。大學與其他研究機構中的公部門資助計畫，生產出許多研發成果。除了金錢以外，科學家還受到許多動機的激勵：名聲、好奇心、為了全人類福祉想解決問題。大多數的藝術家與作家（即使是最賣力的）都未從自己的作品得到大量金錢報酬，但他們因著對美學價值的執著及自我表達的需要而堅持下去。當然，金錢的回報並非無關輕重。如果智慧產品的生產者從他們的創意產品裡得不到金錢回報，他們或許無法繼續堅持下去。但對許多（或許是大多數）從事創意及知識活動的人來說，智慧財產權保護下的金錢，只是次要的誘因。

第三，對金錢誘因的強調及極力保護智慧財產權，實際上可能傷害誘發創意及發明的其他重要動機。不少經驗研究顯示，金錢誘因會損害有助於合作的利他動機，結果整體來看反倒減少合作機會，[25] 因此，也可能影響科學及藝術創意：希望藉創作在商業上獲利，而帶著強烈的金錢動機，會減低較講究無拘無束的藝術工作與科學研究的動機。

64

雖然有限度地保護智慧財產權，例如，確保作者歸屬的認定，對於引發動機來說的確有必要，持平來看，在充分展現資本主義色彩的情況下，嚴格保護智慧相關產品的私有財產制度，或許更束縛了發明與創意。如今在資訊科技中被稱為「開放原始碼」的運動（“open source” movement）就是以上論點的實際例證。最為人所知的開放原始碼運動就是 Linux 電腦作業系統的發展。Linux 的原始碼並無專利與著作權的問題。它是數千位程式工程師合作創造，並持續為它的發展貢獻新的編碼與想法。大體說來，這樣產生出來的作業系統，在技術層面上要優於它的主要對手，即微軟研發出的個人電腦作業系統。

不平等的成本

許多資本主義的捍衛者認為在平等與效率之間必須有所取捨，他們宣稱為促進平等所需要進行的重分配，將傷害努力工作及投資的誘因，因此最終降低了經濟效率。這個論點就像智慧財產權的說法，乍聽之下十分合理，但經驗研究迄今仍無法證明一個國家的不平等程度，與其經濟成長率、生產力的增長，或其他效率的總體指標有任何直接的關係。[26] 這就像智慧財產權的討論，問題在於有一些重要的理由，使不平等一旦跨過某個程度便會傷害效率，而產生出的負面效果可能淹沒了與不平等相連的正向誘因效果。首先，高度不平等，尤其與底層的邊緣化相關時，往往會產生社會衝突及社會失序。警力、防衛措施、法院、監獄都是不平等的成本，更別提犯罪本身帶來的直接成本。第二，即使先不談社會失序的成本，高度不平等也會侵蝕社會連帶，即「我們同在一條船上」的感受。連帶對於有效合作非常重要——合作毋需仰賴龐大費用與監督，即可讓人努力並有責任感。第三，就效率而言，或許這也是最重要的一點，高度不平等隱含人類天賦及資源的大量浪費。珍古德（Steven Jay Gould）這位知名的演化生物學者曾這麼說：「不知為何，相較於愛因斯坦大腦的重量及皺折，我對於擁有同樣天賦的人卻在棉田及血汗工廠裡

65

終老一生，這件蠻明確的事情更感興趣。」[27] 高度不平等必然意味著取得發展天賦及人類潛能所需的物質資源也不平等，這個浪費非常可觀。

以上各種經濟上沒有效率的問題，絕大多數並非資本主義所獨有。任何高度互賴、複雜的已開發經濟體，都會有潛在負外部性的問題，也都面臨過度利用自然資源的誘惑。任何形式的經濟組織，也都存在著怠工或其他機會主義的行為。如何結合物質誘因與內在動機以提升創意及發明，一直都是難以解決的問題。因此，針對資本主義缺乏效率的根源進行批評，並不是要說這些根源是資本主義所獨有，然而在資本主義市場運作中著重私人追求利潤的動機，同時資本主義的階級關係又充滿衝突，因此資本主義沒效率的情況會變得更嚴重，同時更難減緩。

6. 資本主義整體上會偏向消費主義[28]

資本主義的優點之一是它擁有一種關鍵動力，長期下來往往能增加生產力。生產力增加基本上會導致兩種情況：我們可以投入較少而生產相同數量的東西，或是我們可以投入同樣多但生產出更多的東西。這裡對資本主義的批評是，它在整體上會偏向於讓生產力增加帶動更多消費，而非更多「休閒時光」。當然，有時改善人類生活狀態的最佳方式，就是增加產出。當經濟體產量不夠，人無法得到適當的營養、住宿及其他設備時，總產出增加的經濟成長確實是件好事。但當一個社會已經極度富有，我們便找不到什麼重大理由，可以說明總體消費的成長是可欲的。

66

資本主義追求利潤的市場競爭動力，給資本主義經濟體施加龐大壓力，不只迫使生產力提高，總產出也必須不斷成長。資本主義廠商必須出售商品與服務才能賺取利潤，賣得愈多賺得愈多。因此，資本主義廠商投入巨額資源，其中大多數顯然花在廣告及行銷策略上，也包括有系統地協助擴張產能的政府政策，不斷試圖增加產量及銷售量。總體看來，這創造一道很強的成長軌跡，偏向增加產能。由於整個文化形式強調消費增加將帶來個人的滿足，而這支撐起一個有動力、持續增加的消費型態，因此這種偏向可以被很貼切地稱為「消費主義」。

此種產出偏向藉由報出「成長率」這個標準方式無限上綱：人們以市場價格來評斷國民生產總額或國內生產總額的成長。在這種計算方式下，休閒時光被認為毫無價值（因為它無法在市場上出售），因此生產力提高而帶來更多休閒時光的經濟成長過程，反倒被視為是停滯，比較生產力程度相同的國家，若人民每週工作時數較短、有更長假期，將被認為是「較貧窮」的國家。

資本主義的捍衛者可能會如此回應對消費主義的批評：資本主義之所以刺激更多產出、而非更多休閒的主要原因，在於這就是人們想要的。消費主義僅僅是反映人渴望有更多東西的真實偏好罷了。左翼知識分子如此鄙視一般人的消費偏好，實在太傲慢了。如果人們真的希望休閒更甚於消費，他們就不必那麼辛勤工作了。

67

關於人們如何在休閒、工作與消費中抉擇，以上回應立基於三項錯誤的預設。第一，宣稱消費主義不過是反映出人真正想要的東西，預設人不受資本主義廠商的策略所影響，在完全自主的情況下形成對消費及休閒的偏好。這樣的預設並不合理。文化訊息及社會上普遍的期待，深深形塑了人們對於需要擁有什麼才能活得舒服的感受。想像民眾消費的偏好都是在自主情況下形成，就好比在說廣告、行銷以及在大眾媒體推動消費主義的生活風格，對人們一點影響都沒有。

第二，「人們若真的想要，自然就不會那麼辛勤工作」這樣的宣稱，假定了沒有任何明顯的制度會阻撓人們自由選擇工作與休閒之間的生活平衡。這並非事實；除了個人對消費主義的偏好以外，還存在著明顯的阻礙，使人們無法在工作、消費與「休閒」之間的平衡自由選擇。許多資本主義廠商寧可僱用較少的工人，讓他們的工時加長，也不願用更多的人，讓他們工時減短，畢竟在許多職業裡，每一個工人的聘用都有其固定管銷成本。其中有些是施行勞動契約相關規範所造成的結果，像是福利津貼及薪資稅，但另一些是隨著各種生產過程導致生產的固定管銷成本，包括正式訓練的成本、學習工作場所默會知識（tacit knowledge）的成本、在工作場所內建立社會資本的成本（也就是在勞動過程的參與者之間，發展人際網絡，建立順暢的溝通）。以上這些因素都意味著聘一個能工作四十個小時的人，比兩個各做二十個小時的人要便宜，而這使得雇主不願讓員工自行決定想工作的時數（同樣的道理或許可換句話說，這讓雇主把減少工時對他們造成的嚴重損害，以薪資及福利的方式進行補貼，這也使得工人在工作與休閒之間取捨時，得付出更大成本）。

第三，認為消費主義不過是種偏好（而非整體偏向）的說法，預設了如果很多人選擇不那麼消費主義的生活風格，將不會產生顯著具毀滅性的總體經濟效果，以至於反消費主義本身變得難以持續。如果情況真的變成在資本主義社會中有很多人能夠抵抗消費主義文化形塑的偏好，選擇更多休閒時間及較少消費的「自願簡樸」（voluntary simplicity），因為市場需求顯著下降，許多資本主義廠商的利潤勢必消失殆盡。一旦市場不再擴張，某廠商所賺得的一塊、就意味著另一廠商失去了一塊，廠商間的競爭將變得更加劇烈，更廣泛來看，也會導致社會衝突加劇。因此，若反消費主義的各種運動能量夠大而顯著影響市場，資本主義經濟下的國家勢必會推動相關政策，以抑制這些運動。

68

發生經濟危機時，對於促進資本主義經濟固有的消費傾向，國家的角色往往特別突出。政府會透過各種方式鼓勵人們消費以「刺激」經濟，例如減稅、降低利率以使借貸的成本更低，或是直接發更多錢讓人民花。例如 2008 年開始的那場嚴重的經濟危機，經濟學者就發出警語，提醒不但會因為失業率提高而使消費下降，人們還會開始存更多錢，而這會讓情況更糟。為了讓經濟重新上軌道，人們必須花更多錢，不要存那麼多錢。重振資本主義的條件之一，就是重振大眾的消費主義。

當然，唯有持續不斷上升的消費帶來負面效果，這種偏向消費主義的情況才是個問題。這裡有四項議題格外重要：第一，如同隨後命題七將討論的，消費主義會破壞環境。第二，生產力高的社會中，人們生活裡仍覺得「時間很吃緊」，覺得時間不夠用一直是壓力的來源，但伴隨著消費主義而產生的這種文化壓力與制度性安排，讓人們難以單靠個人解決這些問題。第三，相較於沒那麼著迷於消費的生活方式，資本主義式消費主義很可能較難讓人們在生活中獲得意義及滿足。討論幸福感的研究明確指出，一旦人們達到舒適的生活水準，收入及消費的增加將不會提升生活滿意度及幸福感。[29] 人們較少透過奢華的消費找到意義及快樂，更常是透過與他人交往、從事有趣的工作及活動，以及參與社群。因此，消費主義做為過好日子的文化樣板，妨礙了人類蓬勃發展。最後，即使有人採取文化相對主義的態度來看待好日子，而認為消費主義與不那麼消費主義的選項同樣都是種生活方式，這也不能改變資本主義確實偏向消費主義，同時有系統地阻礙不那麼消費主義的生活方式。問題恰恰就在於這種偏向，而不是消費主義本身。

69

7. 資本主義會破壞環境

資本主義顯然透過三種主要方式加重環境問題。每一種方式都已在上述各命題之中討論過了，但環境破壞的議題相當重要，值得我們在此重述。

第一，追求利潤最大化的廠商面臨系統性的壓力，必須生產負外部性，這意味著在缺乏有力的對抗機制下，資本主義廠商將忽視環境成本。比起單單說這是個人出於自利而採取的理性行動，以上的論點要更進一步。個人會將瓶罐扔出車窗外而破壞環境，那是因為亂丟瓶罐不帶成本，且不在乎這項行為對他人造成的負面影響，而非個人感受到強大的壓力才這麼做。資本主義廠商面對降低成本的競爭壓力，將成本推給環境是降低成本的好策略。光靠市場本身無法制衡這種壓力，而必須仰賴國家或社會集體力量進行非資本主義式的介入才可能達成。

第二，由於非再生自然資源對下一代的價值，並未納進當前供給需求的動態平衡之中進行考量，結果市場有系統地低估非再生自然資源的價格。這使得資本主義市場中的行動者過度消費這些資源。資本主義市場本身的投資回報期限考量較短，因此想要將這些資源對後代的價值納入當前決策的考量，同樣必須透過國家或社會集體力量來限制資本主義。

70

最後，資本主義市場的動力強烈偏向消費主義，這將產生嚴重的生態後果。原則上，生產力的提升非常有利於環境，畢竟要得到同樣產出，需要的投入變少了。然而，資本主義競爭將使市場逐漸擴張，消費的數量與日俱增，意味著一般來看，生產力的提升將轉化為資本主義下產量的增加及消費水準的提高。特別是當我們以全球的視角來看待這個問題時會發現，如今開發中國家的經濟成長使得消費主義成為一個全球現象，我們很難想像在這樣的情況下生態如何能永續發展。這不是說貧窮國家的消費水準不應該提升，從任何一種社會正義的標準來看，這都是可欲的。但從全球的層次來看確實隱含一項事實：一個經濟體系不斷提升富國的消費主義，並阻礙任何抑制這些國家消費成長的長期計畫，這對環境確實是巨大的破壞。

8. 資本主義商品化威脅了廣被推崇的重要價值觀

「商品化」一詞指涉人類活動的新領域透過市場組織起來的過程。歷史上，這主要涉及由家戶的生產（商品及勞務為家庭成員生產自用）變為資本主義廠商為了市場而生產；當代商品化也指由國家改為由資本主義市場來生產的轉變。[30] 家戶生產商品化的經典例證就是食物：過去大多數的人種植自己大部分的食物，自行處理供保存，然後自行料理食用。到了二十世紀，已開發的資本主義社會中，大多數人到市場購買所有的食材，但仍是帶回家中自行料理後食用。到了二十世紀的最後幾十年，民眾在市場上買到的食物愈來愈接近可食用的成品——冷凍批薩、微波食品等；而到餐廳吃上一頓完全商品化的餐點，成了已開發資本主義經濟體中，大多數民眾食物消費的重要來源。

71

由市場組織事物的生產及分配，或許十分有經濟效率，但大多數的人覺得即使從技術、經濟的角度來看很有效率，有些人類活動仍不應該透過市場來組織。除了一些極端的放任自由主義者之外，事實上每個人都認為不應該透過資本主義市場的方式處理嬰孩生育及領養。[31] 即使這種市場上的交易全然兩相情願，把嬰孩變為商品，賦予他們市場價格，並賣給出最高價的人，這些舉措仍被大多數的人認為嚴重違背了人類的道德價值。大多數的人也反對自願為奴的市場——即在這樣的市場中，你可以將自己販售，自願地成為別人的奴隸。大多數人也反對大部分的身體器官市場，不論器官是來自活人（如腎臟或角膜這類東西）還是來自遺體（如心臟）。[32] 這有部分是因為人們認為以上的市場，終將鎖定無力抵抗的窮人，而導致許多失控的案例；也因為將人類身體化約到待價而沽的商品，讓人憂心。因此，即使在高度商品化的資本主義社會，大多數人仍認為應該對允許資本主義市場來組織各種人類活動設下道德界線。人類不應該被當成商品來對待。

72

倘若商品化威脅重要的道德價值僅僅發生在少數特殊的個案，以這個觀點批判資本主義的力道將相對有限。然而，事實上並非如此。更細緻地檢視，我們會發現各式各樣的活動，商品化都可能引發顯著的道德爭議，以下是一些例證。

托育服務

托育是勞力密集的工作。有不少社會組織能從事這項服務：家庭、公營托育服務、各種社區托育，或是資本主義廠商所經營的市場導向營利托育機構。以市場來解決這項問題，並不表示所有營利型托育的服務品質必然糟透，傷害孩童的福祉，重點在於照顧品質通常取決於父母能付得起多少錢。提供托育服務的資本主義廠商以利潤極大化為目標，唯有在有助該目標達成的前提下才會盡力滿足孩童的需求。為了讓利潤極大化，聘僱托育中心的工作人員時（特別是服務貧窮家庭的中心），廠商有強烈動機尋求低成本勞動力。在大多數中心，托育員的訓練有限，托育員與小孩的比例低於理想值。資源豐富且有能力了解中心品質的父母，將能買到品質較好的托育，但許多家庭是沒有辦法的。

強力支持市場的捍衛者會認為，托育品質的高度分殊化並不是個問題。畢竟，由市場提供的劣質托育，仍然比起完全無托育服務要好，而且無論如何，父母仍可選擇是否要自己待在家裡照顧小孩。[33] 他們選擇市場所提供的劣質托育服務，而不選擇家庭提供的優質育兒照顧，是因為整體來看能改善他們的處境。在這個過程中，若說有人輕忽了孩童的需要，那就是父母本身，因為對於要到市場上購買低水準托育服務以出外工作賺錢，還是不要

73

賺錢而待在家裡自行育兒，他們在兩者之間做了取捨。市場上的資本主義托育機構，只是反映出他們的偏好罷了。

這樣的辯解忽略了一個事實，即資本主義經濟的特性迫使人們必須做出上述取捨。其他提供托育服務的經濟體系，將創造其他類型的取捨——例如每個人都擁有高品質托育服務以及繳較少的稅——但這些體系將不會迫使貧窮父母必須在賺錢或低品質托育之間做選擇。不論人們覺得該為孩童需求不被重視負責的是消費者（父母）或是資本主義廠商，都無法改變以下事實，即托育服務由市場導向的營利組織來提供，將造成這種兩難後果。

當然，政府核發執照、品質控管並監督，能緩解托育品質的問題，但這些措施要有效果，必須介入市場的功能，限制私有財產權的運作，並藉此使服務供給過程不那麼資本主義。如果政府規範仍保有根本上資本主義生產的市場結構，那麼仍必然會導致服務成本提升，因索價過高而使貧窮家庭被排除在市場之外。除非引進其他非市場機制，例如政府補助壓低成本，讓服務提供不那麼商品化。重點在於，只要家庭無法提供的托育服務全然由資本主義市場提供，育兒商品化將很可能導致孩童需求不被重視。

產品安全　74

為市場提供產品的生產者必須要面對自己生產及販售給消費者的商品是否安全，這個議題在特定生產領域中格外顯著。一般而言，至少在需要更昂貴的設計或更嚴謹的品管下，改善產品的安全將使成本增加。因此，原本的問題會變成：競爭資本主義的市場中，追求利潤極大化的廠商面對安全改良帶來的成本與獲益是如何抉擇？

針對這個議題，我們有很棒的經驗證據。最惡名昭彰的案例之一，就是 1970 年代福特平托（Ford Pinto）汽車油箱涉及的決策。Mark Dowie 根據福特公司內部備忘錄分析，簡單的事發經過如下：[34] 福特平托油箱在設計上有瑕疵，當遇上某些事故時容易爆炸。發現這個瑕疵時，公司必須決定在成本考量下，究竟是修正設計瑕疵，或是對這瑕疵導致傷亡引起的民事訴訟進行和解較划算。為了進行成本利益分析，福特汽車公司自行計算這類事故中每條喪生之生命的價值。它的計算主要根據因為死亡而損失的未來收入，在 1971 年時估計大約 20 萬美元。召回所有平托汽車並修復問題，每輛車要花大約 11 美元。根據數據，福特公司應該怎麼做呢？福特共出售 1250 萬輛同型車，每輛車需 11 美元，召回修復要花約 1.37 億美元。粗估每年因該瑕疵有 180 人喪生。因此，召回修復能讓福特汽車公司得到的總「收益」大約只有 3600 萬美元（180 乘以 20 萬美元）。即使法院和解的費用高出預期許多，公司高層仍發現走法院訴訟並賠償罹難者，比起召回車輛修復要划算，因此他們最後並未修復這瑕疵。

如此計算在追求利潤極大化的資本主義市場上很有道理。唯一能「理性」找出成本利益取捨的方法，就是估算人命的「市場價值」。這麼一來，人命的虛擬商品化便讓廠商能從追求利潤極大化的策略角度衡量成本與利益。當然，在評估風險與分配資源時，總是需要計算成本與利益，畢竟我們無法面面俱道，而稀少的資源最終還是得分配。此處重點在於資本主義市場將這項問題化約為「**對於資本主義的廠商來說，什麼最有利潤**」，從而傷害

75

了人類的價值。

藝術

許多人認為藝術是探索生命、意義與美的重要人類活動領域。當然，各種類型的藝術家與表演家，經常都準備做出一定的個人經濟犧牲，認真投入藝術之中，而藝術活動很大一部分是在資本主義市場的規範之外展開。然而，藝術仍然有賴財務資源才能蓬勃發展：戲劇表演需要戲院；交響樂需要演奏廳；所有的表演家與藝術家都得吃飯。如果這類資助的主要來源，是經由資本主義市場而來，那麼藝術的自主性及活力將備受威脅。許多劇場面臨巨大壓力，只能生產將創造「賣座」的戲劇，而不能生產具爭議性、創新或較難以理解的戲劇。音樂家因為「銷售量」的商業魔咒而有所窒礙。當出版商以追求利潤極大化策略，希望出版「熱門暢銷書」時，作家便覺得難以出版自己的小說。結果，一個全然商業化的藝術市場，將威脅人類藝術活動的核心價值。這是大多數國家的公部門都對藝術提供不少補助的主要原因之一。這也是為何有錢人要透過慈善事業來補助各種他們喜歡消費的藝術，例如歌劇、藝術博物館、交響樂。他們明白單靠賣給觀眾的門票收入，這些組織將無以為繼。

宗教與靈性

宗教與靈性（spirituality）處理了人們面臨的某些最深沈的議題：死亡、生命、目的、終極意義。所有宗教都認為上述議題超越了世俗世界的經濟活動；由於宗教能幫助人們面對這些事，人們認為它有價值。宗教獨特的價值也持續受到商品化的威脅。 76

許多虔誠基督徒譴責耶誕節的商業化就是著名的案例。但教會本身的商品化——把教會變成著眼於利潤極大化的宗教販售者——或許更深地威脅了宗教的價值。

這些例證無意暗示以市場準則與市場理性決定資源分配，永遠都不適當，只是要說對許多重要的經濟決定而言，市場邏輯需要與其他價值相平衡，而就某些資源分配來說，甚至應該盡量撇開市場準則。由於不同價值的異質性會在各種脈絡中起作用，可知平衡市場與其他價值是個複雜的工程。然而，當社會普遍認為商品化是解決經濟供給問題的最佳方式，當市場體現的特定成本利益之理性計算成為決策的普遍典範，我們無法對資源分配進行對話與審議，而這正是資本主義對我們的規訓。

9. 資本主義在由民族國家組成的世界中給軍事主義及帝國主義火上加油

我所使用的軍事主義與帝國主義這兩個詞彙，指的是國家的性質及戰略。**軍事主義**指的是軍事力量的發展，超越狹義的防衛目標所需的程度。在一個高度軍事主義的國家，軍事人員、軍事信念及軍事價值觀散布在政府之內，使其政策都以軍事目的為優先。例如 1930 年代的日本以及二十世紀中葉以後的美國。美國的軍事優先主宰了整個國家的預算，在政府與經濟的關係上，軍事支出扮演重要角色，軍事價值及觀點貫穿了外交政策。雖然在二十一世紀的頭十年這種模式有增強的趨勢，但其實從 1950 年代以來，這種模式一直都是美國政府的特色。**帝國主義**指的是一種國家策略，在國家的領土管轄範圍之外，藉由軍事及政治力量，達到經濟支配的目的。[35] 國家所使用的政治與軍事力量，包含了征服領土或推翻政權，但也含括了「較軟性」的權力形式，例如國際貸款及外交援助，這樣的交換能加深經濟上的依賴。這裡涉及的主要概念是，帝國主義乃一政治一經濟體系，在其中，國家權力被用在國際上，以支持全球經濟剝削及支配的模式。 77

帝國主義與軍事主義顯然相互關聯，畢竟軍事力量是用來拓展及防衛全球資本主義經濟關係模式的一種主要權力形式。儘管如此，區分兩者也是有用的，因為軍事主義並不只是服務於經濟目的而已，同時也受到地緣政治動力的形塑，[36] 而經濟帝國主義並不僅仰賴軍事力量。

在這種定義下，軍事主義與帝國主義，很難說是資本主義特有的現象。封建國家主要也是圍繞在軍事力量、及立基於軍事控制的臣服形式而組織起來；自從最早的城邦國家形成以來，為了剝削人力及自然資源，不斷發生對領土的專斷支配。因此，資本主義並未創造軍事主義及帝國主義。儘管如此，資本主義確實以特定方式給軍事主義及帝國主義火上加油，在當代世界形塑了兩者的不同特質。

資本主義自出現以來就一直伴隨著帝國主義。尋找市場及利潤是資本主義經濟的核心，這經常意味著把市場擴展到新天地，並在世界各地尋找利潤的來源。有時是透過純經濟手段來達成這種全球市場開發及資本主義擴張：商人擴展自己的商業網絡，找尋遠方供應特定商品的新來源，或是投資能獲利的據點。然而， 78

這種全球資本主義的擴張時常有軍事力量做為後盾。

歷史上，有許多不同的力量，讓軍事力量連結經濟擴張。使用軍事力量來擴張與捍衛市場，可以把敵對的資本主義階級排除在那些市場之外。這在重商主義及殖民主義時代尤其重要，那時大資本主義貿易公司與國家關係緊密，後者讓前者以壟斷方式維持貿易活動。軍事力量也可用來消除抵抗資本主義的力量，例如十九世紀帝國主義國家對中國發動戰爭。在二十世紀後半葉，軍事力量扮演重要角色，透過軍事的直接干預以及各種形式的間接介入，鎮壓了世界各地反資本主義的革命運動及政策，使全球資本積累成為可能。[37]

因為資本主義與帝國主義的連結，使得資本主義為軍事主義火上加油。此外，由於軍事支出對經濟的重要性，在這層意義上，軍事主義與資本主義緊密相關。這在美國尤其關鍵，其軍事支出對資本主義經濟非常重要，左右了許多大公司的獲利，但即使在瑞典這類不那麼軍事化的國家，軍事硬體設備的生產仍是資本主義生產中利潤很高的部門。「軍事支出對資本主義廠商有直接利益，而這解釋了軍事主義的出現」，這樣的說法有些誇大，但軍事支出對經濟的重要性確實創造了一群為數可觀且力量強大的民意，反對去軍事化。

79

10. 資本主義侵蝕了社群

「社群」（community）是社會及政治討論中多變的詞彙之一，常根據不同目的而指涉各種現象。在此，我較廣泛地將它界定為一社會單位，在其中人們關心其他人的福祉，同時感覺與他人之間存有連帶及責任。「社群」未必要像社區一樣是個小規模的地理區域，但通常也根植在地域之上，因為人們經常透過面對面的直接互動，而建立這類深層依附與許諾。由於互惠、連帶、相互關切及照顧，有強度及持續時間長短的差別，人們也可以討論社群在特定社會情境中的**程度**（degree）。強社群裡彼此有深厚的責任，而弱社群裡責任的要求有限，並且較容易失落。

社群做為一種道德理想，指的是這種連帶、互惠、相互關切及互相照顧的價值。擁有這種社群是人類蓬勃發展之社會條件的一個面向。然而，社群不只是在道德上定義好社會的問題；它也是一個工具性（instrumental）提問，對長久存在於人類實務中的深層難題，探索什麼是最佳解答：我們唯有彼此合作，才能存活甚至興盛。合作可以建立在全然自利的基礎上，但這種合作比起出於互惠、責任及連帶的合作要脆弱，且需要更多監控及約束力。因此，即使我們不特別重視做為一種道德理念的相互關切及互相照顧，仍然必須承認社群對於降低社會合作的成本，有其工具性價值。[38]

資本主義做為組織經濟活動的體系，與組織社會合作的社群之間，存在著很矛盾的關係。一方面，資本主義預設至少存在較弱的社群，畢竟市場交易與契約之所以可能，某個程度的相互責任很重要，這就是涂爾幹所謂的「契約的非契約性基礎」。[39] Polanyi 強調如果市場未有效被社群的制度限制，市場將摧毀社會。[40] 另一方面，資本主義會破壞社群。在此有兩點特別重要：首先是市場如何促成反社群的動力，第二是資本主義如何產生侵

80

蝕社會連帶的不平等。

資本主義市場主要的內生動力與社群原則相互衝突。G. A. Cohen 在〈回到社會主義的基本原則〉（Back to Socialist Basics）一文中精采地解釋這種衝擊：

> 在此，我所謂的「社群」指的是反市場原則。據此，我服務你，不是因為我這麼做可以得到什麼，而是因為你需要這項服務。這是反市場的，因為市場驅動人們做出貢獻，是立基在非人際的現金回報基礎上，而不是立基在人類相互許諾的責任，以及被他人服務時想要回報他們的願望之上。在市場社會中，生產活動的立即（immediate）動機通常混合了貪婪與恐懼……透過貪婪，其他人被視為可能致富的來源，透過恐懼，他們則被視為威脅。無論由於資本主義幾百年的發展，我們已多麼習慣及適應這種觀點，這樣看待他人的方式還是很可怕。[41]

市場培養了人們的特定傾向，這些傾向與發展一個好的社群所需的動力恰恰相違背。當然，社群與市場並非無法共存：社會學沒有任何一條規律斷言，在與社群深刻矛盾的規則運作之下，社群就無法生存。然而這告訴我們，資本主義中重要社會互動的廣大領域，受到反社群動機的支配，如果想強化社群，人們必須對抗無所不在的市場情況及市場思維。因此，社群的範圍往往被限縮在個人關係及地方環境的層次，無法擴展到更廣泛的社會互動領域。

81 特別是由於資本主義階級關係內的剝削機制，資本主義導致經濟不平等的情況破壞了社群。剝削關係中，剝削他人的群體為了積極維護自己剝削來的利益，希望維持被剝削群體的脆弱情況及被剝奪的條件，這導致了利益衝突，進而破壞了彼此同舟共濟及相互扶助的傾向。

馬克思認為，由於被剝削階級內部連帶增強，將緩和資本主義社會這種社會連帶破碎的趨勢。他相信資本主義的動力，將強化廣大工人群體的互賴及同質性，而這種互賴與同質性將增加連帶感。於是，工人社群將轉變資本主義，最終成為全人類共組大社群的基礎。不幸的是，資本主義的動力並未讓階級處境徹底同質化，反而造成複雜的經濟不平等，強化了勞動力市場的競爭。資本主義不但未讓資本家以外的一般大眾形成廣泛連帶，反而導致人們在市場不平等及區隔的機會條件下，形成各個內部共享利基連帶的小群體。於是，在貪婪及恐懼等驅動競爭的內在力量作用下，在競爭導致的不平等結構下，社群變得狹窄且支離破碎。

11. 資本主義限縮了民主

資本主義的捍衛者經常認為，資本主義是促成民主的基本要件。這項命題最著名的說法源自 Milton Friedman 那本號稱是資本主義宣言的《資本主義與自由》（*Capitalism and Freedom*）。Friedman 認為，資本主義的一大優點便是透過在制度上區分國家權力與經濟權力，避免權力的單一集中現象。因此，資本主義促成菁英間彼此競爭的社會秩序，也導致個人自由與民主政治競爭。確實，資本主義無法保證民主；例如我們看到許多威權政府

統治資本主義社會。因此，資本主義是民主的一項必要（雖非充

82 分）條件。Friedman 認為，它是一項關鍵的必要條件，一旦配合（也是資本主義造成的）經濟發展，最終幾乎一定能產生民主。

即使拒絕接受 Friedman 的論證中較強烈的說法——沒有資本主義就沒有民主——但無可否認的是，高度經濟發展下的資本主義與民主政府有很強的關聯。Adam Przeworski 曾揭示，（至今）一個平均收入約高於六千美元（1985 年的購買力平價計算單位）的資本主義社會，沒有任何民主政府曾轉變為獨裁政權。[42] 儘管如此，如果我們認真看待「民主即民治」的理念，便會發現資本主義以三種重要的方式限制了民主。

第一，按照定義，生產工具「私」有制意味著，能夠產生廣泛集體影響的主要領域，從集體決策過程中被移除了。雖然人們偶爾會爭議私有財產權控制範圍與公權力控制範圍之間的界線，但在資本主義社會中，一般認為運用財產的決定是私人事務，只有在特殊情況下，公權力才有正當理由干涉。

如果資本主義廠商擁有者做的私人決定，不會顯著影響未參與該決定的人們之福祉，那麼民主將不會受到太大限制。民主的概念指的是人民應該共同決定影響他們集體命運的事務，而不是指社會上所有資源的使用，都應該經由集體民主過程來決定。因此，關鍵的議題就變成，資本主義廠商擁有者所做的私人決定，通常對他們的員工以及未直接受僱於該廠商的人們，造成巨大的集體後果，因此將公眾審議及控制摒除在決策之外，會傷害民主。一個社會裡的工人若能在工廠內擁有具實質意義的民主控制

方式，比缺乏這種制度設計的社會要更民主。當然，資本主義的捍衛者會說，考量經濟效率問題，或認為人們有權根據自己的意願處置「他們的」財產，即使結果對他人產生巨大的影響，都是將非所有權人排除在決策過程之外的理由，但是這些考量無法改變資本主義的財產權減損民主的事實。[43]

83

第二，不讓民主團體控制投資分配，除了直接造成傷害民主的效果，針對這些資本主義廠商本身間接涉及的活動，民主團體無力控制資本流動與運作，也會傷害民主設定集體優先順序的能力。例如，地方稅的來源有賴私人投資，投資的數量則掌握在私人手裡，因此削弱社群對提供公共教育、托育、治安、消防等服務的最佳方式做決定的能力。資本主義限制了民主集體提出以下問題的權力：面對不同的優先順序選項——經濟成長、個人消費、公共設施、公立托育、藝術、治安等——我們如何配置**總體社會剩餘**（aggregate social surplus）。這裡涉及的問題，不只是許多這類決定都並非經由民主審議的方式來做出，而是因為投資是私人決策，不投資的威脅大大限縮了民主團體對所有資源配置的決定權，即使這些決定與資本家的投資項目無關。[44]

84

第三，資本主義動力產生的財富與經濟力量的高度集中，顛覆了民主政治的平等原則。政治平等意指當人們試圖有效參與民主政治及影響政治決定時，諸如種族、性別、宗教、財富、收入等與道德無關的特質，不會造成他們的機會不平等。這並不是說每個人對於政治結果的影響力實際上都一樣。看起來值得信任、誠實、能夠清楚且有說服力地表達理念的人，相對於較缺乏這些特質的人，事實上能對政治過程發揮更大影響力。然而，這些是與公眾慎思集體決定相關的道德特質。政治平等的關鍵是，無關道德的特質不應造成政治權力不平等。資本主義違背了這項條件。雖然美國相較於其他已開發的資本主義國家，違反政治平等原則的情況更加嚴重，但在所有資本主義社會中，有錢人及在經濟體中占據有力位置者無疑擁有更大影響力，能左右政治結果。這裡頭有許多機制在發揮作用。有錢人可以資助政治競選活動。公司掌權者擁有社會網絡，讓他們能接觸到政府決策者，他們更能夠資助遊說人士，去說服政治人物及政府官員。他們對媒體也有更大影響力，特別是對私人擁有的資本主義媒體，藉此也影響民意。雖然選舉中一人一票是維繫政治平等的重要方式，然而它確保資本主義民主的廣義政治平等的效力，卻因為資本主義中政治與經濟權力的盤根錯節，而破壞維持民主的有效能力。

＊＊＊

從基進民主、平等主義、規範的觀點來看，這十一項命題點出資本主義問題所在。如果有人能說明資本主義可藉由本身的機制及時修正命題所談到的傷害，在此意義下證明這些命題有誤，那麼闡述替代資本主義之解放方案的動力將大為下降。然而，根據當前對資本主義固有特質及動力的理解，這種自我修正的可能性相當小。如果以上判斷無誤，那麼任何想改善命題所談傷害的嚴正努力，最後都必須對抗資本主義本身。

85

這馬上帶出兩個嚴肅的問題。第一，資本主義的替代方案是什麼？除非我們相信可行的替代方案確實可能減低這些傷害，否則挑戰資本主義的舉動又有何意義？第二，我們如何能挑戰現存社會上的權力關係及制度，以實現這個替代方案呢？如何從此岸走到彼岸？接下來，本書將試圖找尋這些問題的答案。

註釋

1. 將資本主義的階級結構視為只有兩種階級位置——工人與資本家，是高度簡化且抽離現實的。雖然這確實是資本主義中核心或基本的階級關係，真實的資本主義社會包含了許多其他種類的階級位置，特別是寬鬆地包含在「中產階級」類別之下的人，無法貼切地被歸於這種兩極範疇內的任何一個。至於如何把這種簡單、抽離式的工人—資本家的兩極化階級關係，結合到真實且複雜的階級結構，請參考以下著作中的討論：Erik Olin Wright, *Class Counts* (Cambridge: Cambridge University Press, 1997), chapter 1。若想了解其他理解階級的取徑，請見 Erik Olin Wright (ed.), *Approaches to Class Analysis* (Cambridge: Cambridge University Press, 2005)。
2. 在國家及市場之外，仍有其他經濟協調機制。許多經濟社會學家主張，協調也能透過結社、社群，以及各種包括親屬網絡在內的社會網絡達成。若想更了解協調的多樣過程之議題，請參考 Wolfgang Streeck, "Community, Market, State and Associations? The Prospective Contribution of Interest Governance to Social Order," in Wolfgang Streeck and Philippe C. Schmitter (eds), *Private Interest Government: Beyond Market and State* (Beverly Hills and London: Sage, 1985), pp.1-29。
3. 家戶經濟活動包括各種被稱為「家務工作」（housework）的活動。社群經濟活動則包括範圍很廣的非正式工作，例如朋友間互相幫忙照顧嬰幼兒，或是透過教會的安排從事志願性服務。這些工作都是提供商品及勞務以滿足人類需求的勞力活動，就這個意義上來說，都算與「經濟」相關。欲見更多關於這類「非商品化」形式的經濟活動，請見 J. K. Gibson-Graham, *A Postcapitalist Politics* (Minneapolis: University of Minnesota Press, 2006), chapter 3。
4. 資本主義經濟的變異，在理論層次上可區分為兩種獨特的形式：（1）類型（Types）的變異：這類變異包括以下面向的差異：市場的競爭性、廠商的規模、技術發展的程度、不同工業部門所占的比率，以及勞動過程中如何分工等。（2）混合（Hybrids）的變異：這類的變異，來自資本主義及非資本主義的經濟結構以各種不同方式結合或相互穿插。其變異展現在國家直接組織生產的程度、家戶生產的重要性、合作社及其他種類的集體共有形式的角色，以及前資本主義經濟形式持續存在的程度等。在理解資本主義的替代方案上，第二類變異尤其重要。我們將在第五章花更多篇幅討論混合的議題。

5. 我們在此將迴避一個複雜難解的理論性問題：面對一個結合了資本主義元素以及其他種類的非資本主義元素的經濟體系，你有何理由仍視其為整體而稱之為「資本主義」？一個經濟體要有多少非資本主義的成分在其中，你才會給這個混合一個全新的名稱，而不再稱它為某種資本主義的混合？面對這樣的提問，顯然有許多不同的答案。例如，有人會說只要資本主義的元素仍占「最重要的地位」或「具支配性」，那這個體系就仍是資本主義。有人或許會說，只要社會再生產及發展的動力，「主要」還是資本主義的，那麼這個社會體系就仍是資本主義。這些說法雖然聽來蠻有道理，不過還是有些含糊其詞，畢竟它們使用的字眼，如「比較」、「具支配性」、「主要」都無法以明確的數量來定義。

6. 就破壞環境這個面向而言，資本主義及國家主義都有著類似的缺陷：無法讓公眾廣泛地就以下議題之間的利害交換進行思辨：眼前的消費、經濟成長，以及環境保護；同時也看不到能將以上的公眾思辨結果轉化為有效公共政策的民主機制。而且，這樣的缺陷在威權式國家主義經濟中可能更嚴重，畢竟不論是政府或經濟體都不受民主控制。在有民主政府的資本主義國家中，即使民主相對淪為表面形式，仍存在較大的公共空間，得以讓人民就環境議題進行思辨，並且容納對於經濟體系破壞環境的作法施加某些限制的政治過程。

7. 這兩項目標——付給工人的錢愈少愈好，又要他們愈認真工作愈好——之間存在著一些張力，畢竟工人得到的薪資會對他們努力工作的程度造成影響。原因有二：薪資較好的工人較容易對其雇主產生責任感，而薪資愈好的工人愈想要保住自己的工作機會，不希望被解僱，因此工作起來格外賣力。雖然未在其分析中明確使用剝削這個詞彙，但一篇關於工作動機之性質的論文精采地處理了以上幾個議題：Samuel Bowles and Herbert Gintis, “Contested Exchange: New Microfoundations for the Political Economy of Capitalism,” *Politics and Society* 18 (1990), pp. 165-222。

8. 當剝削一詞用在資本主義分析中時，引發了不少爭論。在新古典經濟學中，資本主義的剝削唯有在以下情況才會發生：市場關係中存在著某種強制形式，迫使工人以少於其勞動力在競爭市場裡的價格出售勞動力。有些社會學家（例如 Aage B. Sørenson, “Toward a Sounder Basis for Class Analysis,” *American Journal of Sociology* 105: 6 [2000], pp. 1523-58）使用了與上述新古典經濟學概念有些出入的定義，認為剝削是與各種「社會壁壘」（social closure）相關的尋租（rent）。針對剝削界定的議題，可進一步參考 Wright, *Class Counts*, chapter 1, and G. A. Cohen, "The Labour Theory of Value and the Concept of Exploitation," in G. A. Cohen, *History, Labour and Freedom* (Oxford: Oxford University Press, 1989)。

9. 事實上，馬克思樂見資本主義擴張到世界最遠的角落，並且認為這是較未開發地區要現代化的必經之路。帝國主義是產生一個真正全球資本主義的必要過程，對馬克思來說，這也是超越資本主義的必要條件。請見 Bill Warren, *Imperialism: Pioneer of Capitalism* (London: Verso, 1980)。

10. 馬克思及韋伯（Max Weber）都注意到了資本主義對這種「先賦」地位不平等的影響——與出身特質相關的不平等——這也是資本主義的優點之一。馬克思在《共產黨宣言》（*Communist Manifesto*）中看到了傳統的地位形式在資本主義的衝擊下都「煙消雲散」（melting into air）了，而韋伯則是見證了資本主義市場摧毀僵固的社會秩序的動力。關於馬克思與韋伯在這一點上的相似之處，請參考 Erik Olin Wright, "The Shadow of Exploitation in Weber's Class Analysis," *American Sociological Review* 67: 6 (2002), pp. 832-53。

11. 因此，在此我們看到了一個循環的過程：技術改變常能創造對高技能工人的需求，讓他們從事新類型的工作；往後的創新則朝向簡化這些工作為固定程序的方向前進，讓對高技能工人的需求不再必要。電腦程式設計師這項工作的演變軌跡，恰能貼切說明此過程。在 1960 年代，這是一項技能要求極高的工作，從業人士需要受過很長時間的教育。到了二十一世紀初，隨著電腦的重要性大大增加，程式設計的任務已被簡化為固定程序的作業，相對而言不需要過去那麼多的訓練即可完成。

12. Robert H. Frank and Philip J. Cook, *The Winner-Take-All Society: Why the Few at the Top Get So Much More Than the Rest of Us* (New York: Penguin, 1996).

13. 在贏者全拿的市場中，人們往往因為對可能的報酬懷抱著不切實際的期待，而容易過度投資發展特定種類的天賦。例如那些居住在城內貧窮地區的男孩，尤其常見投資過多時間、精力於發展運動能力的情況。Frank 和 Cook 的 *The Winner-Take-All Society* 一書中有過度投資於運動的討論。

14. Milton Friedman and Rose Friedman, *Free to Choose* (New York: Harcourt, 1980), and Milton Friedman, *Capitalism and Freedom* (Chicago: University of Chicago Press, 1962).

15. Robert A. Dahl 在那本論民主之意義的重要作品裡說，我們沒有什麼合理的理由認為，私有財產權能賦予控制受僱者的獨裁權力。就像雖然在某些案例中，人們可能自願在契約關係中成為奴隸，但我們仍廢除了奴隸制，我們也可以通過法令，禁止人們在與資本主義廠商的受僱契約關係裡，放棄他們的自主權利。見 Robert A. Dahl, *A Preface to Economic Democracy* (Berkeley and

Los Angeles: University of California Press, 1985)。

16. Philippe Van Parijs, *Real Freedom for All* (Oxford: Oxford University Press, 1997)。Van Parijs 強調了收入分配如何產生真正自由中的不平等。讀者若想更深入了解普遍的財富不平等如何減損了大多數人的自由，請參考 Bruce Ackerman and Anne Alstott, *The Stakeholder Society* (New Haven: Yale University Press, 2000)。
17. 針對正義這個概念，自由平等主義者與自由主義者都強調個人選擇與自由權很重要，但他們對以下這件事的標準有所歧異，即什麼樣的情況才可謂個人選擇能產生正義結果。
18. 這裡的論點不只是說，因為現存的各種資本主義無法改善機會不平等的情況，所以它們是不完美的。該論點主張，它們若想在根本上充分彌補上述不平等，它們將不再是資本主義。這意味著誠實的資本主義捍衛者必須承認：資本主義必然違反有意義的機會平等，而因此它根本上就是不正義的，但從其他面向來說，它仍是可欲的，且其他面向是如此出色，以至於持平而論，資本主義仍是值得支持的。
19. 這些大眾交通運輸帶來的正外部性只是證成應透過公領域補助大眾運輸體系的其中一項理由，但一般而言，這些補助仍相對有限，運輸體系被認為必須透過使用者付費的方式，來負擔生產服務時絕大多數的營運成本。這從經濟的角度來看是不理性的。事情很可能變成如下所述的情況：如果大眾運輸產生的正外部性都納入考慮（包括對未來世代的正外部性），那麼對使用大眾運輸工具的乘客提供全額補助，才是該服務最有效率的計費方式。
20. 當然，漁業資源耗竭的問題並非無解，而是解決方法必須違背市場法則及資本主義競爭，只是這也未必是徹底放棄市場的過程。例如，當定下了捕魚總額，仍有各個不同的資本主義廠商相互競爭各自可獲得的配額。總額的訂定是透過非市場、非資本主義的機制來達成——通常是由政府以官方權威下達——但在總額內個別權利的分配，可以透過市場來進行。
21. 關於如何榨取勞動力之問題的經濟邏輯，可進一步參考 Bowles and Gintis, "Contested Exchange," and Michael Burawoy and Erik Olin Wright, "Coercion and Consent in Contested Exchange," *Politics and Society* 18: 2 (1990), pp. 251-66。
22. 這裡陳述的觀點是，雖然在合作社這類事業裡仍有搭便車的問題，但解決該問題需花費的成本將少得多，因為工人在這個集體事業中涉及更多自身利害，他們會持續彼此相互監督。工人共同所有這件事也擔保了不同的一套關於勞動努力的道德規範，這將減少監控所需的成本。這類議題在真實烏托邦計畫系列叢書的第三冊中有廣泛討論：Samuel Bowles and Herbert Gintis, *Recasting Egalitarianism: New Rules for Communities, States and Markets* (London: Verso, 1998)。另外，也有研究從懷疑的角度檢視共同所有權能提升多少效率，請見 Henry Hansmann, *The Ownership of Enterprise* (Cambridge,

MA: Harvard University Press, 1996)。

23. 這些數據出自 Steffie Woolhandler, Terry Campbell, and David U. Himmelstein, "Costs of Health Care Administration in the United States and Canada," *The New England Journal of Medicine* 349 (2003), pp. 768-75。

24. 想更完整了解為什麼專利普遍來說無法促進發明，請參考 Michele Boldrin and David Levine, *Against Intellectual Monopoly* (Cambridge: Cambridge University Press, 2007)。

25. 這裡涉及的議題是，有助於合作的利他或其他道德動機，能在多大程度上補充自利的動機。倘若一項動機的出現無礙於另一項的作用，那麼這兩項動機就是互補的。如果情況是如此，那麼在人們因為道德理由而合作的情境下，倘若又加入金錢誘因，那麼他們合作的動機將更強烈。反過來說，動機之間若是相互取代或矛盾的關係，那麼加入金錢誘因將減少道德信念的驅使力道。想知道自利動機如何排擠掉更多的利他動機，請參考 Sam Bowles, "Policies Designed for Self-Interested Citizens May Undermine 'The Moral Sentiments': Evidence from Economic Experiments," *Science* 320: 5883 (2008), pp. 1605-9。

26. 請見 Lane Kenworthy, "Equality and Efficiency: The Illusory Tradeoff," *European Journal of Political Research* 27: 2 (2006), pp. 225-54。以及 *Egalitarian Capitalism: Jobs, Incomes, and Growth in Affluent Countries* (New York: Russell Sage Foundation, 2007), chapter 4。

27. Stephen Jay Gould, "Wide Hats and Narrow Minds," in *The Panda's Thumb* (New York: W. W. Norton, 1980), p. 151.

28. 關於這個命題的討論，我大量得益於 Juliet Schor 的兩本書：*The Overworked American: The Unexpected Decline of Leisure* (New York: Basic Books, 1992) 以及 *The Overspent American: Upscaling, Downshifting and the New Consumer* (New York: Basic Books, 1998)。

29. 經濟地位與快樂之關聯的相關研究回顧，請參考 Richard Layard, *Happiness* (New York: Penguin, 2005)。

30. 國家服務——包括像水電、大眾運輸、醫療服務等，甚至像福利機構、監獄及教育等這類政府的重要服務——廣泛的民營化（privatization），算是部分商品化的例證，畢竟基本上，在這些例子裡，公權力仍在相當程度上規範前述服務的提供。

31. 有些放任自由主義者認為，以市場來處理生養嬰孩能改善過程中相關人員的生活：貧窮的女性能大大提升自己的收入；想領養小孩的夫妻更容易找到可領養的嬰孩；嬰孩本身將過更好的生活；墮胎的數量也會減少。這樣的論點主張，既然每個人都從這樣的交換中獲益，為何要禁止呢？更進一步，有些極端的放任自由主義者認為父母對於自己的孩子擁有某種財產權，因此他們應該擁有出售該財產的權利，一如能出售其他的財產。欲知捍衛以上各論點的討論，請見 Murray Rothbard, *The Ethics of Liberty* (New York: NYU Press, 1998), chapter 14。

32. 至於可再生的身體部分應不應該交由市場來交易，意見比較分歧，最著名的例子就是人血。許多人覺得以營利為目的的商業捐血公司沒什麼問題。然而，捐血研究通常指出，經由市場機制得到的血，就數量及品質來說，都要低於透過運作良好且仰賴（及強調）利他主義的非市場體系得到的血。請參考 Jane Piliavin and Peter Callero, *Giving Blood: The Development of an Altruistic Identity* (Baltimore: Johns Hopkins University Press, 1991) and Kieran Healy, *Last Best Gifts: Altruism and the Market for Human Blood and Organs* (Chicago: University of Chicago Press, 2006)。

33. Milton Friedman 在 *Capitalism and Freedom* 一書中談論醫生時，也提出類似的論點。他認為應該要廢除官方授予醫師執照的制度，因為這樣一來，窮人就能夠取用成本較低的醫療服務。官方授予醫師執照不過是讓有執照的醫生壟斷這項服務罷了。廢除官方授照的制度，將出現由民間評判品質的服務，消費者到時候可以決定是要找索費較高而被民間評為服務較好的醫生，還是找比較便宜的醫生。

34. 這份記述是基於 Mark Dowie 在此篇文章中所報告的研究："Pinto Madness," *Mother Jones*, September/October 1997。

35. 「帝國主義」一詞有時被用來指涉帝國策略，藉由這種策略，一國征服世界上其他地方，並使之臣服為殖民地，或是成為廣大的多民族國家下的一部分。另外，它有時也被用來指涉全球經濟體系，在這類體系中，來自已開發資本主義世界的資本主義企業，在經濟上支配了世界其他地方的經濟活動及資本積累。我用這個詞彙來描述國家策略與跨地域的經濟支配之間的相互交錯。

36. 「地緣政治」在此指的是在一國際體系下，國家間競爭關係產生的動態情勢。各種過程造就了這種競爭關係，有些是經濟競爭，與資本主義密切相關，但有些則是意識型態及文化競爭。例如，做為一種意識型態及文化過程的民族主義，可以推動國家的形成，也導致國與國之間的衝突，進而導致了軍事主義，此一過程有別於源自經濟考量的帝國主義。

37. 已開發國家（特別是美國）使用軍事力量來對抗第三世界的反資本主義運動，常以下述的政治修辭來陳述：為了遏制蘇聯及中國，以免成為在地緣政治上對美國的安全威脅。在那個時代，地緣政治的敵對角力有所影響無庸置疑，但美國軍事介入——不論是以像在越戰中直接投入美國軍力的方式，或是以像在伊朗、瓜地馬拉、智利與其他地方支持軍事政變的間接手法——也是在回應許多地方出現的對全球資本主義經濟結構的威脅。

38. 透過人們熟悉的集體行動中「搭便車」問題的故事，我們可以清楚說明社群意識如何降低合作的成本。搭便車的問題發生在個人能在不因參與了集體行動而承擔成本的情況下，自該集體行動獲益。在一個人人全然受自利驅使的世界裡，要排除這種搭便車的行為是成本高昂的，因為你必須施加很強的強制力或提供特別的誘因。當人們受到社群意識（共有的責任、互惠、相互照顧等）所驅使，搭便車便不會成為迫切需要處理的難題。

39. Emile Durkheim, *The Division of Labor* (New York: The Free Press, 1947).
40. Karl Polanyi, *The Great Transformation: The Political and Economic Origins of Our Time* (Boston: Beacon Press, 2001).
41. G. A. Cohen, "Back to Socialist Basics," *New Left Review* 207 (September-October, 1994), p. 9.
42. Adam Przeworski, "Self-enforcing Democracy," in Donald Wittman and Barry Weingast (eds), *Oxford Handbook of Political Economy* (New York: Oxford University Press, 2006).
43. 相信民主價值但同時也想捍衛資本主義的人，常用以下三種方式來反駁這項批判：（一）唯一穩定的民主形式是受到限制的民主。人們對影響他們集體命運的各種事物都以民主方式普遍地控制，雖然理論上是件好事，但事實上是不可能的。建立這種制度的嘗試，最後都會以失敗告終。（二）廣泛的民主是可能的，它也可以維持穩定，但會造成不想看到的效率喪失問題。效率與民主這兩種價值之間最適的取捨下，我們必須在基本投資決策中，移除直接民主的控制。（三）人們擁有按其意願處置他們財產的道德權利，以及人們擁有集體控制影響他們集體命運之決定的權利，在此兩種價值相互衝突。放任自由主義者提出的各種理由中，都賦予第一項權利優先於第二項的位階（也就是說，在考量第二項之前，第一項必須先被滿足）。
44. 許多作者已指出威脅不投資，已是資本主義民主下，資本做為結構性權力的關鍵形式。Göran Therborn 指出，國家對私人投資的依賴是「資本主義國家」的重要特徵之一。Charles Lindblom 把威脅不投資視為國家被迫擔心是否創造了良好「商業氛圍」的根本原因。Joshua Cohen 與 Joel Rogers 把威脅不投資視為對民主政治「要求侷限」的核心：人民只能有效地要求那些能配合持續不斷的資本主義投資的事物。以上所有分析都揭示了民主如何受限於資本的力量。請見 Göran Therborn, *What Does the Ruling Class Do When it Rules?* (London: Verso, 1980); Charles E. Lindblom, *Politics and Markets: The World's Political Economic Systems* (New York: Basic Books, 1977); Joshua Cohen and Joel Rogers, *On Democracy* (New York: Penguin, 1982)。

第二部
替代選項

第 4 章

思考資本主義的替代選項

本章將探討建構社會解放替代選項之理論基礎的兩大方略。從歷史上來看，最初由馬克思所闡釋的第一個方略，至今仍是回答該問題最重要的取徑。即便資本主義批判人士已不再偏愛馬克思主義對社會變革的看法，針對建構科學理論以尋找資本主義替代選項的嘗試，馬克思主義傳統仍可謂最具前瞻性，而了解這項取徑的邏輯及侷限非常重要。一開始，我們將簡要概述它的核心要素，接下來進一步討論馬克思的策略在哪些面向仍有缺憾。本章最後將解釋我在第五章進一步闡述的替代選項的核心邏輯。

馬克思提出的替代資本主義理論：歷史軌跡的理論

針對資本主義替代選項的問題，馬克思很具說服力地提出一個深具知識創見的解決途徑（即使最終還是有缺憾）。他並未發展出有系統的理論模式，以展現可行的解放性替代選項的可能性，而是提出了一個理論，說明為何長期來看**資本主義不可能持續**（impossibility of capitalism）。他的論點聽來很耳熟：因為資本主義的內在動力與矛盾，傾向摧毀自身可能持續的條件。這是一種決定論：長期來看，資本主義不可能成為社會秩序，因此**某種**替代選項必然會出現。然後，再巧妙地提出一個具說服力的例子，說明以民主平等主義的方式重構經濟與社會，是一可行的替代選項。馬克思理論的精采之處在於論證，把資本主義推向自我毀滅的內在矛盾創造出歷史行動者（historical agent）——工人階級——對該階級來說，創造民主平等的社會是有利的，他們同時愈來愈有能力將該利益付諸實行。考慮所有這些因素後，我們可說馬克思實際的社會主義理論帶有一種對「有志者，事竟成」的務實信念，立基在有創意且彼此連帶的工人身上那解決問題的實驗精神。

90

更細緻地檢視這些論點，我們可以提煉出五大核心命題：

命題一：資本主義無法長期持續

長期來看，資本主義是個無法持續的經濟體系。它的內在動力（「動力法則」〔laws of motion〕）有系統地破壞它自身可再生產的條件，因此讓資本主義愈來愈脆弱，最後難以持續。

這是關於資本主義發展之長期趨勢的命題。它對未來提出了預測，而且是個振聾發聵的預測：資本主義發展的趨勢，最後將在其自身消亡中達到高潮。資本主義是一歷史上存在的經濟組織形式，先前經濟形式的內在動力造就了它，它最終也將不復存在。資本主義是一個整全的（integrated）體系，而不僅是各部分拼湊而成，因此它包括了讓自身再生產的機制。但是，它同時也是一種特別的體系——包括動態矛盾（dynamic contradictions）

的體系，這矛盾經年累月後會破壞再生產的機制，最終讓體系無法維持。這論點不只是認為做為人類建造物的資本主義**可以**透過人類的努力及計畫轉變成別的東西。更確切地說，這裡的論點認為，因為其內在矛盾，資本主義**將**被轉變為別的東西。這個命題本身並不意謂，從人類福祉的角度來看，資本主義將被更好的東西取代，而只是說它是個有自我毀滅動力的經濟制度，在歷史上只能維持有限的存在時間。

馬克思的預測立基於十九世紀觀察到的四個主要經驗趨勢，並結合關於產生這些趨勢之根本機制的理論觀點。這些經驗趨勢包括：第一，在資本主義發展過程中，生產力的水準巨幅上升，這尤其是得益於生產的資本密集度提升。第二，資本主義持續擴張，展現在兩種現象上，愈來愈多的生產領域被資本主義的廠商商品化並進行組織，同時資本主義市場拓展到世界各地。因此，資本主義的發展又強又廣，更深入穿透到社會中，也散布到更多地區。第三，資本主義發展往往會增加資本集中度，向中心集結：長期下來，資本主義廠商愈變愈大，市場上由這些大廠商控制的生產比例也穩定增加。這不僅意味著資本主義市場愈來愈能夠安排這個世界，也意味著這些市場愈來愈受到巨型廠商的支配。第四，隨著資本主義的發展，每隔一段時間就會搞亂資本主義市場的經濟危機，往往會愈來愈嚴重，持續時間也會愈來愈長。最後這項觀察與前面三個相關：普遍廣泛而言，生產力發展程度愈高，資本主義市場經濟將愈全面；而巨型廠商愈是支配市場，經濟危機發生時將愈嚴重。

91

十九世紀中後半，馬克思做出了上述的一般性經驗觀察。為了對這些趨勢的未來發展做出科學預測，有必要指出產生這些趨勢的根本因果過程。據此，馬克思對資本主義的未來歷史發展做出大膽預測。[1] 他的鉅著《資本論》努力要闡述這些根本的因果過程，這些過程合起來，便構成資本主義的「動力法則」。對於我們當前的任務來說，該分析的重要元素在於馬克思所謂的「利潤率下滑趨勢的法則」。這指的是一組相互關聯的因果過程，隨著時間演進，它們導致資本主義經濟中總體利潤率下降的趨勢。在馬克思的整體理論中，這項因素最直接回答了資本主義危機為何隨著時間發展愈來愈劇烈，因此該體系長期看來是不穩定的。

92

這項法則的理論闡釋有些複雜，包括勞動價值理論的技術細節以及其他東西。[2] 在此，我無意系統性地闡述馬克思分析的理論基礎，但利潤率下降的核心如下：兩種不同類型的過程產生作用，帶來資本主義的經濟危機。第一，利潤率會週期性地上升或下降，導致今天我們所謂的景氣循環。許多因素影響了景氣循環，但其中絕大多數都可以統稱為「市場的無政府狀態」（the anarchy of the market），例如資本主義廠商傾向生產超過市場所能吸收的產量（「過度生產」），或資本家為減少成本而削減工人薪資的傾向，結果抑制了市場需求（「消費不足」）。這些過程，與日後凱因斯（Keynes）在二十世紀指出的經濟危機機制十分相關。

第二，跨景氣循環來看，馬克思假定仍存在一個長期的因果過程，逐漸導致資本主義經濟平均利潤率的下降。馬克思認為，這個長期機制與資本主義生產的資本密集度節節高昇有關。關鍵概念是，資本主義中的總體利潤取決於經濟**剩餘**的生產，也就是說，過度生產的目的，只是要再製生產時所投入的東西（包括勞動投入以及非勞動投入，如原料、生產工具等）。這些剩餘的金錢價值，就是我們所謂的「利潤」。於是，利潤率就是剩餘產品的價值與生產過程中投入的東西之價值的比率。為何這個比率會隨時間而下降？馬克思透過勞動價值理論的技術細節來回答這個問題。簡而言之，這個論點是指所有產品的價值是由體現在生產過程中的勞動時間總數來決定（所以稱之為**勞動**價值理論）。根據勞動價值理論，唯有勞動創造了價值，因此剩餘物的價值（所謂剩餘價值）視生產這些剩餘物所使用的勞動量而定。當資本密集度增加，相對於生產工具及原料的數額，用於生產過程的新近勞動數額便下降了。在某種意義上，即使整體生產力上升，生產中產生剩餘價值的密度卻是下降的。因此隨著資本密集度提高，剩餘價值相對於所有生產投入之價值的比率將會逐漸下降，而利潤換算成金錢的比率——由該勞動價值比率來決定——也會下降。由於廠商之間的競爭迫使個別廠商在生產過程中創新，又因為馬克思相信這些創新往往會逐漸提高生產的資本密集度，因此長期下來，利潤率會下降。[3]

93

資本主義經濟總體利潤率下降的長期趨勢，意味著過度生產或消費不足等情況導致的週期性危機將愈來愈嚴重；蕭條的低谷將更深；擴張的巔峰將更低。事實上，利潤率長期下降會壓縮在體系內操作的空間：週期性的輕微衰退就會迫使更多廠商破產，而想要重新創造讓資本積累的可獲利條件將變得更困難。當長期利潤率接近到零這個臨界點，資本主義將變得非常不穩定，以致難以為繼。

命題二：深化反資本主義的階級鬥爭

資本主義發展的動力有系統地（a）增加了工人階級的人口比率，且他們的利益普遍受到資本主義的危害；同時（b）增強工人階級集體挑戰資本主義的能力。結果是深化了反抗資本主義的階級鬥爭。

命題一談到了資本主義發展的結構性趨勢。命題二則是關於能動性（agency），其認為資本主義創造出了一個有意願並有能力挑戰資本主義的集體行動者。借用馬克思主義傳統裡常見的比喻，資本主義製造了自己的掘墓人。

94

這項命題的第一部分關注的是創造工人階級，即一般所謂的**無產化**（proletarianization）過程。無產化包含兩種社會變革。第一，愈來愈高比例的人口進入資本主義的聘僱關係，面對資本主義的剝削。這涉及了非資本主義的各種工作類型大量受到摧毀，在馬克思的時代，最顯著的例子就是自僱的小農工人，以及其他類型的自僱「小資產階級」生產商。到了晚近，已婚女性成為受僱勞動力的過程成了這種無產化的主要面向。第二，透過工作常規化以及「去技術化」（deskilling）的過程，在資本主義僱傭關係中，工人的自主性及技術程度愈來愈低。這兩個社會變革的過程合併來看，意味著隨時間演進，工作條件的同質性將增加，而工人階級將隨之擴大。

然而，無產化本身不足以導致命題二所認定的，深化反資本主義階級鬥爭的現象，畢竟社會衝突的加深不只源於相對利益矛盾的深化，很重要的還必須仰賴追求這些利益的人們集體行動的能力，畢竟人們常常未具備將不滿化為行動的能力，因此不滿不足以解釋為何爆發公然衝突。命題二的第二部分透露，資本主義的發展動力往往也會解釋上述問題。尤其，因為資本密集度的增加，導致大型工作場所愈來愈多，生產規模也愈來愈大，這意味著工人在物理空間上愈來愈集中，使得集體行動所需的溝通及協調得以出現。工作條件愈來愈同質也意味著，工人間因技術不同所帶來的利益差異也減少了，小資產階級與小廠商被摧毀，意味著個人脫離工人階級的前景愈來愈黯淡，因此將增強人們休戚與共的感受。如果這些趨勢持續下去，「全世界的工人聯合起來，除了枷鎖以外，你們已沒什麼可失去的，然而你們卻能贏取整個世界」的響亮口號，將說服更多的人民。

命題三：革命性轉型

95

因為資本主義這個經濟體系愈來愈岌岌可危（命題一），而對抗資本主義的主要階級變得愈來愈龐大且愈來愈能挑戰它（命題二），最終這些敵對的社會力量將擁有足夠的能量，同時資本主義也將衰弱到一定程度，以至於設計來保衛資本主義的制度不再能避免它的傾覆。

在馬克思主義理論中，資本主義社會不只是個資本主義經濟體而已，還包括了一系列保衛資本主義免於各種威脅的制度。根據馬克思主義的經典說法，這些制度被稱為「上層結構」。其中格外重要的就是國家——透過各種機制協助資本主義再生產，特別是以武力保障財產權並壓制各種挑戰資本主義的組織力量——

以及透過形塑概念、價值及信念的方式再生產資本主義的意識型態和文化制度。

如今，這些制度有可能變得十分穩固有力，因此即使當資本主義已然停滯且瀕臨死亡，它們仍然能夠再生產資本主義。基於兩項主要理由，馬克思主義者認為這不太可能發生。第一，若要讓國家及意識型態的機制如此有效運作，必須耗費資源，而這些資源都來自社會剩餘。如果因為利潤率下降，資本主義陷入持續且愈來愈嚴重的經濟危機，它將愈來愈難以支付這一類「社會營運」（social overhead）成本。上述現象的症狀之一就是國家財政危機。第二，如果資本主義不再能「產出貨物」而深陷永無止境的危機泥沼——命題一即主張這是資本主義將來必然的命運——那麼它將愈來愈難與國家公務人員建立穩固的夥伴關係。階級鬥爭深化（命題二）的一個面向，呈現在一旦資本主義不再能讓人們相信它描繪的未來願景時，反資本主義政治的領導團體，將出來提供替代資本主義的願景——社會主義，而這個願景將愈來愈能吸引非工人階級的大眾，包括許多為國家工作的人。當資本主義經濟結構不再能為國家提供充足的財力支持，公務人員不再繼續捍衛資本主義時，圖謀衝擊國家政治就更有可能成功。[4] 一旦產生這種情況，便可能快速建構起一個嶄新的經濟結構。

96

資本主義的上層政治結構如何瓦解的實際過程，馬克思並未講得那麼清楚。基本上，馬克思主義者想像這過程包含了暴力革命，該革命「摧毀」了資本主義國家，迫使經濟體及國家的基本組織原則出現一個較為突然的斷裂。這裡預設資產階級仍具有足夠強勁的力量抗拒任何從根本上改變資本主義之嘗試，且不影響資本主義國家的完整性，因此不可能透過和平且民主的方式轉型。任何沿著這些軸線的嘗試，最終都將在國家暴力鎮壓中達至高峰，資產階級與國家拒絕再按照規則行事，因此實際上，挑戰資本主義根本結構唯一可行的策略，就是暴力推翻政府。然而，這並不是馬克思主義理論中的核心部分，只是對歷史演變的預測。其論點的關鍵在於，一旦資本主義變成垂死的經濟體系，面對要求基進轉型的劇烈階級鬥爭時，資本主義的上層結構制度，將不能有效再生產資本主義。

命題三也意味著「資本主義終結」真正到來的時間點，不僅取決於推動資本主義朝向自我毀滅的動力法則，也取決於以階級為基礎的社會力量如何發動集體行動，而這些力量的總體能力，會受到各種歷史偶然因素的影響。雖然資本主義經濟的長期停滯及危機為轉型帶來了契機，但轉型本身仍是反對資本主義及國家的集體抗爭所導致的結果。據此，資本主義最終的命運並非真的「崩潰」了，實際上是被「推翻」的：根據馬克思主義的理論邏輯，資本主義經濟到達徹底瓦解階段的前夕，才是挑戰資本主義的革命人士最好的成功良機。

97

關於馬克思是否相信推翻資本主義「無可避免」，這個問題在馬克思主義歷史上一直有許多爭論。他確實相信以下幾件事將無可避免，第一，資本主義將陷入垂死、停滯，成為危機四伏的社會秩序，而時間一長，這將讓資本主義愈來愈容易遭受集體行動的挑戰；第二，長期來看，有能力挑戰資本主義的集體行動者（collective agent）出現的可能性將愈來愈高。這個集體行動者仍需有集體的意志及組織，而這有賴於適當的領導統御及革命理念。確實，馬克思的主張絕對不只是說「資本主義的消亡有可能出現在未來的某個時間點」；他的預測斷定這件事一定會發生。

命題四：過渡到社會主義

由於資本主義最終無法維持（命題一），社會行動者利之所趨並且有能力對抗資本主義（命題二），深化的階級鬥爭帶來了資本主義國家及資本主義本身的滅亡（命題三），社會主義——按定義即生產體系是集體擁有，並透過民主平等的機制來控制的社會——是最有可能繼承資本主義的選項，畢竟已組織成集體的工人階級處在最佳的位置，能確保在後資本主義的嶄新制度下體現他們的利益。

嚴格來說，命題一至三都只提供了資本主義最終將會滅亡的預測基礎而已，但並未有系統地預測替代資本主義的選項究竟是什麼。儘管如此，馬克思及馬克思主義傳統的後繼者都樂觀地認為，後資本主義社會將會根據基進平等主義和民主的原則來運作。

這樣的樂觀源自三項理由：第一，資本主義大幅提高了生產力的發展程度，這意味著後資本主義社會的資源稀缺基本上已大致克服。這樣就比較容易維持更為平等的分配，同時也為人們釋放了大量時間，以負擔民主管理經濟體制的集體責任。第二，資本主義的發展帶來鉅型公司，這些公司已成為一種準「社會」財產，畢竟公司實際上都是由股東代理人來負責營運而非股東本身。與資本主義較早期的形式相比，如今這種情況更容易轉變成更為民主的控制體系。最後也是最重要的一點，為了推翻資本主義，工人階級必須變成一股內部一致、力量強大、有組織的政治力量。這意味著它站在優勢位置，能建構出最體現工人利益的平等且民主之制度。

當然，處於具有政治權力的位置，同時對經濟體中平等且民主的組織感興趣，並不表示實際上就有可能以穩定且永續的方式建構這類制度。關於社會主義的制度該像是什麼樣子，馬克思只提供了極少的訊息：透過某種集體所有制，社會主義將取代生產工具的私有制（雖然仍未明講這樣的想法確切的意義為何），而市場將被某種全面計畫的方式取代——雖然對這種計畫的運行方式、如何能見效、為何我們認為它能維持，馬克思同樣未著墨太多。[5] 馬克思在一些地方——最明顯的就是在他討論巴黎公社的著名分析中——提供了經驗證據，說明在特殊情況下，一種有活力的民主、平等權力模式維持了一段有限的時間，但這不算是個有說服力的例證，足以說明這種集體組織形式能夠永續地建立起各樣制度，以民主且平等的方式安排複雜的現代經濟活動。基本上，該理論最終仰賴的是「有志者，事竟成」加上「發明始終源於需求」的想法：工人透過他們集體形成的政治組織而獲得賦權，並且以有創意、嘗試錯誤、民主、實驗的方式，進行建構新制度的實際過程。事實上，馬克思提出了關於資本主義將滅亡的決定論，搭配著關於如何建構替代體系的唯意志論（voluntaristic theory）。[6]

99

命題五：以共產主義為終點

社會主義動力的發展逐漸強化社群連帶、漸次改善物質不平等的情況，以至於最終階級與國家將雙雙「消亡」。這促成了一個共產主義社會的出現，該社會是以「各取所需，人盡其才」的分配原則組織起來。

最後這個命題可以視為烏托邦式的宣告，提出了一個基進平等主義的道德理想。雖然強化社群連帶、漸次改善物質不平等的情況，都有可能發生在社會主義經濟之中（依命題四提及的方式定義），但卻沒有可靠的論證說明，為何國家會消亡在這樣的社會中，並達到以下這種程度：社會秩序將在沒有強制性權威及約束性規範的情況下，完全由自願合作及互惠關係來維持。支持上述論點的社會學分析大致上皆如下所述：唯獨階級不平等導致持續的鬥爭與反社會之自利形式（anti-social self-interest），因此一旦階級不平等消失，社會再生產的維持將不再需要任何強制力量。然而，這似乎不是個合理的看法，而馬克思也確實未曾系統性地為上述說法提出辯護。結果，我們最好將共產主義為終點的命題視為規範性的理念（regulative ideal），只是個指引行動的道德願景，而不應將之視為預測未來社會變革走向的宣稱。

＊＊＊

綜合而論，這五項命題強而有力且細緻地論證了基進的平等與民主替代資本主義的可行性。我們看到馬克思頗具說服力地解釋資本主義最終如何自我毀滅，因此必會產生某種替代形式，同時進一步詳述隨著資本主義的消亡，有力的集體行動者如何興起、且意圖建立民主且平等的替代制度；馬克思提出了以上的論證，那麼相信這樣一套制度能被具體實現出來，就不再只是盲信。

馬克思對資本主義未來之理論的缺憾

100

雖然馬克思主義傳統下的社會理論很有價值，特別是它對資本主義的批判以及針對階級分析的概念架構，但該傳統的歷史趨勢理論有些嚴重的問題。[7] 傳統馬克思主義建立替代資本主義之理論的嘗試，由於以下四大問題而有不足：資本主義內部危機的發展趨勢、顯然並未隨著時間而愈來愈嚴重；階級結構已變得更加複雜，不再只是發展成同質的兩個極端；在成熟資本主義社會中，工人階級挑戰資本家權力結構的能力似乎在下降；推動社會轉型的斷裂式策略——即使它們有能力推翻資本主義國家——似乎也無法提供一個更好的社會政治環境，促成較長期的民主實驗過程。在當代馬克思主義及社會變革的討論中，這些議題皆已廣泛處理，所以我在此僅簡略敘述其核心論點。

危機深化的理論

資本主義的危機趨勢將隨著時間而深化的命題，對於整體論證來說非常關鍵，因為這是「資本主義的矛盾最終將摧毀其自

101 身」此一概念的基礎。如果我們最多只能說資本主義會週期性產生程度不一的經濟危機，但總體看來對資本積累的傷害並不會愈來愈深化，那麼我們便沒有理由說資本主義將會隨著時間演進而愈來愈脆弱。而且如果缺乏這種未來會自我摧毀的走向，資本主義將不會變得愈來愈弱，反資本主義的社會力量也不再有集體挑戰的機會。人們還是可以這麼想：一場嚴重且時間拉長的資本主義危機（**如果**發生的話），或許能為基進社會轉型提供一扇歷史的「機會之窗」，但這樣的說法比起「隨著時間演進而愈來愈有可能有這類危機的預測」要弱了許多。

質疑關於自我摧毀的命題，主要出於以下幾個原因。第一，雖然資本主義確實有產生週期性經濟崩潰的各種過程，但是馬克思及許多後繼的馬克思主義者低估了國家的介入在相當大程度上可以緩解這些趨勢。結果，隨著時間的演進卻看不出任何一致的趨勢，能說明經濟崩潰的情況愈來愈糟。第二，雖然到了資本主義發展後期，利潤率比起前期要下降，但在成熟的資本主義經濟體中，似乎看不出這利潤率有持續下滑的長期趨勢。第三，理論層次上，「利潤率下降趨勢的法則」的概念基礎有問題。根本來說，該法則立基於勞動價值理論，但即使是大致上認同馬克思主義的規範及解釋目標的經濟學家，也對該理論有所批評。雖然勞動做為價值來源的觀念，能用來解釋勞動剝削，但仍找不到叫人信服的理由，讓人相信勞動（甚至唯有勞動）與產生價值的因果關係。馬克思確實未曾為此提供站得住腳的辯護，當代的討論最終也未提出具有說服力的說法。[8] 102 如果否定了勞動價值理論，那麼將無法確定資本密集度逐漸提高會降低利潤率的說法。[9]

如今在上述考量之下，我們或許能建構一個新的資本主義朝向自我摧毀的理論。當前討論中的一個想法是，二十一世紀初資本主義高度全球化，嚴重傷害了國家緩解危機趨勢的能力，畢竟市場過程的地理範圍不再僅限於國家介入管控所及之處。可以想見，由於有效的全球性危機控管機制還未發展出來，未來的經濟危機將比二十世紀末要密集得多。2008 年開始的金融危機或許就標示出了這個嶄新的深化過程。

第二個想法是，資本主義成長導致的環境破壞最終將摧毀資本主義賴以生存的生態條件。第三個想法則是，從工業經濟轉變為服務業經濟或所謂的「知識經濟」，這樣的轉變意味著未來資本所有者將愈來愈難支配經濟活動。智慧財產本來就比實體資本更難被壟斷。特別在新資訊科技到來之際，人們很容易就可以破壞資訊及知識的私有財產權。進一步來說，透過協同、合作的社會活動，知識及資訊的生產將最有效率，因此強加在這個過程上的資本主義財產權，將愈來愈成為「枷鎖」，箝制了生產力的進一步發展。因此長期下來，面對以非資本主義的方式所組織的資訊與知識，進行生產及分配時，資本主義將變得愈來愈脆弱無力。

103

以上任一或所有因素結合起來都意味著，資本主義的長期趨勢最終將以自我毀滅告終。然而，這樣的論點仍屬臆測，有待進一步發展，因此如今我們仍未有很好的理由去相信，資本主義的內在矛盾長期下來將使這個經濟結構難以維持下去。資本主義，或許如第三章所列，有種種理由說明它是**不可欲的**，然而它仍**能再生產**下去。我必須強調的是，這並不表示資本主義無法轉型：

即使它的內在動力不會讓它走向自我毀滅，人們仍有可能透過集體行動轉變它。但是，這樣的集體行動未必會因資本主義愈來愈脆弱就更容易出現。

無產化理論

古典馬克思主義關於資本主義命運之理論的第二個主要問題，在於它的無產化論點。資本主義的發展過程確實將愈來愈高比例的勞動力含納到資本主義的雇傭關係裡，但是在已開發的資本主義世界中，這並未導致更密集的無產化及階級同質化過程，反而形成增加階級結構複雜性的軌跡。有幾項大趨勢值得在此討論。

第一，我所謂的「階級關係內的矛盾位置」（contradictory locations within class relations）的發展與擴張。[10] 階級**位置**指的是個人在一階級結構中占據的特定地方。工人階級的位置及資產階級的位置，是兩個由資本主義階級關係決定的基本位置。但是，階級結構中有許多位置無法明確歸入上述兩個基本位置內。特別是像經理及主管這類階級位置，它們同時具有工人與資本家的相關特質，因此處在「矛盾位置」上。專業人士與具備優異技能的技術人員，也因為他們具有的特殊能力而身處在矛盾位置上。在資本主義最發達的國家裡，約有略少於一半的勞動力處在這種矛盾位置上。[11]

104

第二，許多資本主義國家的自雇者及小雇主數量，經過很長一段時間的衰退之後，如今又有顯著提升。當然，許多這類小型廠商及獨立自雇者以各種方式附屬在大公司之下，但他們仍與工人階級大不相同。

第三，雖然至少在某些資本主義國家內，近年來財富更加集中（最明顯的就是美國），握有股份的人也更加分散——人口中有更多比例的人做商業投資，不管是透過購買股份的方式直接投資，或因為握有退休基金而間接投資。雖然這和打造「社會所有制」或「人民資本主義」的差別很大，但這確實讓資本主義的階級結構更加複雜。

第四，當大量的女性成為勞動力，許多人與階級結構之間的關係就變得比以前更加複雜了，因為如今在這些雙薪家戶裡，家庭成員不再只透過一個，而是透過兩個工作與階級結構連結。結果，許多人被歸類到「跨階級家庭」，即家戶中的丈夫與妻子的受薪工作，歸屬在不同階級位置。[12]

最後，許多已開發資本主義國家中的工人階級，分層的情況愈來愈明顯。有好長一段時期，受薪者之間的薪資不平等逐漸下降，但到了二十世紀最後二十五年，這個不平等又再加劇。除此之外，自從九〇年代初期以來，在某些國家（最明顯的就是美國），工作機會的成長模式變得相當兩極化：薪資結構的頂端及底部的工作機會擴張很快，但中層的卻不是如此。[13] 不論我們如何定義工人階級，它的內部變得更加歧異而非同質。

105

以上各種階級關係中的複雜形式，並不意味著階級在人們生活中的重要性下降，或說階級結構如今已從根本上改變，不再那麼資本主義了。這只是告訴我們，階級鬥爭深化的命題所預測的結構性轉型並未發生。

階級能力的理論

古典馬克思主義理論中，關於反資本主義階級的鬥爭深化，其第二個元素在於工人階級挑戰資本主義的能力增加。這樣的能力在已開發資本主義社會中早有下降的趨勢，部分原因是受雇者之間的利益異質性愈來愈大，同時因為階級結構變得更加複雜，而工人階級本身也分層化。這樣的異質性使得建立連帶、形成穩定政治結盟的目標變得更難達成。但是，挑戰體系的階級能力不足，也反映出資本主義民主如何提供人們組織起來的實際機會，讓他們在資本主義約束**中**，尋求生活條件的改善。利用這些機會的同時，國家強加的其中一項重要拘束，就是放棄任何圖謀組織革命及動員的嘗試。最後以工人運動與福利國家的方式，使工人能獲得實際的好處來促成「階級妥協」。雖然在二十世紀最後這幾十年來，這些好處受到侵蝕，但仍足以阻撓反體系的連帶形成。資本主義如此穩固，（至少在成熟的資本主義民主之中）獎勵它再生產的制度如此堅韌，對工人階級的組織來說，上述那種階級妥協或許仍是個可靠的行動方向。無論如何，在所有已開發資本主義社會中的工人階級，迄今未曾發展出足以挑戰資本家權力基礎的集體能力。

106

斷裂式轉型的理論

雖然在已開發資本主義國家中，尚未出現以革命挑戰資本主義的成功案例（事實上連稍有規模但未成功的例子也沒有），挑戰資本主義的革命確實發生在資本主義發展程度有限的社會中，而在一些例子中，社會主義的革命人士最終成功取得權力。國家被推翻了，（至少象徵性）以社會主義為指導原則的革命政權建立。然而，這些斷裂式轉型的嘗試，卻無法讓民主實驗性的制度建立過程，維持一段較長的時間。以「有志者，事竟成」的方式來建構解放性替代制度的理論，有賴一般人民透過積極、有創意、被賦權的參與方式，投入到民主審議及制度建立的過程。雖然在這些以革命方式進行資本主義轉型的例子裡，曾短暫出現民主平等的參與，但這些插曲卻總是較為零星而且壽命不長。

或許革命過後常無法維持長期民主實驗的過程，是因為革命政權總是面對強大資本主義國家在經濟或政治上所施加的巨大壓力，同時感覺急需鞏固權力、建立堅強的體制以對抗上述壓力。由於民主實驗過程無可避免會帶來混亂，且仰賴自錯誤中學習教訓的能力，我們也可以理解革命政權總覺得自己無法等到這個過程開始奏效。或者，問題主要出在革命運動成功取得政治權力的地方，其經濟發展程度很低。古典馬克思主義當初確實設想，除非資本主義已產生非常高的生產力，不然資本主義不可能轉型為一個民主平等的替代模式。但是情況也可能是這個樣子：想在既有體制內成功製造革命斷裂而需要的集中式政治權力、組織與暴力，與為建構新解放體制所進行的、有意義的民主實驗過程而需要的參與實踐形式，兩者之間互不相容。針對推翻資本主義國家，革命黨在某些情況下可以是有效的「組織武器」（organizational weapons），但它似乎對於建構民主平等的替代體制無能為力。因此，我們在經驗上看到與資本主義斷裂的實例，結果都是威權的國家科層制主導了經濟發展，而非以民主平等的方式代替資本主義。

讓我們重新理解這個問題

古典馬克思主義理論針對資本主義替代選項的討論，牢牢鑲於體現資本主義軌跡幾個重要特質的決定論觀點：馬克思預測資本主義未來的基本走向，藉此希望協助實現一個超越資本主義的解放性選項。因為對於資本主義的命運缺乏具有說服力的動態理論，所以替代的做法是調整我們努力的方向，從試圖建構動態**軌跡**（trajectory）的理論，轉為建構一個討論結構**可能性**（possibility）的理論。讓我進一步釐清兩者的區別。動態軌跡的理論，試圖在理解推動社會往特定方向前進的因果動力基礎上，預測社會變革未來的特徵。藉由描繪我們知道**將會**出現（假定該理論是正確的）的發展，藉此幫助我們定義出一些條件，以探索**可以**發生的事物。資本主義（最終）將自我毀滅，因此社會主義可以成為替代選項。相反地，結構可能性的理論不會預測日後的發展走向，而是描繪出在不同社會條件下制度變革的可能範圍。

結構可能性這套理論的終極版本，是在啟程前先提供完整的路線地圖，告訴你從現在的位置出發，每一個可能的終點，以及抵達每個可能終點的所有可能路徑。一張很棒的地圖會告訴你不同路徑會遭遇的路況，指出哪條路需要全方位的車輛，哪條路可能暫時或永遠無法通行（至少在發明某種更優良的交通工具之前）。有了這樣一張地圖，你在前往特定終點的旅程中，實際面對的唯一問題是自己是否擁有適合這趟旅程需求的交通工具。當然，結果可能是你無法轉換足夠的資源用以購買交通工具，因此沒辦法到達最想去的地方，但至少在旅程開始前，你已經看清事實，明白這項侷限，而可以更改你的計畫。 108

哎，事實上並沒有這種地圖，現今也沒有任何一個社會理論足以完整描繪出各種可能的社會終點及可能的未來。原則上，這種理論很可能不存在——社會變革的過程太過複雜，受到各種因果過程偶然的連鎖影響，因此無法詳細地呈現一幅未來可能的地圖。無論如何，我們手上現在沒有這種地圖。但是，我們想要離開身邊這個造成傷害及不正義的地方。該怎麼做？

或許，我們不應將解放社會變革的計畫，看成是一張指引我們前往已知終點的路線圖，而應把它當成是一段探索之旅。離開熟悉的世界，我們帶著的是一座指引方向的羅盤，以及提醒我們已走多遠的里程計數器，但身邊卻沒有一張能告訴我們從起點到終點的路線圖。當然，這會帶來一定的危險：我們可能遭遇跨越不過的深谷，預想不到的阻礙迫使我們朝非預期的方向前進。我們或許得往回走一段，然後試試另一條路。我們將走到高處，清楚遠眺地平線，而這對往後一段時間內的路途大有幫助。但有時我們身處令人困惑的地形及茂密森林，必須在看不清去處的情況下，選擇前進的道路。或許我們沿路藉著自己發明的技術，能夠創造人為的高地，幫助我們看得更遠。最終，我們或許會發現，自己在期盼的方向上能走多遠，其實存在著絕對的界限。雖然我們無法事先知道自己能走多遠，但我們能知道自己是否走在正確的方向上。

這種思考解放性替代選項的方式，仍保留超越資本主義強力規範的生活願景，但也承認我們的科學知識在思考超越資本主義的實際可能性有所侷限。但是請注意，這與錯誤地確信「建構基進民主平等的替代選項存在難以克服的限制」仍有不同。「如今尚未有堅實的科學知識來說明可能性的範圍」，這一點不但適用在基進替代選項的前景，也適用於討論資本主義是否能持續。

109

探索與發現之旅開始的關鍵，在於我們的導航裝置是否實用。我們必須要打造一座或許叫「**社會主義羅盤**」（socialist compass）的設備，這座羅盤有著各種原則，告訴我們是否正走在正確的方向上。這就是下一章的主題。

註釋

1. 這與今日電腦預測像是全球暖化時所使用的邏輯，基本上是一樣的：一開始，你指出一系列迄今可觀察到的歷史趨勢，然後提出你認為產生這些趨勢的因果過程模型，這些模型能有效複製觀察到的走向。運用電腦模擬，針對各種變量的行為進行假設，得出一組未來走向的預測。
2. 許多人以各種方式解釋利潤率下降趨勢之法則，以資本主義危機的長期走向來解釋這個法則的例子，請見 Erik Olin Wright, *Class, Crisis and the State* (London: Verso, 1978), chapter 3。
3. 馬克思與後來受馬克思主義啟迪的政治經濟學家都認為，相對於這個過程存在著各種反趨勢。不過，就像是將利潤率下降稱為「趨勢」，而把其他現象稱為「反趨勢」，言下之意顯示，馬克思認為這些反制的因素長期來看只是次要，無法徹底扭轉這個主要趨勢。

4. 在未有理論解釋資本主義之長期停滯的情況下，其實沒有充分理由相信國家再生產資本主義的能力必然會衰退。週期循環的危機（除非這些危機隨著時間演進，愈來愈嚴重）並不足以徹底削弱上層結構。這就是為何利潤率下降趨勢的理論，對馬克思預測資本主義未來的理論是如此重要的原因。
5. 想了解更多關於馬克思討論社會主義時的侷限，請看 Geoff Hodgson, *Economics and Utopia: Why the Learning Economy is Not the End of History* (London: Routledge: 1999), chapter 2。
6. 馬克思的決定論並未否定人類能動性。馬克思對於資本主義自我毀滅的強烈預測之所以可能實現，就是因為人類是有意識的行動者，能夠理性且有創意地行動。該理論之所以是決定論，是因為這些策略及行動的結果都具有可預測的累進效果，會衝擊資本主義的維持能力。關於能動性與決定論之間深層關係的討論，請見 G. A. Cohen, "Historical Inevitability and Revolutionary Agency," chapter 4 in *History, Labour and Freedom: Themes From Marx* (Oxford, Clarendon Press, 1988)。
7. 在此區分以下兩者是有助益的：可稱為「社會學的馬克思主義」（主要包括馬克思主義的階級分析及資本主義批判），以及「馬克思主義歷史理論」（有時也被稱為「歷史唯物論」，主要包括資本主義動力以及歷史走向的理論）。雖然後者依我來看，已不再像過去那般可信，前者仍對批判理論與研究提供了一個極具啟發的架構，也仍是解放社會科學的重要元素。欲知更多關於社會學馬克思主義的討論，請見 Michael Burawoy and Erik Olin Wright, "Sociological Marxism," in Jonathan Turner (ed.), *Handbook of Sociological Theory* (New York: Kluwer Academic/Plenum Publishers, 2001)。欲知更多關於馬克思主義傳統內針對階級分析與資本主義批判、對社會主義的規範性願景、歷史理論等三組問題的討論，請參考 Erik Olin Wright, *Interrogating Inequality* (London: Verso, 1994), chapter 11。
8. 在馬克思的時代，勞動價值理論是被廣為接受的經濟分析工具，因此他或許就不覺得有必要為此提供一個站得住腳的辯護。當馬克思評論勞動即價值基礎這個想法的本源時，他的論點很簡單：我們觀察市場上不同的東西，相互交換的固定比率：X 磅的鋼與 Y 桶牙膏是相同的。在性質上如此不同的東西，如何能被化約成相對數量？馬克思認為，它們必定都有著某種可被量化的共同之處，於是他進一步說，該東西生產時消耗的勞動時間就是這個東西唯一共同具有的量。然而這項宣稱有誤。例如，鋼與牙膏也都具有另一個量，即生產它們時所耗費的能量，這可被量化為卡路里。我們可以按照這個基礎，構思能量價值理論，並放進利潤與剩餘能量價值之間關聯的解釋。更廣泛來說，商品的價值應取決於生產時使用的各種稀缺資源的數量，而不僅是勞動。欲知更多關於勞動價值理論相關議題的討論，請參考 Ian Steedman, *Marx after Sraffa* (London: New Left Books, 1977)。

9. 進一步來說，即使我們接受了勞動價值理論的核心說法，馬克思用它來說明利潤率下降趨勢的論點也缺乏說服力。該理論的主要想法是勞動密度提高（在該文章脈絡中，指的是「資本的有機組成提高」）將產生非意圖效果，使整體利潤率下降。但是，一旦資本主義生產已被高度機械化，我們便不再能合理相信，資本密集度將隨著往後的發明出現而持續上升。以電子計算機來取代人工計算就是個很好的例子。這不僅是「反趨勢」：一旦資本密集度到達某個程度，生產上的技術變革不會對資本密集度產生持續一致的影響。
10. 關於這個問題更深入的討論，請見 Erik Olin Wright, *Classes* (London: Verso, 1985), *The Debate on Classes*, (London: Verso, 1989), and *Class Counts* (Cambridge: Cambridge University Press, 1997)。
11. 請見 Wright, *Class Counts,* chapters 2 and 3。
12. 1980 年代——針對這段時期，我擁有很確實的資料能回答這個問題——美國大約有 15%的成年人，他們的家庭即屬於跨階級家戶。
13. 針對工作成長之趨勢，想知道更細緻的討論，請見 Erik Olin Wright and Rachel Dwyer, "Patterns of Job Expansion and Contraction in the United States, 1960s-1990s," *Socioeconomic Review* 1 (2003), pp. 289-325。

第 5 章

社會主義的羅盤

110

由於替代資本主義的基進民主平等選項缺少完整的制度設計，我們應該提出一些制度創新及變革的原則，以幫助我們判斷是否至少朝著正確方向前進。本章將討論這麼做的其中一種方式。一開始，我先討論社會主義中，「社會」（social）一詞的含義。這將幫助我們界定一組抽象理念型的對比：資本主義、國家主義與社會主義三種將權力組織起來施加於經濟體之上的方式。我在這組對比的基礎上，將進一步指出所謂社會主義羅盤的導引原則。

認真看待社會主義中的「社會」一詞

社會民主與社會主義兩個字，都包含著「社會」一詞。一般常以寬鬆且缺乏明確定義的方式使用「社會」這個概念，指的是致力於促進社會廣泛的福利、而非特定菁英狹窄利益的政治規劃。有時——特別在較為基進的社會主義論述中——人們會用「社會所有制」來對比「私有制」，但實際上，社會所有制往往演變成國家所有制，以至於對於我們闡釋原來的政治規劃而言，「社會」一詞本身最後產生不了太大的分析效果。

我在本章主張社會主義中的「社會」概念，能有效指出一系列的變革原則及願景，更精確地將社會主義與資本主義以及純粹是國家主義對資本主義的回應方式區分開來。接著，我將提出一種思考轉型原則的方式，可用來指引對資本主義的挑戰。

111 大多數社會主義的討論，都以與資本主義二元對比的思維在進行。標準的策略是一開始討論組織生產的不同方式，據此將資本主義定義為一種特定的「生產模式」或「經濟結構」——該經濟結構中，生產工具為私人所有，因此工人必須出賣自己的勞動力以換取生活所需，而生產是透過市場交換以追求利潤極大化來進行。然後，藉由否定以上條件中的一個（或多個）來定義何謂社會主義。由於資本主義概念的關鍵在於生產工具的**私有制**，因此通常意味著人們將社會主義理解為採用某種**公有制**（一般是透過國家所有制的制度性設計來達成）。

在此，我將以另一種方式，闡釋相對於另兩種經濟結構的形式（**資本主義**與**國家主義**），我們該如何理解社會主義。資本主義、國家主義與社會主義都可被視為藉由經濟資源的配置、控制與使用，來安排權力關係的方式。為了解釋上述命題的意涵，首先我必須釐清一些關鍵概念：（1）權力、（2）所有制，以及（3）國家、經濟體與公民社會，即所謂社會互動與權力的三大領域。第二，我將根據這三大領域與不同所有制及權力型態的連結，發展出一組經濟結構類型學的概念，以理解社會主義、資本主義與國家主義。第三，我將說明這組經濟結構類型學如何幫助我們畫出一張概念地圖，展示經濟體系之鉅觀結構在經驗上變異的可能方式。這將提供我們所需的概念語彙，以闡述帶領我們通往社會賦權之路的社會主義羅盤。

釐清概念語彙

權力

權力在社會理論中一直是最受爭論的概念之一。在此，我想著重在簡單的權力概念，即權力是在世界上以行動完成事物之**能力**。「在世界上完成事物」是一種十分廣泛、無所不包的觀念。藉此，它想在未指明特定效果以前，含納這個世界上的各種效果：有權力，即有能力因某目的或意圖而製造出有意義的效果來。這樣的闡釋比起很多定義（例如有些人說權力就是實現某人**利益**的能力）要更廣泛。這項定義有**工具性**及**結構性**的面向：其工具性展現在它聚焦於人們為完成世界上之事物所使用的能力；其結構性展現在這些能力有效與否，端賴人們在何種社會結構條件之下行動。[1] 例如，資本家的權力是仰賴他們的財富，以及以特定方式安排這些財富的社會結構。擁有一間工廠這件事要能成為權力來源，唯有當勞動力與維生所需的工具切割開來，而勞動力必須進入勞動市場，以求賺取生存所需的薪資，同時國家設立的制度協助契約執行並保護財產權利。必須在適當的社會條件下，擁有這種經濟資源，才可能成為實際權力的來源。

112

在這樣的認識之下，權力毋需被認定為零和（zero-sum）現象：一個人或團體的能力增加，不必然代表其他人的能力就減少。這種權力概念基本上也不帶著「支配」的意涵，也就是並未指涉即使在被命令者反抗的情況下，行動者也能控制被命令者的行動：即使一群人在合作過程中並未有強制的情況出現，但能有效地合作而完成某項任務，便可說就這項任務運用權力。組織完善、合作順暢之團體的權力，比分崩離析、組織鬆散之團體的權力更大：前者擁有更大能力以完成事物。當然，根據社會關係的113 性質及相互衝突的利益而言，在許多社會脈絡下，有效的權力通常涉及支配。**完成某事**的權力（power to）經常有賴於**支配他人**的權力（power over）。

如此定義權力，我們就可以根據世界上各種權力產生效果所仰賴的社會基礎，區分出各種權力形式。就我們眼下的關懷，可以區分出三種重要的權力形式：立基在經濟資源控制之上的**經濟權力**、立基在控制規則制定及領土內規則執行之能力的**國家權力**，以及我所謂的**社會權力**，它是立基在動員人們進行各種自願性集體行動的能力。把這用口語表達，即有三種讓人們去做事的方式：你可以收買（bribe）他們；你可以強迫（force）他們；你可以說服（convince）他們。三種方式分別對應了經濟、國家與社會權力的運用。[2] 稍後讀者便可發現，三者密切關聯到資本主義、國家主義與社會主義的區分。

所有制

「所有制」是一個多面向的概念，包含一系列可針對事物主張實行的權利（也就是有效的權力）。以下是所有制的三個面向：

1. 所有制的**行動者**：即所有權的擁有者。擁有者包含了各種社會行動者——個人、家庭、組織、國家，或許還有某些抽象的實體，如「社會」及「全人類」。

2. 所有制的**對象**：能被擁有及不能被擁有的東西。例如，美國歷史上，某些人曾經成為奴隸，而被另一群人擁有。如今已不復見。某些東西只能被特定行動者擁有，例如在某些經濟體裡，所有人可以共同擁有土地，但在另一些經濟體裡，個人可以擁有土地。在今日的美國，國家能擁有特定的武器，但個人或其他社會組織卻不能。
3. 所有制的**權利**：根據所有制衍生出的權利。所有權包括以不同方式使用所有物的權利、毀壞它的權利、出售或贈與它的權利、出借他人使用它的權利，以及藉由出借而獲取收入的權利。

114

因為不同的所有者、以不同方式擁有了不同種類的所有物，並主張不同類型的所有權，這讓所有制的問題變得格外複雜。例如，一般在資本主義體制下，生產工具是私有的。生產工具是一種特殊的所有物。所謂生產工具私有，是說個人與國家以外的組織（如公司法人與非營利組織）有權利針對生產工具做出各種決定，不受國家或其他非所有人的干涉。然而，由於決定機器、建築、土地、原料等使用上許多面向的有效權力，已不在私有者的手中，而是國家所有，因此實際上在一切資本主義經濟中，生產工具的真正所有制關係常比前述更加複雜。例如，工廠老闆在使用生產工具時，受到健康及安全方面的規定所限制。他們不能無視於這些規定，與工人任意簽定契約，因此就這個方面來說，他們並非全然擁有這台機器；一部分所有權歸國家。由於國家對收入課徵各項稅賦，資本家對於他們使用生產工具所產生的淨收入

（利潤），也未擁有完整財產權。實際上，使用生產工具所獲得的利潤，是由公家機關（國家）與私有者共同分享。[3]

我們統稱為「所有制」的範疇之內，特定財產權之配置如此複雜，因此想指出生產工作究竟是誰「所有」，往往不是那麼容易——不同的權利歸屬於不同行動者。許多經濟脈絡中廣為人知的「所有」及「經營」（control）之分離，更加深複雜程度。股東擁有大型資本主義公司，但實際經營公司運作的卻是經理人與主管。按照規定，高階主管是由所有者透過董事會所聘請，而就形式上來看，他們聘請的經理人與主管只是「真正」所有者的代理人。實務上，所有者很難有效監督與控制管理人的行動。由於某些生意上經理人認為的最佳策略，對所有者來說不見得如此（即經濟理論上著名的「代理人問題」〔principal/agent problem〕），這就給所有者帶來一些嚴重的潛在問題。為了克服這個問題，人們設計出一系列的制度機制，讓經理人與股東的利益更為緊密一致：職涯升遷能提升經理人對公司的忠誠，而讓主管擁有股票選擇權也是讓高階經理人與所有者利益更加一致的方法。無論如何，我們不該認定生產工具形式上的所有者，就對生產過程本身有實質的權力。

115

這裡的討論中，我們之所以關切所有制問題，主要是因為它讓我們理解不同的經濟體系如何運作。為此，我們特別看重**移轉財產權的所有權**（在私有制中是指出售或贈與自己所有物，以及購買他人所有物的權利），以及**控制剩餘價值**（也就是使用生產工具所產生的淨收入）**之使用及配置**的權利。即使在高度管制的資本主義經濟內，許多私有制的權力也已不再歸屬於個人及廠商，但是私人所有者仍然保有買賣財產的權利，也有權控制使用財產所產生的淨收入。這是所有制的重要面向之一，因為它決定了社會剩餘如何配置到其他類型的投資，也因此決定了日後經濟變革的方向。

我在本書將採用狹義的「所有制」定義，當我使用它時，是指財產移轉及對於剩餘的權利，而我也用「權力」與「控制」來描述指揮生產工具之使用的有效能力。透過這些詞彙，我將從用何種權力左右經濟活動（經濟權力、國家權力，以及社會權力），以及生產工具所有制的差異（私有制、國家所有制，以及社會所有制）切入，區分資本主義、國家主義，以及社會主義。

116

生產工具的私有制與國家所有制的概念很類似：私有制意謂個人及個人組成的團體具有法律保障的權利，可以買賣能產生收入的財產；國家所有制意味著國家直接握有配置生產工具及利潤的權利。但是，「社會所有制」是什麼呢？這是人們較不熟悉也較不清楚的一個概念。生產工具社會所有制是指產生收入的財產由這個「社會」中每一個人共同擁有，因此每個人對於使用這些生產工具所產生的利潤，以及如何配置產生這些收入的財產，都享有集體權利。這不必然意味著利潤就得等分給每個人，雖然這也可以成為一種共有制原則。共有制意指人們有權利一起決定生產工具如何使用、社會剩餘——使用生產工具所產生的利潤——如何配置，而這與各種實際的配置情況是一致的。

依據上述定義，「社會」這個詞彙不是指民族國家或國家。它是指任何社會單位，人們在其中從事相互依賴的經濟活動，運用生產工具以生產某種產品。以色列傳統的集體社區（kibbutzim）

就是社會所有制的一個例子：社區內所有生產工具都是社區裡的全部成員共有，他們集體控制了使用生產工具產生的剩餘該如何使用。工人合作社有各種組織合作社財產權的方式，但它也可以是社會所有制的另一例證。因此，一個經濟結構內是有可能同時存在著社會所有制、私有制及國家所有制的單位。

這種思考社會所有制的方式告訴我們，社會所有制也有**深度**、**廣度**及**含納程度**（inclusiveness）之分。社會所有制的**深度**是指特定生產工具在多大程度上有效地受到社會，而非私人或國家所控制。正如私有制基於特定生產工具的何種權利為私人所擁有而有所變異，社會所有制也會根據有多少權利受社會有效控制而有所不同。社會所有制的**廣度**是指展現社會所有制特點的經濟活動範圍有多廣。最廣的例子就是某段時期的以色列集體社區，當時曾根據平等及共有原則徹底組織起來，實際上不存在任何私有財產。**含納程度**是指含納到「經濟活動相互依賴」的人們有多普遍。狹義來說指直接使用特定生產工具的人，廣義來說指生活受到使用這種生產工具所影響的人，或是有時被稱為生產工具的「利害關係人」（stakeholder）。[4]

117

這三種所有制之間的界線劃分，有時並不清楚。如果國家深受民主方式所控制，那麼國家所有制可能變得很像某種形式的社會所有制。民主社會裡，國家公園是國家所有，還是「人民」所有？如果在一個合作社中，合作生產的個別成員分到屬於自己的股份而可以出售該股份，或是擁有股份的人可以對如何使用經濟活動的利潤有個別分殊的主張，那麼這個合作社的社會所有制或許開始有點像是某種私有制。如果在一個資本主義經濟裡，國家限制財產權的移轉（例如，限制資本外流），並管控剩餘如何分配到各種投資中，那麼私有制看起來便會很像國家所有制。

三個權力與互動的領域：國家、經濟與公民社會

118

想要嚴謹地將國家、經濟體與公民社會定義為社會互動與權力的場域時，我們會遇到許多概念上的難題。[5] 例如，「經濟」應該包括了所有商品與勞務生產的活動，或是只應包括市場中介的活動？在家準備餐點也算是「經濟」的一環嗎？照顧自己的孩子應被視為「經濟」的一環，還是只有家庭外頭所生產的育兒照顧服務才算？定義經濟，應按照它在「社會體系」內實現的**功能**（例如在 Talcott Parsons 架構下的「適應」功能），或按照參與各種活動的行動者的**動機**（如新古典經濟學所說，在稀缺情況下將效益極大化），或按照行動者在追求目標過程中使用的**工具**（例如為滿足利益而使用金錢或其他資源），或是按照其他因素？或許，我們應該區分「經濟**活動**」及「**經濟體**」（the economy）兩者——前者可以在任何社會生活領域中發生，而後者是指一較為特殊化（specialized）的活動場域，在該場域中經濟活動具主導地位。然而這麼一來，我們又要問「具主導地位」是什麼意思？

想把這些議題一一釐清得花許多精力，而且我想可能會偏離本書的主要任務。因此，這些概念化的深層問題在此我將存而不論，僅用相對而言約定俗成的方式來定義這三個社會互動的場域：

國家是彼此間或多或少相互融貫的各種制度的叢結

119 （cluster），在領土之上施行有約束力的規定及法則。韋伯將國家定義成：在領土範圍內能有效壟斷正當的武力使用之組織。[6] 我個人較喜歡 Michael Mann 提出的另一種定義，他強調國家是：一個有行政能力的組織，能夠在領土範圍內施行有約束力的規定及法則。[7] 正當使用武力是達成上述定義的關鍵方式之一，但未必是最重要的方式。據此，國家權力被定義為：在領土上有效施行規則並管制社會關係的能力（這種能力仰賴的是像資訊與通訊的基本設施）、公民在意識型態上對規定及命令的認同、行政官員的紀律程度、國家管制在實際上是否有效解決問題，以及是否有效壟斷強制力的正當使用。

經濟體是人們為了生產及銷售商品及勞務而互動的社會活動領域。在資本主義中，這類活動包括了私人所有的廠商，它們的生產及分配是透過市場交易來中介。**經濟權力**則是立基於不同種類的社會行動者在這些生產與分配的互動中控制及部署的相關經濟資源。

公民社會是人們因為不同目的而自願形成各種團體的社會行動領域。[8] 有些團體擁有正式組織，成員及目標十分明確，例如俱樂部、政黨、工會、教會、社區協會。其他團體較為鬆散，比

120 較像是社會網絡而非界線明確的組織。「社群」的概念——當它的意思不僅限於住在一地的個人之集合時——可視為公民社會內的一種非正式團體。**公民社會的權力**即在於透過這種自願性團體產生集體行動的能力，因此也可稱為「結社權力」（associational power）或「社會權力」（social power）。

國家、經濟與公民社會都是人們之間延伸社會互動、合作、衝突的領域，它們每一個都包括不同的**權力**來源。行動者在經濟領域內擁有權力，是靠著他們對相關經濟資源的所有權以及控制力。行動者在國家領域內擁有權力，是靠著他們有能力在領土之上控制規則的制定和執行，也包括了施加強制力的能力。而行動者在公民社會內擁有權力，是靠他們有能力動員人們自願參與各種集體行動。

經濟結構的類型學：資本主義、國家主義與社會主義

現在，我們可以進入核心問題了：區分資本主義、國家主義與社會主義。當我們思考眼下或未來可能出現的各種經濟結構變異，可以從幾種角度切入，其中一種就是討論**根植在經濟、國家與公民社會的權力，如何形塑經濟資源被分配、控制及使用的各種方式**。由此看來，以生產工具的所有制形式以及決定經濟活動的權力類型為基礎，可以區別資本主義、國家主義及社會主義：

資本主義做為一種經濟結構，其中生產工具是私有的，並透過經濟權力的運作，來達成各種社會目的下的資源配置與使用。資本擁有者運用經濟權力，進行投資並控制生產。

國家主義做為一種經濟結構，其中生產工具是國有的，並透過國家權力的運作，來達成各種社會目的下的資源配置與使用。國家官員藉由某些國家行政機制，控制投資過程與生產。

121

社會主義做為一種經濟結構，其中生產工具是社會所有的，並透過所謂「社會權力」的運作，來達成各種社會目的下的資源配置與使用。「社會權力」根植於動員人們在公民社會進行各種合作性、自願性之集體行動的能力。這意味著公民社會不應僅被視為活動、社交與溝通的場域，也是實質權力運作的地方。社會權力是相對於立基在經濟資源之控制及所有的**經濟權力**，以及立基在領土內規則制定與執行能力的**國家權力**。以此而論，「民主」的概念可被想成是連結社會權力與國家權力的特定方式：在民主理想中，國家權力從屬在社會權力之下且必須向後者負責。「民治」的說法並非指「在社會中分離的原子化個體，做為孤立個人的聚集來統治」，而是人們集體組織成各種團體來治理：包括政黨、社群、工會等。據此，民主本質上即帶有很深的社會主義原則。如果「民主」是國家權力從屬於社會權力的標誌，「社會主義」就是經濟權力從屬於社會權力的標誌。

清楚描繪出這裡的概念圖景很重要：它們都是經濟結構的類型，但是只有在資本主義裡，以經濟為基礎的權力在決定經濟資源如何使用時才扮演支配性的角色。[9] 在國家主義與社會主義中，則是經濟本身以外的權力形式，在配置經濟資源以供另類用途上，扮演了主導角色。當然，在資本主義中，國家權力與社會權力仍然存在，但是它們在配置、控制、使用經濟資源上，並未扮演關鍵角色。

122

社會主義根植在社會權力之上，這種概念並非理解社會主義的傳統方式。相較於一般定義，它展現了兩項差異：第一，大多數定義認為社會主義與我所謂的國家主義沒太大不同。例如，Geoff Hodgson 曾強烈主張，雖然馬克思並未清楚言明社會主義替代資本主義的制度設計為何，但在一些他討論社會主義之處，確實想像著一個由國家控制的生產與分配體系。[10] 自馬克思的時代至今，以國家為中心的社會主義一直與共產黨的主張緊密相關，而到二十世紀結束，大多數民主社會主義政黨，其社會主義願景也與經濟過程由國家控制緊密相關。相對於這些傳統說法，這裡提出的社會主義概念，則是根植於國家權力與社會權力之分，以及國家所有制與社會所有制之分。

這裡提出的社會主義概念與傳統的理解之間的第二項差異在於，我們並未明確討論市場。人們經常認為社會主義是以非市場方式組織經濟活動，特別是在馬克思主義的傳統裡：相對於資本主義市場經濟的無政府特質來說，社會主義是經過理性計畫的經濟。雖然有時會出現一些人倡議「市場社會主義」，但總體來說，人們一直認為社會主義等同於計畫（通常理解為權力集中的國家計畫）而非市場。在此，以社會所有制及社會權力來定義的社會主義，並未排除市場在協調由社會擁有並控制的事業上可以扮演要角。

社會主義做為一種經濟結構，其中的生產工具由社會所有，透過所謂「社會權力」的運用，使用與配置資源來達成各種社會目的，而社會權力被定義為根植於公民社會的權力。這個說法還留下了一個問題，即公民社會中哪種團體對於社會賦權而言是關鍵的，哪些則不是。傳統來說，社會主義者（尤其是深深信賴馬克思主義傳統的人）幾乎全然從階級的角度來理解這個問題，特別注重工人階級團體對社會主義的重要性。雖然在經濟領域中，123階級與人們如何投入生產過程緊密相關，工人階級組織確實對於社會賦權來說很關鍵，但社會賦權是比工人階級賦權來得更廣泛的概念，它包括各種團體及集體行動者，而不僅是從他們與階級結構的關係來定義。這裡所提的社會主義，因此並不等於透過工人階級的集體結社來控制生產工具。[11] 在經濟中的社會賦權，意味著具有廣泛基礎的全面經濟民主。

混生體（Hybrids）

就以上定義而言，真實世界上並不存在一種活生生的經濟，可以歸類為純粹的資本主義、國家主義或社會主義，畢竟經濟資源的配置、控制與使用，從來就不會僅由單一權力形式來決定。純粹的例證只存在於理論家的夢想（或夢魘）之中。**極權主義**就是一種停留在想像中的超級國家主義，其國家權力毋需向公民社會負責，也不受經濟權力限制，能全面決定生產及分配的一切面向。在純粹**自由放任的資本主義**之中，國家被削減為一個「守夜人政府」，僅為確保財產權而存在，而商業活動滲透到公民社會的每個角落，每樣東西都被商品化。經濟權力的運用幾乎完全主宰資源的使用與分配。公民是原子化的消費者，在市場中做個人決定，而非透過公民社會中的團體，在經濟上運用任何集體力量。在古典馬克思主義下的**共產主義**中，國家已勢微，經濟則被吸納到公民社會裡，成為結社的個體之間自由、合作的活動。

以上各種純粹形式都不是穩定、可再製的社會組織。即使在最威權的國家管制經濟中，也從未完全去除非正式的社會網絡做為相互合作的社會行動基礎，而這種社會行動對於國家直接控制之外的經濟活動具有明確的影響，同時，經濟制度的實際運作，也從未完全從屬於權力集中的管控計畫之下。如果國家如同自由放任者幻想的那樣，僅扮演極小化的角色，資本主義將成為無以維持、混亂的社會秩序，此外，一如 Polanyi 所言，如果公民社會被吸納到經濟之中，變成全然商品化且原子化的社會生活，資本主義的運作也將出問題。[12] 純粹的共產主義也是種烏邦托幻想，畢竟若沒有某種權威方式來制定及執行應被遵行的規則（即一個「政府」），那麼一個複雜的社會將難以運作下去。因此，一個可行、能夠持續下去的大規模社會組織形式，總涉及這三種社會互動及權力領域彼此之間的某種交互關係。 124

所以，資本主義、國家主義及社會主義這些概念，實際上不應只被當成是種**非此即彼**的經濟結構**理念型**而已，也該被視為是種**變項**。關於資源的使用及配置之決策，有愈多是由行動者運用經濟權力所為，這個經濟結構就愈偏向資本主義；有愈多權力運用是透過國家，這個社會就愈偏向國家主義；有愈多權力運用來自公民社會，那麼這個社會就愈偏向社會主義。

將這些概念當成是程度高低有別的變項，將開啟各種複雜混合案例的可能性，即在某些面向上是資本主義，在其他面向上則是國家主義或社會主義的**混生體**。[13] 現存資本主義社會都含有關鍵的國家主義元素，畢竟每個國家都將部分的社會剩餘配置到各種投資上，尤其是像公共基礎建設、國防及教育等事務。進一步 125

說，在所有資本主義社會中，國家都從私有財產權持有者手中拿走了某些權力，例如資本主義國家對資本主義廠商施行法規，管制商標、產品品質或污染。在此，控制了生產特定面向的是國家權力而非經濟權力，就這些面向而言，我們看到的是國家主義的經濟。資本主義社會也一直都包含至少某些社會主義的元素，例如公民社會中的集體行動者會努力影響國家及資本主義企業，希望藉此間接左右經濟資源的配置。因此，在指涉某個經驗案例時，只是簡單用「資本主義」而未加任何修飾詞的表述，其實是對「以資本主義為組織經濟活動之主要方式的混生經濟結構」之簡稱。[14]

126

這個混生經濟結構的構想帶來一連串不容易回答的問題：經濟體系的性質、不同原則及權力關係如何組合；特別是當我們說在一混生組成的結構中，資本主義占「支配地位」，這種說法具體說來到底是什麼意思。[15] 我們在此面臨的問題是，並沒有一項簡單的標準，幫助我們測量及比較不同權力形式的比重。因此，直觀上或許人們會理所當然覺得在今日的美國，資本主義具「主導地位」──因此我們可以合理地將美國經濟稱為資本主義──然而在美國經濟中，國家權力也有很大影響力，透過各種方式管制經濟活動、指定某種東西的生產（如教育、國防、一定程度的健康照護），藉此左右資源的配置，控制生產及分配。如果國家停止這些經濟活動，美國經濟將會崩潰，因此，這個體系還是「需要」國家主義元素。美國經濟顯然是資本主義與國家主義（以及社會主義，雖然並不顯而易見）的組合，雖然我相信在這樣的組合裡，資本主義仍占支配地位，但我們仍不清楚該如何測量這種支配的程度有多大。

在權力關係的樣態中，該如何指出某項權力形式的支配程度，針對這個問題，我仍未有精確的答案。但在此我選擇了一個仍堪用的答案，其中包含對這個問題幾種「功能論式」的理解：在今日一般被稱為「資本主義」的經濟之中，國家主義及社會主義元素所占的位置，都在資本主義劃定的功能範圍（limits）之內。任何跨越這範圍的嘗試將引發各種負面後果，以至於這些嘗試往往無疾而終。這是從**功能論**的角度理解「支配」，畢竟在資本主義、國家主義與社會主義混生而成的複雜體系裡，能在體系元素與體系崩解條件之間，建立功能相容原則的，仍是資本主義。

在此需要釐清兩點：第一，這裡談到的範圍是指功能**相容性**的範圍，意謂著在範圍內，混生體中國家主義及社會主義元素與資本主義的再生產過程是配合的。然而，這不表示這些非資本主義元素總是**積極促成**資本主義再生產。這裡只是說，它們不會有系統地讓資本主義崩壞，因為如果它們這樣，就會促發某些修正措施。這種功能相容性的範圍有時可能很大，能讓國家主義及社會主義元素有各種變異的空間及一定程度的自主性，但有時範圍可能變得很狹窄。由此觀之，混生體是種**鬆散結合**的體系，而不是緊密整合在一起的有機體系，在後者中，各個部分必須完美銜接，才能使體系順利運作。第二，功能相容性的範圍只侷限在**現今**的結構內運作；這些範圍並非針對體系未來的狀態。只要混生體內國家主義與社會主義元素目前的實作，不會妨礙現在的資本積累，它們就是「在功能上可相容的」。體系並不會預期自己未

127

來的狀態。這也是一體系內「矛盾」的源頭之一：在某時期完美相容（即不會妨礙資本主義）的實作，或許最終會累積成崩解的力量。

雖然這種對社會體系的功能論證十分常見，但它卻很難對體系內各部分之間功能相容性的範圍，提供清楚的理論判準及經驗證據。事實上，許多資本主義內的政治抗爭的重心，都與指明功能相容性範圍的困難度有關：不相容的**宣稱**正是支持資本主義的力量所使用的武器之一，藉此抵擋想在混生體內擴大國家主義及社會主義的嘗試。這些結構樣態的複雜性在於，諸功能如何相互依賴總存在著太多模糊及不確定性，這也開啟了可觀的意識型態對抗空間，彼此爭論什麼與健康的資本主義相容或不相容。然而，就本書主旨而言，我不認為有必要在此解決這些爭論。即使沒能提供判準，來斷定社會主義、資本主義或國家主義是否居於支配位置，我們還是可以分析，在混生體中強化及擴大社會主義要素的過程，以此引領我們朝社會主義方向邁進。現在我們可以這麼說：倘若經濟是藉由社會權力的運用而得到治理，那麼這個經濟結構便是社會主義的。

雖然馬克思主義者，並不是以上述討論所用的語彙做為架構，但傳統上他們也認為在這種混生模式下，某一類型的經濟結構（或「生產模式」），一定要明確地占支配位置，才會使社會穩定運作。直覺上來看，資本主義與社會主義並不相容，畢竟兩者各自服務相左的階級利益，因此不可能存在穩定的混生體能平衡融合兩者。如此一來，社會需要某種根植於特定生產模式的統合原則（unifying principle），以有效抑制社會矛盾及對抗，促

128

進社會再生產。據此，一個資本主義─社會主義的混生體──兩方的權力來源在其中都扮演重要角色──不可能成就穩定的均衡狀態：如果這種平衡的混生體出現了，那麼控制可觀範圍經濟資源的資本家權力，本質上必然侵蝕公民社會影響經濟體的結社權力，以至於資本主義將再次取得明確的支配地位。然而，很重要的一點是，人們不應太過自信地認為，能預先知悉一切在「天地之間」可能發生的事，因為總是不斷發生那些超乎「我們的哲學」事先想像到的事。無論如何，我在本書將不會針對哪種混生體會穩定或可能出現，做出任何一般性的假定。

社會主義的羅盤：通往社會解放的途徑

重新整理我所提出的概念：透過形塑經濟活動（商品及勞務之生產與分配）的主要權力形式，我們可以將社會主義，與國家主義及資本主義做個對比。更明確地說，在所有制、經濟資源的使用及經濟活動的控制上，社會賦權的程度愈大，我們可以認定這個經濟體愈是社會主義。

從制度設計的角度來看，這究竟是什麼意思呢？對資本主義與國家主義來說，由於人類歷史上有許多實存的社會可做例證，因此我們對於哪些制度安排可以實現這兩種經濟結構比較有概念。生產工具私有制，結合了生活中幾乎被全面含括的市場所打造出的經濟結構，讓經濟權力──資本的權力──扮演了首要角色，進而組織生產活動，並將社會剩餘分配到各種投資上。在國家主義中，一個中央集權的官僚國家是項有效的設計，它直接計

129

畫、組織多數的大規模經濟活動，並透過政黨這個機制，滲透到公民社會的團體之中。那麼社會主義呢？什麼樣的制度設計，能讓根植於公民社會的自願結社的權力，有效控制商品及勞務的生產與分配？讓社會走向以社會賦權為經濟的主要運作原則，是什麼意思呢？

上一章曾指出，我們的任務並非提出經濟活動中實現社會賦權理想的藍圖，而是闡述幾項能告訴我們是否朝正確方向邁進的原則，即設計出一個社會主義羅盤。這個社會主義羅盤指出三個原則方向，每個方向都各自立基在上述三種權力形式之上：

1. 社會賦權左右國家權力對經濟活動的影響
2. 社會賦權左右經濟權力對經濟活動的形塑
3. 社會賦權直接左右經濟活動

這三個社會賦權的方向連結到各種不同的權力形式及經濟，如圖 5.1 所示。[16] 圖中的六個箭頭代表某項社會領域的權力對另一領域的影響，以及權力對經濟體中經濟活動的直接影響。這些連結也可以組合成為社會權力——根植在公民社會的權力——影響資源配置，及控制經濟生產與分配的各種不同樣態。我將這些不同樣態稱為「通往社會賦權的路徑」。本章接下來將簡要討論其中七條路徑的特質：國家社會主義、社會民主式國家主義的管控、結社民主、社會資本主義、合作市場經濟、社會經濟，以及參與式社會主義。往後的兩章我們將檢視各種真實烏邦托的制度設計提案，看看它們如何在這些路徑上促進社會賦權。

131

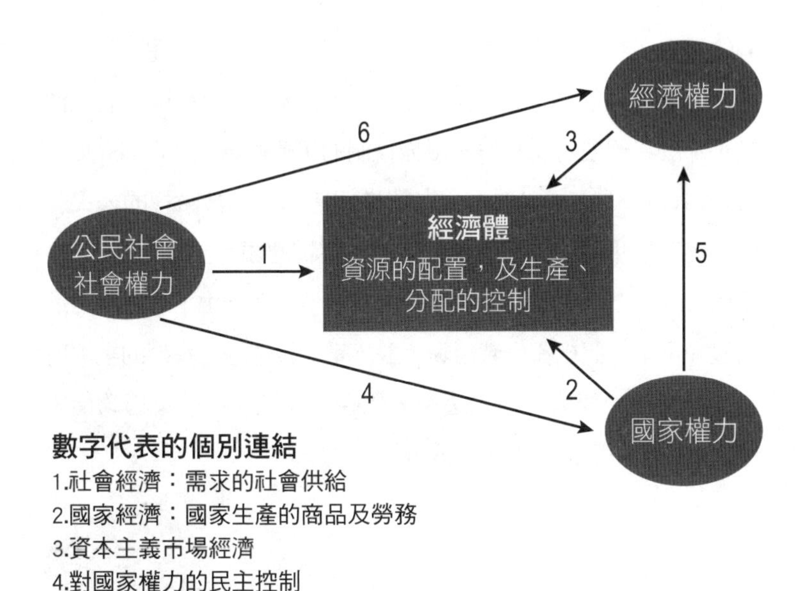

數字代表的個別連結

1.社會經濟：需求的社會供給
2.國家經濟：國家生產的商品及勞務
3.資本主義市場經濟
4.對國家權力的民主控制
5.對資本主義廠商的國家管制
6.控制經濟權力的社會參與

圖 5.1　各種通往社會賦權之路徑的連結

1. 國家社會主義（statist socialism）

在傳統的社會主義理論中，人民權力——根植在公民社會結社活動的權力——是透過國家轉化為對經濟領域的控制。因此，這些理論理所當然被稱為國家社會主義。其基本概念如下：政黨是公民社會中為了影響並進而控制國家權力而形成的團體。人們為了追求特定目標而加入政黨，他們的權力很大程度上仰賴他們動員人們參與各種集體行動的能力。因此，如果社會主義政黨（1）與工人階級的社會網絡及社群緊密鑲嵌在一起，並透過公開的過程在政治上代表工人階級（或某些更廣泛的結盟）而以民主的方式對他們負責，並且（2）控制了政府，因而能控制經濟體，那麼我們便可認為——根據控制的可傳遞原則（principle of transitivity-of-control）——在這樣的情況下，被賦權的公民社會，控制了生產與分配的經濟體系。這樣的願景被繪為圖 5.2，我們可以稱之為**國家社會主義**的古典模型。在其中，經濟權力遭到邊緣化：人們組織生產活動，並不是直接透過對資產的經濟所有權及控制來達成；而是透過人們在公民社會中的集體政治組織，以及運用國家權力來達成。

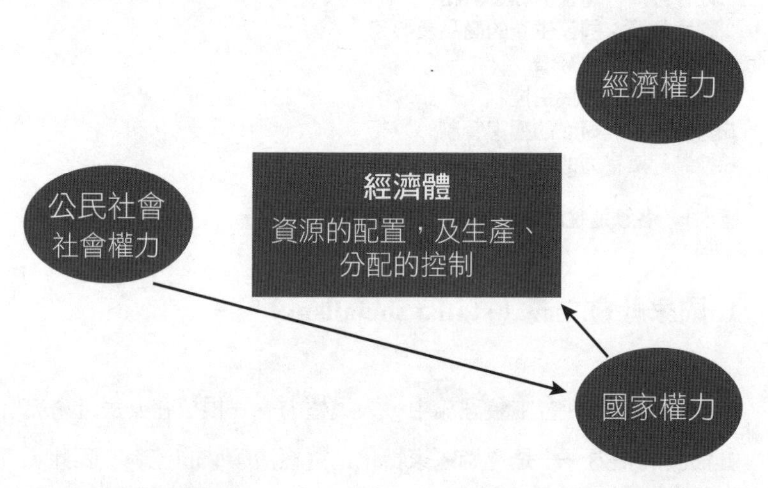

圖 5.2 國家社會主義

這樣的國家社會主義是傳統馬克思主義討論革命社會主義時的核心。其想法——至少在理論上——是黨與工人階級之間被有機地連結起來，政黨有效地向結社起來的工人負責，因此它對國家的控制，便成為（以階級角度來理解）公民社會控制國家的一項機制。進一步說，革命社會主義期望能徹底重組國家及經濟制度——透過參與式評議會這個組織模式，在俄國革命的例子裡即所謂的「蘇維埃」——在國家及生產活動中運用權力時，將直接含納工人團體。這些評議會——如果以民主方式被賦權，並立基於一個自主的公民社會之上——就可以被視為是讓社會權力獲主導地位的制度化機制。由於需要一個領導（扮演「先鋒隊」的角色），將公民社會團體轉化為有效的社會權力，政黨遂再度被認為是這個過程中的關鍵。 132

當然，真實情形並非如此。無論是因為革命性政黨組織本來就傾向把所有權力集中在頂端，或者是因為俄國革命及其後的歷史條件造就莫大限制，以至於在俄國內戰及革命早期的過程中，共產黨從屬於自主公民社會之下的可能性就被摧毀了。等到新的蘇維埃政府站穩腳跟，展開各項措施以促成經濟轉型時，黨已成為國家支配的機制，滲透公民社會及控制經濟組織的工具。據 133 此，蘇聯成為**威權國家主義**的原型，在意識型態上打著社會主義的旗號，但並非以民主社會賦權為基礎的社會主義。後續成功的革命社會主義政黨，儘管或有差異，大致上也都追隨類似的路徑，創造出各式的國家主義。理論上的民主國家社會主義與實際發生的情況之間的出入，可以參見圖 5.3。

今日，很少有社會主義者會相信，國家主義集權下全面計畫的結構，能有效實現社會主義的目標。儘管如此，任何社會賦權的可能過程中，國家社會主義仍是一項重要的元素。針對健康、教育、大眾運輸等各種公共財的提供，國家仍將扮演核心角色。

那麼對社會主義者而言，關鍵問題就是在一個透過民主方式被賦權的公民社會中，如何有效控制國家提供這些東西的過程。在資本主義社會裡，國家提供這些公共財的過程，僅僅透過代議式民主制度，稍微從屬於社會權力。然而，因為資本主義經濟權力對國家政策的巨大影響力，考量這些公共財時經常更著眼於資本積累的需求，而非社會需求。於是，若想讓國家直接提供商品及勞務，成為走向社會賦權的路徑，那麼如何深化國家的民主性質——即圖 5.1 中的連結 4——便成了其中的關鍵問題。第六章將討論試圖成就此目標的參與式民主。

134

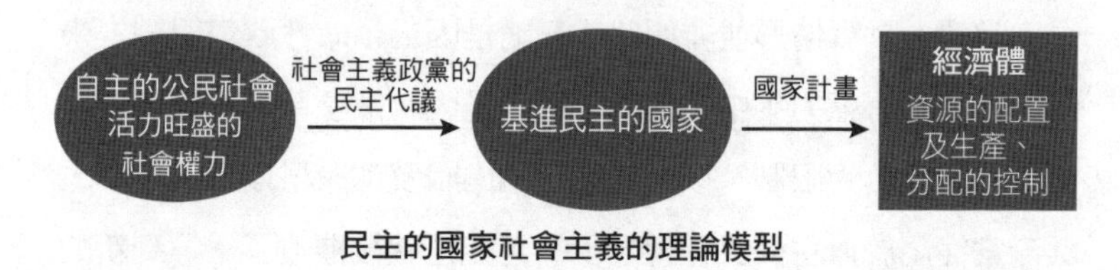

革命式國家社會主義在歷史上展現的結果

圖 5.3 革命式國家社會主義的理論模型與歷史經驗

2. 社會民主式國家主義的經濟管控（social democratic statist economic regulation）

實現社會賦權的第二條路徑圍繞在國家如何限制及管控經濟

權力的問題上（圖 5.4）。即使在二十世紀末如此崇尚鬆綁經濟管制及自由市場意識型態勝利的年代，國家仍透過各種方式侵襲資本主義的經濟權力，以深深介入到生產與分配的調控中。這包括了各種介入手段：污染控制、工作場所的健康及安全規定、產品安全標準、勞動市場上的技術證照制度、最低工資，以及其他勞動市場規範。所有認真對抗全球暖化而提出的方案，都必然強化這種國家管制經濟權力之運用情況。以上都涉及國家權力對資本擁有者的權力限制，進而影響了經濟活動。只要這些國家的正向介入方式透過民主的政治過程，有效從屬在社會權力之下，那麼這就能成為邁向社會賦權的路徑之一。

135

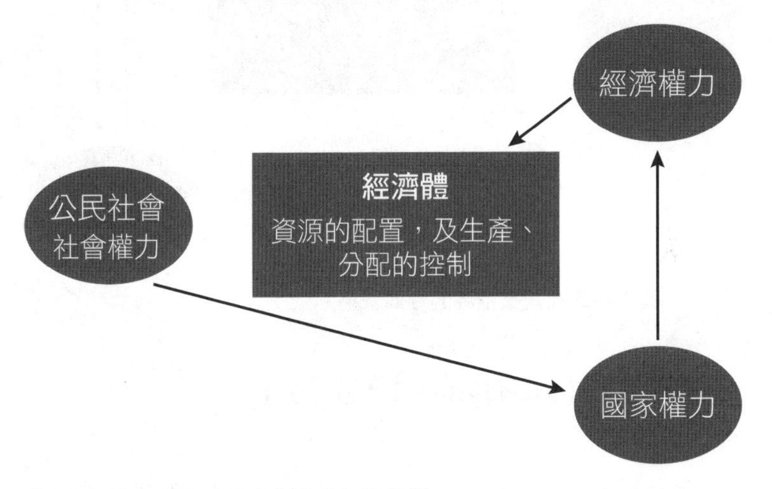

圖 5.4　社會民主式國家主義的經濟管控

然而，國家對資本主義經濟權力的調控，不必然有效成就社會賦權。問題在此又一次落在：國家的調控活動，有多大程度是公民社會民主賦權的真正表現。現實的資本主義社會中，許多經濟管制措施，實際上是為了回應資本的權力及需求，而非公民社會內的權力及需求。結果，整個權力的樣貌比較像是圖 5.5 而非圖 5.4：國家權力管控資本的方式，其實是有系統地在回應資本權力本身。因此浮現的問題便是，資本主義社會中，國家管制過程在多大程度上可能削弱資本權力並促進社會權力。達成此目標的方式之，便是一些人所謂的「結社民主」。

136

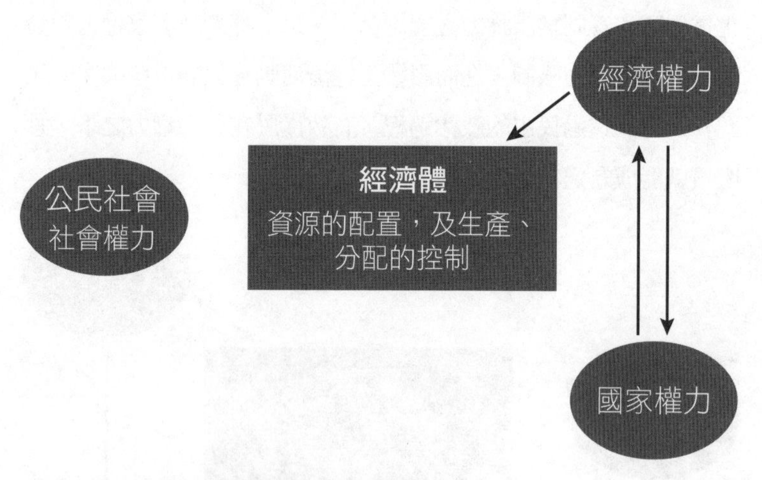

圖 5.5　資本主義式國家主義的經濟管控

3. 結社民主（associational democracy）

結社民主包含許多制度設計，可以讓公民社會的集群團體直接參與各種治理活動，參與過程也協同政府單位以及商業組織（圖 5.6）。[17] 人們最熟悉的例子或許是一些在社會民主的社會中新統合主義（neo-corporatist）的三方模式，將組織起來的工人、雇主團體及國家聚集，會商各種經濟管制措施，特別是涉及

137

勞動市場及僱傭關係的議題。結社民主還可以拓展到許多其他領域，例如將公民團體、環保團體、開發商、政府單位集結在一起討論如何管控生態體系的水利協調會；或是將醫療團體、社區組織、公衛官員齊集在一起規劃各種健保制度的健康協調會。只要我們談到的團體內部是民主的，又能代表公民社會內的利益，同時參與的決策過程是公開且經過審議的，而不是被菁英與國家強力操弄的，那麼這結社民主便可構築成一條通往社會賦權的路徑。

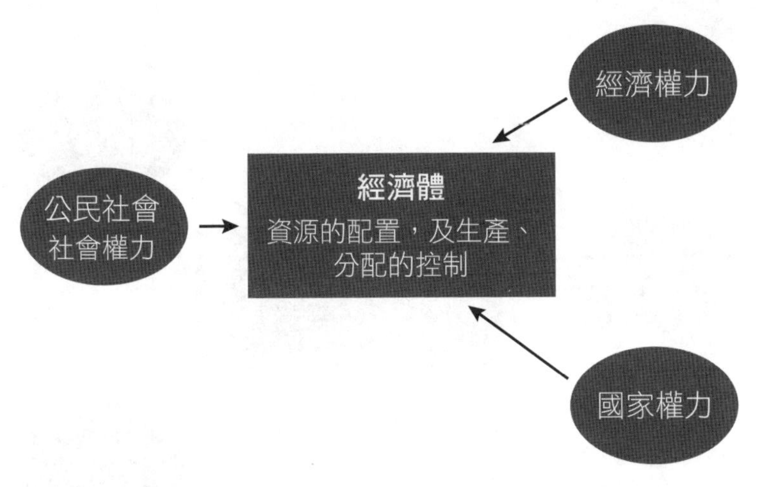

圖 5.6　結社民主

4. 社會資本主義（social capitalism）

經濟權力來自於對各種資本的配置、組織、使用的直接控制。公民社會裡的次級團體可以透過各種機制，直接影響使用這類經濟權力的方式（圖 5.7）。例如，工會經常控制大筆的退休基金。一般而言，信託權責的相關規定，將嚴格限制任何不是用在確保受益人退休金用途的基金運用。但是，規定可以變更，工會可能可以操作這些基金，藉此對公司展現它的權力。我們在第七章可以看到， Robin Blackburn 提出了一種更有野心的退休基金形式，它是由對公司徵收股份（share-levy）來資助，這種做法也讓更多公民社會裡的次級團體，針對資本積累模式施加更可觀的影響力。[18] 在今日的加拿大，工會運動已創設了由工人控制的創業投資基金，提供資本給那些符合特定社會標準的新進廠商。

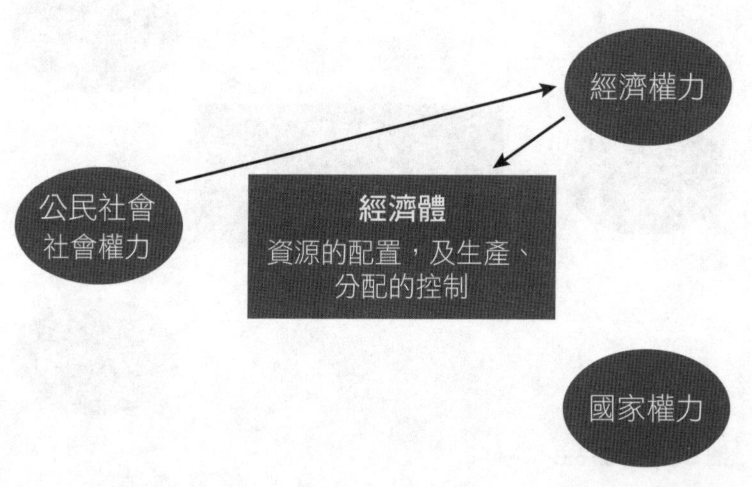

圖 5.7　社會資本主義

138

歷史上最重要的社會資本主義之一，關注的是工人團體如何透過各種方式動員，以限制經濟權力的運用。例如工會投入薪資及工作條件的協商——儘管可能效果有限，這種協商成為一種社會權力的形式，影響了經濟權力的運作。德國的共同決定（co-determination）規定，要求廠商的董事會中工人代表需達一定比例，這也適度地將社會權力帶入廠商的直接治理中。更為基進的做法是，公司董事會負責的對象從股東（shareholder）大會，置換為利害關係人（stakeholder）協調會。或者可以想想職場健康及安全規範的例子。其中一種方法是政府的管理單位派出稽查員到工作場所，檢視一切是否符合規定。另一種方式是將權力賦予工作場所內的工人組織，讓其檢查並促成執行健康及安全的相關條件。後者即是促使社會權力更能控制經濟權力的例子。

139

促進消費者權益而對公司施壓的社會運動，也象徵一種賦權公民社會對抗經濟權力的方式。例如，大學校園裡進行的反血汗工廠及要求勞動標準的運動，以及人們組織起來抵制某些廠商，因為它們販賣的產品不符合某些社會重視的標準。[19] 同樣地，公平貿易及平等交易運動，將北半球的消費者與南半球的生產者連結起來，要求合理的勞動與環保實踐，這些都象徵著一種社會資本主義的形式，試圖在跨國公司經濟權力的影響之外，打造另一種全球經濟網絡。

5. 合作市場經濟（cooperative market economy）

資本主義經濟下一間獨立自足、完全由工人擁有的合作社廠商，也是一種社會資本主義：廠內所有成員一人一票的平等主義原則，意味著廠內的權力關係是立基在自願合作與說服，而不是人們相對的經濟權力。工人聯合起來，透過民主的機制控制了廠內資本所代表的經濟權力。

今日世界上大多數工人擁有的合作社，都在根據資本主義原則組織起來的市場裡運作。這意味著它們面對金融市場內不小的信貸限制，畢竟銀行往往不願意借錢給它們，而它們又與一般資本主義廠商一樣，必須面臨市場衝擊及崩潰的威脅。在很大的程度上，它們是孤立無援的。

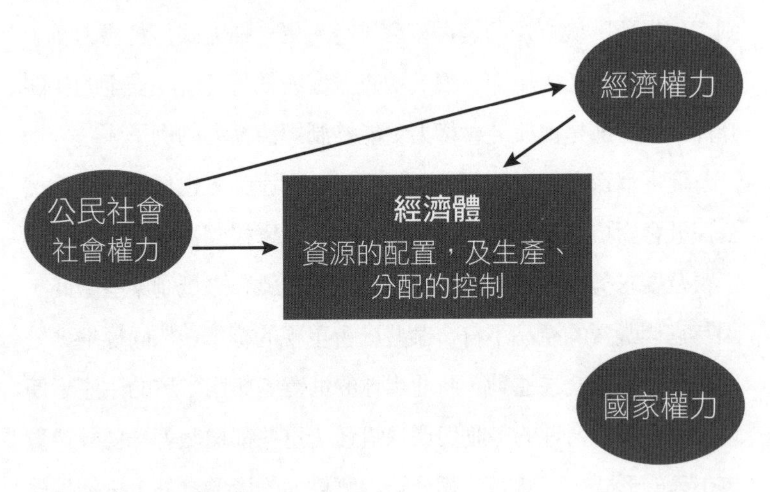

圖 5.8 合作市場經濟

如果工人擁有的合作社是鑲嵌在一個合作市場經濟中，那麼情況可能會很不一樣。在合作市場經濟（圖 5.8）中，個別的合作社廠商共同組合成一個更大的合作社聯盟——或許可稱為合作社的合作聯盟——它集體提供了金融、訓練、疑難處理的服務，以及其他形式的互助。在此市場中涵蓋一切的合作聯盟，拓展了個別合作社內社會所有制的特性，並朝向利害關係人模式更進一步。事實上，這種延伸的合作環境能加重社會權力直接組織經濟活動的角色，讓個別合作社邁向社會資本主義的路徑走得更穩。

140

6. 社會經濟（social economy）

社會經濟是一條通往社會賦權的路徑，在其中，公民社會內的自願性團體直接組織各種經濟活動，而不僅是影響經濟權力的部署而已（圖 5.9）。在資本主義市場生產、國家組織的生產及家戶生產以外，「社會經濟」構成了另一種直接組織經濟活動的方式。其特徵在於由集體來組織生產，以直接滿足人們的需求，而非受制於利潤極大化或國家技術官僚的理性之下。 141

經濟權力

公民社會
社會權力

經濟體
資源的配置，及生產、
分配的控制

國家權力

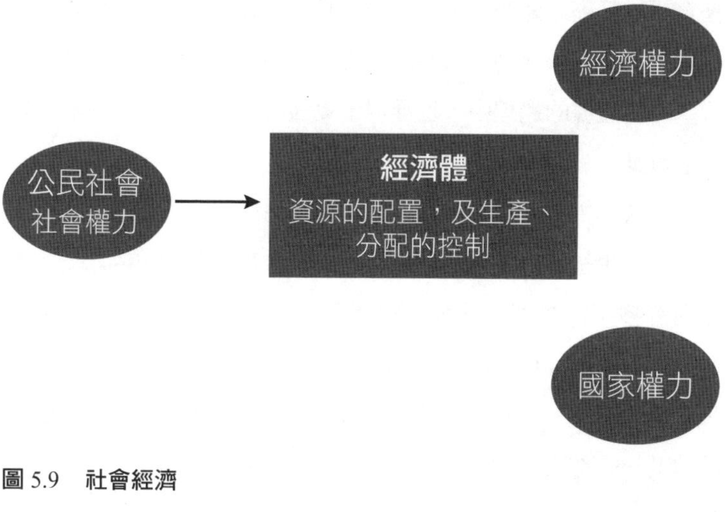

圖 5.9　**社會經濟**

在本文中，社會經濟一詞的定義較為狹隘，故不同於自稱社會經濟運動者所採用的廣泛定義。例如，魁北克有很強大的社會經濟運動，支持非資本主義型態的經濟活動擴張。「社會經濟」這個詞彙在魁北克是個廣泛的概念，包含了我稍早所稱的社會資本主義、合作市場經濟，有時甚至納入那些在追求利潤之餘，自覺設定社會性目標的資本主義廠商。這在魁北克的脈絡下可以理解，當地對這個詞彙的使用，形塑了一般資本主義實踐以外的各色各類活動，促進廣泛的結盟及連帶基礎。在其他地方，「社會經濟」這個詞彙會納入所有非營利組織、非政府組織，以及所謂的「第三部門」。無論如何，對該詞彙的各種使用方式都包含了在圖 5.9 揭示的社會賦權路徑。[20]

142

第一章簡單討論過的維基百科，就是一個幾乎純社會經濟生產的驚人實例。維基百科在無國家支持及市場之外生產知識並傳播資訊。基礎設備的資金大多來自維基基金會的參與者與支持者的捐助。該自願性團體的基底是由科技中介的社會網絡，然而在維基百科發展的過程中，也浮現了更強大的結社形式。我們將在第七章進一步討論。

在資本主義社會中，社會經濟內的生產主要透過慈善捐贈來資助。這也是為何這類活動通常是由教會來組織的原因之一，但是有許多不同類型的非政府組織也多方參與了各種社會經濟活動。仁人家園（Habitat for Humanity）就是個例子：利用來自各種管道的資金——私人捐助、基金會支持、公民團體，以及政府的補助——仁人家園很大程度仰賴社區組織以及志工活動來建造房屋。

如果國家能透過其徵稅的能力，提供資金給由社會組織起來的非市場生產，那麼社會經濟的規模將更可觀。第七章會討論其中一種做法，即無條件基本工資制度。無條件基本工資制度在一定程度上讓收入與所得脫勾，使得各種自願性團體在社會經濟中，投入有意義且有生產力的新型態工作。但是，政府資助常更注重直接購買社會經濟服務。這種情況已普遍發生在世界許多地方的藝術相關領域。魁北克有一套廣泛的老人居家照護服務體系，是由非營利機構來負責的，而兒童照護服務則是由父母與照護者共同協作，兩者都得到稅收的部分補貼。

143

7. 參與式社會主義（participatory socialism）：國家社會主義加上賦權參與

通往社會賦權的最後一條路徑，結合了社會經濟中的直接社會參與特色，以及國家社會主義：國家與公民社會共同組織並控制各種商品與勞務的生產。在參與式社會主義中，國家的角色，比起在社會經濟中要更廣泛且直接。國家不僅提供資助、設定界限，也用各種方式直接涉入經濟活動的組織與生產。另一方面，參與式民主也不同於國家社會主義，前者的社會權力不僅透過一般民主的方式控制政府政策，還直接涉入了生產活動本身。

第一章曾簡要討論的巴西愉港參與式預算制定過程，即參與式社會主義的一個例子：公民社會中的公民與團體不僅透過民主的方式要求當地政府負責，同時也透過全市預算制定，直接控制基礎建設方案。工作場所的民主體制及在國營企業內工人共同管理，都是參與式社會主義的一種。另外，公民社會積極投入學校治理工作的情況下，讓公立教育成為一種參與式社會主義。

某些地方已出現參與式社會主義，其中一個領域就是教育。西班牙巴塞隆納有些公立小學已轉型為所謂的「學習社區」（learning communities），在其中，學校治理實質上已轉移到家長、老師與社區人士手中，而學校的作用也從狹隘地教導幼童，轉變為替整體社區提供更廣泛的學習活動。[21] 公民團體及家長—老師合作團體投入到學校中，在美國其實也有悠久傳統，雖然那無法在學校治理上扮演決定性的角色。

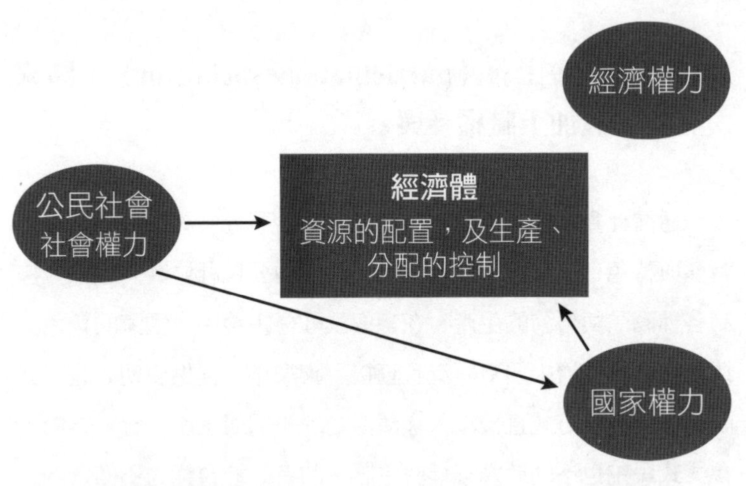

圖 5.10 參與式社會主義

144

結論：對三點質疑的回應

以上七條路徑的核心理念，都是透過創造特定環境，讓社會權力對經濟體發揮直接或間接的民主控制，透過一般人積極參與公民社會且被賦權而形成社會權力，藉此讓經濟民主能穩健拓展開來。個別來看，沿著其中某項路徑開展的運動或許無法對資本主義形成太大的挑戰，但是個別路徑的運動集結起來，將從根本上轉變資本主義的階級關係，以及根植於其中的權力及特權結構。在治理經濟活動之權力關係的混生樣態中，資本主義或許仍是一項組成元素，但它將是一種從屬性的資本主義，深受經濟及國家深度民主化所設下的界線限制。這未必能自動實現社會及政治正義的基進民主平等理念，但如果設法成功地沿著這些路徑，往這種混生社會組織的模式前進，對爭取社會及政治正義的基進民主平等願景的實現來說，我們將擁有更大優勢。

145

這項可能性能否實現，端賴三項條件。第一，有賴於公民社會本身是否是個集群團體及行動的蓬勃領域，能一致、有效地形塑國家權力及經濟權力。社會權力自公民社會中萌生的想法，預設了在公民社會裡存在潛藏的權力，而這權力可被轉換到其他行動領域。第二，有效的社會賦權有賴一些制度性機制的出現，這樣才能沿著這些途徑，促進動員並部署社會權力。社會動員若沒有制度做為基礎，無法對整個權力形構產生持續效果。第三，它有賴於這些制度性機制是否能對抗那些不利於社會賦權的權力配置。畢竟在資本主義社會脈絡下，這意味著不僅要對抗資本的權力，還要對抗國家權力的各種面向（相對於來自公民社會的行動及方案）。

我們有充分的理由質疑以上每一項條件的前景。

公民社會與社會權力

在此再次概述本章的核心想法：公民社會是具有解放潛力的權力形式——「社會權力」——出現的場所，立基在人們結社以促進集體目標的能力之上。據此，社會主義可定義為一種經濟結構，其中各種形式的社會權力，透過直接或間接方式形塑國家權力及經濟權力，藉此在組織經濟活動上扮演支配性角色。這也可說是在主張國家與經濟的基進民主化，據此需要依賴一個結社活動豐富的公民社會。

人們可以合理地懷疑：我們沒有理由相信，公民社會中形成的團體將有助於我們對經濟的控制走向普遍民主化。在此產生兩個問題。第一，一個有活力的公民社會存在眾多異質團體、網絡、社群，它們各自為不同目的而成立，其中不同成員透過各種連帶而結合。雖然這種多元異質性，可能造就一個辯論及社交的公共領域，但對有效控制國家及經濟所需而言，它似乎無法成為構築內在一致權力的堅實基礎。第二，構成公民社會的自願性團體裡也存在著許多令人詬病的，立基在排除、狹隘利益或維繫特權上而成立的團體。例如，三 K 黨是以種族及階級為排除界線的社區組織，而全美有色人種權益促進會（National Association for the Advancement of Colored People）則是促進社區發展及開放的團體，但這兩者都算是自願性團體。我們為何應該相信，賦予這樣的團體權力就能產生正面貢獻，改善資本主義帶來的傷害，甚至進一步促進人類解放的願景？

146

這兩項否定中的第一項，正是本書提出社會主義概念不同於無政府主義的原因之一。從無政府主義的世界觀來看，要超越資本主義，公民社會中的人們要自願協調集體行動，並且能自發地達至一定的內在配合程度，進而足以在沒有國家的情況下，確保社會秩序及社會再生產。反之，社會主義需要國家存在——這個國家具有實質權力來制定及執行遊戲規則及協調機制，如果少了這些規則與機制，來自公民社會的集體權力便無法達成必要的整合，以控制國家或經濟。

第二項否定的說法則較為麻煩——即公民社會包含許多違背基進民主平等的解放理想之團體——因為這意味著，排除及壓迫的幽靈將在社會主義中生根。為了解決這個問題，人們很容易選擇將公民社會界定為只包含與民主平等主義的社會主義理想一致的良性團體；這樣一來，社會賦權將來自那些與解放目標至少能相容的人民團體。[22] 至於討人厭的社會主義版本，則通通依照命令剔除。我認為這種回應方式不盡理想。它有點像從誘因、承擔風險、效率市場的理論觀點提出支持資本主義的說法，但在面對「壟斷權力必然會出現」的批判時，卻宣稱「資本主義只包含那些無力支配市場的競爭廠商而已」。但當主宰市場的強力企業出現時，就說這再也不是「真正的資本主義」了。較好的回應方式是承認資本主義確實有導致市場權力集中的傾向。如果壟斷的公司嚴重傾蝕資本主義所謂的優點，那麼要做的事應是提出一些能制衡那些效果的制度性機制，通常是國家管制。雖然這些制度設計有些矛盾，畢竟違背了資本主義的某些原則（如神聖的私有財產），但為了實現潛藏在資本主義經濟結構裡的組織優點，資本主義與國家主義的混生體或許是必需的。[23]

147

我認為「公民社會中存在具排他性的團體」也對社會主義的公民社會賦權觀點產生類似的挑戰。沒人能保證一個公民社會力量占主導地位的社會將支持民主平等理想。然而，這個問題對社會主義來說並非前所未聞；它反倒是一般民主制度中常見的特徵。保守主義者常指出，民主內含著演變為多數暴政的潛力，但實際上，自由民主制度已十分成功地創造出同時保護個人權利及少數利益的制度。立基在透過公民社會團體達成社會賦權的社會主義民主，將面對類似挑戰：如何設計出一套有助於深化民主及結社賦權的制度規範，以發展民主平等的解放。在此，我並未預設社會賦權的社會主義必然成功回應這個挑戰，但認為只要沿著社會賦權的路徑前行，我們將更有優勢實現這樣的理想，這是單靠資本主義或國家主義所無法達成的。

148

讓制度細緻化

第二種懷疑的聲音，主要圍繞在制度性機制的問題。如果我們有幸找到一些必要的制度，將立基在公民社會的權力，轉化為對國家與經濟的控制，那麼或許真的能夠推展平等及民主價值。但是，我們為何應該相信這樣的制度是可能的？我們常聽到反對這種可能性的觀點：大多數的人都太被動，以致對任何形式的真正賦權漠不關心。我們需要專家來為複雜的技術性事務做決定。為求創新及有效率的投資，我們需要有受獲利動機驅使的資本主義廠商。唯有權力集中、相對隔絕於民眾壓力及特殊利益之外的專業化國家機器，才能正確地以有效的技術管制經濟。

真實烏托邦的討論，主要就是為了回應這類懷疑的聲音：探索特定制度設計是否在實現解放價值上具有可行性。在接下來的兩章中，我們將檢視一系列這一類的真實烏托邦方案，讓「確實存在著一些可行的制度設計，能讓朝社會賦權邁進這件事，成為一個合理目標」的論點更有憑有據。

可達成性

最後一種懷疑的說法是認為，即便我們能想像出一些促進社會賦權且很有助於實現民主平等理想的制度設計，也不可能在資本主義社會中創造這樣的制度。如要認真打造這類制度，必然激起那些權力立基於國家及資本主義經濟之上的菁英反彈。只有在不威脅資本主義基本權力關係的前提下，社會賦權才會被容忍。因此，朝社會賦權之路認真前進的努力，將遭逢難以克服的阻礙，這不是因為我們缺乏可行的制度設計來實現社會賦權的基進平等民主理想，而是因為有權力的行動者由於利益被各種形式的社會主義威脅，將起而反挫這些努力。你無法在一個資本主義仍在組織經濟權力占支配地位的社會中，建立起這樣的制度。 149

這種批評來自於革命社會主義者，他們認為必須徹底打破資本及資本主義國家權力，讓整個體制出現斷裂，才有可能讓社會主義出現。這個講法說不定最終會是正確的。如果真是如此，那麼幾乎意味著在可預見的未來，社會主義——不論做為目標或變革方向——將不可能成為資本主義的替代選項。但是，這些預測太過悲觀了，不但過度膨脹資本及資本家階級的權力，也低估了有利社會創新的社會空間。我們將在討論轉型（transformation）的第三部分，探索這些議題。

註釋

1. 社會理論的討論中，有時候會嚴格劃分權力概念的工具性及結構性。例如，Steven Lukes 在 *Power: A Radical View*（Basingstoke: Palgrave Macmillan, 2005）這本廣受讚許的書中，界定了三種權力面貌，第三種即是某人雖未有意識地行動，卻能讓社會中特定社會組織保障其利益的權力。這意味著權力的意義也包含了在人們的能動性之外產生的效果。繼 Louis Althusser 之後，Nicos Poulantzas 進一步徹底拒絕工具性的權力概念，他認為權力就是結構性條件造成的效果。在此，我採用的觀點是對工具性及結構性權力做出區分，同時強調兩者之間的互動。這與 Alex Callinicos 在 *Making History*（Leiden: Brill, 2004）一書中對權力的主張類似，他認為結構能讓行動者以各式各樣的方式運用權力資源，據此，結構也是權力的其中一個面向。
2. 因為社會權力根植於自願性團體，而自願性團體與說服及溝通密切相關，因此社會權力和被稱為意識型態或文化權力的關係也很緊密。
3. 當然，這也是為何放任自由主義者會說「抽稅是偷竊行為」：他們認為，既然私有制應意味著完全的財產權，國家抽取部分利潤就是一種偷竊。
4. 「利害關係人」一詞，在使用上是與「股份持有人」（shareowners）相對的。股份持有人是指一群對生產工具擁有私有財產權的人。利害關係人則是一群因為生產工具如何被使用會影響他們生活，因此是與生產工具有「利害」關係的人。特定生產工具的社會所有制應擴及所有利害關係人，這種想法與我們第一章討論的基進民主平等主義的規範性理念一致。還記得民主平等主義式的政治正義原則是，所有人應有平等管道，以個人及社群成員的身分，參與會影響到他們生活事物的決定。這呼應了廣義的社會所有制概念，即認為所有「利害關係人」都擁有所有權。接下來必須討論的問題是，這些權利該如何分配給不同種類的利害關係人（因為每個人的利害關係不同），以及利害關係人權利的原則，如何與這些權利有效運用的實際問題取得平衡。
5. 大多數想要理出一個架構以建構鉅觀社會學理論的學者，都會提出一些不容易理解的範疇，如「領域」（domains）、「界域」（spheres）、「場域」（arenas）、「層次」（levels）及「次體系」（subsystems）等，來區分不同的社會互動。沒有一個術語可以讓人完全滿意。它們大多讓人聯想到空間，而這往往引致誤解。談到經濟及公民社會如何成為社會互動界域時，我並不想讓人認為公民社會的範圍不包括工作場所，或經濟只在你進入工作場所後發生。公民社會是由自願性團體組成（包括像社會網絡這種鬆散結合），而它們不但在「社會」組織中產生，也在經濟組織裡。這些詞彙都是立基在一個寬鬆的想法上，即社會可以被想成是個「體系」，其中可區分成各個「部分」或「面向」，而社會分析的主要任務之一就是找出哪些部分是重要的，以及它們之間如何連結。

6. Max Weber, "Politics as a Vocation," in Hans Gerth and C. Wright Mills (eds), *From Max Weber* (New York: Oxford University Press, 1946).
7. Michael Mann, *The Sources of Social Power*, Volume 1 (Cambridge: Cambridge University Press, 1986).
8. 就與許多在這裡討論的詞彙一樣，定義「自願」一詞時面臨許多困難。用這個詞彙的目的是想突顯與「被迫加入」的團體之間的對比，特別是國家。在許多脈絡下，各種社會壓力及限制，形塑了人們參與結社生活的欲望及能力，因此在嚴格意義上，人們是否「自願」參與團體便成為一個問題。教會便是這樣一個例子，尤其是在一些社會情境下，倘若不加入教會，人們可能受到明顯的制裁。因此，參與團體的自願性便有所變異。
9. 資本主義的特質是韋伯著墨甚深的議題。他認為從前資本主義到資本主義社會的決定性轉折，在於經濟活動在制度上與非經濟的權力形式分開來，同時不受後者干涉，這也是經濟生活全然「理性化」的根本組織性條件。而韋伯的理性化概念內，事實上也包括對資本主義的階級分析，請見 Erik Olin Wright, "The Shadow of Exploitation in Weber's Class Analysis," *American Sociological Review* 67 (2002), pp. 832-853。
10. 請見 Geoff Hodgson, *Economics and Utopia* (London: Routledge, 1999)。
11. 雖然我未將社會主義化約為在經濟中的工人階級賦權，工人階級的團體仍因以下兩個理由，居於本書社會主義概念的核心：第一，如稍早所定義，社會所有制意指由「一群投入相互依賴的經濟活動的人們」所擁有，這些人「使用生產工具並產生某種產品」。這意指代表工人的團體，總是所有權運作的一環。第二，因為這些人直接參與生產過程，工人的積極合作，對於社會權力在經濟活動上的有效作用非常重要。未來，如果立基於普遍經濟民主之上的社會主義發生的話，很可能會有各種特定的**非**階級團體，對於社會權力在經濟之中的實現，扮演關鍵角色，但在所有可能出現的社會主義中，工人階級團體的賦權，必定是重要的角色之一。
12. 請見 Karl Polanyi, *The Great Transformation: The Political and Economic Origins of Our Time* (Boston: Beacon Press, 2001[1944])，當中有市場如何必然鑲嵌且受限於社會的經典討論。
13. 有學者以不同方式討論經濟體系的混生特質，請見 J. K. Gibson-Graham, *A Postcapitalist Politics* (Minneapolis: University of Minnesota Press, 2006)。Gibson-Graham 認為，所有的資本主義經濟都是非常複雜的多重形式經濟體，除了資本主義經濟與國家主義經濟之外，還包含了很多其他形式：禮物經濟、家戶經濟、非正式經濟等。在美國著名的無政府主義者 Colin Ward 的著作中，則用另一種有趣方式來討論混生問題。Stuart White 是這麼形容 Ward

的取徑：「對 Ward 來說，社會必然體現了多元的基本組織技術，包括市場、國家，及無政府式的互助技術：『每個人類社會，除了最極權的烏托邦或反烏托邦之外，都是多元社會，其中各大領域都不會與官方主張或宣稱的價值一致。』」請見 Stuart White, "Making Anarchism Respectable? The Social Philosophy of Colin Ward," *Journal of Political Ideologies* 12: 1 (2007), p. 14，引用 Colin Ward, *Anarchy in Action* (second edition, London: Freedom Press, 1982)。

14. **混生**經濟結構的概念可算是所謂「組合式結構主義」（combinatory structuralism）的社會理論風格之一。它的基本想法如下：在任何社會研究領域內，我們都可以提出一系列基本結構形式。這些都是組成複雜性的基石：所有實存的社會都可根據這些形式不同的組合模式而被分析。因此，這些基本的結構有點類似化學週期表裡的元素：所有的化合物都是這些元素組合而成的。針對經濟結構的分析，我在此提出一個簡明的「社會化學」（social chemistry）：有三種基本形式——資本主義、國家主義與社會主義。真實存在的社會是這三種社會以不同方式組合而成。當然，也有類似同位素這樣的東西——每個元素都有不同的形式。有那種都是小廠商相互競爭的資本主義，也有大型公司的資本主義；有的資本主義的資本積累以農業最具活力，有的則是以工業或各種服務業為主；有的資本主義資本密集度低，有的則很高。經濟形式的組合式結構主義倘若發展完全，將能探索不同種類的元素及其變異形式，如何以不同方式形成各種組合物。很重要的任務是指出，有些混生物的組合方式為何能長期順利再生產而讓它如此穩定，但其他混生物卻不穩定而容易崩解。

15. 這很類似「因果首要性」（casual primacy）的問題：當我們說某個原因在多重因果體系裡比另一個原因「更重要」時，是什麼意思呢？相關討論，請見 Erik Olin Wright, Andrew Levine, and Elliott Sober, *Reconstructing Marxism: Essays on Explanation and the Theory of History* (London: Verso, 1992), chapter 7, "Causal Asymmetries"。

16. 這個圖僅指出在各種路徑上社會權力的運作；該圖並不是一張包含經濟活動中所有權力關係的完整圖表。我們也可以針對國家主義、資本主義經濟權力畫出相同的圖來。

17. 關於結社民主如何成為真實烏托邦計畫下的一部分，請見 Joshua Cohen and Joel Rogers, *Associations and Democracy* (London: Verso, 1995)，其中有更多的討論。

18. Blackburn 在"The Global Pension Crisis: from Gray Capitalism to Responsible Accumulation" (*Politics and Society* 34: 2 [2006], pp. 135-86) 一文中的提案，是立基在 1970 年代瑞典 Rudolf Meidner 引進的所謂「受薪者基金」（wage earner funds）之上，藉此增加工會對積累的控制能力。其中主要概念是公司將新發行股份（而非現金）轉入這些基金。這產生了一個效果，即私人股東

對整個公司的股份控制能力漸漸被稀釋，也促進團體（例如工會）控制這些基金的能力，藉此形塑公司的政策。

19. 關於「公民社會中發起的爭取勞動標準的運動如何受侷限，而有國家權力支持這類標準有多重要」的討論，可以參見 Gay Seidman, *Beyond the Boycott: Labor Rights, Human Rights and Transnational Activism* (New York: Russell Sage Foundation, 2008)。
20. 當我向魁北克當地積極投身社會經濟計畫的學者及實作者的圈子，報告這裡的方案時，他們不表贊同，認為圖 5.9 的路徑過度限縮了社會經濟。他們實務上的工作的確包含了許多落在我稱之為社會資本主義及合作市場經濟的計畫。他們的擔憂之處在於，我這種較狹義的用法將製造出界線，可能會貶損被排除在社會經濟這個稱號之外的活動。取名冠號永遠都帶著這樣的危險。然而，在眼前的脈絡中，我不認為這項擔憂會成真，畢竟社會賦權的多元路徑彼此之間被認為是互補且協作的，而非必然相對的。
21. 欲了解西班牙學習社區學校如何成為混生結構，在教育的共同生產過程中，結合了國家與公民社會，請參考 Ramon Flecha, *Sharing Words* (Lanham, MD: Rowman and Littlefield, 2000)。若想參考針對特定社區學校的民族誌研究，可以參見 Montse Sánchez Aroca, "La Verneda-Sant Martí: A School Where People Dare to Dream," *Harvard Educational Review* 69: 3(1999), pp. 320-57。
22. 在某些版本的定義中，基於普世、「公民」的關懷所推動的團體及社會實踐，才算是公民社會。「反公民」的排他性團體是公民社會之敵，而非它的一分子。例如 Jeffrey Alexander, *The Civil Sphere* (New York: Oxford University Press, 2006)。
23. 這是為國家管制各種資本主義之優點辯護的標準方式：國家管制抵消了資本主義自我毀滅的面向，讓資本主義能對人類福祉有所貢獻，即使如此一來，資本主義就變得不那麼資本主義了。

第 6 章

真實烏托邦（一）：社會賦權與國家

150

在本章及下一章中，我們將探索一系列真實烏托邦的方案，這些方案試圖滿足三項主要判準：第一，根據基進民主平等的解放性理想來看，這些制度性設計是否**可欲**。第二，這些方案構成了替代現存制度的**可行**方案（也就是說，這些方案與我們對制度運作的知識並不衝突，實施這些方案將不會產生逆反的非意圖效果，導致原本可欲的制度性質被否定或無法維持）。第三，這些方案應該有助於我們沿著上一章揭示的社會賦權之路前進。社會賦權對於值得推動的制度改革或許不是必要條件，但這些改變累積下來，將有超越資本主義的潛力。

第四項在政治上十分重要的判準將不是這裡主要關切的議題：方案的**可達成性**。我們將考量的某些制度方案，在今天的世界上確實可以透過某種形式達成：某些已經有限度地實行，另一些則在某些地方成功列入政治議程。其他想法似乎無法馬上達成，儘管如此，我們仍不難想像在特定條件之下，如果動員足夠的社會力量，這些想法可能可以達成。但是，本章及下一章討論的某些方案，在政治上似乎遙不可及，僅在討論的層次上也難以達成。例如，John Roemer 在第七章所構思的平分所有權的市場

151

社會主義就是如此。然而，我相信這些看來無望的選項仍值得深

思，因為往後幾十年的政治環境會如何演變實在難以預測，而且討論這些可行但（顯然）無法達成的制度設計其中的邏輯，將有助於我們未來形構可達成的創新方案。

我們將採用兩種策略來探索真實烏托邦的設計及方案。第一種是經驗面向，聚焦在世界各地的具體例證，它們以不同方式體現了第五章闡述的各種社會賦權原則。這種經驗例證的完整分析需達成幾項任務：第一，讓例證真正體現社會賦權過程；第二，盡可能細緻準確地分析該制度如何實際運作；第三，從例證中提煉出一些一般性的原則，成為制度設計較為抽象的元素；第四，探索能夠促成這個例證的條件；最後，揭示這個真實烏托邦設計所面對的矛盾、侷限，以及兩難處境。這類分析存在的嚴重危險是相關的案例研究可能淪為政治宣傳的啦啦隊。當激烈批判資本主義的人士，急需找到能夠體現他們願景的經驗模式時，一廂情願的想法會戰勝審慎理智的評估。當然，相對的另一種危險就是犬儒主義；揭穿天真無知的熱忱，總帶給知識分子光鮮的稱許。因此，我們需要以既不輕信也不犬儒的方式來描述經驗例證，試圖徹底指出其複雜性及面臨的兩難，同時也實事求是地探討它們在實際上成就社會賦權的潛力。

在這幾章中的第二種分析策略是提出真實世界中找不到例證的新制度設計純理論模型。這樣的分析並非無法仰賴經驗資料，畢竟還是有許多經驗現象有助於我們理解這些方案。但是，這類分析的核心是闡釋一個前提明確且具理論觀點的邏輯結構。在此重要的任務是直接討論面臨的兩難、侷限及問題。我們希望這些模型是**真實**烏托邦的模型，而我們事前已知執行這類設計將會產生非意圖效果。一個完整且細緻的理論分析，也會試著討論這些東西。

這兩章檢視的提案，並未組成一套實現社會主義的完整制度設計方案，或某種取代現存社會結構及制度的全面替代方案。這些方案也不是為了替反資本主義政黨提供一個整合性的政見。雖然我認為我們所檢視的制度設計裡有許多元素可以納入社會主義式的民主平等主義政見中，確實也應該如此，但我們以下討論的東西仍存在許多缺口及失落的元素。由於前一章概述的社會賦權之路都把國家包含在內，我們在此將首先檢視真實烏托邦的制度設計如何深化國家內的民主。下一章則檢視嶄新經濟制度的設計。

152

民主的三種制度形式[1]

民主的抽象概念就是「由人民來統治」，透過三種主要的制度形式，成就民主治理之體制，這三種形式分別是直接民主、代議民主，以及結社民主。

直接民主：在直接民主裡，一般公民直接參與政治治理活動。其中一種形式稱為「公投民主」（plebiscitary democracy），即公民針對不同的法律及政策進行投票。另一種形式則是公民經由許多方式，參與地方政府舉辦的討論立法的公聽會或聽證會，或是直接在鎮民大會中達成決議，但這種方式較少見。

代議民主：這種實現民主原則的制度形式最為人熟悉。在代議民主裡，人民透過他們的代表進行統治，這些代表通常是在區域內競爭的選舉中選出。在大多數的民主國家中，這是一般人民運用政治權力最重要的方式。

結社民主：第三種民主治理形式──結社民主──較不為人所知。在結社民主中，各種集體組織（如工會、商業團體或公民團體）直接參與各種政治決策與治理。結社民主有許多種實現的方式──透過參與政府的委員會、透過所謂的「統合主義」（corporatism）、透過在各類管控機關中的組織代表。

153

這些民主治理形式可用加深人民賦權特質的方式、或削弱人民統治的方式來加以組織。例如，當選舉民主主要依賴私人對選舉活動的捐助時，會讓有錢有勢的人擁有巨大的影響力，能夠左右特定候選人的選舉結果，尤其是在兩黨制的情況下。廣大選民或許會退居到私人生活中，將治理的事務交由選出來的專業階級處理。[2] 另一方面，民眾對選舉的捐助制度，結合政黨比例代表制及黨內民主，可讓選舉競爭受到更廣泛的人民倡議行動所影響。當涉入民主治理的團體本身內部階序分明且官僚氣息濃厚，只代表社會中的某些利益，而排除了那些未結社起來的人；當這些團體以不同形式附屬於菁英的利益；又或是當這些團體操控在專業人士手中，而成員的參與方式就只是繳繳會費而已；[3] 那麼，透過次級團體進行治理的方式將變得非常不民主。另一方面，當這些團體開放且包容，加上它們對治理的參與包括賦權的協商形式及問題解決，那麼結社民主就可以加深公共行動的可責性及有效度。最後，如果菁英獨斷提出政策，公民只是在公投中拿到一張「贊成」或「反對」的選票，那麼直接民主也可能是淺層的（thin）；或者，如果直接民主讓真正決策的權威及資源，轉移到各種人民組成的協調會，那麼它也可能變成顯著有效的人民賦權形式。表 6.1 即展示了各種可能性。

154

表 6.1　民主治理的各種可能

		民主的程度	
		淺層民主	深層民主
民主統治的形式	代議民主	菁英支配的選舉式民主	穩健平等的選舉式民主
	結社民主	官僚統合主義	民主結社的統合主義
	直接民主	公投式民主	被賦權的參與式治理

所有的民主都包含三種治理形式中的某些元素。基進、深層、平等主義的民主並非以直接民主全然取代代議民主或結社民主。相對地，實現解放民主理想的計畫，需要促進每種治理方式朝向更深層的民主方向轉型，更重要的是闡明每種民主參與形式如何能彼此支持及強化。

接下來，我將針對每一種民主制度，討論深化民主的制度設計。由於直接民主是今日世界普遍認為最難以實現的民主治理制度形式，我將特別關注直接民主的問題，但三種形式都很重要。

155

直接民主：賦權參與治理的新形式

從某個角度來說，直接民主最能純粹體現基進平等的民主理想，因為這是以最顯而易見的方式成就了「人民統治」。針對形塑他們集體命運的各項事務，人民應該有權力參與決策，這樣的想法帶出直接參與而非代理參與（proxy participation）的理念。不論是代議民主或結社民主，似乎總是距離「真正的」民主有一步之遙；只要不是在成員能面對面聚集的小型社區，面對任何集體命運的議題時，人們欲做民主決策總會面臨人數規模、複雜程度、時間限制等棘手的難題，代議民主或結社民主則是面對這些難題下的權宜之計。結果，大多數人都認為直接、參與式的民主根本不可能在當今社會中推行。

我相信新形式的直接民主仍有很大的潛力，能為民主的廣泛革新做出貢獻，使我們朝向社會賦權之路邁進。在我與 Archon Fung 合寫的作品裡，我們將這些新形式的直接民主稱為「賦權式參與治理」（empowered participatory governance，簡稱 EPG）。為了解 EPG 的邏輯，我們首先仔細看看在第一章已簡略討論過的愉港參與式市政預算編列這個廣受稱頌的創新直接民主例證，然後再討論 EPG 模式的一般原則。

例證：參與式市政預算編列

愉港市位處巴西東南一隅，人口約一百五十萬人，愉港市的參與式預算，是朝向健全的直接民主制度邁進的一步。[4] 這個案例為我們提供素材，來闡釋欲活化直接民主所需的制度設計中的一般性原則。由於有關愉港市參與式預算的細節不難找到，在此我只討論其制度設計。[5]

156

參與式預算編列的體系是由左翼的社會主義政黨工人黨（PT）所建立，該黨在 1988 年的市長選戰中意外獲勝，參與式預算成為往後在市政府內推行所謂雙元權力（dual power）的一種方式。[6] 我們不討論細節，但其基本理念是市民在人民集會中，審慎討論該市預算該怎麼使用。多數的人民集會都是依該市的地理區域組織起來；有一些集會則按議題（如大眾運輸或文化）以全市範圍進行組織。每個預算年度開始時，這些集會齊聚在全體大會。執法人員、市政人員、社區機構人士、青年運動俱樂部的鄰里團體，以及任何有興趣的市民都可以出席這些集會，但在地區性集會中只有該區公民能投票。在議題式集會中，該市所有居民都能投票。這些集會由市政府的人員與社區代表人士共同籌辦。

在首次全體大會上，市長辦公室的代表將回顧前幾年預算執行的結果。同樣在這場全體大會，將選出參與地區性議會及議題式預算議會的代表，以規劃政府開銷的優先順序，最密集的預算參與工作便是在此進行。在三個月的會期裡，這些代表會議將於該地區各鄰里展開，會議期間，代表與居民及次級團體人士會面，聽取提案，並考量該市可能資助該地區的各種可能計畫。計畫通常包括道路修繕及鋪設、污水處理工程建設及維持、托育中心、公共住宅，以及健康照護的診所等。三個月會期接近尾聲時，這些代表會向第二次地區性全體大會報告地區預算提案（如

157

果是全市議題式全體大會，則提報該議題的預算提案）。第二次全體大會中，提案由參與會議的人員投票通過，並選出兩位代表與候補者來代表名為參與式預算編列議會（Participatory Budgeting Council）的全市集會，接下來幾個月的時間，整合地區性及議題式預算提案，以研擬全市預算。主要在這個階段，技術專家有系統地介入計算不同方案的成本，討論各種提案的技術限制。因為公民代表多半是非專業人士，市政府會提供預算編列的課程及座談，給議會代表及有興趣的地區性集會參與者來參加。整個流程最後，議會將提交一份預算案給市長，市長可以接受該案，或否決後送回議會修改。一旦預算案同時經市長及議會同意，最終將送往市議會予以正式通過。整個過程為期六個月，有數以萬計的市民積極參與政策執定的審議。

參與式預算最初引進時，人們視之為個別公民積極參與市政核心決策過程的一種方式。然而，隨著時間過去，這類參與很大部分變成由公民社會的次級團體來進行中介。尤其，全體大會裡被選去參與地區性及議題式預算議會的代表，都是積極參與公民社會的各類團體成員。這意味著這些代表鑲嵌在更廣闊的社會網絡及場景中，進行預算優先順序的討論，因此拓展了對這些議題進行公共審議的社會範圍。參與式預算做為一種社會賦權機制，由於代表與次級團體的這種連結而深化。因此，長期下來，參與式預算已成為一種直接民主及結社民主的混合體。

當然，實際運作的過程常有些混亂，夾雜著衝突及技術上的失誤。有幾次的情況是傳統侍從主義式的政治領袖掌控了地區性集會，試圖利用預算來庇蔭自己人。[7] 另外有些情況是各參與式

158

集會無法提出一套內容一致的預算。然而，整體來看，參與式預算編列過程一直是很大的成就，不論是從它成為深化直接民主的實驗工程，或從它有效達成制定市政預算的任務來看，都是如此。

以下指標顯示這項制度實驗深化了參與式民主：

1. **市政的花費已大大轉向最貧窮的地區**。一如人們預期，審議過程中的分配最重要的是理由及需求而非權力，因此該市最需要幫助的地方得到最多的資助。

2. **過程中市民參與的程度不但很高，而且能持續**。雖然近年來因為巴西的預算樽節（意謂在城市這個層級，幾乎沒有可支配的花費可做預算分配）導致參與程度顯著下降，但參與式預算實施至今，大致有 8%的成年人在標準預算流程中參與過至少一次集會。進一步來說，積極投入的人不限於擁有許多「文化資本」的高教育人士。Gianpaolo Baiocchi 曾仔細研究積極參與人士的背景，發現雖然人口中最弱勢且未受教育的群體，確實在參與會議及獲選為代表或議員這兩件事上都低於他們在總人口中的比例，但高教育菁英也未全然支配參與式預算過程。[8]

3. **參與的過程明顯讓公民社會更加厚實**。社會學家常認為社會網絡的密度及公民社會中次級團體的活力基本上取決於深植當地的文化及歷史因素，而不會在短期內有所變化。然而如同 Baiocchi 豐富的分析顯示，隨著團體的形成，公民更能透過參與式預算過程說明自己的需求，讓愉港市的結社生活有穩定的發展。

159

4. **貪腐情況大量消失：這是個透明、乾淨的過程**。儘管反對工人黨的政治勢力努力想證明愉港市的這個過程中明顯有貪腐情事，但至今卻仍無法做到。雖然在全國及州的層次上，確實有涉及工人黨的貪腐醜聞發生，但愉港市政府則未惹上這些麻煩。

5. **該市過去幾次選舉裡，投給 PT 的票顯著增加，**這意謂著參與式預算提高了它的正當性。貧窮國家中勝選的左派政黨通常任期都很短：它們引起選民的期待，但卻無法滿足，導致右翼政治勢力集中起來反抗，因此在很短的時間內便導致挫敗。愉港市三次選舉中（1992、1996、2000 年），PT 能增加並維持人民對它的支持。直到在更高的政府層級上，PT 被捲入醜聞（尤其是與 Lula 總統相關的醜聞），導致 2004 年時地方支持度下降，使它輸掉市長選舉。

6. **從一些指標可看出，中產階級與富人納稅程度提高，**即使對稅務的查核及執行並未真正改變，且愉港市較有錢的人並非參與式預算的主要受益者。[9] 逃稅是當代社會普遍存在的問題，但在巴西這樣一個長久以來存在貪污問題，且在稅務查核機制上官僚無能的地方，未支付稅款的問題尤其嚴重。愉港市納稅的增加顯示，民主正當性及過程透明度的提高，可能開始影響公民負起責任及義務的標準。[10]

＊＊＊

160

當然，我們還不是很清楚這項創新的實驗能在多大程度上進一步拓展到其他地方、議題、脈絡或層級。然而，1989 年愉港市的 PT 開始這項制度時，當時無人能料到它竟能在當地如此有效地運作。實地測試以前，我們無法明確知道究竟有多大的可能性。無論如何，許多地方如今正在試驗各種參與式預算的制度——在巴西其他城市、其他拉丁美洲國家，以及歐洲——而初步研究顯示，至少有些例子採用之後非常成功。[11]

制度設計的一般原則：賦權的參與式治理

雖然愉港經驗值得我們關注，但事實上它教給我們的，遠超過市政預算編列及巴西南方特殊政治與文化處境這些事。在愉港看到的深度民主參與，也有可能創建在許多不同的脈絡底下，即便做法有所不同，仍能產生類似的效益。賦權、參與式的直接民主，能增加公民對公共生活的投入程度及熱忱，讓官員及政治人物更能負起責任，並改善政府效能，使社會政策更符合正義。

161

基於我們對愉港市及其他幾個例證的研究，以及我們對於民主理論中更多議題的理解，Archon 與我指出這種民主過程中的七大元素。前六項關注的是 EPG 制度的內在設計問題；第七項關注的是這些制度所處的社會政治環境裡一個重要的面向，該面向有助於制度的健全及穩定。

1. 由下而上的賦權式參與

第一項設計原則不言而喻。在 EPG 的設計中，許多政府的決定都是透過人民參與的過程來進行決策。一般人——或許是以社區居民的身分、政府服務的消費者的身分，當然還有民主體制下的公民身分——應該參與會影響他們生活的各項決策細節。在 EPG 中，這種參與通常是採取面對面的會議。

如今，公眾參與對政府來說已非新鮮事。然而在 EPG 不只是**表面上**或是**象徵性**的參與，而是**賦權式**的參與。參與 EPG 制度，不僅讓人們可以表達自己對公共議題的看法，還讓人們擁有直接參與的實質決策權力。在我們熟悉的各種代議民主制度裡，一般公民參與政治的方式，只是透過選舉選擇決策者（也就是他們的代議士），並透過各種溝通管道表達意見而已。賦權參與式治理的理想，包括讓普通公民直接參與審議，以及藉以做出決定的問題解決過程。

2. 實用主義傾向

EPG 制度裡政治決策的核心，或許可說是解決具體問題的實用主義傾向。其理念是將民眾帶進政治場域，他們都期望達成某些具體且實際的目標，即使他們在這項立即的問題解決議程之外，還存在著明顯的利益衝突。這裡的潛在預設是，如果行動者可以暫且擱置他們對自身利益的特定想法，實事求是地討論如何解決問題的具體議題，那麼在審議及實驗的過程中，他們的利益很可能隨著發覺解決問題之道的過程而產生變化。雖然這或許不會產生出廣泛且普遍的共識，但 EPG 可以促進彼此合作、減少利益對立的程度。[12]

162

這或許意味著某些議題將被「掃下檯面」，因為這些議題並不順服於此種實用主義傾向，而相應地，這可能意味著實用主義的傾向會讓政治精力偏離對特權與權力不平等的更基進挑戰。這可能會成為 EPG 的一大限制。然而，儘管存在這些各式各樣的衝突與不平等，我們仍然認為採取實用主義來解決實際問題是可行的。進一步來說，賦予人們處理具體問題的權力，長期下來能為更深刻的權力重組做好預備。

針對參與式民主的一項常見批判，即人們太過冷漠、無知，或忙到沒時間參與。然而，在《深化民主》（*Deepening Democrary*）一書中所討論的經驗實例顯示，當人們有機會參與決策，解決對他們來說很重要的實際問題時，參與人數將非常可觀。在這類機會浮現的時候，窮人參與的人數會比富人還多。

3. 審議

第三項原則處理的是在 EPG 之中**如何**做出決定。人在許多政治過程中是根據自己的利益或偏好投票，這是根據多數力量做出決定。在其他脈絡下，如政府機關及公司內，經常根據專業知識或地位的高低做決定。在傳統的自由民主體制下，政治決定基本上採多數決，這個多數是透過各種動員支持及協商的複雜過程建構出來的。協商則包括妥協，藉此得以解決利益衝突，但根本說來仍是權力運作之下的多數決。

相反地，在 EPG 之中，參與者盡可能以審議的方式做出決定。理想上，參與者提出理由，訴諸共同利益或眾所支持的原則，藉此說服彼此認同正確的行動方向或解決問題的策略。在 EPG 中，做決定的方式是讓人們傾聽、有機會接收不同的論點及好理由，而不是直接進行協商、策略操弄及利益交換等。在這種審議之下，誠如社會理論家 Jürgen Habermas 在著作中所提到的，你唯一能做的，就是提出更好的論點。

163

4. 權力下放及分權化

為了讓由下而上的參與具有意義，基本上要讓國家機制內真正的決策權力，下放到地方行動單位，例如社區協調會、地方學校協調會、工作場所協調會等。在這類地方協調會做事的人，必須負責設計並執行解決方案，同時對結果是否達到預期標準負責。協調會不僅是諮詢機構，還被賦予實際公權力，以執行審議出來的決議。決策層級盡可能下移到真正面對問題的層次。

5. 重組分權化

雖然權力下放及分權化的設計原則廣為人知，但「重組分權化」的想法卻比較陌生。針對治理結構的討論，經常明確區分出權力集中及分權的決策模式。然而，EPG 的一項獨到特色，即對於權力集中及分權化過程的連結有特別的理解方式。雖然在 EPG 中，關於手段與目的的基礎決策已經分權化，中央政府及核心權威仍扮演重要角色。地方單位並非自主運作、原子化的決策場所。相反地，這裡的制度設計結合問責及溝通，能把地方單位與發達的中央權力連接起來。這些中央辦公室──例如市長辦公室、警察總部，或學校系統總部──能以各種方式加強地方民主審議及問題解決的品質：協調並分配資源、協助地方單位處理無法自己解決的問題、糾正表現不佳的團體所做出的病態或不適的決策，以及跨越地方界線傳播創新與學習經驗。

164

然而，EPG 不像一般的官僚組織，是由上而下的階序模式，EPG 的中央權威並不籌擬計畫並發號施令叫下屬執行。相反地，中央權威**支持**更多地方層級的單位參與審議以解決問題，並以公平有效的方式讓它們能**權責相符**（accountable）。

EPG 不像較接近無政府主義的政治模式（希冀解放而講求**自主**分權），賦權式的參與治理提倡**中央協調分權**的新型態，這類型態將民主的集權及嚴格的分權都斥為難以運作的模式。民主集權的僵化常導致不尊重地方的情況與智慧，結果無法自經驗中吸取教訓。另一方面，未經協調的分權使公民成為彼此孤立的小單位，這當然有助於防範那些不知如何解決問題的人誤事，但同時也讓能幹的人無法做事。因此，這些改革試圖建立連結，在地方單位之間傳播資訊，並使它們權責相符，而這需要一個強而有效的中心。

6. 以國家為中心的制度化

制度創新的第六項特色跟參與式預算一樣，不但與國家治理的正式制度深深連結，同時也包括這些制度的明顯變革。許多由非政府組織或社運團體自主發起的倡議與計畫都共享了 EPG 的某些特徵。然而，這些組織與團體透過外圍壓力試圖影響國家行為，或有時組織一些活動以呼應政府的計畫。不管是以上哪一種方式，它們皆未動搖國家治理的基本制度。

相對而言，EPG 的變革試圖重塑官方制度。EPG 的實驗是由國家授權以進行實質決策，更重要的是它們不只是想偶爾影響國家行為，更試圖改變權力的主要程序。這些轉型試著將一般公民的持續參與制度化，尤其是公民做為公共財消費者的角色，使他們直接決定什麼是公共財、什麼是提供這些公共財的最佳方案。

165

在一般政治之中，領袖／菁英動員人民參與以達特定目的，不管是有特定目標的社會運動或相互競爭的選舉，僅能短暫展現民主，與這裡談到長期持續的參與有所不同。如果人民施加夠大的壓力，足以成就他們偏好的政策或選出屬意的候選人，廣泛參與的情況通常也就隨之結束；接下來的立法、政策制定與執行主要發生在封閉的國家場域內。EPG 希望創造可長可久的制度，讓一般公民能持續被賦予權力參與國家活動，而不僅是偶爾才能挑動國家政策進行變革。

7. 抗衡力量：參與式賦權的大脈絡

許多左派人士認為 EPG 在許多社會中難以實現，因為在工人與老闆之間、公民與政府官員之間、富有與貧窮的公民之間，權力差異太大所以難以達成公平的審議。從這個角度來看，EPG 制度只是強者支配弱者的另一個場域罷了。雖然我相信賦權式參與治理的前景不至於如此黯淡，但我也相信，倘若沒有在制度環境內出現所謂**有組織的抗衡力量**，創造並鞏固賦權式參與制度的嘗試將難以持續。「抗衡力量」是指在這些治理制度的脈絡中，減弱（或許甚至是解消）一般權力團體及菁英權力優勢的各種過程。群眾的政黨、工會及社運組織都是這種抗衡力量的典型媒介。所以，這裡的論點是：為了讓賦權式參與的治理能夠長期維繫下去，需要有組織的抗衡力量，此治理形式必需動員民眾才能發揮作用。

166

最熱切支持以實用主義取向來活化民主制度（透過合作解決問題）的人士，往往認為抗衡力量的重要性微不足道。例如

Michael Dorf 與 Charles Sable 認為，行動者的社會位置無法徹底決定他們的利益，因此一旦行動者涉入了具民主實驗性質的問題解決過程，他們的利益將隨著問題的解決方式而有所轉變。因此，利益基本上內在於問題解決機制的動力，而非由整體社會的權力關係從外部給定。以下是兩人對該議題的闡述：

> 面對無法單獨解決的急迫問題，並尋求建立聯合問責方案的過程中，各方通常傾向找出可能的解決方案而非放棄，儘管他們不確定這麼做有何結果……。一旦開始，務實的問題解決會讓人們放鬆對利益的堅持（在某種程度上，斷斷續續越過利益的範圍），因此在有限理性及習慣性的優勢算計範圍外的陌生地帶，便會一點一滴發現解決方案。這類發現是拋磚引玉：當前的局部創新（表現在改善了當前問題解決制度的表現上），可能因下一項創新大大增加對所有人的價值，而相互合作者之間實作資訊的交換（例如在工廠中監督而學到東西的例子），也將降低各人只願獨享新制度的風險。因此，逐漸浮現的解決方案遲早會改變行動者的做法與他們仰賴彼此的方式。他們對於可能性的想法反映了這些糾葛；做為後續算計的起點，「自」利呈現出實務審議所帶來的驚奇，而從自利的角度看，那原先卻令人大感困惑。因此，正是這審議的實務特殊性——尤其是當各種立場都必須面對陌生的替代方案時產生的新思維——讓所有參與者得到更多好處。[13]

倘若參與民主實驗的實作解決問題活動之人，都不知怎麼地被排除在他們身處的社會權力關係外，這種對利益可隨意變化（plasticity）的極端樂觀看法，或許還有可能成立。然而，實際情況並非如此：有力的集體行動者與特定利益事先就有緊密關聯，並不斷地與參與問題解決過程的人相互影響，務實解決問題的活動就是一直發生在這樣的社會結構中。除非某些形式的抗衡力量能夠至少部分削弱利益的入侵，否則賦權式參與的治理便不可能提出解決方法，以持續促進那些從屬團體的福祉。

167

＊＊＊

這個直接民主的新制度具備了賦權式參與治理的元素，能夠加深一般公民參與國家權力運作的程度。然而，直接民主不能是社會賦權式的民主國家內唯一的支柱，針對代議民主及結社民主的真實烏托邦設計構思也很重要。

代議民主：兩項提案的概述

如今已有許多著作討論如何深化及再活化代議民主，豐富程度遠高於其他種類的民主制度。政治學長久以來對於不同選舉遊戲規則的相對好處的討論（如單一選區多票制、各種比例代表制、排序複選制〔instant runoff election〕），基本上是關於不同規則如何影響各種政治價值：獲選官員的代表性、效率、穩定性、民主及多元主義。「如何劃定選區界線」的辯論，基本上就是在討論「代理」與「代表性」的意義。同樣地，關於選舉經費改革的激烈討論（尤其在美國），主要關注當私人錢財成為左右選舉結果的關鍵因素時，代議民主將變得如何淺薄。

在此我不打算回顧這些大家相對熟悉的討論，而選擇概述最近出現的兩項提案，其目的在於促進代議民主之民主性質：平等主義的選舉政治獻金，以及隨機挑選的公民會議。

平等主義的選舉政治獻金

Bruce Ackerman 曾提出一項創新的制度設計，不但有可能使財富在選舉政治中的角色邊緣化，基本上也能創造出更平等的政治獻金方式，而且不限於傳統的競選活動。[14] 雖然該方案是專為修補美國政治獻金中的不妥之處而設計，深受最高法院「金援政治活動亦是一種言論自由」此項判定的強烈限制，但 Ackerman 提案背後的一般理念，跟任何公民參與政治活動資源不平等的政治體系都息息相關。其基本概念很簡單：每年之初，發給每位公民一張特別的金融卡，Ackerman 稱之為**愛國卡**（patriot card），而我覺得稱為**民主卡**（democracy card）較合適。他提議在每張卡中放入五十美元。美國十八歲以上的人口有兩億兩千萬，因此每年總共花費約一百一十億美元。卡內的款項僅能用於選戰：可捐給特定選戰中的某候選人，或參與選戰的某政黨。[15] 然而——這也是讓它成為基進民主方案的關鍵條件——任何接受民主卡金援的候選人或政黨，不能再接受**任何**來自其他管道的選舉獻金。[16] 但是，為何候選人與政黨寧可選擇接受這項限制，而不是仍舊仰賴私人金援而討好肥貓呢？之所以如此，理由有二：第一，如

168

果來自民主卡的捐助數額夠高，就能根除來自其他管道的資助。相較於私人捐助「政治市場」，透過民主卡捐助的政治市場能得到更多金錢，而由於魚與熊掌無法兼得，大多數候選人會發現，從選民那裡募款較為有利。第二，一旦這套系統準備就緒，成為政治生活應然秩序的一環，使用私人捐助本身可能引發政治爭議。那些仰賴民主機制尋求從資源平等的公民獲得金援的候選人，便可運用這一點，攻擊那些尋求大公司及有錢人捐助的候選人。

169

民主卡將啟動很不同的選舉過程。實際上，所有選舉基本上都有這兩個階段：在第一階段，候選人與政黨試圖從公民身上募得民主卡的獻金；在第二階段，候選人與政黨將這些資金運用在選戰上。當然，在目前的環境之下，選舉政治都有這兩個階段。任何民主體制裡的選戰都有賴金援，所以問題就變成募得這些獻金的機制，是否與政治平等的民主原則相符。現存的遊戲規則裡，第一階段是個極端不平等的過程：有錢人與大公司是募款遊戲裡的主要玩家。民主卡這項制度的功用在於在這兩個階段裡，重新恢復政治平等的堅定概念。除了一人一票的投票機制外，如今又有一人一卡的選舉獻金制度。因此該制度提供了一項以基進平等原則為基礎的公眾選舉獻金機制，每位公民都有相同能力捐助政治活動。

上述 Ackerman 提出的民主卡制度設計，其實際運作時還包含許多其他要素。例如，該選舉募款過程裡有個問題，即候選人一開始如何取得必要的運作資金，以獲得民主卡的募款。Ackerman 建議，候選人在取得一定連署後，即可在選戰開始時以選舉補助方式取得一筆公共募款。這讓候選人擁有必要的啟動資金，藉此開啟募取民主卡資助的階段。此外，還需要訂定規則以防止弊端，像是防止假候選人募得民主卡資金做為私人花費而非選戰所用。我們也可想出一些其他規則，讓公民的民主卡資金的一部分或全部，可用於資助社運團體或遊說團體的非選舉政治活動。如果民主卡資助的範圍擴大，或許卡內所含金額就必須增加。政黨在有些國家扮演的角色比在美國更重要，那麼選舉系統的規則也必須有所改變，除了適合全國政治外還要考慮地方政治。關鍵在於，透過民主卡制度建立起一個設計完善的公眾捐助選舉活動的體系，能把大量私人金錢排除在政治過程之外，同時也不會把政治獻金的控制權讓予國家。如此一來將深化政治平等，也提升公民效能。國家雖提供民主卡的資金，但公民能決定該如何分配它。 170

乍看之下，民主卡的提議真的只是一個很小的改革（幾乎僅是技術性改革），主要是針對在私人政治獻金活動中，被財富深深腐化的美國選舉體制。許多未有「捐助金錢亦為一種言論自由」此憲法判決的國家，對於私人捐助設立有效的限制，因此它們的選舉體制倒也運作無礙。在這樣的地方，民主卡制度的提議似乎無關緊要。我認為這種想法錯了。當然民主卡制度的細節需隨著不同國家脈絡而有所變化，然而創造讓個別公民能平等依其政治關懷捐助資源的機制，卻是**所有**資本主義民主試圖邁往政治正義及深化民主的一大步。民主卡主要透過兩種方式，增進社會賦權這項宏大的過程。第一，它能削弱當前經濟權力對國家權力使用施加影響的途徑。這將增加國家權力徹底從屬於社會權力的可能性，使該制度成為社會控制經濟過程的有效機制。第二，透過強化公民平等意識及政治能力，民主卡促進了更廣泛且更深入的公民參與形式。尤其，如果這個想法拓展到選舉以外更普遍的政治活動，將促使公民社會中的政治組織擁有更為平等的結構，如此也有助於實現社會賦權。[17]

171

隨機挑選的公民會議

傳統上，對於代議民主的理解認為，公民透過選舉選出政治人物，在立法及行政機關代表他們，權力代理由此完成。另一種代理的概念則是透過某種隨機挑選的過程，決定出進行政治決策的人。這多少類似許多國家挑選陪審團的方式，而這也是古代雅典人挑選公民組成立法團體的方式。如今我們要問，這種隨機挑選的公民會議（簡稱公民會議）在今天是否仍然可欲且可行。

在某些情況下，相較於選出的立法機關，隨機挑選的公民會議有幾項潛在優勢。第一，這種會議的成員是一般公民而非專業政治人物。因此，他們的利益更可能與整體人民利益相契合。選舉過程無可避免地產生經濟學家稱為決策過程的代理問題：被選出的代表是公民（委託人）的代理人，但因為兩者的利益不一致，因此總存在著代理人是否真正實現委託人願望的問題。隨機挑選的公民會議直接賦權委託人當中的某一小群人，藉此將該問題降到最低。

第二，會議成員除了是一般公民外，藉由適當抽樣技術，我們還能確保他們是能夠充分代表全體人口特徵的樣本。在立法機構當中的勝選者幾乎都是男性；但經設計的公民會議則有百分之五十的女性。此外，弱勢少數團體在立法機構裡通常無法有對等比例的代表。同樣的，經設計的公民會議則能確保這些團體有對等比例的代表——或者考量特定目的時，甚至有超乎對等比例的代表。

172

第三，**如果**公民會議能參與真正以論理及尋求共識為基礎的審議過程，那麼其決策更有可能反映某種公民的「一般」利益，而不是與政治人物有緊密連繫的特定社會力量的特殊利益。在一般選舉產生的立法機構當中，立法者與公民之間關係的問題，不僅是政治人物與一般公民的利益及偏好截然不同，也包括政治人物往往鑲嵌在通常由各類菁英支配的強大社會網絡及社會環境之中。當打選戰需要大筆金錢時，這個問題更為嚴重，於是政治人物不但是一人一票選出來的，還是一錢一票選出來的。但即使拋開金錢問題不論，專業政治人物的社會網絡形塑了舉行在立法機構內的審議過程。因此，如果公民會議的最終結果是產生自深度審議與尋求共識的過程，那麼比起專業政治人物所做的決定，這些決議更有可能反映「人民的意志」。

當然，這裡的「如果」仍有待實際檢視。許多理由促使我們懷疑公民會議是否能產生深度審議且尋求共識之過程。反對的理由如下：挑選出來參加公民會議的成員，多半對要討論的議題一知半解。因此，他們一開始的觀點反映的是特定強勢利益透過媒體散播的資訊。會議舉行期間，各類專家將講解新的資訊，但大多數會議成員卻未有足夠的能力評價這些資訊，將之去蕪存菁。他們大多不具備這種評價所需的教育程度，也缺乏相關專業經驗

173

來分辨哪種資訊可信或不可信。一個民主團體做決定的品質如何，不僅仰賴釐清利益的過程，也仰賴資訊品質以及將利益連結到決定的資訊處理過程的品質。無論專業政治人物追尋的利益多麼有瑕疵，至少他們透過幕僚及政黨的協助，以及本身的教育及經驗，他們能妥當進行決策過程中的資訊處理。

這些都是實在的議題，不應輕忽怠慢。儘管如此，有不少證據指出，在適當的條件下，一般公民能夠吸收許多資訊，並以合理方式評估這些資訊，據此做出有根據的集體決策。政治學者James Fishkin 的研究主要探討以公共審議處理複雜議題的可能性，他曾做過一連串他稱之為「審議民調」（deliberative polling）的實驗，以下是他對該實驗的敘述：

> 對一隨機且具代表性的樣本，先針對特定議題進行民意調查。經過這項基準民調後，樣本團體裡的成員將受邀在週末共聚一地，討論這些議題。參與者將收到平衡報導的詳細資料，這些材料也可公開索取。受過訓練的主持人帶領參與者進行小組討論，形成一些問題，以這些問題為基礎，參與者與彼此意見相左的專家和政治領袖展開對話。這週末舉行的活動，以直播或錄影編輯的方式在電視上放映。審議過程結束後，樣本團體再次被詢問原本的問題。兩次民調的意見轉變，代表在有機會更了解議題並參與討論的情況下，大眾所達成的結論。[18]

雖然研究並未顯示經過公共討論後，參與者的意見真的變得更有共識，但此研究確實證明一般人能夠吸收資訊，持續參與討論，並在討論過後改變原先的想法。這至少說明，如果有適當的工作人員來協助安排公民會議，就有可能產生以對資訊的理性評估為基礎的決策。

Fishkin 的研究僅實施一個週末，且是在刻意打造的環境中，這群民眾知道自己的審議並不會產生真正的決策。為更了解公民會議成為民主代理及審議之新模式的潛力，我們必須檢視在真實世界的場景中，面對利害攸關的情況，這類會議如何運作。這樣的實驗就曾發生在加拿大的卑詩省。

174

2003 年，卑詩省政府打造了一個隨機挑選的公民會議，其任務就是為該省議會之新選舉體制提出一個可供公投的方案。[19] 卑詩省的議員選舉長期實施單一選區簡單多數決。該省中許多人對這個制度愈來愈不滿意，有些人認為它無法準確反映投票者偏好，其他人則覺得投票偏好的細微改變往往造成議會席次劇變，導致政治鐘擺效應擴大。於是人們希望在眾多選舉方式中挑選替代方案。當然，也可以讓議會本身去挑選新的選制，但檯面上的政治人物往往會支持有利於他們特定政治利益的新制，這可能會破壞改革的正當性。最後，解決方案是打造一個討論選舉改革的公民會議，其中包含 160 位隨機選取的代表——從該省 79 個選區內各挑出一男一女，再加上兩位原住民代表。

公民會議分成三階段進行。自 2004 年 1 月至 3 月止，這個會議每個隔週週末在溫哥華聚會一次，透過密集演講、研討會、討論會來學習各種選舉制度。每個週末，代表的支出皆可報帳，同時會獲贈 150 元薪酬。在 2004 年夏天的第二階段中，代表們參與在卑詩省各地舉行的一系列公聽會，將議題帶到更多大眾面前，以獲知他們的反應。在 2004 年秋的第三階段，公民會議再次於隔週週末聚集進行密集討論，最後草擬新選舉法的公民投票提案。讓許多人大吃一驚的是，他們並未選擇最直截了當的比例代表制，而是所謂的單記可讓渡投票制（Single Transferable Vote，簡稱 STV）。Amy Lang 是這麼解釋這套制度的：

175

> 單記可讓渡投票制是在多成員選區情況下運作，當選區有足夠成員，便會增加比例分配的席次。STV 也讓選民根據喜好，排列每個選區內候選人的順序。實際運作上，來自同一政黨的候選人為爭取選民偏好順序而相互競爭（就像黨內初選的情況），讓選民在選擇他們的代表時有更多選項，降低政黨在該選區對於候選人的控制。[20]

這項提案在 2005 年提交給民眾公投表決。結果，公投得到了 57.3%的支持，但未跨過 60%的門檻。[21]

即使第一次公投並未跨過門檻，但從過程來看，卑詩省的實驗仍是成功的。這項實驗聚焦在一個範圍較小的政策問題上——構思新選舉法——但我們可以想見這個想法能被擴展到範圍廣泛的其他場景中，包括全國性的立法機構裡。

許多立法機構的體系都有兩個議院。民主立法制度究竟為何要有第二個議院呢？這個問題大致有兩類答案：你想要第二個議院，是因為你心裡並不相信民主，想對民主權力施加約束，或者，是因為你對民主有信心，但認為需要有第二個議院，讓政治體系更加民主。英國上議院就是第一項理由的好例子，它的出現立基在這個信念：「選舉民主往往會有所逾越，因此需要有一冷靜審慎的制度制衡」。這項設計應該可阻礙或至少減緩代議制度產生新法及規範的過程。舊制上議院是世襲產生，而後則是經由任命，上議院議員不過是選舉民主的煞車。即使在 1999 年布萊爾（Tony Blair）政府將上議院從「領主院」（House of Lords）改為受命賢達院（House of Appointed Notables），也只能些微改變上述情況。[22]

176

對於「為何要有第二個議院」的第二項回答認為，加入第二個議院能活化並深化民主。這個論點不認為民主需要受到制衡，但認為單一代議機制無法完全實現民主理想。因此，設計出一個立法體系下的兩個議院，是為了體現不同的機制。例如，一個議院可透過標準**土地轄區**（territorial-district）代表制選出，第二個議院可根據某種**功能代表**（functional representation）原則選出，其成員代表著各種有組織的團體（工會、商業團體、經濟部門等）。

由**隨機選出**的成員組成的公民會議，是第二議院的另一種可能形式。有幾種進行方式，這裡只粗略描述其中一種可能性：

- 成員任期交錯，每人任期可為期一段時間，例如三年。
- 採用隨機選取過程，並確保在人口學上重要的群體有大致符合比例的代表。
- 訂定高水準報酬，以創造強烈的金錢誘因，誘使大多數公民同意參與，而雇主必須在成員任期結束時，讓他們在年資未損失的情況下復職。
- 公民會議以類似現今英國上議院的方式運作，能夠暫緩立法過程，將法案送回再議，但無法徹底否決法案。

177

- 公民會議配置強大的專業或技術工作團隊，能運用各種機制使資訊暢通，如舉行公聽會、研討會等，藉此讓會議成員不但學習到公民會議如何進行，也能取得參與審議時所需的資訊。

首相無法操弄這個體系，他所屬的政黨也不能。隨機挑選的公民會議提供的好處，基本上是選舉產生的議院難以提供的，即真正多元的人群參與立法過程。這些公民既不是職業政治人物，也非與他們關係密切的人。隨機挑選的公民會議其正當性源自這樣一個事實，即它的組成成員就是「人民本身」，但將永遠明確地做為第二議院而存在。立法過程將因此而有所改善，但卻不會威脅過程的連貫性。重要的是，該會議確認了人民統治的民主核心價值，同時展望一種民主秩序，在此秩序中一般公民被賦予權力可直接參與制定法律的重要工作，而非只是選擇他們的立法者。該會議藉由深化民主（而非限制民主），對抗以政黨競爭為本的選舉民主侷限。

關於這種隨機統治體制（randomoacracy）的運用，還有許多其他可能，其組成要件包含隨機選取與賦權。[23] 例如，「公民陪審團」可運用在各種政策制定的脈絡中。畢竟，陪審團也是一群隨機挑選的公民，他們被國家賦予權力去執行一種重要的國家權力：在法庭訴訟中通過判決的權力。有不少人提議將陪審團制度利用在政策制定上。例如，在一些經常產生各種土地使用及區域劃分衝突的城市中，公民陪審團相較於推選出的市議會或都市規劃局的專業官僚，或許更能成為有效的制度，對這些議題進行

178

審議並形成共識。至少在美國，市議會與土地使用政策的問題，

往往在於土地開發商及相關商業利益經常嚴重影響市議員及專業都市規劃人士。一般公民形成的審議團體，或許更能對「公共利益」進行討論，平衡各方主張及目的。

最後一個有趣的想法是，這樣的會議可用來深化一種存在已久的直接民主制度的民主內涵：公民的創制（initiatives）及複決（referenda）。[24] 傳統上，公民創制與複決運作如下：一群公民想要通過新法或撤消現行法令，因此他們研擬了一項提案，取得所規定的連署數目，然後該提案便交由選民公投表決。在美國的幾個州，這種創制投票已廣為使用，最為人所知的即加州及華盛頓州。這看起來非常符合直接民主：一般公民直接參與決定法案是否通過。然而，美國常見的創制與複決面對兩個重要問題。第一，如同一般代議選舉，私人金錢在這些創制法案的資訊傳播中扮演了格外重要的角色，尤其是透過購買電視廣告的方式。這使得有金錢做靠山的利益團體，較他人擁有不成比例的影響力可左右公投過程，如此扭曲了民主的平等。第二項問題則加深第一個問題：大多數投票者並未深入參與他們要投票的議題，僅僅仰賴一些廉價資訊來做決定。這就是選舉政治中經典的「理性無知」（rational ignorance）問題。[25] 結果是，許多投票者根據品質極差的資訊來投票，決定利害相關的議題，他們若在事前獲得充分告知，就不會做出當時的決定。

華盛頓州及奧勒岡州的民主運動人士提議，用隨機挑選組成的公民創制評議（Citizens Initiative Review, CIR）會議來解決這個問題，並已發展出立法模型來實現它。[26] John Gastil 描述這個想法：「基本上，公民創制評議聚集了一群有報酬可支領、隨機

179

挑選的華盛頓州居民，他們檢視每條適用於全州的投票規定。每個專題討論小組的結果都會發表在官方的投票指南上，該指南將發給華盛頓州每個擁有一位以上投票者的家庭。」[27] 此處的想法是，在這個會議上可以聽到法案的正反意見，並閱讀與該議題相關的檔案、意見書以及其他資料，然後以 James Fishkin 審議民調的方式對該議題進行審議。整個過程結束後，他們將對該提案進行投票，並向全體選民報告投票結果，於是選民將擁有一種關於如何投票的新類型訊息：這是像我一樣的一般公民花上好幾天嚴謹研究並討論這個問題後，做出的投票決定。公民創制評議會議的投票結果可以廣泛利用電視的公共服務廣告傳播，反制利益團體所提供的廉價資訊。這項訊息可為選民打一劑預防針，對服務私人利益的宣傳產生免疫力。

結社民主[28]

在民主制度的三種形式中，結社民主在大眾意識中所占的地位是最不顯著的。事實上，當人們在政治與政府的相關討論中思考次級團體時，往往採取負面看待——它們會為了「特殊利益」去遊說政策制定者而顛覆了民主，並透過其他方式造成「小團體的禍害」，而未促進人民統治及普遍利益的實現。儘管如此，Joshua Cohen 與 Joel Rogers 曾持平地寫道：「這些團體在當代民主社會的政治中扮演核心要角。它們協助設定政治議程，協助從該議程中決定選項，並協助執行（或阻礙執行）這些選項；它們也協助塑造信念、偏好、自我認知、思考習慣與行動，這些都是

180

人們置身於廣泛政治場域中會運用的手段。」[29] 團體行動能力與策略顯然有能力破壞民主、綁架權力以服務菁英與排他的特殊利益。我們的問題是，能否設計出政治制度，使得次級團體在深化民主上扮演正面角色。

Cohen 與 Rogers 認為有四種主要的途徑，能讓代表特定社會團體利益的群體具有促進民主的潛力：它們能讓那些弱勢人民集結資源以達成政治目的，藉此部分**補救**人與人之間**資源不平等**的問題；它們能成為「民主的學校」，促進**公民教育**；它們能替政策制定者解決許多**資訊問題**；它們能成為新形式的**集體問題解決**中的關鍵行動者。[30] 第一及第二種途徑增進了國家政策回應人民意志的程度；第三及第四種增進了國家權力有效解決影響人民生活之集體問題的程度。在深度民主中，國家不但為人民所控制，也為人民的利益服務，而這需要國家本身具有足夠的能力。民主意指人民**對他們生活中的集體條件進行治理**，而這得要國家能回應人民意志，有效形塑那些條件。這也是結社民主在促進民主上可能扮演的最獨特角色：促進民主制度之創意及有效解決問題的能力。

181

次級團體有潛力協助民主國家解決社會及經濟管制的棘手問題。基本議題是：立法機構訂立各式各樣的經濟及社會法規來處理各種問題；但為了執行這些法規，又必須在法規裡明確制定各種細則、標準與程序。傳統上，這個任務委托給官僚體制內的專業人士及技術專家，他們的工作即是將法規明確化。在某些情境中，集權官僚機構能將這個任務處理妥當，但當經濟與社會條件變得更為複雜，這種採用集權化命令與管制來處理規則細部與執行的過程，就會變得缺乏效能。在同質的環境脈絡中，集權化行政組織善於推行一致的規範，但說到創造有效規則以處理高度異質情況，它便感到困難重重。當它試著這麼做，會導致無效且經常帶來傷害的高壓管制。例如，論到環境、健康、安全規範，我們長久下來已看到問題：生態與工作場所是如此多樣且複雜，因此一體適用的管制很少令人滿意。

面對這些難題的回應之一即倡議去除管制（deregulation）。如果國家無力打造標準及有效的管制，就應該放棄這種做法。讓市場來解決問題，商界自行規範。這是保守人士對於管制失靈的典型回應。然而，Cohen 與 Rogers 觀察到：

> 在許多經濟與社會關懷的領域中——從環境、職業安全與健康，到職業訓練及消費者保護——國家與市場的二元結構不大能達成平等的目標……「該由國家來解決問題或是留給市場自己處理？」這個問題的答案，是兩者皆非……在這類問題產生之處，結社治理能提供公共管制一個備受歡迎的替代或互補之路，因為團體具有獨特能力可以搜羅在地資訊、管控行為並促進私人行動者彼此合作。在這樣的例子裡，結社策略有助於徵召人們執行公共任務。[31]

因此基本上，我們試圖將次級團體以有系統的方式正式納入治理的核心任務：形成政策、協調經濟活動、監控與管理，以及執行管制。團體不僅將為特定規則遊說政治人物及機構，藉此從外部施壓；它們還會被納入成為上述國家核心功能中的積極參與者。

182

所謂的新統合主義制度（neo-corporatist institutions），在美

國以外的地方是最為人熟知的實現方式，經常在全國層次政策形成過程中，同時納入工人組織、商業團體及國家。過去，特別是在北歐，這種協商過程經常在薪資相關政策、勞動市場政策，及其他影響資本及勞動利益的公共政策中扮演關鍵角色。許多分析家指出，在日漸全球化的時代中，這類統合主義制度已起不了什麼用處。相反地，Cohen 與 Rogers 認為，當我們面對全球經濟力量的挑戰而形構政策時，這種全國層次的統合主義協商制度將更為重要。以「積極勞動市場政策」這個與勞動力的供給、需求、品質相關的關鍵領域為例，兩人寫道；

> 工人代表與雇主代表（在新統合主義式的政策制度中）的合作——同樣地，在能得到政府協助的情況下——將有助於（1）提出民眾對新技能的需求，以及確認傳散這項技能時，公部門與私部門必須負擔的要素；（2）為了工人、工會、雇主以及未受僱者，在各廠商及地區間建立可行的激勵結構，以期在這樣的結構中發展或升級技能；（3）針對政策選項可能帶來的分配後果提出警告；（4）跨地區（甚至是跨廠商）設計補貼方案，以因應勞動力市場調整快慢不一的問題；（5）為不同地方的勞動市場之間證照轉換的問題，建立最基本的全國性標準規範。[32]

這種將代表工人與雇主的團體納入全國政策形成過程的做法是否有效，取決於以下三個條件的滿足程度：第一，團體包含的層面必須**更加廣泛**，能代表各種相關社會類屬中的絕大部分；第二，團體領導者必須透過有意義的內部民主過程，**向團體成員負責**；

183 第三，團體必須擁有**制裁成員**的有效力量。在涉及各種利益衝突的情況下，若團體包含層面較廣，各團體之間的協商才有機會達成真正的妥協。領導者能透過民主機制負責，政策妥協才更可能具備正當性。團體有制裁成員的能力，才更可能使成員順從政策協商的結果，也較不會發生搭便車的情況。這些條件都可藉由公共政策促成，不但可以制定一般法令使這類團體更容易組成，也可設立高標準，一個團體若想代表某相關群體參與國家組織的政策形成過程，則必須先滿足這些標準。

雖然這類新統合主義的政策形成過程，最常涉及資本及勞動的經濟政策議題，我們仍可將該模式拓展到其他政策領域。1996年，魁北克省舉行了一場「就業與經濟高峰會」（Summit on Employment and the Economy），在會議中討論並形構與各種社會問題相關的政策。除了工人及雇主組織傳統的「社會夥伴」之外，還有社區型社會運動的代表與會。高峰會組成「社會經濟專案小組」（Chantier de l'économie sociale），[33] 協調各社會運動參與政策形成及執行的過程。幾年後，該專案小組成為常設性的自主組織，小組主任 Nancy Neamtan 如此說明其理事會：「包含 28 位成員，各由不同的選舉人團選出，以代表社會經濟的多元性……成員及理事會包含合作社及非營利組織、地方及社區發展網絡，以及較具規模的社會運動代表。」[34] 我們在第七章將會看到，專案小組在以下兩方面扮演關鍵角色，包括形構一系列深化並擴展魁北克社會經濟的公共政策，以及直接在社會經濟中擔任協調工作。

魅北克的例子向我們揭示，深化民主的結社面向中一項至關重要的主題：民主治理所需的結社環境並非一組固定的參數；可以透過設計來改變它。在 1990 年代中期整個過程開始時，例證中提到的廣泛結社——社會經濟專案小組——並不存在。這個小組是被設計創造出來，以強化政策形成過程的效能及其民主性。為了確保社會經濟的廣泛含納特質，透過創生一個能反映社會經濟組成多元性的選舉人團，創造出專案小組的治理規則。[35] 針對問題解決、公共審議及實務協調，專案小組扮演整合角色，在持續推展工作時，確保社會經濟參與者的持續投入。

184

一種擴展及深化之結社民主的可能性，並不限於扮演此種角色：在新統合主義於較高層級開展的公共政策形成過程中，廣泛含納各種團體。結社民主也能在地方及地區層級發揮作用、解決問題、設計及執行各類細則與標準。以下舉兩例來說明：地區勞動市場中的技能養成，以及瀕臨絕種的物種保育棲息地。

經濟學者及經濟社會學者的許多研究顯示，對於資本主義經濟中的工人及雇主來說，技能養成是一大難題。許多工作所需技能都是取自於實際工作時的訓練，而不是從分科職業學校裡習得。職業學校確實教授了不少基本技能，但除非是在穩定且同質的技術環境中，否則這些學校不太可能訓練學生習得工作所需技能。雇主則面臨另一種問題：如果他們投入資源訓練員工習得可在其他工廠使用、可攜帶的技能（portable skill），那麼他們所承受的風險，就是訓練完成的工人可能被其他不想投資訓練工人的雇主挖腳。這是集體行動研究典型的搭便車問題：如果所有雇主都投入資源升級工人的技能，那麼他們都將獲得好處，但自利引誘每位雇主都不想這麼做，如此不但省下訓練成本，而且還能

185 挖走那些已投資於訓練之工廠的員工。結果，雇主不願訓練員工學習可攜帶的技能，反而選擇投資在不需要訓練的技術上。

解決這個集體行動問題的一個方法，就是建立新的結社制度，以治理區域勞動市場的技能養成。1990 年代初期開始，這種制度創新曾出現在威斯康辛州密爾瓦基的金屬製造部門。美國本身的環境並不偏好發展結社民主以解決經濟問題，工會力量微弱，對以合作方式解決經濟治理問題，雇主普遍心存懷疑，政治制度傳統上也一直較仰賴由上而下發出命令或控制的管制。儘管如此，密爾瓦基地區在發展新的結社民主制度一事上仍取得進展。威斯康辛地區訓練夥伴聯盟（Wisconsin Regional Training Partnership, WRTP）將工會、雇主、公立職業學校體系、社區組織，以及來自威斯康辛大學的學術研究者聚在一起，為金屬製造部門的工人研擬一套技能標準及訓練步驟。[36]

WRTP 並未隸屬於任何政府體系，它不是官方機構，也不是具有政府色彩的非官方組織。它是一個自主的非營利組織，與各政府單位、尤其是與技職學校體系訂立契約。它從各個政府單位領取可觀的政府補助。接受政府補助則必須向政府報告及受政府監督。來自特定工會及工會運動的工人領袖持續提供各種方案、資訊，並持續地參與。雇主也是重要參與者，但一般而言，他們的參與不固定且旨在回應問題。參與的工會同意讓工作分類以及工人的分派有更大彈性，以換取雇主接受可攜帶之技能的標準，並提供訓練。雇主則同意與彼此合作，並與公立職業教育體系共186 同創造出這種標準。如此一來，WRTP 提供了一個根植地方經濟的結社民主設計，不但解決勞動市場及訓練上長久存在的集體問題，也協調各種從上述審議過程產生之訓練計畫的發展與執行。

根據與該計畫相關的學者 Laura Dresser 所言，WRTP 協助解決了訓練的搭便車問題。[37] 她相信這些部門的所有雇主都了解搭便車問題，也明白這問題如何阻礙地區經濟。進一步來說，一旦計畫開啟，不管是大量時間的投入（尤其需要重要經理人投入時間），或從訓練成本來看，參與 WRTP 對雇主而言都確實是耗費成本的。這些成本有可能成為搭便車問題的一部分。儘管如此，金屬製造部門的顧主幾乎全部參與，且合作程度相當高。Dresser 認為 WRTP 之所以舒緩了集體行動困境，與其說是因為制裁了那些心懷鬼胎的雇主（雖然 WRTP 確實有能力排除廠商取得一些集體資源），不如說是它促成了一個規範性環境，至少有一群雇主在其中逐漸了解與 WRTP 合作，不只對自己本身有潛在助益，對於整體地區來說也是如此，雇主也發展出一種觀念，認定自身有義務促進這種公共財。

地方層次結社民主的第二個例子與瀕臨絕種的物種之棲息地保留有關。[38] 美國 1973 年通過的瀕臨絕種物種法案（Endangered Species Act of 1973），規範了瀕臨絕種的物種生存棲息地的發展，為保育這些物種設下了相對嚴格且簡明的規定。一般而言，在受到保育的棲息地內，該法令禁止所有經濟開發。對於什麼新物種能列為瀕臨絕種的問題，這條規則的限制意味著將會有永無止境的嚴重鬥爭，畢竟一旦列入保育區，將威脅土地所有者及開發商的利益；當一個物種被列為瀕臨絕種，就會有排山倒海的壓力，要求將受保育棲息地的界線劃得愈窄愈好。從物種保育的觀點來看，最終將導致被列入保護的物種變得更少，且保護的安全

187

程度也不如保育人士的期望。另一替代做法則是訂立較不嚴格的法令，允許在一定標準之內，進行與保育該物種目標**可相容的開發**（compatible development），而非全面禁止開發。然而，確認對某一個棲息地而言，何種開發是「相容的」則是更加困難，畢竟面對不同的棲息地，答案可能天差地別，端視該環境各種細微特徵的變化而定；即使確認了某個棲息地之可相容度的規定，監控及執行該規定也比起「全面禁止開發」要複雜許多。違反「全面禁止開發」是黑白分明，但想指出違反可相容開發的範圍卻難上加難。

因此，若想說明權力集中之官僚機構施行命令與控制的管制如何窒礙難行，棲息地保存便是明證：統一管制並非最適方案，但難以制定出高度符合個別環境的管制方案，想監控這方案的執行又所費不貲。若透過結社民主來解決，方法如下：瀕臨絕種物種法案規範下的每個棲息地，將組成一個棲息地規劃協調會，成員包括地方環境保護團體代表、地主及開發商、地方政府，以及來自環保機構的技術專家。該協調會肩負兩項責任：第一，研擬規範可相容開發的規定；第二，監督開發是否遵守這些規定。協調會將向政府主管機關提報研擬出的規定，但後者原則上必須接受這些規定。假使棲息地規劃協調會對管理規定無法做成決議，那麼將統一禁止開發。如此一來，便有促成各方同意彈性規定的誘因。雖然環保人士與開發商在研擬規定時利益相左，但若能通過適當的可相容開發規定，對雙方而言都好，這樣的可能性也為審議、實事求是地解決問題、以及共識形成的過程提供基礎。一起坐下來針對議題協商的過程，也可能建立起一種微觀的信任，

188

規定一旦被採行，這種信任也有助於有效地監督執行規定。[39]

1980 年代，美國環境保護機構發展出上述幾條軸線下的規範過程，並在 1990 年代加以選擇應用。Craig Thomas 曾分析，這項實驗性的做法導致各種不同的結果。在某些案例中，協調會能有效設計並執行棲息地管理規則，讓環保人士及開發商都滿意。也有案例顯示協調會基本上只是場騙局，實際上是開發商依其利益主導了整個過程。

棲息地規劃協調會的實驗性做法本身所受到的限制，反映了深化民主過程中總會遇到的困難。在缺少有活力的次級草根團體的情況下，立基在結社民主之上的解決方案，很可能遭到資源豐沛的行動者團體所主導，它們通常代表有權者的利益。這也就是為何利用結社過程來促進民主的做法，必須先努力活化以工人階級及一般民眾為基礎所組成的團體，而非僅是一味仰賴現存團體的運作。

深化民主與社會賦權

第五章討論的七種路徑中，有四種涉及國家的角色：國家社會主義、社會民主式的國家主義管制、結社民主、參與式社會主義。在這四種路徑中，關鍵議題在於公民社會的社會權力與國家權力之間的關係。除非有效的機制能讓國家權力從屬於公民社會的社會權力，否則上述路徑中沒有任何一條，能有效地將社會權力轉化為對經濟的控制。如果做為資本主義之替代方案的社會主義核心就是經濟民主，那麼以 Boaventura Santos 的話來說，關

189

鍵就在於讓民主被民主化。[40]

我們在本章中檢視的三種民主形式——直接民主、代議民主、結社民主——構成了三種如何讓國家從屬於公民社會的方式。在直接民主中，國家權力是直接授權給進行賦權式參與及集體審議的一般公民。在代議民主中，國家從屬於公民社會，是透過民主選舉產生的公民代表為人民做決定來完成。在結社民主中，國家從屬於公民社會，是透過根植於公民社會中的團體獲得賦權執行各樣的公共功能來達成。一個徹底民主化的民主，將同時具備這三種民主形式的深化。

傳統馬克思主義對國家與民主的論述，通常認為只要經濟結構仍維持資本主義，這類民主深化便不太可能發生。大多數馬克思主義國家理論的核心命題都是關於資本主義社會中的國家具有獨特的資本主義性質：它是**資本主義國家**（capitalist state），而不是**資本主義社會中的國家**（a state in capitalist society）。[41] 這意味著國家制度的安排往往再生產資本主義關係，並阻礙了反資本主義的可能性。偏離這種功能整合型態的情況有可能發生，而當它發生時，便啟動了資本主義運作崩壞的過程。這種崩壞的情況將觸發反制的措施，以重新恢復再生產的功能。因此資本主義國家能穩定偏離與資本主義功能相容之形式的程度，將相對狹小。

190

如果這樣的論點是正確的，那麼在資本主義之內將無法持續深化民主的努力。賦權參與式治理是直接民主中提供公民參與的合理設計，但在資本主義內，它所帶來的助益仍將微不足道。在一個十分平等的代議民主體制中，人民更深刻地掌控代理過程，或許能促進代議制的民主特質，但在資本主義內，這樣的設計對於促使國家賦予公民社會高於資本的權力這件事，同樣起不了什麼作用。雖然結社民主是基進民主的重要成分之一，但在資本主義的經濟下，各團體間的權力不均，將導致結社民主永遠以利於資本主義的方式來解決問題。

針對資本主義中的社會賦權及國家之可能性，以上都是重要批評。這些批評立基於以下概念：社會是融貫一致、整合起來的體系，各部分必須在一定程度上相互妥適嵌合，才能使體系運轉得宜。另一種觀點則認為，社會是鬆散隅合的體系，而非緊密整合的整體。與其說它們是個**有機體**（organism），不如說是個**生態系**（ecology）：彼此敵對的元素能以一種時刻變異、不穩定的均衡狀態共存，而不致使體系內爆。我們在討論混合體制，也就是資本主義、國家主義及社會主義的經濟結構以複雜方式共生這個概念時，已觸及此想法。同樣的論點也可應用到國家形式的討論。也就是說，雖然在理論上，我們可以闡述資本主義類型的國家概念，但實際的國家制度卻可以綜合資本主義及非資本主義的形式。國家可以同時包含本質上相互矛盾的元素，導致國家運作常相互矛盾。國家就像經濟結構，也是一種結構混生體。因此，雖然在資本主義社會中的國家確實是資本主義國家，但它也**不僅是**資本主義國家而已：它是一個資本主義形式占主導地位的混生結構。

這開啟了一個有待我們回答的問題：在國家未成為無法再生產現存階級關係的混亂制度的情形下，國家之中各種元素相互矛盾的情況會提升到何種程度？當然，這樣的情況只可能發生在一定範圍內。本書的第三部分將著重在探索這些範圍的性質以及它們對於解放式轉型有何意義。

註釋

1. 本節中有部分是直接取自 Archon Fung, "Participation, Associations, and Representation in a Deeper Democracy" (2004)。
2. 在政治思想領域裡，有一股思潮是為淺層代議民主（thin forms of representative democracy）辯護的。經典的辯護是 Joseph Schumpeter 在 *Capitalism, Socialism, and Democracy* (New York: Harper and Row, 1942) 中對「菁英民主」（elite democracy）的討論。欲知當代支持淺層代議民主的看法，請參考 George Kateb, "The Moral Distinctiveness of Representative Democracy," *Ethics* 91 (1981), pp. 357-74; Richard Posner, *Law, Pragmatism, and Democracy* (Cambridge, MA: Harvard University Press, 2003); John R. Hibbing and Elizabeth Theiss-Morse, *Stealth Democracy: Americans' Beliefs about How Government Should Work* (New York: Cambridge University Press, 2002)。至於針對這種淺層代議民主的批判，請參考 Archon Fung and Joshua Cohen, "Radical Democracy." *Swiss Journal of Political Science* 10: 4 (2004)。
3. 請參考 Theda Skocpol, "Advocates Without Members: The Recent Transformation of American Civic Life," in Theda Skocpol and Morris P. Fiorina (eds), *Civic Engagement in American Democracy* (Washington, DC: Brookings and Russell Sage Foundation, 1999)。
4. 這個案例是真實烏托邦計畫第四冊的核心：Archon Fung and Erik Olin Wright (eds), *Deepening Democracy: Institutional Innovations in Empowered Participatory Governance* (London: Verso, 2003)。接下來幾段中的部分敘述，取自該書的 10 至 12 頁。
5. 相關的詳細敘述，請見 Gianpaolo Baiocchi, *Militants and Citizens: The Politics of Participatory Democracy in Porto Alegre* (Stanford: Stanford University Press, 2005), and "Participation, Activism and Politics: The Porto Alegre Experiment," in Fung and Wright (eds), *Deepening Democracy*, pp. 45-76; and Boaventura de Sousa

Santos, “Participatory Budgeting in Porto Alegre: Towards a Redistributive Democracy," *Politics and Society* 26: 4 (1998), pp. 461-510。

6. 雖然 PT 在 1988 年的市長選舉中獲勝，但並未在市議會中獲得多數席次，傳統侍從主義政黨仍把持著市議會。於是，問題就變成如何在未控制市議會的情況下，繞過市議會的阻撓推行有意義的進步政策。參與式預算便是解決方法之一。
7. 請參考 Rebecca Abers, “From Clientelism to Cooperation: Local Government, Participatory Policy and Civic Organizing in Porto Alegre, Brazil," *Politics and Society* 26: 4 (1998), pp. 511-37。
8. Baiocchi, "Participation, Activism and Politics: The Porto Alegre Experiment," p.54.
9. 愉港市長計畫辦公室內的一位經濟學家與投入參與式預算編列過程的幾位工作人員都向我表示，納稅情況有所改善。我尚未看到任何系統性的研究確認，因此應謹慎看待這論點。
10. Margaret Levi 在 *Of Rule and Revenue*（Berkeley: University of California Press, 1989）中認為，提高納稅成效有賴於滿足兩項條件：第一，大多數人認為繳稅是公民應盡的義務，因為收到的款項會用於正當的用途上；第二，人們相信大多數人也都盡了這項義務。公務人員的貪污將傷害第一項條件，導致逃稅的人增加，於是也跟著破壞第二項條件。
11. 關於歐洲參與式預算編列的討論，請見 Yves Sintomer, Carsten Herzberg, and Anja Röcke, “Participatory Budgeting in Europe: Potentials and Challenges," *International Journal of Urban and Regional Research* 32: 1 (2008), pp. 164-78。關於其他巴西城市的參與式預算的討論，請見 Leonardo Avritzer, "New Public Spheres in Brazil: Local Democracy and Deliberative Politics," *International Journal of Urban and Regional Research* 30: 3 (2006), pp. 623-37。至於對拉丁美洲其他地方的例子的討論，請見 Daniel Chavez and B. Goldfrank, *The Left in the City: Participatory Local Governments in Latin America* (London: Latin America Bureau, 2004)。
12. 最有系統地強調實用主義重要性的，莫過於 Charles Sable 各項討論所謂「民主實驗」（democratic experimentalism）的著作，尤其是 Michael C. Dorf and Charles F. Sabel, "A Constitution of Democratic Experimentalism," *Columbia Law Review* 98: 2 (1998)。
13. Dorf and Sabel, "A Constitution of Democratic Experimentalism," p. 322.
14. Bruce Ackerman, *Voting With Dollars: A New Paradigm for Campaign Finance* (New Haven: Yale University Press, 2004).
15. 雖然民主卡提案專門用於選舉獻金，但將它稍加調整，便可用於金援各種政治行動上——例如，公民投票、遊說活動或社會運動。關鍵之處在於創造一個機制，讓經濟領域的不平等無法輕易轉化為政治領域中行動者獻金資源上的不平等。

16. 允許那些未接受公眾金援的人不受限制地接受私人資助，但禁止同時接受公眾及私人金援，可讓民主卡與當前美國最高法院對於「限制私人選舉獻金」做出的違憲判決，彼此一致。

17. 針對另一項當代自由民主政體內的「民主缺憾」，Ackerman 還有項制度創新提議，是關於公民未積極參與政治議題的公共審議。民主是否有用，端賴獲得足夠資訊的公民積極審議政治議題，但對於如今大多數的公民而言，這種積極參與已是生活中愈來愈邊緣的一部分。為了克服這個問題，Ackerman 提議，在舉行全國性選舉前幾週，設立一個新假日為「審議日」，並在當天組織密集的公民審議，討論大選中的重要議題。公民若參與這為期一天、於公立學校這類傳統公共場所舉辦的流程，將獲得一筆合理的獎金（Ackerman 提議給予一百五十美元），而且該流程包括各種活動：由全國性媒體轉播政治領袖的演說、地方政治人物辯論會、小組討論、候選人與選民互動的問答時間。這些活動不但希望提高一般選民擁有的資訊，更重要的是轉變政治文化氛圍，讓一般公民朝向更主動投入公共政治討論的方向前進。欲知更多細節，請參考 Bruce Ackerman and James S. Fishkin, *Deliberation Day* (New Haven: Yale University Press, 2005)。

18. James S. Fishkin, "Deliberative Polling: Toward a Better-Informed Democracy"，可在以下網址閱讀此文：http://cdd.stanford.edu。

19. 這段記述是根據 Amy Lang, "But is it For Real? The British Columbia Citizens' Assembly as a model of state-sponsored citizen empowerment," *Politics and Society* 35: 1 (2007), pp. 35-70, and *A New Tool for Democracy? The Contours and Consequences of Citizen Deliberation in the British Columbia Citizens' Assembly on Electoral Reform* (PhD dissertation, Department of Sociology, University of Wisconsin, 2007)。

20. Lang, *A New Tool for Democracy?*, pp. 18-19.

21. 分析人士認為，投票之所以未通過的主要原因在於：投票者多半未充分了解這個過程以及所提出的選舉方式。省政府避免進行大規模介紹相關資訊的計畫，害怕假使這麼做，似乎就暗示著政府支持這項提案，而損害這個過程的自主性。從出口民調分析來看，對公民會議提案充分了解的投票者是極力支持公投通過的，然而那些不了解過程的人，其支持程度就低的多。

22. 像在美國這樣的聯邦體制內，參議院做為全國立法機構的第二議院，發揮著不同的功能，畢竟它旨在反映聯邦架構下各州的準主權地位。雖然這確實違背全國層次的政治平等原則，但大體上而言，它卻**能夠**在較地方的層次上協助保障這項原則。無論如何，參議院仍在全國層次的民主上扮演煞車角色，制衡著更直接代表平等投票權的眾議院。當然，若考慮美國體制的特色，以及劃分選區的方式如何致使平等代表原則嚴重扭曲，實在不易判斷究竟哪個議院實際上更為民主。

23. 隨機統治體制一詞是卑詩省會議成員 Jack MacDonald 在一本討論公民會議的小冊中提及的：*Randomocracy: A Citizen's Guide to Electoral Reform in British Columbia* (Victoria, BC: FCG Publications, 2005)。
24. 「創制」一詞指的是欲通過新法的公民提案；「複決」一詞指的是欲撤消現行法令的公民提案。
25. 政治學者用「理性無知」一詞描繪在政治脈絡中，取得資訊以做出理性思考下的選擇所存在的問題。對大多數人來說，由於對大多數政治過程的結果而言，自己個別行動很難造成巨大差異，因此針對要處理的議題（除非他們像學者一樣樂在求知本身），他們不願花太多時間與資源去取得品質較好的資訊。結果，他們仰賴的是廉價資訊——通常就是電視上的資訊。他們的決策反映個人面對自身成本及效益考量所做的理性評估，從這個角度來說，所造就的無知確實是理性的。
26. 隨機挑選組成公民創制評議會議來審議複決的想法，最初是由 Ned Crosby 與 Pat Benn 提出，延伸 Crosby 早期討論公民陪審團之作。針對 CIR 與立法模型的理論理路，請見下列著作中的謹慎闡述：J. Gastil, J. Reedy, and C. Wells, "When Good Voters Make Bad Policies: Assessing and Improving the Deliberative Quality of Initiative Elections," *University of Colorado Law Review* 78 (2007), pp. 1435-88。針對公民陪審團的相關討論，見 N. Crosby and D. Nethercutt, "Citizens Juries Creating a Trustworthy Voice of the People," in J. Gastil and P. Levine (eds), *The Deliberative Democracy Handbook* (San Francisco: Jossey-Bass, 2005), pp. 111-19。
27. John Gastil 所著的 "Citizens Initiative Review" 可在以下網址取得：http://faculty.washington.edu。
28. 本節許多部分來自「真實烏托邦計畫」的第一本書：Joshua Cohen and Joel Rogers, *Associations and Democracy* (London: Verso, 1995)。
29. Cohen and Rogers, *Associations and Democracy,* p. 7.
30. Cohen and Rogers, *Associations and Democracy,* pp. 42-4.
31. Cohen and Rogers, *Associations and Democracy,* p. 45.
32. Cohen and Rogers, *Associations and Democracy,* p. 57.
33. Chantier 字面上的意思是「工地」或「工作坊」，在此處的文脈裡，可譯為「專案小組」。
34. Nancy Neamtan, "The Social Economy: Finding a Way Between the Market and the State," *Policy Options*, July-August 2005, p. 74.
35. 專案小組選舉人團中，各種社會經濟組織形成的不同網絡成為一個個的選舉團體，負責選出該網絡在專案小組理事會裡的代表。
36. WRTP 是威斯康辛策略中心（Center on Wisconsin Strategy）在推動方案時於

1992 年成立的。該中心是威斯康辛大學的研究機構，由 Joel Rogers 擔任中心主任。更多關於 WRTP 的資訊，請參考 Annette Bernhardt, Laura Dresser, and Joel Rogers, "Taking the High Road in Milwaukee: The Wisconsin Regional Training Partnership," *WorkingUSA*, 5: 3 (2004), pp. 109-30。

37. 個別訪談，2008 年 9 月。

38. 這個例證在 Craig Thomas 為真實烏托邦計畫撰寫的文章中，有更細緻的討論。請見"Habitat Conservation Planning," in Fung and Wright, *Deepening Democracy*, chapter 5, pp. 144-172。

39. 類似的利害相關之團體形成的協調會已運用在其他的環境規範上，例如河川流域管理及森林管理上。想要了解具結社民主特色的河川流域利害相關團體組成的協調會的例證，請見"2007 Watershed Councils in Oregon: An Atlas of Accomplishments"，下載自 http://www.oregonwatersheds.org。另外，若想了解一備受爭議的森林協調會如何對加州內華達山脈森林管理產生顯著影響，請參考 Quincy Library Group 的網頁（http://www.qlg.org）上的討論。

40. 請見 Boaventura de Sousa Santos (ed.), *Democratizing Democracy: Beyond the Liberal Democratic Canon* (London: Verso, 2006)。

41. 「資本主義國家」與「資本主義社會中的國家」這組修辭的對照源於 Nicos Poulantzas 與 Ralph Miliband 在 1970 年代那場影響深遠的論辯。請見 Nicos Poulantzas, "The Problem of the Capitalist State," *New Left Review* 58 (November-December 1969), pp. 67-78; Ralph Miliband, "The Capitalist State: Reply to Poulantzas," *New Left Review* 59 (January-February 1970), pp. 53-60; Ralph Miliband, "Poulantzas and the Capitalist State," *New Left Review* 82 (November-December 1973), pp. 83-92。Göran Therborn 所著的 *What Does the Ruling Class Do When It Rules?* (London: NLB, 1978)一書，對於賦予國家一獨特的資本主義形式的結構特性，做了最系統性的討論。

第 7 章

真實烏托邦（二）：社會賦權與經濟

不管你如何理解社會主義，社會主義替代資本主義之方案核心都是經濟制度的問題，更明確地說，就是社會如何組織起來影響資源分配，以及控制生產與分配過程的權力。在國家社會主義的概念中，這樣的權力及控制主要透過國家來運作，最極端的情況是國家直接擁有主要的生產工具，並自中央執行全面性的計畫。面對控制經濟過程的問題，我們所提的社會賦權式社會主義，無法提供那麼直截了當的答案。其中沿著各種路徑，可產生多種異質的制度形式，透過這些路徑，人們運用社會權力影響商品及勞務的生產及分配。

我們將討論的各種提案中，大多數在設計促進社會賦權之制度時，仍把重要的角色留給市場，因此，在某個意義上，它們往往展望了某種「市場社會主義」。這違背了傳統馬克思主義對社會主義的看法，傳統馬克思主義認為社會主義不僅將超越資本主義的階級關係，也要超越市場本身。在傳統的馬克思主義中，做為一種生產體系的資本主義所產生的傷害，不僅被認為源自市場的毒害，也源自跟資本家與工人之間的階級關係有關的剝削。超越資本主義之世界願景圍繞著以下兩者開展：第一是努力朝「各取所需、各盡其能」反階級論述揭示的平等主義邁進，第二是盼望實現一個理性安排的經濟體系，其中商品、勞務之生產與分配皆透過某種集體規劃的機制來安排。

今日已少有理論家堅持：少了市場（理解為一種分權化的自願交換體系，其中包含了回應供需的價格機制）扮演某種角色，192 一個複雜的大型經濟體仍可能運作。[1] 這並不是說一個經濟體必然需要由許多未受管制的「自由」市場來調節，或說絕大多數經濟需求將以市場交易的方式來滿足；它只是說在經濟活動的組織上，涉及市場產生價格的分權化交易將扮演顯著角色。對於絕大多數批判資本主義的人來說，無論是透過集權化的科層制度，或透過參與式的分權化制度，全面性的計畫似乎不再是可行的替代方案。這引發了以下問題：在多大的程度上，市場應該在嚴格或寬鬆的限制下運作，這些限制涉及透過國家及其他社會賦權路徑確立的民主優先順序，以及能消除市場力量負面效果的確切機制。

本章中，我們將探索幾項關於經濟結構及制度形式的方案，這些方案能增進社會權力在經濟活動中的範圍及深度，藉此讓我們朝超越資本主義的方向邁進。這些方案無法為左派提供一個完整的政策清單。許多有價值的進步政策雖然能增進人們的生活品質，且有助於解決健康照護、不平等、貧窮、能源、環保等具體問題，但卻不是特定的**社會賦權政策**。平等主義的稅務及減輕不平等的移轉資源政策，或許能讓平等主義式的正義理念進一步實現，但本身卻無法將經濟結構推向一個社會權力占更重要地位的混生結構。更多環境方面的政府規範，以及發展再生能源的積極能源政策確實是可欲的，也應成為左派政見的一環，但同樣地，它們或許對強化經濟民主制度無太大直接助益。

193

本章關切的議題，是探索各種建立社會賦權式社會主義關鍵元素的制度設計及方案。其中有一些是純理論模型；其他則至少以有限形式出現在各地。有些涉及資本主義制度整體結構的轉型，其他只有局部效果，而或多或少可與資本主義並存。有些設立時只以有限且局部的方式出現，但逐漸擴大；其他則比較是以全有全無的型態出現，只有在設立時便具備較成熟的形式才會起作用。這些設計希望以某種方式將資本主義的權力形構，轉變為由社會賦權推動的經濟模式。

社會經濟

「社會經濟」這個詞彙已被用來指稱許多種經濟形式。有時，它僅指「非營利部門」；有時則包含合作社式的事業體，即使它們生產商品進入市場販售，與資本主義廠商競爭。有時，人們則以全然負面表列方式界定社會經濟，指涉非政府與非市場的事業體。有些作者，像是魁北克社會經濟的運動人士 Nancy Neamtan，就把特定一套內在的組織特質納入定義。她認為社會經濟

> 旨在服務它的成員或社群，而非僅追求利潤；獨立於國家之外；根據它的規章及行為準則確立民主的決策過程，讓使用者與工人都參與其中；在收益及剩餘分配上，優先歸於人民及用於工作，而非投入成為資本；其活動立基於參與、賦權、個人及集體責任等原則上。[2]

我把社會經濟廣泛地定義為：透過某種形式的社會權力之運用，而被直接組織及控制的經濟活動。社會權力是根植於公民社會的自願結社，同時也立基在組織人們參與各種集體行動的能力之上的權力。社會經濟則包含運用上述社會權力所直接組織的商品及勞務的生產及分配——即經濟活動。

194

這樣的定義並不代表在「非營利部門」的每個組織或事業體都隸屬於社會經濟。有些非營利組織基本上是資本主義股份公司或國家的延伸，而非公民社會中形成的自願性組織。其他的組織或事業體則得到資方的大量捐助，讓它們擁有足夠的資源參與生產活動，而它們的經營方式也是以階序分明的股份公司運作。因此，它們對經濟活動的控制立基在來自捐助的經濟權力，而非運用社會權力（也就是根植於公民社會中集體組織的權力）。這告訴我們，許多組織的性質是摻雜或混生的：它們若根植於公民社會的結社生活，那它們就算是社會經濟的活動；它們對商品及勞務之生產及分配的參與，若立基在國家權力或經濟權力之上，那麼它們就是國家主義或資本主義的組織。[3]

本節將檢視兩種很不一樣的社會經濟活動：維基百科，以及魁北克省提供的托育及老人照護的社會經濟。

維基百科[4]

制度設計

維基百科或許是運用廣義的資訊科技，顯示網路的反資本主義潛力最為人所知的例子。[5] 許多積極參與維基百科的人，聽到

195

有人說這根本是反資本主義的組織可能會很訝異。事實上有報導指出，維基百科的創辦人之一 Jimmy Wales [6] 很崇拜 Ayn Rand，而這個人是以捍衛純粹個人主義自利的道德位置以及資本主義美德而聞名。[7] 更有甚者，至少某些頗有影響力的評論家認為，維基百科是新資本主義經濟工作組織之典範。Don Tapscott 與 Anthony Williams 在他們合著的《維基經濟學》（*Wikinomics*）中指出，維基百科運作的主要原則——他們放在「集體協作」標題下進行討論——提供了新型態的商業競爭之鑰。他們寫道：「對股份公司而言，為達成提高競爭力及成長，集體協作提供了各種方式去駕馭所需的外部知識、資源與才能。」[8] 資本主義的手法就在於駕馭這些嶄新、開放、非階序、在網絡中合作的過程，藉此增進競爭力與利潤。

然而，維基百科根本的組織原則，不僅是**非**資本主義的，更可說是徹底**反**資本主義：

1. **非市場的關係：自願性、無報酬的貢獻及免費取用**。沒有人因撰寫維基百科中的詞條而獲得報酬，甚至維修其軟體設施的技術工作，很多也都是志工做的。使用這數以百萬計的詞條並不收費：對於世界上任何能上網的人來說，維基百科都是免費的。維基百科的網頁上並無廣告。它的各項活動仍未直接替任何人帶來一分利潤。購買系統硬體及支付少數技術維修職員所需的財務費用，也都由維基媒體基金會（Wikimedia Foundation）提供，這個組織主要是由維基社群的獻金所資助。[9]

196

2. **完全、開放、平等的參與**。維基百科給予任何想參與生產及修改內容的人完全的編輯權利。任何人都可以成為編輯，建構內容時沒有任何編輯擁有超過他人的特權。一個博士與一個閱讀無礙的高中生，形式上完全站在平等地位。因此，編輯的運作過程全然迥異於高度仰賴具有專業文憑之專家的傳統編輯過程。雖然從既有的維基百科統計數字中，難以得知究竟有多少人參與編輯過程，但在 2008 年 12 月，過去一個月間至少做過一次編輯動作的活躍帳戶，有 157,360 個。

3. **貢獻者之間直接且審議式的互動**。一般來說，維基百科的貢獻與決定都是直接由編輯群與其他編輯透過審議的過程所做，並無任何具編輯或管理控制權的人中介其間。維基百科的文章往往經歷特定的生命週期，一開始是個「小作品」（stub，維基以此稱呼其結構未「成熟」到足以成為一篇維基百科標準文章的小條目），然後隨著編輯次數增加，擴充為一篇適當的文章，最後以某種平衡態勢聚合起來。所謂的「最終」結果，指的是一篇文章已「完整」並大體維持不變，或僅小幅編輯而已。這個過程通常伴隨編輯之間來回不斷的討論，條目連結的討論頁上記錄了這些討論。因此，人們可以檢視每個維基條目的整個編輯過程。這種文章創作的大眾合作，是一個緩慢的**共識形塑**過程。平均來看，英文維基百科中的條目裡，每篇文章約有九十次的修改存檔。[10]

197

4. **民主治理與決斷**。最初，所有的維基百科參與者基本上都是編輯管理者（被稱為 sysops），但隨著名聲漸大，惡意破壞及其他爭執的情況愈來愈嚴重，因此便建立了一個擬行政結構，讓使用者取得不同層級的組織責任，並在判斷爭端中扮演一定角色。在這麼一個自由無拘束的網絡結構中，社會控制及判決爭端的機制如何出現及演變，是維基百科發展為真實烏托邦之制度設計過程中，最有趣的面向之一。

目前，使用者有四種基本的行政層級：編輯者（editors）、管理者（administrators）、行政員（bureaucrats）及監理員（stewards）。2008 年中期，有 1600 位管理者，31 位行政員，及 36 位監理員。職銜帶來的管理權力仍集中在「清理」這部百科全書；它們並未帶有建構維基百科內容的特權。以下是維基百科對**管理者**的描述：「**管理者**，通常被簡稱為 admins，也被稱為 sysops（系統管理員），是擁有技術管道協助維修的維基百科編輯者。」維基百科網站上這麼陳述管理的流程：

> 英文維基百科的做法是，任何人只要成為維基活躍且固定的貢獻者至少幾個月，對維基的政策熟悉且尊重，同時取得社群的信任，都可透過「對管理的要求」過程，被授予管理者的位階。除了其他的技術性權力之外，管理者可以保護、刪除網頁，封鎖其他編輯者，也能取消上述的動作。維基無限期授予這些權力，唯有在接獲要求或涉及更高層級介入的情況下（請見底下管理者濫權的說明）才會移除。管理者並非維基媒體基金會的雇員，他們自願承擔這額外責任。[11]

取得這些行政職務是透過民主機制。一如在維基百科討論「對管理的要求」（Requests for Adminship）所述，該過程強調公開、尋求共識：

198

> 任何使用者都可以提名擁有帳號的另一名使用者。也允許自我提名。如果你不確定是否該提名自己擔任管理者，或許你可以先向管理諮詢處（admin coaching）洽詢，得知社群可能如何看待你的要求。同時，或許你也可參考採納較有經驗使用者的經歷。提名的公告時間有七日，始自提名公告在這個網頁上張貼，在這段時間內，使用者可以發表意見、問問題，並做出評論。這樣的一個討論過程並不是投票（有時會用！vote 這樣的資訊科學中的否定符號來代表）。這段期間結束後，行政員會審視這些討論，看看是否對於晉升一事有共識。這有時並不是件容易確認的事，它沒有量化的測量標準，但就經驗法則來看，大多數得到 80%以上支持的就會過關，大多數低於 70%的則被否決，至於介於兩者之間的，則取決於行政員的判斷……所有擁有帳號的維基人都歡迎到「支持、反對、中立」這欄目發表意見。候選人可以針對他人的評論做出回應。有些評論若被認為有欺騙之嫌，將不列入計算；包括那些來自剛註冊的使用者、分身帳號（sockpuppet），或幽靈成員（meatpuppet）的評論。[12] 請在評論時解釋自己的論點。倘若論理有據，將使你的意見得到更多的重視。[13]

不同層級的遴選程序有不同規則，但都包含了公開民主的過程。[14]

各層級管理者的關鍵角色之一，就是解決衝突。當然，針對一些主題，編輯者之間的確對內容存在著很大分歧。有時，這使得某項條目無法匯聚成一篇有共識的文本。也會發生惡意破壞維基百科條目的情況。維基百科主張在公開溝通的基礎上解決編輯者之間的歧見，使用者也寫了許多文章及指引，提供建議及方向以達到上述目的。[15] 大多數證據指出，相對於編輯者的數量之多、以及可能產生分歧的內容之多，編輯者之間的歧見其實很少。然而，確實有過爭議，當編輯者無法自己解決問題時，就會指定一位中立的管理者透過協商、調停及仲裁——所有強調權利受侵害者被賦權、共識，以及對雙方皆有利的結果之過程——來解決衝突。倘若爭端仍無法解決，將採用一連串更強的介入行動。爭端可以被導向正式調停，以及最終的仲裁。成立於 2004 年初的仲裁委員會（Arbitration Committee）是解決爭端的最後機制，也是唯一對使用者強加制裁之懲罰單位。[16] 仲裁委員會的委員，由 Wales 根據維基社群的投票結果來指定。這個終極的控制層級是維基百科的編輯過程中殘餘但也是重要的非民主權力元素。[17]

199

＊ ＊ ＊

統整維基百科的四項特徵——非市場關係、平等參與、貢獻者間審議式的互動，以及民主治理決斷——十分符合基進民主平等主義的規範性理想。值得一提的是，這些原則指引數以萬計來自全世界各地的人們，一起合作生產大量的全球資源。相關的統計數字十分驚人，根據維基百科提供的數據顯示，至 2009 年中期，統計有超過二百九十萬個英語詞條，而超過二百種語言版本的維基百科則提供約七百萬個詞條。在 2007 年，維基百科英文文章每日被瀏覽的數目超過二百萬。不管怎麼說，維基百科的例子顯示了非市場、有生產力、平等主義式的大規模協作行動是有可能產生的。

200

對維基百科的批評

針對維基百科最嚴厲的批評，主要集中在內容的可靠程度，在此討論三項議題。首先，業餘人士撰寫的條目顯然存在不精確的問題，也有「喊得最大聲的（而不必然是最有理有據的）往往在爭議之中勝出」的問題。儘管有些研究指出，維基百科條目的錯誤比一些較建制化的來源還好，但很多人仍心存懷疑。第二，針對特定議題有真實而深刻的分歧。維基百科一般的編輯原則是以「中立觀點」（neutral point of view）書寫文章，但對某些議題（如以色列及巴勒斯坦問題）來說，這樣的原則實際上行不通。這使得維基百科的模式面臨明顯的問題。解決方法之一是創造出多項條目以反映不同立場，但維基人之間對於這是不是最佳處理方式，尚未形成共識。第三，是關於刻意扭曲的問題。有時，這不過是惡作劇罷了，例如把非洲食蟻獸（Aardvark）的條目刪除，然後以「很醜的動物」來取代。但有時則是刻意扭曲，把錯誤資訊加入條目或把準確無誤的材料刪除，藉此塑造特定人士或機構的名聲。關於維基百科歷史爭議的維基網頁上，提供了很多這樣的例子。其中最有名的事件之一是發生在 2006 年的國會助理醜聞案，「有幾位政治人物助理，試圖影響維基百科中幾位政治人物的生平敘述。他們移除一些不利的資訊（包括被引述的輕蔑言論，或未實現的競選承諾），並加入有利的資訊或『光榮事蹟』，或把部分甚至整篇文章刪掉，以幕僚所寫的生平介紹取而代之。」[18] 公司也採用類似的策略，僱人撰寫有利於它們的條目，或用別的方式，試圖把維基百科條目當成是一種行銷策略，藉此操弄它們產品的正當性。雖然已發現許多刻意竄改的情事，但我們不可能真的知道到底有多少類似事件還未被察覺，而這也讓人們更加懷疑條目的可靠程度。

為了解決這問題，已有人開展一些其他的網路百科計畫。其中兩項尤其有趣：Larry Sanger 的大眾百科（Citizendium）計畫，以及谷歌以維基百科為假想敵開展的知元（Knol）。前者保留維基百科許多社會經濟的面向，但試圖藉由賦予有認證的專家更權威性的角色，來改正可靠性的問題。後者則徹底否定社會經濟模式，試圖以牟利動機來發展資訊概述的過程。

201

大眾百科由維基百科的共同創辦人 Larry Sanger 所建立，他當初與編輯社群之間不斷發生衝突，最後在 2002 年時離開維基百科。[19] 他對於維基百科中經常出現那種不甚文明的爭論特質感到失望，也深信維基百科拒絕讓專業享有特殊權利以及缺乏規範，成為傷害維基百科可信度及準確度的缺點。當 Sanger 離開維基百科後，他開始發展自己的線上百科，並取名為大眾百科。

大眾百科仍在試用階段，因此可能還會有變化，但它自我宣示為一部「一般大眾對所有事物的概要手冊……它是一項公開的維基計畫，旨在建立一套巨大、免費且**可靠**的百科全書。」[20] 大眾百科希望藉由運用「專業人士的監督」、要求貢獻者使用真名、在使用者及文章間創造一套平行的階序，來達成該百科的可信度。任何人都可以建立一個大眾百科的使用帳號，開始**撰寫**文章，但若想成為**編輯者**，則必須先開一個帳號，然後寄送履歷表，以及可證明履歷表為真的專業證明（例如線上研討會議程及學術單位的網頁連結），藉此取得編輯身分。撰寫身分及編輯身分的申請，都必須附上可供驗證的個人資料，特別是個人真實姓名、生平、專長領域。監督員（constables）會審查所有的申請文件：

202

> 大眾百科的「社群管理者」或「仲裁者」，監督是否遵行基本政策、解決行為上（而非編輯上）的爭端，以及管制那些麻煩製造者。……他們在「權力分離」下運作，並遵行嚴格的利益迴避原則。所有的大眾百科監督員都至少擁有學士學位，並至少二十五歲。[21]

因為這個計畫也是一種在網路向眾人開放協同創作的系統，所以任何人都可以開始撰寫或編輯文章。編輯身分的特權包括所有作者的權利，以及正式「批准」文章、指引作者撰寫內容及參與治理事務的資格。[22] 大眾百科區分出兩種文章，一種是創作中的（以 live 標示），另一種則是在特定專業工作團體下的編輯社群，以同儕審查方式「批准」的文章。[23] 截至 2008 年 5 月 1 日止，共批准 61 篇文章，而至 2008 年 1 月 1 日止，文章的總數略少於七千篇。[24]

Sanger 對大眾百科的期待，是它能整合一般民眾的創作，並利用人們參與維基百科計畫般的熱情，同時加上公認的專家進行有根據的批准。在這種制度框架下，專家提供訓練並協助大眾做出貢獻。因此，大眾百科擁有一個學院式的制度架構，融合了維基百科的開放性及學院專家的父權角色。即使在生產過程中，大眾百科採用非嚴格意義的平等模式，它仍是社會經濟生產的範例，即立基在自願動員的生產。

谷歌推出知元要與維基百科一爭高下，在 2008 年夏天正式運作。知元（Knol）一詞是谷歌對知識（knowledge）一字的簡稱，也用來代表知識單元，或是針對任一主題的單一網頁。谷歌希望提供免費、容易使用的軟體，讓作者針對任何他們有專業認識的主題，撰寫文章或知元。任何人都可以撰寫文章，谷歌免費提供撰寫的地方（就像谷歌的部落格軟體一樣）。首先發布這個知元計畫概念的谷歌副總裁 Udi Manber 這麼寫道：「知元將包含強大的社群工具。人們將可以評論、提問、編輯、加入新內容等。任何人都可以為某個知元評分或寫評論。知元將包括提供延伸資訊的索引及連結。」然而，編輯是作者唯一的責任。最終，在作者的決斷下，谷歌將在每個知元置入相關廣告，而「谷歌自這些廣告收益中提出一大部分給予作者。」這些文章的目的是「成為首次搜尋該主題的人會想先閱讀的東西。知元的目標是要涵蓋所有主題，從科學概念、醫藥資訊、地理歷史、娛樂、產品資訊，到如何修理東西的說明書。」[25]

203

谷歌希望人們針對同一主題撰寫知元以相互競爭。目的是以谷歌這種軟性資本主義的品牌做為基本平台，打造一個相互競爭的知識市場。谷歌希望藉由提供報酬，來激發人們投身撰寫維基百科的熱情，同時削弱維基百科在谷歌搜尋中的壓倒性排名。谷歌標榜知元具正當性的策略，是顯著地展示作者及其資歷，藉此，整個體系將讓那些由公認的專家所撰寫的知元更具優勢。

我們尚無法判斷這兩項替代維基百科的嘗試能否構成嚴重威脅。當然，我們也不確定維基百科未來將如何發展，以回應像大眾百科及知元這些計畫，並回應自己內部的動力。維基百科頭五年出現的那種活力充沛的參與情況，能否持續下去？二十年後，情況將如何？對於條目數量快速擴張及品質控管相對有效來說，這種具有廣泛基礎的編輯上的勤勞、投入與熱情是關鍵所在，而這能在自願參與的基礎上，無限期地維持下去嗎？

204

魁北克的社會經濟

關於社會經濟顯現的例證，我們可以在加拿大的魁北克省找到最具活力的案例之一。[26] 雖然魁北克各部門長久以來都有合作社存在，以及可被納入廣義社會經濟的其他經濟活動，但直到 1990 年代中期，這個詞彙才成為公眾討論經濟替代選項時的一部分。第六章提過，1996 年由省政府召開，試圖處理魁北克失業及經濟發展長期問題的「就業與經濟高峰會」，有關鍵性影響。來自公民社會及經濟方面的各類組織受邀參與。許多擁有堅實社會民主或天主教—統合主義（Catholic-corporatist）傳統的國家，常見這類統合主義式的政策論壇。1996 年於魁北克舉行的這個高峰會的特殊之處，在於對話過程中納入社會運動組織、社區組織，以及其他公民社會團體。

高峰會提交了一系列具體政策方案給政府，也想出了給公民社會的行動計畫，以促進魁北克的社會經濟活力。其中有些方案後來獲得採用。例如，讓參與社會經濟活動的非營利團體，更容易透過政府補助、間接補助或取得信用貸款，以得到必要的金融資源；在省政府內創設社會經濟辦公室；鞏固公民社會的組織框架，即社會經濟專案小組（Chantier de l'économie sociale），以協調各種擴大並深化社會經濟角色的策略。[27] 雖然社會經濟仍僅占魁北克總體經濟的一小部分，但它已有紮實制度，其重要性也在增加，人們愈來愈廣泛地接受其為可欲的選項。

205

以下提供兩個例子來說明魁北克的各種社會經濟如何運作。第一個例子是幼兒托育。此類服務基本上以四種方式來提供。第一，由家庭、親族、朋友這類個人網絡提供。這一類幼兒托育的提供方式源於私人關懷，並主要受照顧及關懷他人福祉的道德規範所影響，由來已久且最為常見。第二，經由市場來提供幼兒托育，無論是來自資本主義營利的托育中心，或自營托育服務的個人工作者。經由市場托育服務來提供，背後的動力就是私有利潤，規範著該服務如何提供的法則乃立基於財產權利：人們有權經營商業組織來提供服務，父母也有權藉由簽署合約來取得這些服務。這是美國提供非家庭托育服務的主要方式。第三，政府可以直接提供托育服務，例如在法國的情況。這類服務的動力包括共同利益的概念，規範這種服務要如何提供的通常是某種公民權利的概念。最後，可以由公民社會中某些類型團體來提供。就像政府提供的例子一樣，背後的動力都是根植於集體利益，但相關規範則是直接立基在照護提供的道德關懷之上。這也是魁北克採用的方案。以上四種可能方式繪於表 7.1。

表 7.1 四種提供托育的方式

		管理托育服務的主要規範	
		權利	關懷照顧
提供托育服務的主要動力	集體	政府提供的托育	社會經濟托育
	私人	資本主義市場托育	家庭托育

206 魁北克保證每天只要付七元加幣，大家都可以享有托育服務，但政府並未直接管理托育中心。相反地，它提供補助給非營利托育中心，這些中心則由托育人員及父母志工共同經營，父母繳納的費用以及政府的補助，確保托育人員能領取不錯的生活待遇。2008 年，在受補助的社會經濟部門，從事托育工作者已超過四萬人。[28] 按照原先規劃，規則限定補助只提供給非營利團體或工人合作社組織的托育機構，藉此防止資本主義廠商進入這個市場。魁北克並未禁止資本主義托育服務，但它無法獲得社會經濟補助，這些補助強化了合作社的財務能力。營利的托育服務機構當然堅決反對這政策，認為它導致「不公平的競爭」。近來，較偏新自由主義意識型態的保守政府推行新措施，允許私人廠商也得到補助：儘管如此，該部門裡主要還是非營利團體。

第二個例子是非醫療性的老人居家照護服務。這項創新措施在 1997 年開始推行，其基礎源自 1996 年 10 月的高峰會上，社會經濟建設專案小組在其行動計畫中所提出的方案。207 魁北克就像大多數經濟已開發地區一樣，面臨一連串圍繞著老人照護的難題，隨著人口老化及平均餘命增加，這些難題也將更為緊迫。當老人無法照顧自己，他們可以選擇住進療養院及退休社區。搬家可能會對他們的社會網絡造成很大破壞，這取決於這些機構所處地點，而且不管怎麼說，這將是筆很昂貴的開銷（即便品質不是很好）。另一個選擇是利用創造出來的各種服務，包括家務清掃、送餐、購買日常用品及其他雜務，幫助老人持續待在自家。透過社會經濟，魁北克開始廣泛地提供這類服務。專案小組主任 Nancy Neamtan 說，該方案推行十年後，魁北克各地由非營利及合作社性質的居家照護產業網絡

> 僱用了大約八千人，其中有半數是以往無技術能力的福利仰賴者。這些組織提供超過五百六十萬小時的居家服務，給七萬六千名服務對象（其中大多數是超過七十五歲的老人），它們不但創造工作機會，減輕公部門服務單位的壓力，延後許多老人住進機構的時程，減少仰賴福利的人數，同時也確保省內所有社區都能以前所未見的程度，得到居家照護的服務。[29]

服務對象依照家戶收入的程度，為該服務支付每小時 4 到 18 元加幣不等的費用。省政府提供補助，讓服務提供者的工資略高於法定基本工資水準。[30]

這些老人居家照顧服務的提供者被納入各種合作社及非營利組織。Neamtan 說，該部門的理想模式一般稱之為「連帶合作社」（solidarity cooperative）。[31] 這模式混合了純粹生產者所有的合作制（服務提供者完全掌握機構的所有權及控制權），以及非營利組織（社區非營利團體掌握機構的所有權及控制權）。在連帶合作社中，委員會成員包括所有在該合作社活動中利害相關

208

的關鍵團體的代表：工人、服務使用者、整個社區。社區的參與幫助合作社扎根在特定地區；使用者的參與讓合作社回應老人的需求；工人的參與確保直接提供服務的人在很大程度上控制他們的勞動條件。連帶合作社模式充分體現了社會賦權的原則，而不僅侷限於社會經濟之中較單純的合作社模式或社區非營利模式。

以社會經濟提供照顧服務（包括托育服務及老人居家照護服務）的發展及活力，大幅仰賴社會經濟專案小組，該機構負責協調並促進魁北克的社會經濟。[32] 專案小組自我標榜為「網絡的網絡」，是所有社會經濟元素可以聚在一起、討論問題、構思新計畫、相互協作的平台，裡頭有範圍廣泛的各類成員：社會經濟機構的網絡（包括像日間托育、住屋合作社等）、社會經濟地區性團體、社區發展協會、支持社會經濟活動的技術資源中心，以及包含工會、環保運動、女權運動及各類社區運動在內的社會運動。近來，加拿大原住民網絡「第一民族」（First Nation）也加入專案小組。上述每類成員都選出代表，出席專案小組的委員會。其中不具投票權的成員也會出席該會。委員會負責策略決定及新行動方案，特別是涉及專案小組創設並控制的財務補助。魁北克社會經濟的各種活動透過專案小組，建立關鍵的連帶機制，得以成就社會賦權的集體過程。

209

成就活力社會經濟的制度設計元素

透過社會經濟以有效方式所組織的經濟活動，範圍可說相當廣泛。魁北克除了托育及居家照護服務以外，社會經濟也已在資源回收、提供身心障礙者工作的庇護工坊，以及居住問題中扮演要角。世界上許多地方，不少表演藝術活動的舉辦方式也含有濃厚的社會經濟成分。另一個社會經濟組織扮演重要（經常是輔助）角色的領域是醫療照護服務，例如醫療照護合作社及各種社區診所。社會經濟在美國也包括特許學校（charter schools）及某些學校券計畫：政府付錢給這些教育服務，但服務實際上是由公民社會中的團體所提供。[33]

魁北克的經驗提供四項制度設計元素，讓這些類型的方案得以擴張深化，進而促進社會賦權這個更深遠的議程。

1. **國家提供社會經濟補助**。若以其他機制資助社會經濟及社會企業的活動，將會有困難。資助來源之一是個人及私人基金會捐助。許多非政府組織接受這些管道的金援，有時運作得挺好。維基百科剛開始也是從私人基金會以及 Wales 個人財富獲得經費支持，後來主要仰賴參與者捐助。但是對許多社會經濟活動來說，由於以下兩個原因，這類私人資助並不適當。第一，在許多方案中，私人捐助及基金會不可能提供足夠資助。我們很難想像若仰賴私人捐助，魁北克托育及老人照顧服務的社會經濟規模能達到目前的程度。第二，私人基金會通常有自己的行動議程，而該議程由基金會創辦人及董事會設定的優先順序所決定。有時議程可能很進步，立基在民主平等理想之上，但更常出現的情況，是富有的基金會與菁英及大公司緊密相連，他們根據現存的權力及不平等結構來設定行動優先順序。因此，倘若社會經濟活動仰賴這類基金會資助，將無可避免地限制活動本身的基進潛力。 210

當然，社會經濟仰賴國家提供資助也會帶來限制。資本主義國家也深深地與菁英及大公司連結，它們的優先順序也牢牢根植於現存的權力及不平等結構之上。但至少國家是民主競逐及論辯的場域，這增加獲得穩定資助的機會，如此一來便能得到較高的自主性。

不管怎麼說，私人資助不足以支撐一個有活力、持續發展的社會經濟，這可能是福也是禍。因此，國家提供的各項補助，對於支持社會經濟機構及活動來說非常重要。進一步地說，這類補助的遊戲規則就應該阻絕資本主義廠商的申請。資本主義廠商會合理地反駁說，如此一來就讓社會經濟合作社在特定市場享有「不公平」的競爭優勢。我先前提過，這種反駁曾出現在魁北克，指責補助只提供給那些促進老人居家服務及托育服務快速成長的非營利組織及合作社。對此適當的回應是，國家補助是肯定合作社及非營利組織在社會經濟生產中的正向社會外部性。這在照護服務中尤其重要，畢竟牟利動機與撫育照護之間，本質上存在緊張關係。[34] 資本主義滿足需求的邏輯是當你能從中取得利潤才值得去做：我幫助你，是因為這對我有利。社會經濟滿足需求的邏輯則相反：我幫助你，是因為這對你有利。[35] 合作社中以需求導向提供這些服務，有助於打造一個肯定照護價值的社會文化環境。如果這是需求導向服務所擁有的正向社會及文化外部性，那麼少了補助，便較難產生這種公共財。**即使是在資主義市場經濟的經濟邏輯中**，這也提供了一個理由讓國家用稅收來補助合作社式、以需求為導向的社會經濟生產。

211

2. **社會經濟投資基金的發展**。雖然對社會經濟來說，國家補助十分重要，但長期來看，發展募款的內部機制，並將款項導往有創意的社會經濟方案，對社會經濟來說也很重要。社會經濟若能從這個管道取得資金，便會提高它自主成長的能力。這方面在在魁北克儘管成果仍有限，專案小組已協助發展並協調資本主義創投基金投入社會經濟機構。如果社會經濟擴張為就業及經濟活動的主要來源，那麼勢必得重新設計社會經濟儲蓄及投資的金融工具。

3. **透過結社民主來治理**。魁北克社會經濟發展的動力核心，是社會經濟專案小組這個含括甚廣的組織，聯合起各種異質的社會經濟方案及組織，進一步促進社會賦權。這是個困難的任務，因為公民社會中有著各種相互衝突的利益及認同。從許多方面來看，魁北克是個十分有利於發展結社解決之道的社會環境，因為在專案小組出現以前，已經存在著各類社會運動、合作社及公民團體網絡。做為一個處於英語國家內的法語省，魁北克也有助於形成強烈的團結意識，進而促使人們運用這綿密的結社來解決各類協調問題。這些因素有助我們解釋，為何在魁北克社會經濟是以這樣的方式發展起來。 212

如果一地的公民社會缺乏如此豐富的結社且社會團結的基礎較弱，想創建這樣全面覆蓋的團體難度將更高。制度設計的主要任務，在於培育出能深化連結公民社會中社會經濟活動的團體，並創設出能民主地代表各團體之重要網絡的協調體制。

4. **組織的民主參與形式**。擴大社會經濟的目的，不只因為它可以改善人們生活，所以是個好制度。社會經濟也是社會賦權宏大計畫下的重要路徑之一，其終極目的在於讓社會控制經濟。為了實現這個目的，社會經濟必須成為能培養團結及社會融合、實現集體利益的場域。這是合作社在社會經濟活動中扮演重要角色的主要原因之一：合作社肯定平等主義的解放價值。更廣泛來說，在微觀與鉅觀層次的組織中，以參與式民主治理所組織起來的社會經濟，很可能持續促進實現社會賦權的議程。

潛在問題

社會經濟已清楚展現它可以在資本主義經濟內找到利基，特別是社會經濟活動的某些特定部門得到國家的補助，如魁北克的情況。但它能否擴張到得以明顯取代資本主義本身呢？當它擴張成為增加社會賦權的途徑，兩個重要問題隨之浮現：公民社會中不講平等主義的排他性團體也參與社會經濟，以及資本主義市場關係可能扭曲社會經濟。

213

排他性團體

建構社會經濟過程中必然要面對的問題是，公民社會中存在具排他性且不講平等主義的團體。在公民社會的結社脈絡下，投身以需求為導向的社會生產，並不代表就可以體現民主平等主義的核心解放價值。

以美國為例，各類通過結社方式組織起來的經濟活動，雖然滿足社會經濟的基本判準，但與社會賦權的解放方案之間的關係，最多只能說是模模糊糊而已。許多這種方案被歸類為以社會經濟活動滿足需求的「本於信仰的行動方案」（faith-based initiatives）：政府資助宗教團體提供各類以往由國家直接負責的社會服務。教會也是公民社會團體，除了提供宗教服務以外，還提供各種需求導向的服務：教育服務、兒童夏令營或課後輔導、為貧寒人士提供餐飲、諮商服務等。在本於信仰的行動方案中，這類服務得到人民納稅補助，但是由教會來運作。有時，補助確實促進社會賦權的廣泛過程，組織方式強調參與及平等，給予社區更大權力去控制各類服務的提供，但也有可能成為教會推展各自有強烈宗派意識之傳教行為的工具。

學校券是另一個好例子，可說明在社會經濟中存在的不講平等主義及排他性的潛在問題。[36] 在發展完善的學校券體系裡，所有父母都會領到一定金額的券，他們之後可以繳交給任何一所自己孩子所上的學校，不管是公立或私立學校。學校的選擇就像個市場，學生就學，錢也跟著來。學校相互競招學生。這項論點認為，好學校將吸引許多學生，因而辦學興盛；不好的學校若不能在壓力之下有所改善就得關門。市場競爭將施展魔力，教育品質因而提升。如今只要私立學校仍由公民社會自願團體來組織——事實上經常是如此——藉由發券來資助教育的體制，仍可被視為一種輸送資源給社會經濟的方法。 214

在二十一世紀初美國的政治及社會脈絡下，雖然現存的小型發券方案，能幫助一些貧困學童離開亂七八糟的公立學校，但將發券普及化的大計畫卻主要由反政府的保守人士支持，他們把發券當成破壞公立教育體制的方法，因為在家長的選擇下，稅金的補助將從公立學校轉往私立學校。由於這類方案通常允許私立學校在收取學校券之外再索取學雜費，最後反而變成政府在補助那些索費昂貴的私立教育體系。再者，因為大多數私立學校都由宗教團體來組織，美國透過社會經濟來組織的學校券制度，反而變成去支持那些經常帶有極端保守社會價值的團體。原本希望透過發展完善的學校券制度，使團體所組織的社會經濟學校取代公立學校，卻容易演變成支持很不講平等主義且根據排他、強烈的宗派意識原則來運作的學校。

我們無法期待國家預算轉移、提升動機、提供補助以支持社會經濟的努力，能自動避免上述不良後果。因此重要的是，國家支持社會經濟方案時要訂立特定規則，確保方案擁有普遍主義、平等主義及民主的特質。這也是魁北克專案小組起到的關鍵作用之一：它明確致力於民主、普遍主義、平等主義的價值，而這也徹底影響它協調魁北克社會經濟建設的方式。就學校而言，Sam Bowles 與 Herb Gintis 在他們為真實烏托邦計畫所撰寫的《重鑄平等主義》一書裡，便針對基進平等主義的學校券方案提出規則，削減不講平等主義及排他的可能危險。[37] 他們提議設置一個慷慨的學校券體制，但禁止學校在領取學校券資助之餘還額外收取其他金援——如利用學雜費、贈與及學歷認可。這意味著學校券不能去補助富人讀的昂貴私校。他們還提出一項制度，認為應根據當前校內學生的人口組成特質，以及持學校券的學生特質，來計算學校券對不同學校採計的不同價值。例如，一個貧窮孩子持有的學校券，對學生多來自中產階級的學校而言，價值應高於

215

以貧窮學生為主的學校。這提供了學校增進學生多樣性的誘因。最後，Bowles 與 Gintis 還提出一種強力監督及發照的程序，以確保收到學校券的學校採用更廣泛的課程標準。這種體系內的學校仍將保有真正的公共特質，畢竟它們都維持了受公眾規範的標準及授課內容，但儘管如此，它們仍由公民社會中的團體以多種且具彈性的方式經營。上述規範無法根除學校券制度所有的潛在問題，但確實避免它產生出不講平等主義及排他的效果。

資本主義與社會經濟

嘗試擴展並深化社會經濟所面臨的第二大問題，就是它如何與資本主義市場銜接。這之中有兩項議題至為重要：與資本主義經濟的競爭問題，以及社會經濟依賴資本主義取得資金的問題。

根據常見的看法，競爭使個人及廠商兢兢業業，使他們在壓力之下創新、改善他們產品的品質及工作的效率。如果社會經濟確實是提供特定服務的更好方式，它何必擔心資本主義廠商的競爭？有三項至為關鍵的議題，使得社會經濟難以進入對資本主義廠商來說有利可圖的部門。第一，資本主義公司占據有利的位置，挖角社會經濟中有才能的領袖。社會經濟機構中的領袖，經常面對具挑戰性的組織任務，而發展出具高價值的人力技能，資本主義公司只要欣賞這些才能，就有能力提供高薪，挖角社會經濟中最有才能的勞動力（至少部分）。這對於某些社會經濟來說，或許不造成嚴重威脅，例如托育服務，但它很可能限縮社會經濟邁入新領域的可能。第二，資本主義廠商可以透過競爭的方式，破壞社會經濟。比起社會經濟非營利機構，資本主義廠商更

216

有能力取得信用借貸，因此一般來說更為資本化。它們提供鋪張昂貴的服務，因此能吸引使用社會經濟的消費者中較富有的人群，把較無能力支付服務的人群留給社會經濟去提供服務。第三，資本主義廠商毋需擔憂它們的市場活動是否造成正向的社會外部性，因此它們不需要針對該目標投入資源，然而這種正向外部性卻是推動許多社會經濟活動的主要因素之一。這讓資本主義廠商在一般市場中，擁有了相對於社會經濟機構的競爭優勢。除非設立強力的規範，提供補助給反映這些正向外部性的社會經濟，藉此設下保護社會經濟機構之市場規則，否則資本主義競爭往往將侵蝕掉機構遵循社會經濟原則的志向。

除了直接跟資本主義市場競爭的議題以外，社會經濟也可能因為需要透過資本主義管道取得資金挹注而被扭曲。如果社會經濟機構選擇向銀行借貸，那麼它們就必須產生足夠收入以支付利息，最終償還本金。如果它們向個人及團體尋求資金投資，它們也需要展現合理的「報酬率」。借貸及投資都意味著社會經濟機構必須像資本主義廠商一樣，根據預期的利潤率來做決定。當然，替代方案就是尋求補助而非找人投資；可以透過個人及基金會捐款或國家贊助的方式。這類資助確實能提供社會經濟廠商更大的自主性，但它們得仰賴政治當局贊助以及（通常是）有錢人捐錢的意願，而這也使社會經濟容易受到政治領域的權力平衡變化，以及菁英對於花錢優先順序的轉變所影響。

因此，社會經濟真正需要的是以一種無條件且不任意變動的方式，提供它所需金援的一大部分。為此設計出的制度，就是所謂的**無條件基本收入**。

無條件基本收入

217

基本機制

雖然無條件基本收入的想法由來已久，但直到最近才再次在歐洲提出討論。[38] 該方案以各種名稱出現：普遍基本收入、全民式補助（demogrant）、公民紅利（citizen dividend）、負所得稅（negative income tax）。[39] 雖然細節上有所差異，但誠如我在第一章所描述，基本想法其實很簡單：國內每個合法居民每月都能領取生活津貼，而這筆錢足以讓他們在該文化定義下過上體面的生活，比如說貧窮線的 1.25 倍。這筆補助是**無條件的**，不以任何勞動表現及其他形式的貢獻來設限，同時它也是**普遍的**，不管是富人或窮人，每個人只要有公民身分都可以領這項補助。這項補助的單位是個人，而非家庭。父母是未成年孩童補助款項的監護人。通常，基本收入是全國政策，用該國稅金來支付所有公民或合法居民享有的基本收入，但有些討論也針對全球基本收入是否可欲及可行，認為某種全球賦稅機制，能提供地球上每個人至少最低限度的基本收入。[40]

理由

218

從基進平等主義的角度來看，普遍基本收入有幾項非常吸引人的特點。[41] 首先，它大大降低資本主義其中一個強制面向。馬克思在分析「勞動力無產階級化」時，強調「自由僱佣勞動」的

「雙重分離」：工人與生產工具分離，因此也與維生手段分離。這種雙重分離並行，迫使工人出售自己的勞動力以維生。在這層意義下，無產階級化的勞動力根本上就不自由。無條件、普遍的基本收入則摧毀了這雙重分離之一：工人雖仍與生產工具分離（他們自己本身並不具有生產工具），但他們不再與維生手段分離（透過基本收入的補助來提供）。因此，是否要為薪資而工作，自願性的成分大為增加。相較於雇主及被迫為薪資工作的工人之間的資本主義，自己甘願的成人之間的資本主義，所受到的反彈程度大大減低。基本收入增加工人拒絕受僱的能力，藉此讓我們能以比一般資本主義更貼近平等主義的方式，分配真正的自由，而這也直接降低人們在取得蓬勃發展的生活條件時的不平等狀態。[42]

第二，普遍基本收入在勞動市場內產生更大的平等主義。如果工人更有能力拒絕受僱，相比於較受青睞的工作，較不受人青睞的工作將要支付更多的薪資。因此，勞動市場的薪資結構將開始更有系統地反映不同勞動的相對不利之處，而不是只反映不同勞動力的相對缺乏程度。於是這讓雇主有誘因去尋求技術及組織創新，以根除不受人喜歡的工作。因此，技術上的改變將不會導致勞動力需求減少的問題，而是讓勞動更為人性化。

219

第三，普遍基本收入能直接且大量減少貧窮，而不會產生進行經濟情況審查的反貧窮措施所帶來的弊端。每個人都拿到補助，所以沒有污名化的問題。許多人及家庭穿梭來回在純受益人及純貢獻者的角色，因此兩者間的界線並不清楚。因此，一旦基本收入實施一段時間，也不太可能形成穩定的多數同盟來反對這種重分配。資格限定的門檻效應所引發的「貧窮陷阱」（poverty traps）也不存在。[43] 每個人都能無條件得到補助。如果你有工作並得到薪資，多出的收入自然要被課稅；但稅率採累進方式，因此也沒有反向的誘因，阻止人們進入勞動市場賺取可支配所得。

第四，普遍基本收入能使各種去商品化照護服務的價值得到社會肯定，這類服務（尤其是家庭內的照護，但也包括社區內的照顧）無法透過市場妥善提供。雖然普遍收入本身並未轉化這類勞動的性別特質，但它仍會抑制此類無酬勞動主要是由女性來做的這種不平等現象。事實上，普遍基本收入被視為是種間接機制，可以促成女性主義者所提的「家務工作支薪」：肯定照護工作在社會上有價值、有生產力，並應該獲得金錢上的支持。[44]

第五，有保障、無條件的基本收入將可能增加工會勞工的集體力量，不只讓個別工人離職的自由加大，也有助於人民的社會力量得以實現社會賦權的議程。當然，工人增加的權力也讓基本收入的維持造成問題，因為資本家之所以強烈反對基本收入，主要原因之一就是害怕提升這種集體力量。如果工人將基本收入當成是無條件的罷工補助，動輒用它來提升工資，將促使投資怯步，進而傷害基本收入的經濟能量。然而，由基本收入而增加的工人階級權力，不需要僅用來取得短期的經濟好處；我們在十一章會仔細談到，它也能用來孕育在階級平衡中創造持續轉型的**正向階級妥協**（positive class compromise）。

220

最後，同時也是在這番討論中非常重要的一點，即普遍收入可成為社會經濟及合作市場經濟的一大資金來源。社會經濟中集體行動者面臨的一項主要問題，就是如何讓那些提供社會經濟服務的人，擁有不差的生活水準。這當然是藝術界長期面臨的問題，但它也影響社群在各種照護服務（托育、老人照護、居家醫療照護、喘息服務）上有效組織社會經濟活動。能否提供成員不差的生活水準，也是工人所有的合作社長期面臨的問題，特別是在合作社剛建立而成員還在學習如何運作、解決組織細部問題及提升生產力的初始階段。基本收入能讓合作社更容易自這個學習階段中生存下來，將自己重組成一個永續的經濟組織。因此，可將基本收入視為這項機制：將部分的社會剩餘從資本主義市場部門轉至社會經濟，從資本積累轉至所謂的社會積累或合作式積累——即社會能力的積累，讓社會得以自行組織以需求為導向的經濟活動，還有以合作為基礎的市場活動。

問題

對於無條件基本收入心存疑慮者通常會提出兩點質疑：**勞動供給**及**資本外移**的問題。

只有足夠的人持續為薪資努力工作，帶來足夠的生產剩餘及稅金以滿足普遍補助所需的資金，普遍基本收入才可能實現。如果太多人樂於僅仰賴這項補助來生活（不管是因為他們就是好吃懶做，或因為他們喜愛那些不會帶來收入的活動更勝於可支配所得），或必要的邊際稅率（marginal tax rates）過高以致於嚴重侵蝕工作動機，那麼整個制度將會崩解。我把「永續的基本收入補助」界定成以下這種情況的程度：設立後能產生足夠勞動供給，藉此獲得實施該補助所需的資金。因此，這類補助的最高形

221

式可稱為「極大化的永續基本收入補助」。於是，這種極大化的永續程度是否足以成就以上所列舉的良性效果，便是個經驗問題。例如，假使極大化的永續補助是貧窮線的 25%，那麼很難讓受薪勞動成為非強制、自願性的行為，或許也無法明顯改善貧窮情況。[45] 另一方面，如果極大化的永續補助是貧窮線的 150%，那麼普遍基本收入將大大推進平等主義的規範議程。實際上是否能實現，當然是個困難的經驗問題，端視工作偏好的分布及該經濟體的生產力。[46] 重分配已經十分慷慨的福利國家，慷慨的基本收入很可能維持下去，因為在此情況下增加的稅將相對較少；在擁有強大工作倫理及工作參與等文化規範的地方，也較可能維持下去，因為這種情況下僅有很少的勞動力選擇完全不進入勞動市場。這聽來或許有些諷刺，但在消費主義文化強大的地方，基本收入比較可能永續，因為這個社會的人較有強烈動機去賺取可支配所得。

除了勞動供給的問題以外，普遍基本收入還受到資金外逃及拒絕投資的威脅。如果豐厚的普遍基本收入補助大大增加勞方討價還價的權力，如果資方承擔資助該補助所需的大部分稅金，如果緊縮的勞動市場明顯提高薪資但生產力卻未等量提升，致使生產成本提高了，那麼普遍基本收入很可能強化拒絕投資及資本外逃的困境。由於這項原因，社會主義者傳統上認為在資本主義中，勞動力不可能真正的去無產階級化（deproletarianization），永續的高度普遍基本收入必須靠政治上對資方（特別是對資金流動）施行明顯的限制。[47]

222

這與勞動供給的問題一樣，很難做出有意義的預測，判斷在不同程度的普遍基本收入之下，資本外逃的問題會多嚴重。我們知道的是在瑞典這樣一個稅收超過國內生產總值一半且 75%以上的工人都加入工會的國家中，運作良好且永續的資本主義經濟仍可能存活。在瑞典社會民主興起之前的二十世紀初期，如果有人問面對這麼高的賦稅及工人階級加入工會的比例，資本主義經濟還可能維持嗎？答案無疑會是否定的。

社會資本主義

「社會資本主義」一詞是指建立在公民社會的社會權力，透過各種制度機制及社會過程，直接衝撞資本主義經濟權力的運作，尤其是資本主義公司的運作。當然，最普遍的例子就是工會。工會是種次級團體，當它們在經濟（公司及勞動市場）中組織工人時，主要的權力來源是團體動員人們採取集體行動的能力，在這個意義上它們也是公民社會的一部分。[48] 當工會受到國家嚴格管制，並且它們在治理經濟權力上扮演的角色，被限定在對薪資及特定工作條件的集體協商，那麼透過工會實現的社會賦權便非常有限。但是，在某些時期及地方，工會角色則較廣，且透過一些顯著方式修正資本主義運作。工會在股份公司中有權選出參與董事會的代表，例如德國的共同決定制（co-determination）就是如此，或是它們可以在工司內參與各種工作場所的治理，以及工作事務委員會。工會也可以深度參與社區運動，將自身努力與公民社會中的社會運動做連結。這種「社運工會主義」（social movement unionism）擁有一定潛力，能為跨越

223

公民社會不同利益、建立連帶做出貢獻，進而促進社會賦權的內部融合。[49]

接下來，我不會討論工會的傳統角色，雖然這是社會資本主義中的重要面向。我關注的反而是人們較不熟悉的制度方案，這些方案希望透過各種結社形式，創造出直接控制經濟權力且更民主的手段。資本主義社會中，已有公共及準公共組織控制的大型共同資金。公立大學的捐款、工會及公家機關的退休基金都是典型的例子。有時會出現些許的努力，試圖在各種共同資金投資加上社會限制。或許最著名的例子就是，許多人共同努力迫使大學資產不能投資在種族隔離時期的南非。特定的退休基金會根據某些社會責任的判準來檢視投資。我們在 1970 年代的瑞典看到更基進的例子，工會與社會民主黨（Social Democratic Party）的左派提出透過工會控制的受薪者基金，逐步增強對瑞典股份公司的控制。這項提案受到猛烈的攻擊，所以最終版本已修掉原先的基進色彩。

224

因此，問題在於管理這類公共共同資金之創造與控制的規範及做法，其廣泛的制度重新設計是否能使它們在節制資本、落實資本積累的民主方向及社會優先順序上扮演更重要的角色。尤其，退休基金已經組成具多用途的龐大資本，而目前的潮流是將**確定給付制**（defined benefit）轉變為**確定提撥制**（defined contribution），很可能讓這類共同資金的角色在未來更加重要。[50]有什麼組織並資助這種大型退休基金的方式（尤其是當它們由工會這類團體運作），可以同時用來主動規範股份公司，並降低資方逃避公共規範的能力？

人們已採用或提出許多策略，希望藉此讓個人及團體能運用基金來影響股份公司行為。其中有些已妥善融入資本主義經濟之中。例如，社會篩選的共同基金（socially screened mutual funds）便為購買股份公司股票的選擇，設下各種倫理判斷。其中有些聚焦在特定的倫理關懷，像是在投資組合中排除軍事產業、石油公司或菸草公司。其他則採用更廣泛、倫理關懷更強、以正向方式進行的社會篩選，要求廠商必須在勞動或環保上符合高標準。這些類型的社會篩選基金，當然讓有社會關懷的人及團體更容易秉持良心進行投資，但也有人質疑這對於股份公司行為到底起了什麼實質影響。質疑的人認為社會篩選實際上可能會影響未被篩選廠商的股價。一方面，因為未被篩選股份公司的股票需求或許些微減少，因此篩選對它們的股價產生負面影響；但另一方面，這也意味著這些股票將變成不關心社會篩選的投資人更好的下手對象，如此一來反而增加該股票的需求。質疑的人堅稱，正負相抵之後效果可能微乎其微，因此社會篩選也不會對「不良」廠商造成真正的壓力。社會篩選的捍衛者則認為，即使倫理投資對股價的直接影響並不大，它確實改變人們對股份公司行為的文化期待，時間一久可能產生很大的效果。公司的運作從來都不只是無情、不經思索的追求利潤極大化而已；它們也在某個程度上受社會規範左右，而存在並注意社會篩選投資基金的活動，將有助於強化資本主義行為的道德氛圍。

225

在此，我們將探討針對資本的共同資金進行民主控制的兩種策略，它們都比對股票的選擇進行社會篩選還更為進步。第一是由勞方控制的創投基金，這僅以有限的形式出現在一些地方；第二是股份納稅制的受薪者基金（share-levy wage-earner funds），這已有人提出但尚未被採行。這兩項策略若廣泛得到採用，將為社會權力直接影響經濟權力帶來光明前景。

勞方控制的團結基金

1983 年，魁北克總工會（Quebec Federation of Labour, QFL）建立團結基金，這筆投資型退休基金希望直接投資於魁北克中小企業。[51] 後來，它逐漸成長為該省權益資本（equity capital）的重要來源之一。該基金有以下幾項獨特之處：

1. **工人運動的角色**。魁北克總工會直接管理並控制該基金，並負責招募人才來運作。在以不同目的進行資本分配的過程中，工人運動透過團結基金開始發揮作用。這是團結基金做為促進社會賦權工具，在設計上的關鍵面向。公民社會其他類型的團體雖然也可以組織權益資本基金，來促進其成員的利益，但工會具有獨特地位，在針對此類投資時，可以把工作條件及勞資關係放在社會議程的核心。

226

2. **投資的社會性判準**。進行任何投資以前，會先做工作場所的「社會評估」，裡頭包含「仔細檢視該事業運作過程中的各個面向：員工、管理風格、員工背景、工作條件、工作關係、生產過程、競爭情況，以及是否遵行總工會的主要政策，尤其是跟工作上的醫療照護、安全及環保的法案相關的面向。」[52] 只投資那些通過這種社會審查的廠商。

3. **工人階級投資者**。該基金的投資者多數是工會成員（佔58%）。該基金的正式使命宣言是：「使工人意識到有必要為退休做儲蓄，並鼓勵他們這麼做，同時也鼓勵他們購買該基金來參與經濟發展。」

4. **自願的工人代表**。被稱為地方代表（Responsables Locaux）的志工負責幫民眾申請登記購買該基金，他們在自己的公司幫同事申請登記。基金為這些自願服務的地方代表提供各式各樣的教育訓練：「構成團結基金骨幹的正是這些人（地方代表）。基金有超過二千名志工（在 2004 年時）接受訓練，參與課程及基金的公共活動（也就是開會），他們在自己的工作環境中成為專家，充分了解基金如何運作。」[53]

5. **看待獲利能力的長期觀點**。獲利一直是在決定團結基金如何使用時的優先考量。它拿工人準備退休的儲蓄去投資，因此很認真看待如何能產生合理的投資報酬率。但是，該基金也致力於實現以下理念：基金的投資人能否有安全的退休生活，端視魁北克經濟健康與否，而這必須仰賴長期觀點來判斷經濟發展、工作機會的保留與創造，以及對策略發展部門的支持。基金的投資集中在中小企業也很重要。這些小公司比大公司更深植地方，也更無法遷移。整體來說，他們提供的工作機會也比大公司多。在全球化資本主義的脈絡下，中小企業的活力對於健全的經濟環境很重要。

227

6. **耐心資本**（patient capital）。該基金很強調它所謂的「耐心資本」，這項設計旨在提供中小企業長期發展本身的市場能力。2007 年該基金的年度報告指出：

> 我們的成功是以專業及耐心資本為基礎。為了幫助我們的夥伴公司面對各種挑戰，我們提供耐心資本——該資本真正讓夥伴公司實現現代化或擴張計畫，並提升它們的競爭力……因著我們的使命及規模，我們可以與夥伴站在一起，找出有競爭力的位置，共度他們最需要支持或成長艱難的時期。[54]

該基金的董事會主席 Henri Masé 對於這種優先順序如此解釋：

> 對我們來說，藉由關注好品質的工作機會，投資是創造集體財富的方式之一：包括那些我們能創造的，以及我們必須保存下來的工作機會……我反對純粹投機的投資，特別是像美國私人基金的運作，這一點當然不是秘密。那些策略的背後，並沒有中期及長期的願景；投資者根本不關心他們投資公司的死與活。他們唯一的興趣是快快獲利。當然，我們並不反對尋求吸引人的報酬以增加財富，但不能因此損害了我們的社會價值，或創造並保護工作機會及提升經濟的使命。[55]

7. **政府的支持**。該基金間接（在早年是直接）得到政府補助。該基金投資者在繳稅時有減免，可從省政府及聯邦政府得到扣抵稅款的好處。成立初期，政府還直接投入種子補助，增加該基金操作的投資金額。

228

8. **積極介入「夥伴公司」**。該基金積極介入它投資的公司，也就是它所稱的夥伴公司，為員工提供各種教育訓練課程，也為管理階層提供技術及行銷諮詢。它運作起來有點類似發展機構，而不僅是投資者而已。因基金優先提供公司耐心資本，加上介入夥伴公司，可減少潛在風險。

9. **教育功能**。教育訓練計畫的其中一項目的就是教育夥伴公司的員工，讓他們理解金融及經濟過程的基本知識，藉此讓他們更明白他們的雇主所面臨的問題性質為何。2007 年度報告指出：

> 基金提供的經濟訓練是幫助夥伴公司的員工做好準備，也是源於基金希望促進他們成長。這項經濟訓練計畫的目的之一，即希望讓大家從金融觀點對公司眼前的議題及挑戰建立共同認識，仰賴接受訓練的公司管理人士與員工之間良好的溝通與透明關係，以達成此目的。據此，每個人都說著「同樣的語言」，準備妥當並更有意願提出建議，既幫助公司有好的未來，也創造並保存有品質的工作機會。[56]

這個基金強調對廠商的社會評估，我們據此可看出它設計的目的，是要強化內部員工與雇主合作解決問題的程度。

＊＊＊

1985 年，也就是基金創立的兩年後，它的資產額是 1,430 萬加幣，持有股份的會員剛超過 5000 人，投資的夥伴公司只有四家。到了 2007 年，它成長到 72 億加幣、574,794 名會員，投資 1,696 間公司，成為中小企業資金的重要來源，幾乎占魁北克所有創投資本的三分之一。[57] 受到 QFL 成功的影響，1990 年代初期，其他模仿 QFL 基金的團結基金也開始在加拿大其他省分推

229

行。[58]

這些基金的社會資本主義成為社會賦權途徑的絕佳範例。它們並未挑戰資本主義本身。雖然它們也提供權益資本給工人合作社，但大多都是投資一般的資本主義廠商。它們的投資策略是為了強化魁北克廠商的競爭力，而不是削弱魁北克的資本主義；同時，也為了透過金融教育及其他設計來培養雇主與員工之間更深的合作關係，而不是加深階級對立。因此，社會資本主義是一種混生形式，其中資本主義仍是核心。然而，因為工人運動在運作基金及設定優先順序上扮演關鍵角色，相較於在一般資本主義結構中，在此混生體中的社會權力擁有更大能量。

至今，即使是在團結基金已成為重要制度的加拿大，它們在整體投資所占的比利還是相對要少。然而，我們根本沒理由說這類基金無法大幅擴張。想達成這個目標可採行的策略，就是由國家提供直接補助，而不是目前以稅式支出（tax expenditure）的形式間接補助。[59] 這也是 QFL 團結基金剛成立時，加拿大政府所採取的方式，然而這種直接補助可能成為國家持續介入經濟的特點。國家提供種子資金給 QFL 團結基金，是為了讓它吸引個別的工人，將他們的儲蓄放進該基金，藉此讓基金壯大而取得信任，種子資本幫助資金跨過這道門檻。持續給予直接補助的理由則是，這麼做能增加魁北克人民控制地方經濟長期發展的能力——透過有系統地投資當地中小企業以及工人合作社——在此同時，促進了社會權力規範資本積累的角色。這是中小企業主及勞工組織都支持的目標。

230

股份納稅制的受薪者基金

如上所述，團結基金的設計基本上可以讓社會權力影響中小型企業及工人合作社發展走向。股份納稅制的受薪者基金則是讓工會（也可能是其他公民社會團體）對股份公司之運作取得相當程度的控制能力。這項制度最初是 Rudof Meidner 在 1970 年代提出，他是瑞典福利國家的主要創建者之一，也是瑞典名聲卓著的社會民主經濟學者。[60]

股份納稅制建立在向股份公司徵特定稅。一般公司稅中，股份公司向國家繳納其獲利的一部分為稅款，如 20%（這是 Meidner 計畫中對股份納稅提出的比例）。剩下的獲利可用來再投資或發給股東。這是資本主義經濟體徵稅時較為常見的做法。股份納稅制則十分不同：

1. **股份公司支付的稅款成為新股**。股份納稅制中，股份公司根據獲利納稅時不是用現金，而是繳納與利得稅價值相等的公司新發行股份。這意味著繳稅並不會對公司可運用的現金流產生立即影響：公司仍掌控著它整體的現金獲利。相對而言，徵收利得稅的方式則是以衡量該公司獲利能力為基礎，向公司股東的財富課稅。

2. **受薪者基金**。這些股份被納入「受薪者基金」，該基金代表經濟體內所有受僱者，並透過某種民主制度來控制。在瑞典，基金以大多為工會控制的當地及工作場所基金所形成的網絡來組織，但基本原則是受薪者基金由有民主可責性的人民團體來控制，除了工會以外的團體也可以負責。

231

3. **基金內股份的地位**。受薪者基金內的股份被賦予一般股份擁有的各項權利：領股利的權利、投票選出董事會的權利，以及在某些情況下投票決定公司政策的權利。然而，這些股份不能出售；事實上，它們成為受薪者資金組織所代表的受薪者整體不可讓渡的所有權。股份公司為支付股份納稅制而每年發出的新股，將稀釋私人股東的股份價值（也就是說，因為股份數量增加，每一股代表公司整體所有權權利的部分將變小）。因此，股份納稅制對私人股東而言，實際上成為一種抽取財富稅的溫和制度。[61]

4. **所有制的動態演變**。長期下來，受薪者基金所累積的股份將逐漸把對廠商之控制權，從私人股東轉移到這些集體組織。一開始，這將使受薪者基金選出一些董事會成員，但經過幾十年，這將使得受薪者基金成為大股東，因而使基金有效控制公司。因為基金代表著廣大人口，同時是受到民主控制，因此這會讓股份公司所有權愈來愈社會化。這不必然意味著公司最終將全部為社會所有，因為公司仍可在公開股票市場上出售股份，而投資者仍可購買這些股份。私人投資者持有的股份面臨財富稅，並不表示他們購買這些股份的舉動不明智，這就好比對房地產徵收財產稅，並不意味著房地產就不是個好的投資對象。股份納稅制的真諦是長期下來公司權力關係將大大轉為社會權力。達成這項成果並不是透過減少公司的金錢獲利，以及減少它再投資獲利的能力；長期下來逐漸改變的是對於獲利使用與公司經營政策的所有權平衡。

232

5. **變形**。這項制度的基本設計可以做出許多變形。例如，可以立下規則，設定公司內受薪者基金持股的比例不能超過 51%，這使受薪者基金能控制股份公司，但仍允許個別私人投資者持有不少股份。這意謂著存在混合式的所有權結構，其中社會所有制占有優勢，但資本主義所有制仍存在。瑞典提出的模式並非該基金組織結構的唯一方案。瑞典由地區性基金及工作場所基金組成的網絡建立受薪者基金。一如 Robin Blackburn 所說：「這些基金中有部分將是以企業為單位，由該企業員工來經營，因此員工掌握了雇主在意的東西。但基金中有部分也被導往地區網絡，代表當地的社區及工會。」[62] 還有很多其他可能。可以有全國基金、區域基金、地方基金，或者是部門基金。這些基金可以像 Meidner 所計畫的那樣，由工會及總工會來控制，或是由公民團體或特別選出的公共委員會來負責。關鍵是建立在公民社會中的社會賦權團體，透過它們對這些基金的控制，對股份公司施加民主控制。

＊＊＊

1976 年，瑞典總工會支持沿著上述思路開展的全面計畫。它引發瑞典資產階級的敵視與全面反彈，發動有效攻擊使該計畫備受質疑。[63] 有人提出嚴厲警告，說這項計畫將導致資本外逃、投資緊縮，最終使瑞典經濟崩潰。雖然工會領袖支持這項計畫，但由 Olaf Palme 領導的瑞典社會民主黨卻表現出曖昧不明的態度。最後，社會民主黨輸掉選舉，這是四年多來首見的情況。後來在 1980 年代提出修正版的受薪者基金方案，特別排除公司實質控制權轉移至該基金的可能性。1992 年瑞典保守黨上台，這

233

項修正版計畫也被廢除。

最近，退休金改革的討論中，特別是 Robin Blackburn 的作品裡，又開始提起股份納稅的想法。[64] 他認為所有資本主義經濟在面對為逐漸老化的人口提供適當的退休金上，未來都面臨大危機。當受扶養的人口（即由工作者支持非勞動力的人口）比例增加，會越來越難靠對工人課徵薪資稅及所得稅，來支持即收即付（pay-as-you-go）的退休金。他認為較好的方式是以某種股份納稅計畫有效挹注退休基金。這做法面臨的主要困難在於政府一直都不太願意向股權財富（shareholding wealth）課稅：「令人驚訝的是，大多數政府樂於針對人民居住的房屋課稅，但都拒絕向股權財富直接課稅，也不允許——如 Meidner 大膽擘畫的那樣——成立社會基金以控制大型股份公司。」[65]

團結基金與股份納稅制基金構成了一種社會資本主義形式，試圖調整資本主義財產關係的核心特徵，它讓資本主義逐漸成為社會權力擁有更大力量的結構混合體。這兩項方案之中，團結基金更容易整合進資本主義，畢竟它可以小規模的方式逐步設立，至少是以不至於立即威脅股份公司資本主義權力的規模進行。基本上，股份納稅制更具威脅。如果股份納稅制的方案設置起來而國家持續支持，將會創造新的制度均衡狀態，削減資本家在資本主義經濟整體形構中的權力。這種新的權力均衡狀態能否達到以社會權力對經濟權力的民主控制主導，端視這項設計本身的細節，以及它後續的長期發展。當然，這也是它遭受瑞典資產階級強烈反對的原因，他們認為長期來看，股份納稅方案威脅到他們的階級利益及階級權力。因此，在當初提出的歷史條件下，這項

234

方案在政治上最終無法實現，未來不管哪裡再提出，仍必遭遇強烈抵抗。然而，必然遭遇反對並不表示這項方案根本無法實現。未來或許會出現無法預期的情況，可能實踐這項制度策略。

合作市場經濟

替代資本主義最早的解放方案是工人所有的工廠。起初，資本主義剝奪工人的生產工具，使他們成為資本主義工廠內的受薪勞動者。去除這項剝奪狀態最直接的方式，就是透過工人所有的工廠來反撲。十九世紀時，強烈反對資本主義的意識型態激發了合作社運動，成為馬克思嘲諷為「烏托邦社會主義」的運動潮流中的核心概念，那後來被視為某種無政府主義的同義詞。馬克思攻擊的主要對象之一普魯東（Proudhon），把工人合作社視為社會主義替代方案的基層單位，也是與資本主義對抗的核心力量。1853 年，他如此描述合作社原則：

235

> 當所有工人為彼此工作，合作創造他們能共享利益的共同產品，而不是為了付錢給他們、保有其產品的企業主工作時，便出現互相、互惠的關係。將這項聯合各個團體工作的互惠原則，擴展到做為單位的工人社團，那麼你就會創造出一種從各個角度來看——政治、經濟及美學上——皆完全不同於以往文明的新文明形式。[66]

這種互助式工人合作社將透過一種促進協調及共同行動的自願聯盟結構來相互合作。生產中的互助主義及生產單位之間自願性的聯盟將形成一個新社會的基底，最初仍在資本主義之內，但最終將全面取代資本主義。

對於這種策略願景，馬克思表現出有點模稜兩可的態度。[67] 他在《共產黨宣言》中，略帶嘲諷地將這類由生產者擁有的合作社視為「微不足道的實驗，終將無疾而終」。在《路易波拿巴的霧月十八》中，他嚴厲批判法國工人階級醉心於「教條的實驗，成立交換銀行和工人團體」，在他眼中，這變成了「一種運動，即不去利用舊世界自身所具有的一切強大手段來推翻舊世界，卻企圖躲在社會背後，用私人的辦法，在自身有限的生存條件範圍內，實現自身的解放，因此必然要失敗。」[68] 另一方面，在〈國際工人協會成立宣言〉中，馬克思則認為合作社運動將成為工人階級的一項重大成就，其意義甚至比起十小時工作日法案的通過還大：

> 但是，勞動的政治經濟學對財產的政治經濟學還取得了一個更大的勝利，我們說的是合作社運動，特別是由少數勇敢的「手」獨力創辦起來的合作工廠。對這些偉大的社會試驗的意義，不論給予多麼高的評價都不算過分。工人們不是在口頭上，而是用事實證明：大規模生產，並且是按照現代科學要求進行的生產，在沒有利用僱傭工人階級勞動的僱主階級參加的條件下是能夠進行的；他們證明：為了有效進行生產，勞動工具不應被壟斷為統治和掠奪工人的工具；僱傭勞動，也像奴隸勞動和農奴勞動一樣，只是一種暫時的和低級的形式，它注定要讓位於帶著興奮愉快心情自願進行的聯合勞動。[69]

236

因此，對馬克思而言，建立工人合作社是社會主義策略中一項合理的要素（legitimate element），儘管他仍認為只要資本主義的力量未被撼動，合作社將被抑制在有限的範圍內：

> 要解放勞動群眾，合作勞動必須在全國範圍內發展，因而也必須依靠全國財力。但是土地巨頭和資本巨頭總是利用他們的政治特權，來維護和永久保持他們的經濟壟斷。他們不僅不會促進勞動解放，而且恰恰相反，會繼續在它的道路上設置種種障礙……所以，奪取政權已成為工人階級的偉大使命。[70]

在資本主義後來的發展史裡，工人合作社仍然持續出現，除了一些受注目的特例以外，大多數都僅限於地方上小規模營運。當它們表現不錯時，往往朝向較傳統的資本主義工廠模式發展，僱用非社員為雇員，藉此擴展生產規模，而不是擴展工人合作社本身的社員規模。[71] 雖然很多（或許是絕大多數）在合作社內工作的社員一直認為，自己選擇替代在傳統資本主義工廠工作的生活方式，但對大多數建造替代資本主義方案的宏大計畫參與者而言，一如十九世紀的合作社運動那樣，這些人已不再是夥伴，當然也不是有組織的反體制策略的一部分。儘管如此，工人合作社仍是以民主平等的願景，組織經濟生活的重要替代途徑之一。

237

工人合作社的基本特徵

許多不同的制度設計，以某些方式體現生產者應該「擁有」

生產工具這項理念。這些設計分別在不同程度上遠離一般資本主義原則。光譜一端是**員工分紅入股方案**（employee stock ownership plan, ESOP），即工人獲得不同數額的股份，這些股份賦予他們其他股份持有者擁有的權利，據此工人分享廠商的利潤。全國員工入股中心（National Center for Employee Ownership）的網站這麼說：

> ESOP 是一種雇員津貼計畫，從某個角度看是利潤共享的計畫。在 ESOP 中，公司設置信託基金，將自己的新股或購買現存股份的現金投入基金……基金中的股份分配到個別雇員帳戶。雖然有某些例外情況，但一般而言，所有滿 21 歲的全職雇員都加入這項計畫。分配的基礎是依據相對薪資，或基於較為平等的公式。當雇員在公司裡積累年資，他們帳戶裡得到的股份也隨之增加，這項過程被稱為享受退休金的權利……當雇員離開公司，他們領取自己的股票，該公司必須以當時的市場價值買回股份（除非這些股票是未公開上市的）。私人公司必須每年聘請外面的估價機構來決定它們股份的價格。在私人公司中，雇員必須能夠根據他們的股份投票，決定重大議題，例如關廠或遷廠，但公司可以決定是否在其他議題上，略過這個投票的程序（如交付董事會決定）。公開上市公司的雇員必須能夠針對所有議題進行投票。[72]

ESOP 跳脫嚴格意義的資本主義關係，因為工人能分享利潤，同時具有一定的投票權來決定工廠治理。然而，因為工人在 ESOP

工廠內的權力取決於他們擁有的股份比例，且因為在多數 ESOP 中，工人僅佔公司全體股份的一小部分，因此在 ESOP 下工廠內真實的權力關係，其實與一般資本主義工廠並無顯著區別。[73]

238

光譜的另一端是遵循兩大原則的工廠：這些廠**完全由其雇員所有**，並且基於一人一票的方式**由其成員透過民主方式治理**。這樣的廠被稱為工人合作社。[74] 究竟如何實現這些原則的實際細節變異頗大。就所有權而言，有些合作社的廠內所有工人都享有完整社員權利，但在某些廠中，有些工人屬於非社員的雇員，無法享有決定工廠治理的投票權利。在某些合作社中，所有工人會員對工廠擁有相同的資本股份；有些合作社中，雖然所有社員一定都享有最低的股份，但彼此之間擁有的量差距甚大。有些合作社以直接民主方式治理，重大議題都由全體工人集會決定；有些則是以選舉方式組成董事會。雖然原則上在工人合作社中，透過民主程序，管理者必須向全體工人負責，有些合作社的管理工作是由社員輪流擔任，而有些則是由具有專業知識及經過技術訓練的管理人組成特別的經營架構。

這些制度形式上的變異，反映實現工人所有權及民主治理的過程中將面臨各種情況，必須依據實際複雜的狀態來調整。一個小型的麵包坊合作社最適合的組織，與一個大型工業合作社很不一樣。沒有哪一種組織形式能在技術、技能及訓練需求、生產規模及其他因素如此不同的情況下，依然同樣順暢運作。

某些情境下，工人合作社無疑是替代資本主義工廠的可行方案。至於它在替代資本主義本身的過程中能扮演多重要的角色，就不那麼清楚。根據美國工人合作社聯盟（US Federation of

Worker Cooperatives）的統計，今日美國大約只有 300 個民主的工作場所，總僱用人數僅有 3,500 人，每年產出收益約有四億美元。[75] 顯然，這僅代表美國經濟中極小的一部分。對合作社持懷疑態度的人會說，這反映了一項事實，即在一個競爭的市場經濟裡，工人合作社只能靠著小利基而生存——勞動力相對同質化、市場穩定且資本需求低。一旦合作社變得更大、更複雜，且最重要的是工人彼此的異質性增加，民主決策過程會變得過於不靈活且引發諸多衝突，導致無法有效進行商業行為。簡而言之，合作社在資本主義經濟中之所以僅佔邊緣地位，是因為它比資本主義廠商缺乏效率。[76]

239

合作社的捍衛者則反駁說，合作社邊緣化反映了當代資本主義經濟中缺乏支持合作活動的社會及經濟基礎架構，特別是信用市場的深度缺陷，使得合作社取得足夠資本額變得十分困難。合作社明顯面臨信用限制，因為工人社員缺乏有規模的資本主義廠商做擔保，往往被銀行視為較高風險的借貸者。從某些面向上來看，民主治理的工廠或許真的比起階序明確、科層制的資本主義工廠較不靈活，但在其他面向上，合作社可能比資本主義廠商要更有效率且更有生產力：合作社中的互助過程能增進解決問題的能力；工人社員致力讓事業成功的熱忱，可以增加他們勤勞且有生產力地工作的意願；工人與管理階層之間利益更加一致，能減少監督工作這類的「交易成本」。[77] 合作社的捍衛者會說，這些反對的力量如何產生作用，很大程度得看組織合作社工廠的細節，以及它們運作的社會經濟脈絡為何。無論如何，資本主義經濟中，合作社工廠的存在極為有限這項事實，並非證明它們天生

240

就比資本主義工廠更沒效率，而只是說明在這些不利的社會經濟條件之下，它們獲利較低。

當然，想在這些爭論的正反診斷意見中下定論將非常困難，而要徹底回顧關於合作社及其兩難情況的各種經驗研究則超出本書的任務。我們能做的是，檢視通常被視為全世界最成功的工人合作社：西班牙巴斯克地區的蒙德拉貢合作社（Mondragón）。藉由分析促成它如此成功的因素以及它面臨的某些兩難情況，或許有助於我們釐清合作社做為一條通往社會賦權的道路，實現真實烏托邦的可能性如何。

蒙德拉貢合作社

如今我們熟知的蒙德拉貢合作社，始於 1956 年蒙德拉貢這個巴斯克城市裡的一間合作社工廠（Ulgor），裡頭有 24 名工人，負責生產煤油暖氣機及瓦斯爐。[78] 後來幾年裡，在西班牙教士 José María Arizmendiarrieta 的指導及啟發下，一個接著一個創立新合作社。很重要的是在 1959 年，Arizmendiarrieta 協助創立一個名為卡加勞動人民（Caja Laboral Popular）的合作社銀行，它不但成為社員的儲蓄銀行及信用合作社，也是該地區各個生產合作社之間的協調組織。卡加勞動人民合作社銀行提供重要投資所需的資金以及其他服務，藉此正式連結並支持其他合作社。當這個合作社聯盟逐漸成長，便創設了另外的合作社組織，提供一系列服務與支持，像是法律與會計、研究與發展、保險與社會安全，以及訓練與教育服務。隨著合作社制度的網絡開展，也精心

241

設計各種治理結構。有些治理結構考量巴斯克地區特定山谷內合作社的地理鄰近性，其他的則關注於合作社制度，如卡加勞動社（Caja Laboral）。

1991 年，現今為人所知的蒙德拉貢合作社公司（Mondragón Cooperative Corporation, MCC）是重塑過的制度聯合體系。這項重組行動試圖打造一個更有效率的治理及協調體系，讓合作社聯合體系在巴斯克地區以外的市場更有競爭力。如今，治理結構不再以地理鄰近性為主要考量，而是立基在功能的專業分工，MCC 組織成三大部門集團——製造、銷售、金融。工人社員直接擁有的單位（即個別合作社企業）構成了這個組織結構的基層。它們保有社員所說的「獨立治權」（sovereign power）。整體來看，MCC 在更全面的組織層次上代表這些個別合作社。

MCC 內的個別合作社都貢獻部分的利潤，形成整體公司的各種集體功能。尤其，它們貢獻到一種團結投資基金，使得 MCC 能執行再分配，把擁有最高獲利率的工廠所賺到的利潤分配到面臨困難的工廠。合作社網絡也提供工人暫時從一個合作社轉移至另一個的機制，藉此因應生產需求變化，尤其在經濟衰退時期。雖然個別合作社原則上有可能破產，但因為 MCC 合作社網絡內提供這些連帶作用，所以破產從未發生過。就是在這個意義上，蒙德拉貢合作社公司構成了一種**合作市場經濟**，而不只是資本主義市場經濟內的一個合作社廠商而已。MCC 為再生產及合作所有權的擴張，提供了社會基礎設施的支持，這讓個別合作社廠商能部分隔絕於資本主義市場全面性鼓勵競爭、逐利的壓力之外。[79]

242

MCC 做為一整體的治理結構，其細節十分複雜。以下是幾項重點：

1. **雙重治理結構**。個別的合作社內部都是經由民主程序來治理，儘管大多數不是經由全體工人大會的直接民主，而是透過民主選舉，產生各種代表會及委員會。

個別合作社內有兩種治理結構，一是所謂的社會政治結構，另一個是所謂的技術結構。前者包括工人所有者的直接民主選舉。技術結構基本上負責執行合作社的管理及技術功能，它在形式上是受社會政治結構的控制。實際上，技術結構具有相當程度的自主性。有些批評蒙德拉貢的人認為，在許多合作社裡，技術結構有效地主宰了治理程序，民主可責性原則很少能節制其運作。

2. **全體大會**。個別合作社內也會定期舉辦工人社員參與的全體大會。就形式來說，全體大會是合作社的最高治權機構。它負責指定管理的領導者，原則上也有權決定合作社發展的基本策略。合作社每年都要舉行全體大會，但也可以臨時召開，以處理與合作社發展基本策略相關的特定政策議題。各合作社出席大會的狀況差距甚大，但一般來說都還可以。

3. **代表會**。個別合作社選出代表，出席 MCC 內更高組織層級的各類代表會及常設委員會。MCC 的這些治理機構不但協調跨合作社的活動，鼓勵各類協作事業，也構思蒙德拉貢整體的長期策略計畫。

243 4. **退出權**。個別合作社都是 MCC 聯合體系的自願會員，它們保留隨時可以退出的權利。2008 年，兩個相對獲利較好的合作社離開了 MCC，讓整個蒙德拉貢陷入低潮。[80] 顯見的原因是它們與 MCC 發展的方向出現分歧，但很多蒙德拉貢的人認為這兩個合作社之所以離開，主要是基於經濟自利的考量，這些離開的合作社不願意參與 MCC 的重分配機制。

＊＊＊

總的來看，由具獨立治權的組織單位所形成的聯盟中，治理結構構成一種代議民主與直接民主的混合形式。可以想見其中伴隨著矛盾與張力：在對基層履行民主可責性以及管理階層自主性之間；在分權化的決策過程以及較為中央統籌的協調之間；在各合作社間的團結原則以及個別合作社的經濟利益之間；在團結大社會考量下致力增進周圍社區福利，以及合作社本身社員的公司福利之間。批評蒙德拉貢的左派認為，以上每項矛盾都讓 MCC 看起來，愈來愈與一般的資本主義公司無異。MCC 的捍衛者則認為，儘管存在這些張力，合作社工人社員仍能透過民主方式，來控制個別工廠及整個公司的基本策略，就這一點來看，它的運作就迥異於資本主義公司。

近幾年來，人們愈來愈關心，MCC 下的合作社長期究竟會如何發展。1990 年代中期以來，MCC 採取積極的擴張策略，致力走出它位在巴斯克地區的發源地。它買下資本主義廠商，把它們變為合作社的子機構。最令人驚奇的例子是蒙德拉貢連鎖超市 Eroski，它透過買下西班牙其他大型連鎖超市而大幅擴張。2008

244

年，Eroski 已成為該國最大的連鎖超市。MCC 其他的合作社也買下其他國家的資本主義廠商。例如，生產高品質洗碗機及冰箱的 Fagor 合作社，買下了法國的一家廚房家具廠商，希望兩條生產線協作能改善它的市場地位。製造各種汽車零件的 Fagor Elian 則在巴西設立了一個全新的零件生產子工廠，生產福斯汽車巴西分廠所需的零件。MCC 的董事跟我解釋說，雖然 Fagor 巴西廠在賠錢，但福斯公司堅持 Fagor Elian 要提供它的巴西廠生產所需的零件，否則福斯將不在歐盟境內接受 Fagor Elian 提供的零件。因此，設立巴西分廠是為了保護在巴斯克地區的 Fagor Elian 合作社能繼續擔任零件供應商，而採取的防禦性措施。

MCC 的領導者相信，考慮全球化帶來的市場壓力，蒙德拉貢合作社若想在二十一世紀生存下去，就必須採取向全國及全球擴張的策略。這樣的診斷是否正確頗具爭議，但不管怎麼說，擴張結果強化了蒙德拉貢經濟混生體內的資本主義面向。2007 年，MCC 各類合作社廠下約十萬名工人之中，僅有不到 40%是合作社社員，其他則是普通的雇員，其中有些是在巴斯克地區合作社內工作的暫時性雇員，希望自己最後能成為合作社社員。[81] 但是，絕大多數是 MCC 合作社下的子工廠雇員。因此，MCC 的社員，實際上已集體變成子工廠工人的資本主義雇主了。蒙德拉貢合作社聯合體對經濟及階級關係進行的全球重整，與它的合作主義原則已產生了深刻的緊張關係。

245

做為合作市場經濟的雛形，蒙德拉貢的未來在很大程度上仰賴全球各地的合作社如何融鑄資本主義及合作主義原則。有一些可能的解決方式。第一，創造一種機制，讓為數可觀的新雇員在蒙德拉貢母合作社內成為擁有完整權利的社員。在我與蒙德拉貢相關人士討論的過程中，考慮到合作社能否有效運作端賴信任與團結，沒有人認為這是個可以廣泛推動的可行策略。即使在西班牙境內的子工廠，這種廣泛納為合作社社員的做法也仍是個挑戰。經過許多辯論後，如今已在西班牙各地擁有據點的 Eroski 合作社決定，讓巴斯克地區以外的分店員工也能成為社員。這是一項困難且頗受爭議的決定，畢竟很多人擔心，隨著合作社大幅擴張，如今納入了地區以外的這麼多社員，將使彼此的連帶被稀釋，進而改變了合作社原有的特性及民主潛力。若是想將 Fagor 巴西子工廠的工人納入巴斯克 Fagor Elian 合作社的治理結構，問題將會更大。

另一個解決方法是打造一項機制，讓外國子工廠變成由當地工人擁有並治理的自治合作社。這些剛合作社化的工廠將與母合作社形成某種長期的策略聯盟關係，巴斯克地區境內已有成功先例。蒙德拉貢合作社有時在該地區買入撐不下去的資本主義工廠，重建以後幫助該廠工人逐漸將這個子工廠變為一個獨立的合作社。然而，過程十分艱難且曲折，至少就 2008 年 MCC 合作社當時所面臨的情況而言，與我交談的人裡頭，沒有人認為「合作社化」（cooperativization）的過程，對於 MCC 外國子企業來說行得通。[82]

最後一個方法是積極鼓勵子工廠建立強大的工會，或是其他賦權工人的形式，像是工人協調會及工人共同決定制。這項方式承認在資本主義市場情況下，一個全球合作社工廠深具的混合特質，同時也承認將這個混生體以一種簡單、一致的組織形式推往

246

更具社會賦權的方向，實在非常困難。只要母合作社透過各種社會資本主義的機制，協助賦權其資本主義子工廠的工人，合作社工廠的全球化仍可能增進社會權力的擴展潛能。蒙德拉貢迄今仍未朝此方向邁進，而是對它子工廠內的工會採取十分不友善的態度。因此現階段來看，MCC 國外子工廠運作的方式，仍無異於一般資本主義工廠。

兩種全面替代的體制模型

至今我們討論過的所有以社會賦權方式控制經濟的例子，都聚焦在社會權力與經濟整體關係的部分面向上。綜合起來看，它們或許能成就體制層面轉型，但每個例子獨立來看，都只構成沿著某特定社會賦權之路進行的運動。如此做法也與先前提出展望真實烏托邦的大架構相符：我們並非構思通往最終目標的設計，我們採行的策略是檢視不同的、但都朝著正確方向前進的機制。

這並不是超越資本主義的唯一道路。二十世紀的大半時間，真正佔優勢的模式是構設一種替代資本主義的全面體制：採行中央集中計畫經濟的國家社會主義。如今很少有人會給予這項模式高度評價。在此，我們將檢視兩項替代資本主義的體制設計，它們都回應了中央集中計畫式國家社會主義的盲點。第一項將市場的缺席，視為中央集中計畫式社會主義的重大問題，因此提出了市場社會主義替代模式。第二項則認為計畫過程中的官僚集權主義是核心問題，因此提出了替代性的分權民主參與計畫。我認為這兩項模式都含有某些有價值的元素，對於建構社會賦權的社會

247

主義很有幫助，但兩者單獨來看，做為替代資本主義的模式，都無法令人滿意。

市場社會主義

John Roemer 曾提出一個市場社會主義的理論模式，試圖在完整保留經濟協調的市場機制之時，除去資本主義的階級關係。[83] Roemer 所謂的**社會主義**指的是，去除資本主義剝削且**全體公民平等擁有**生產工具所有權的社會。因此，他界定社會主義的核心概念與我先前提出的並不相同。我是以廣泛對經濟進行民主控制來界定，Roemer 則依平等擁有生產工具的所有權來界定。儘管如此，他的觀點與這裡的討論有關，原因有二。第一，倘若真的實現平等所有權原則，對於第二章定義的社會正義而言，無疑是項巨大的進步。第二，雖然平等所有權本身並非一項民主原則（因為它沒有要求任何民主控制經濟過程），但它透過削除私人經濟權力的集中，擴大政治領域中這類民主控制的空間。因此，Roemer 的提議象徵著一條讓經濟民主化完全不同的路徑：他並非直接設計制度機制來促進社會賦權，而是提出一項破壞經濟權力集中化的機制，藉此移除民主運作上的一大阻礙。

這與傳統的國家社會主義模式不同，Roemer 提出平等分配所有權的機制，那需仰賴股票市場及去中心化的決策過程，而不是集權式官僚行政機構。他的研究屬於純粹理論，畢竟還從未有任何經濟體以他提出的想法（即使只是部分想法）組織成功。儘管如此，它仍試圖指出一種制度設計，幫助我們理解在真實市場經濟中運作的各種機制。

248

制度設計

設想一個經濟體內存在著兩種貨幣，一種是「錢」，另一種是「券」。錢拿來購買商品，購買的目的可以是生產或消費。券的使用僅在一種市場：股份公司之股份所有權的市場。因此，股份是以卷而非錢的形式發行。錢不能用來買股份，法律規定錢與券不能相互交易。券也不能被當成禮物來贈與（即實際上，以錢的價格為零出售）或繼承。每個人一旦成年，便收到一定數額的券，那相當於他在經濟體內佔整體股份的券價值。擁有這些券的人可以購買公司股份——直接在股票市場投資，或委託中介人代理（即所謂的券共同基金）為他們管理他們的券投資工作。於是，這種股份所有制給予一般人在資本主義經濟中持有股份所享受的權利——股利分紅（以錢的方式給予，因此可以用來買消費商品）的權利，以及選舉董事會及決定其他公司政策的權利。人死了以後，所有的券都歸還到共同庫存（common pool）內，重新分給下一代。再次提醒，這些券不能繼承。

只有一種情況可以將券換成錢：股份公司發放新股，並在股票市場上出售以換取券時，可以拿著收到的券前往政府公營的中央銀行換資金，取得它要進行新一波資本投資時購買商品所需的錢。這成為計畫經濟的關鍵政策工具：如果基於公共政策的原因，希望鼓勵人們向特定部門投資，那麼針對該特定部門，以券換得投資所需資金的匯率將較優惠。

多數人基於避險心理，都寧可選擇投資相對均衡的共同基金，但有些人則直接投入股票市場。因此，人生經歷一段時間後，大家手中握有的券將或多或少。儘管如此，券的財富不平等情況將較為緩和，畢竟不允許跨世代繼承，也因為沒「錢」的人無法出清他們的「券」換錢。因此這項提議顯然不同於 1990 年代私有化前夕，國家社會主義經濟所採行的股份分配方案，後者並未限制人們出售股份以換得現金的權利，結果很快變成大多數人手中沒有股份，股份高度集中在某些人身上。

國家在這個模式中扮演核心角色，即使它本身並不擁有生產工具。國家之所以必要，在於它能「讓市場消失」（也就是避免券換成錢），持續將券再分配給下一代，並透過中央銀行決定公司的券要換成現金的匯率。這些介入措施對於再生產該模式的平等特質及有效率地分配資本都至關重要，但它們是讓國家活動與市場機制連結起來而非以國家取代市場。

以券為基礎的市場社會主義模式若全面發展，必須加入更多的制度細節。例如，需要某種機制處理仍歸私人擁有的小商店及工廠，也需要某種機制讓私人創投起步的廠商，轉變為人民擁有的券股份（coupon-share）公開公司。需要細緻研究的還包括金融體系如何運作，畢竟在勞動市場領高薪的人，按道理會將一部分收入存入銀行，而銀行又能將這些錢貸給廠商。因此，金融體系可能藉由左右與存款相關之借貸利率，背地裡使公司利潤成為製造不平等的機制。Roemer 模式也未闡明在該模式中占核心地位的共同基金——由於大多數人會把券投資在這類基金，而非直接投資廠商——如何被運作及控制。基金管理者可能成為隱藏的資本家階級，控制著大量的資本，有效地再建構集中化經濟權力的巨大影響力。顯然，如果以券為基礎的市場社會主義模式要付諸實行，這些細節非常重要，而且也可以想見這項為促進民主平等主義理想的制度設計是否可行，或許就得看如何處理這些實際議題而定。然而，就本書的寫作目的來說，我們只能把這種種複雜問題先略過，直接檢視這項關鍵性制度設計的理路。

250

理路

Roemer 設計的市場社會主義具有兩大基本理路。第一，以券為基礎的市場社會主義，直接去除資本主義不平等的一項重要根源，因為投資不平等衍生的收入不平等被大大削弱。[84] 即使之後勞動市場上所得不平等仍未改變，這些不平等也不再一如既往地被源自高所得投資而產生的非所得收入之不平等所強化。然而，將資本財富以基進平等方式分配，或許會對勞動市場相關的不平等產生間接影響。雖然決定勞動市場所得不平等的因素為何仍有爭議，但有大量證據顯示，不僅是市場上自發競逐的各項技能導致不平等，不平等也深受權力關係所影響。二十世紀最後這二十五年，美國的勞動市場不平等之所以上升如此迅速的一項原因是，工會的衰微以及勞動市場其他規範機制的衰弱（尤其是最低工資），致使無法繼續限制公司，而讓公司壓低工資，卻增加主管的薪水。如果資本所有權平等分配給所有人，很有可能削弱反對工會及平等主義勞動市場其他規範機制的社會力量。資本所有權的平等化，本身未必改變勞動市場所得的分配情況，但動態運作之下，很可能大大削減勞動市場的不平等。

以券為基礎之市場社會主義的第二項理路以民主為中心。市場社會主義藉著去除財富高度集中，以三種方式促進民主平等。

第一項也是最明顯的一項，就是資本主義財富高度集中，成為政治上可以運用的一項資源。如果經濟權力集中遭到排除，就可以提高以社會賦權方式控制國家及經濟的可能性。第二，或許也是比較不易察覺的是，股份所有權廣泛散播於這麼多人之後，想在以下兩種優先順序之間找到平衡將變得容易許多：人做為一個政體內平等公民所考量的優先順序，以及人做為生產工具相對平等的所有者所考量的優先順序。在一般的資本主義經濟中，當公共政策措施對特定的私人資本主義利益產生反效果時，資本外逃及投資緊縮的問題往往掣肘民主決策過程。如果所有權完全且持續分散在工人及公民之間，並且如果大多數人把券放入共同基金受其社員的民主控制，那麼將大大減低投資緊縮及資金外逃的威脅。至少在全球規模競爭仍是各市場經濟體的一大特徵時，市場資本主義無法徹底消除經濟力對民主的限制。但是，因為政治上針對公共議題的投票分布與所有權人針對投資方案的投票分布，兩者有密切的對應關係，因此這項制度設計才能減低壓力。第三，現存資本主義經濟體內，雖實行一系列減少「公害」（public bads，相對於「公共財」〔public goods〕）的重要政策，但所有權的集中創造出一群行動者，他們不但擁有生產公害的集中利益，同時也擁有實現該利益的集中能力。例如，在一個污染嚴重的產業中，有錢人聯盟擁有利益及能力，透過遊說以及對不在乎環境保護的政黨進行政治獻金，藉此運用他們的財富做為政治投資，阻絕反污染政策。因此，以券為基礎的市場社會主義應該會增加民主能力，減少這類公害。 251

Roemer 的制度設計可被視為「市場**社會主義**」的一種變

化，而不只是資本主義的特定變化，主要原因有二。第一，國家有較大的能力進行計畫，儘管計畫是透過市場機制進行。透過民主決定經濟發展方向的優先順序，這個過程在以券為基礎的市場社會主義中，比起在資本主義中有更大的發揮空間。第二，將直接生產者排除在生產工具的所有權之外——資本主義階級結構的重要特徵之一——這個問題基本上已經克服。

252

潛在問題

以券為基礎的市場社會主義面臨許多潛在問題。如前所述，Roemer 談制度設計時缺乏細緻的討論，特別是關於銀行及共同基金投資過程中的權力關係結構為何。這些制度實際上如何運作，而它們發展下去又如何顛覆原體制的社會主義特質，困擾著許多相關人士。即便妥切處理這些問題，對非預期誘因效應（unanticipated incentive effects）仍存在著重要問題。如何管理創新之中所冒的風險？考慮所有權極度分散的情況下，持有股份的平等擁有者與公司經理人之間的代理問題如何解決？想解決這一類問題，以券為基礎的市場社會主義要發展出更精緻的各種制度設計，讓體制能順暢運作。舉個例子，人們年紀漸長後，他們進行以券為基礎的投資時，會從以往購買有十足成長潛力的公司股份，轉移到購買能發放較多股利公司的股份。這使得某些公司有可能變成「搖錢樹」，即人們把自己的券投資到某些廠商，以換取極高額股利報酬，以至於讓該廠商榨乾他們的資產，直到股份的券值跌到零為止。事實上，這會導致一種間接機制，讓人們可以將券換為錢，但這就違反了這項模式的基本邏輯。想避免這樣的情況，必須仰賴複雜規定及監督廠商行為的機構。以券為基礎的市場社會主義需要的行政結構，相比於傳統集權式國家社會主義，或許需要負擔的重擔較輕；儘管如此，其中仍涉及許多複雜問題。由於如此複雜，我們很難預測這些安排可能橫生出的更多枝節以及非意圖結果。

參經濟：一種非市場、參與式民主的經濟

Roemer 所展望的市場社會主義仍保留市場經濟絕大多數的特徵，但試圖藉著阻止資本的私人積累及私人經濟權力的運用，移除它獨特的資本主義特質。他的想法是，一個無資本主義階級關係的市場體系，以一種可持續運作的平等方式分配財富，據此推展民主平等主義中平等的一面；它也大幅減少經濟權力破壞民主控制國家權力的機會，藉此推展了民主的一面。

253

Michael Albert 提出更基進的方式來跟資本主義斷裂，方法就是徹底清除私有制及市場關係。當然，問題在於如何不用把經濟活動的控制權力轉給國家而達成這目標。Albert 的提案——「參與式經濟」或簡稱「參經濟」——是透過一系列複雜的參與式委員會，來重新組織經濟制度，這些委員會有權力決定如何使用及分配社會裡的生產性資源。

制度設計

Albert 闡述的制度設計是以五大原則構築起來：社會所有制（在此指的是全體公民平等所有）；基於從效果來計算比例的參

與原則所實行的平等民主賦權；構建為「平衡複合體」（balanced complexes）的工作；根據努力／犧牲及需求對工作給予報償；基於全面參與式計畫所進行的經濟協調；我將五大原則的核心特質簡單陳述如下：

1. **社會所有制**。相較於 Roemer，Albert 支持的生產工具平等所有，是更基進的概念。Roemer 模式中公民領取等量的**券**，用以購買經濟體中全部公司資產的股份，但他們對於這些股份及相關股利仍保有個人權利，經過一生歲月演進，這些股利價值上的不平等將會浮現。在 Albert 的模式中，「每個工作場所是每位公民平等擁有，因此，所有權並不代表特殊的權利或收入優勢……我們都平等擁有，因此所有權不影響收入、財富或權力的分配。」[85] 這意味著人們不直接透過他們與特定經濟資產的關係取得任何收入，而是透過某些公共的分配機制取得收入。

254

2. **平等民主賦權**。對於民主平等的大多數想像，都根植於一人一票的原則。表面看來，這似乎充分體現平等的原則。Albert 認為只有在特定情況下才是如此。更普遍的原則是，人們應該根據各種決定如何影響他們的生活，來擁有等比例的決策影響力。這概念較複雜：「決策的規範是散播資訊與達成決策的方式，以及將偏好轉為決策的方法，應該盡可能傳達給每個相關者，**他們對決定的影響力，應與他們未來受到決定影響的程度等比例**。」[86] 這項原則意味著，針對某種只影響某人的決策，他或她應對該決定有完全控制權；然而，人們對決策的影響則有所差異。這意味著在工作場所中，有些決策是工作團體做的，有些是部門做的，還有些則是工人全體大會做的。當然，我們不可能以這種方法準確測量所有決策情況，但這項原則規劃出參與不同民主場域基本的權利輪廓。

3. **工作複合體**（job complexes）。在任何經濟體中，各式各樣需要完成的任務歸入「工作」之中。在資本主義裡，一項工作需負責什麼任務，大多是由資本家及管理者決定。結果往往是有些工作很有趣、具挑戰性且賦權於工作者，但其他工作則很無趣、如例行公事且工作者覺得未被賦權。Albert 徹底重新設計工作，讓每個工人都能在「平衡的工作複合體裡幹活，意即每個工人所擁有的任務及責任的組成，讓他們享有與他人同樣程度的賦權及生活品質。」[87] 一個典型的例子如下，大腦的外科手術醫師每天有部分時間花在更換便盆，或醫院其他人不願做又無趣的工作。考量到工作場所做為一個整體，其可欲工作的程度或高或低於整個經濟體的平均值，那麼就藉由安排某些工作場所以外的適當生產活動，來創造整個工作複合體內的平衡。其淨效果是，每個人工作中所經歷的生活品質將相去不遠。

255

4. **根據努力／犧牲及需求給予報償**。Albert 構思出人們獲取收入的兩種原則，一種與工作相關，另一種則否。前者認為工作報償應該反映

　　我們工作有多努力、工作時間有多長，以及在工作中我們又

> 做了多大犧牲。我們不應該因為我們使用較多生產器具、擁有較多技能或較具天賦，而得到較多報償，反倒因為有較大權力或擁有較多財產，我們應得到較少報償。只能根據我們在有用工作中花了多少努力或多大犧牲，才該得到更多。[88]

這項報償原則與許多平等主義者強烈的直覺一致：正義的支付工作成果體系，僅就「我們能影響的，而不是我們無法控制的」給予報酬。[89] 第二項報償原則，則是提供收入給那些無法透過努力滿足特殊需求的人。[90] 這意味著我們承認，如何分配經濟體內收入的道德議題，無法全然透過以下原則來滿足：根據人們對產生該收入做出的貢獻，給予合理的報酬。

256

5. **透過參與式計畫的經濟協調**。在 Albert 提出的參經濟制度設計中，從許多面向看來，這一項最具爭議。Albert 相信這項機制在徹底消除市場的情況下，仍能實際增加總體社會效率。該想法的核心是創造一個工人協調會及消費者協調會緊密相連的結構（nested structure），以此負責構思及修正生產及消費的全盤計畫。以下是 Albert 一開始對該體制整體特質的描述：

> 在參與式計畫體系中，工人與消費者協調會在真正評估他們的選擇帶來的整體社會利益及成本後，提出他們的工人活動及消費者偏好。該體系透過各種簡易溝通及組織原則和工具，包括……價格指標、促進委員會（facilitation board），以及因應新資訊的漸進過程，在熟知彼此偏好的情況下進行溝通合作。[91]

生產活動的每個層級，都組織工人協調會：包括工作團體、單位、部門、工廠，乃至整個產業。同樣地，消費者協調會也依不同規模來組織：各家庭加入社區協調會，各社區協調會加入市內各區的協調會聯合會，聯合會則加入各市的消費者協調會，各市消費者協調會加入省或地區消費者協調會，然而再隸屬於全國性的消費協調會。Albert 寫道：「這種緊密相連的民主協調會聯盟將組織消費，而民主的工人協調會形成的緊密聯盟則組織生產。」[92]

這該如何運作呢？基本上，行動者在各式各樣的工人及消費者協調會上，提出在下一個計畫時期（按照 Albert 的構想是一年）他們想執行的工作及消費活動。這些計畫首先構思於體系的最基層，然後提交層級較高的協調會審查，後者根據促進委員會（提供各種技術性資訊，特別是「指標性價格」，該價格旨在考量整個經濟體各面向做出的選擇後，反映出不同選擇的真實社會成本）提供的資訊，決定接受或拒絕計畫。以消費委員會為例，參與式計畫的運作如下：

257

> 在參與式計畫中，各層級內每個行動者（個人或協調會）將提出自己的活動，並在接收到其他行動者提案的資訊以及其他人對自己提案的回應後，據此做出新的提案。
>
> 因此，每個消費「行動者」——從個人至大型消費者聯盟——提出消費計畫。個人針對私人用品（如衣服、食物、玩具等）提出計畫。社區協調會提出的計畫包括通過的私人用品要求，以及社區集體消費需求（如當地興建新的水池或

公園）。更高層級的協調會及協調會聯合會的提案，將包括通過的基層社員協調會的要求，以及聯合會集體的消費要求。[93]

這是一套反覆進行的過程，協調會向更高層級提交計畫以便審查，後者退還計畫予原提案協調會，而原提案者根據新資訊重擬並提交，並進行再次審查、重構及提出新的考量：

在第一輪的循環之中，消費者這一方提出他們的「理想清單」，工人也提出他們希望自己工作生活能得到實質改進的方案，然而有些物品可能因此供應過剩，而彙整考量最初提案中大多數的物品要求後，則往往發現難以滿足。下一步，每個協調會將收到新資訊——指出哪些物品供應或需求過剩，並得知其他同層級單位之提案與自己提案的比較。促進委員會提供在考量供需均衡情況下新的價格指標估計表。這時候消費者考量新價格後重新評估他們的要求，通常會將他們需求過多的物品，「轉移」至由於供給過剩或需求較少因而價格指標下滑的物品。若消費者協調會與個人提出的整體要求高於平均水準，他們將感覺自己有義務削減自己的要求，以便讓提案能通過。在這個協商的階段，平等及效能同步起作用。[94]

258 整套過程都在平行的各層「促進委員會」幫助下進行，該委員會提供各類技術協助給同級的協調會，例如電腦服務、模擬、會計等：

> 參經濟將設立各種「促進委員會」或促進資訊交換及協助集體消費提案之處理的機構。它們也協助處理大型投資計畫、工人要求改變就業地點、個人及家庭尋求加入各單位及社區等事項。[95]

Albert 知道這是一個複雜的過程，也知道該過程最終產出計畫的品質，端賴該體制內資訊流通的程度。這一點部分由量化的「價格指標」來達成，但同時也需要融合有意義的**質化**資料：

> 為了同時確保準確性及培養團結，我們需要的不僅是訂定量化的價格，也要根據關於勞動生活及消費活動的瞬息萬變的質化資訊，持續不斷依據社會情況重訂價格……參經濟不只需要根據不斷變化的情況，提供並修正社會成本及收益的準確量化標準，它還得溝通其他人生活情況的實質質化訊息。[96]

Albert 相信，有足夠的循環且運用強大電腦軟體提供的適當技術支持，這個過程將匯聚出同時滿足生產及消費的年度計畫。它也是種預測，全面考量了一經濟體可取得的資源在各種使用方式下的社會成本，並且將這些使用方式與平等公民的整體消費偏好取得協調一致。

可行性的問題

從前文所探索的通往社會賦權之路的整體架構來看，Albert 提出的參經濟模式，可視為仰賴**社會經濟**這單一途徑來超越資本主義的願景：Albert 參經濟中所有的生產，都是依據互惠及自願結社原則，以直接提供需求的目的組織起來。我所定義的經濟權

259

力被徹底削除，市場也隨之消失。國家在組織經濟活動未扮演直接的角色；經濟活動完全由根植於地方的民主計畫過程，透過工人及消費者協調會的自願參與來主導。因此，這是一項為了超越資本主義所提出的模式，該模式拒斥了我們之前討論過七大途徑中的六條。

Albert 制度設計的五大原則，做為替代資本主義之**道德願景**的陳述，與本書的論點十分一致。雖然他討論這些議題時所使用的語言有些不同，但濃厚的平等主義及民主意涵帶動參經濟設計原則的價值，與支撐本書分析的規範原則很接近。

- **社會所有制**類似我在討論社會主義概念時，相對於國家及私人所有制之下所構思的社會所有制。
- **民主的自我管理**與政治正義概念關係密切，是指平等取得控制個人生活條件的資源。[97]
- **工作複合體**對於深化社會正義（即平等取得蓬勃發展生活所需的必要資源）的基進平等原則來說，是很有用的方式，畢竟有趣及有意義的工作是蓬勃發展生活的重要條件。
- **以努力為基礎的報償**同時結合**以需求為基礎的報償**，十分類似「平等取得蓬勃發展生活所需的物質條件」原則。
- **民主參與式計畫**做為一種理念，是民主（平等取得參與影響生活之權利）的進一步表述。

260

因此，從理念的層次來看，參經濟及做為社會賦權的社會主義，都在相當類似的道德世界中運作。儘管如此，對於如何將理念轉譯成實際可供人們生活及工作的制度結構，兩者在架構上有很大差別。雖然 Albert 針對參與式計畫如何運作，努力敘述了許多細節，但他的模式仍比較像是個烏托邦式的想像（未真正認真看待關於複雜性、難以取捨、非意圖結果等實際難題），而不是替代資本主義的真實烏托邦可行設計。

我們可以這樣問：身在如今居住的世界中，我們實事求是地想，當你宣稱自己了解一個全新社會結構可能的動力時，有多大的信心？當我們說自己了解按參經濟構想組織起來的經濟體系運作所產生的重大問題時，又有幾成把握？例如，我們如何判斷人在不同社會條件、面臨不同複雜性的問題時，會做什麼決定；在不同的分配法則下，連帶是如何建立及破裂的？資訊的複雜性如何產生混亂的過程？不同的微觀及鉅觀的合作及競爭過程中，偏好如何形成？自利及利他傾向及偏好上的變異，如何產生及再製？複雜的互動情境中，存在著一些能扭曲資訊的優勢，在此情況下，我們該如何提供準確的資訊？還有很多問題。我認為我們對這些問題已擁有足夠的洞見，足以讓自己相信「從現今的世界邁向社會賦權的途徑是有可能的」；然而，我不認為我們對於議題的掌握程度，能夠讓我們知道在無市場的情況下，以分權的計畫協調會組織起來的複雜經濟體系，要如何運作起來，甚至是這樣的結構在最低程度上是否可行？我們觀察到且所能研究的是，在特定的工作場所中民主參與原則已經真正發揮作用，還有在一些更大的脈絡中有意義的參與式協調會已經運作（如愉港的參與式預算）。然而，這些有限的例子很難構成實證的基礎，讓我們有把握宣稱徹底建築在這些原則之上的經濟體系將如何且可以如何運作。當然，這並不意味著另一個極端，也就是我們如今已明確知道 Albert 展望的參經濟不可能；只不過認為參經濟**有可能**運作（因為我們對於各項問題所知甚少）並不足以構築紮實的基礎，讓我們藉此提出反對市場在民主平等的社會中扮演任何角色的轉型方案。

Albert 本身對於參經濟將運作順暢，充分改進資本主義及任何可能的市場社會主義，從未怯於展露自己的胸有成竹。這不是說他沒意識到未來的參經濟制度實際上僅接近原本的理念。他強調會有錯誤及失敗：工作複合體將只是趨近完美的平衡；民主自我管理將無法完美測量出投票及參與的法則，使其呈現出參與者生活中受影響的比例；參與式計畫將不可能充分反映各種經濟資源分配造成的所有社會成本及利益。繼之，他順水推舟地擁抱一種設置並運作參經濟的實用且實驗主義的立場：如果它窒礙難行，那麼將以某種方式進行調整，這些方式無法事前預知。儘管如此，他立場堅定，不管參經濟有任何實務上的限制，它仍比最佳的市場社會主義更優越，不管它未來朝著什麼未知的方向發展，它都不會納入市場。

Albert 堅定反市場的極端立場立基在兩項命題上。第一，與資本主義相關的病症來自於資本主義特有的階級關係，也來自於資本主義是一種市場經濟的事實。因此，Albert 認為，任何一種市場社會主義，即使已完全消除資本主義的所有制，頂多也只能說是非常有限地改善資本主義而已：

> 不論達成市場社會主義帶來什麼勝過資本主義的益處，它仍然不是一個在內部運作就能促進團結、平等、多樣性、參與式自我管理，同時也有效率地達成經濟功能的經濟體。相反地，**一切市場內在的病症**——尤其是工作場所階序區分、根據產出及協商能力的報償、個性及動機的扭曲，以及商品與勞務的錯誤定價——都將持續，**只有**私人資本的惡果被克服而已。[98]

262

因此，他眼中的市場在本質上所隱含的不只是自願性、分權式的交換，也包括階序制度及根據產出及協商能力而定的報償，然而後者對我而言，是未受管制的市場才會產生的結果，而不是市場本身的效果。

Albert 的第二項命題是，即使市場只是有限度存在，仍會對民主平等價值產生毀滅性的侵蝕效果：「在參經濟中加入一點市場，就有點像是在民主體制下容許一點奴隸制，儘管更站不住腳。市場邏輯會破壞參與式計畫及整個參經濟的邏輯；而市場是專橫的，一旦它存在，便會盡可能往外擴張。」[99] 據此，Albert 從根本上否定結合衝突邏輯的可再生混生式（reproducible hyrbrid forms）經濟結構概念：我所謂社會主義混生體內所含的市場，對他而言必然摧毀社會主義的元素。

如果接受了上述兩項命題，那麼以下的論點或許說得通：即使我們缺乏有說服力的證據，說明完全沒有市場起作用的複雜經濟體可以順利運作無礙，但仍認為應該徹底廢除市場，並以分權化的參與式計畫取而代之。然而，我不認為這種廢除市場的絕對論點站得住腳。即使市場會侵蝕平等主義及民主價值，這也不代表我們就無法在市場上施加社會及政治管制，大量消解這種侵蝕效果。Albert 堅持，我們擁有無可置疑的經驗證據，顯示市場本身會產生以上各種負面效果，但事實上，我們真正擁有無可置疑的經驗證據告訴我們，是那些**結合資本主義階級關係**的市場，產生了這些效果；我們不知道結合其他種經濟組織的市場，會產生什麼效果。市場可以造成薪資不平等，但市場之後的所得稅顯然能對所得進行重分配。市場內運作的廠商或許無視負向外部性，但民主管制過程可以評估這些外部性，尤其當這些管制過程本身是透過結社民主而不是集權命令的管制方式時，能對市場決定施以限制。進一步來看，假設在社會賦權多條路徑皆取得成果的情況下，**資本家**權力集中情況已大大減低，這種管制過程比起在資本主義下取得的效果，很可能要大得多，原因已在之前討論過。當然，這種管制市場的努力總是不甚完美。參經濟含括整個體制的計畫努力，同樣也是如此。我們無法事先預知，Albert 的純參與式經濟中的「不完美」是否會帶來更大的問題，或者是在市場持續扮演一定角色的混生體中，「不完美」依然會存在。

263

一旦我們拋開「市場就像癌症」的預設——一旦你摻入了一點，它必然會侵蝕並摧毀社會賦權——那麼參與式計畫及無計畫式市場分配兩者之間的最適平衡為何，這個問題在我們經歷實際社會轉型的學習過程以前，無法有定論。可以確定的是，並未有任何先驗的理由可以認定，透過審議民主的過程，最終會達成的平衡是 100%的計畫加上 0%的市場。

至少有四項理由，說明為何在根植於參經濟民主平等價值上的活潑民主參與過程中，參與者還是會選擇讓市場仍扮演重要角色。[100] 第一，民主過程的參與者知道，他們的偏好是在社會互動中形成，人們在今天無法理性地全然掌握明天的偏好為何。因此，他們可能會肯認在創造一個經濟環境的過程中，若存在一個未受計畫的無秩序因素，對偏好形成有好處：如果以民主方式計畫的參與式經濟擁有顯著（或許仍受約制）的未計畫成分，它或許會變得更好——一點「生產上的無政府」**或許**比徹底計畫的經濟過程要運作得更有效果，即使這意味著將伴生某些負向的市場效果，而需要透過管制來制衡它。

264

第二，在實驗各種參與式民主經濟模式與市場模式的組合經濟體裡，參與者或許會發現，市場為特定可欲的冒險形式提供了某些優勢。留下一些空間給毋需事前取得協調會、委員會之許可而進行的冒險或許是件好事，而這種未經計畫的冒險或許在市場活動及市場誘因有存在空間時最容易實行。這不是說創新必然需要市場，但為創新而冒風險的最適程度，或許可能需要混入一些誘發創新之社會過程，而這可能包含讓個人及集體在未經許可而進行特定帶風險之計畫的情況下冒險。

第三，參經濟中循環計畫過程（iterated planning process）的資訊複雜度，或許最終將讓計畫過程難以負荷。無視於據此理由反對他的人，Albert 信心滿滿地認為，擁有適合的電腦與軟體的情況下，這將不是問題。或許他是對的。但是，他也可能大錯特錯。《參經濟》一書中說道，資訊過程似乎帶來沉重負擔，尤其是因為它涉及工人及消費者所撰寫關於他們需求及活動的質化陳述，以及協調會必須吸收這些質化資訊，並據此提出評估方案。

Albert 大致描繪的資訊過程，讓我們了解事情可能如何發生，但它並未提供一個有說服力的個案，告訴我們這樣做實際能帶來一致的方案，匯合整個經濟體內所有產品的數量與價格。

最後，還存在著這項問題：人們想怎麼過生活，以及在參經濟中想花多少時間在文書作業、參與會議及使用電腦上，參與者可否以民主來決定。當然，如果參經濟真的是一項若無法完整實現便全面廢止的提案——你要不建立起全面發展完整的參與式經濟（其中不帶任何市場），不然就是讓體系退回到全然依賴市場經濟——那麼支持民主平等的人或許會選擇參經濟，即使他們普遍來說並不喜歡花這麼多時間在這種參與方式上。生活中總免不了做出取捨，如果選項如此極端，或許值得這樣抉擇。但是，如果經濟的社會賦權不是一種全有全無的情況，如果混合的模式有可能，那麼便可以在以下兩者之間做選擇：一是在無市場的參與式經濟，人們必須付出更多時間做參與式決策；二是在混生體內，人們毋需花那麼多時間在這類事上。實際生活在這些制度的人們，真正有機會實驗各種不同可能性，在透過實際民主實驗的過程找出頭緒來之前，我們不可能決定到底最適平衡點在哪裡。

265

結論：廣泛含納的社會賦權行動議程

本章僅觸及數量有限的、有利於在經濟體中增加社會賦權的制度設計方案，未能討論許多其他的經驗例證及理論想法。以下提供對經濟增加社會賦權的其他模式，讓讀者看到更廣的可能性：

社區土地信託。這是一種土地集體所有形式——擁有者為社區團體、社會運動組織、非政府組織，或有時是政府組織——它將土地挪出房地產市場，然後置於名為「土地信託」的財產權法律形式下，藉此在很大程度上限制往後的所有權轉讓，於是便可將這片土地用在各種社會目的上，例如低收入戶住宅、自然保育區，以及各類社區發展用途。這樣做背後的理念是土地應該由根植於社會的集體結社組織來控制，而不是由私人或資本家開發商。

國際勞動標準運動。眾所周知，資本家之所以將生產設備從已開發國家移往開發中國家，原因之一就是廉價的勞動力及較低的勞動標準。全球北營（global North）已開發地區的工人運動對此採取的行動是，試圖對那些在低薪國家生產的產品進口築起貿易障礙，或是以其他方式防止產業外移時把工作機會「外銷」。然而，還有一種回應方式是打造國際勞動標準，讓它在開發中國家落實。有一些困難存在於這項運動中：如何建立一套並非僅淪為變相保護主義的勞動標準；如何創造有效監督機制，針對是否遵守提供可靠的資訊，這特別要考量許多部門中存在的複雜外包關係；能夠對不遵守者施加有效制裁。誠如 Gay Seidman 強而有力地指出，這種跨國界的勞動條件標準運動要能產生最大效果，必須已開發的全球北方陣營及開發中的南方陣營的社會運動通力合作，同時政府也一同參與，協助監督及法律執行的工作。[101]

266

學生反血汗工廠聯合運動。美國的大學控制了大學名稱及大學商標在 T 恤及運動服這類商品上的使用權利。學生反血汗工廠聯合運動（United Students Against Sweatshops, USAS）成立後，對各大學施壓，要求只能將大學的校徽授權給同意遵行嚴格勞動標準規定的製造商。[102] 為了這項目標，USAS 在 2000 年成立了監督組織「工人權益協會」（Workers' Rights Consortium, WRC），調查那些生產帶著大學商標的成衣工廠的勞動情況。當時還有一個由成衣業支持成立的監督組織（後更名為公平勞動協會〔The Fair Labor Association〕），但它提供給大學的標準要鬆得多。經過大學校園裡持續不斷的抗爭，包括到行政大樓的辦公室靜坐、舉行集會及遊行，許多大學最終採用較嚴謹的標準。後來，USAS 為了增加它反血汗工廠的效果，創造了一份指定供應商的名單，羅列了被 WRC 認可為積極遵守規範的工廠。到了 2008 年底，超過四十所大學同意，只將承包製作大學衣服的合約，限定給那些名列指定供應商名單上的工廠。

267 **森林保育認證**。社會運動也涉及許多環保議題的抗爭，採取的方式包括資訊推廣、聯合抵制，以及其他讓跨國大公司能遵守各種立意良好的環保標準的策略。1990 年代初期，有場運動導致森林管理看顧協會（Forestry Stewardship Council, FSC）出現，該協會致力於訂定嚴格的森林管理生態標準，並建立一套機制來認證哪些森林符合這樣的標準。FSC 的架構體現了許多結社民主的要素。Christine Overdevest 曾說：

> FSC 方案標榜審議及民主治理的架構。傳統上對立的正式利益團體的代表，構成了 FSC「平衡式」、參與式、審議式的會員治理結構。目前由全球各地的 561 個會員組成，其

> 中有 79 個來自美國，但是投票的比重平等分配於三大部：經濟、社會及環境。經濟部是由林業廠商、較下游的處理商、零售商、查帳機構及顧問組成；社會部包括代表社區發展、貧窮、人權、工人權益的公民社會團體及個人；環境部包括各種環境利益團體，包括如綠色和平（Greenpeace）及地球之友（Friends of the Earth）的運動導向組織，以及如世界自然基金會（World Wildlife Fund）及大自然保護協會（Nature Conservancy）這類主流組織。每個部都擁有三分之一的投票權力。因為對保育意義理解有所不同，每個 FSC 的部內又將一半的投票權力分配給「北半球會員」，另一半給「南半球會員」，以平衡已開發及開發中國家的利益。[103]

這個治理組織訂定了核發認證的標準，並主管監督森林的過程。於是，森林認證便提供基礎，讓那些用符合環境永續的森林所生產的木製品能得到認證。

認證及監督過程十分複雜。它不僅需要密切監督一大片森林中林務工作的進行，還必須確認來自這些森林的產品流向，讓它們在供應鏈流動過程中不會與未認證的產品混在一起。此外，林業本身也設立認證制度，但通常標準較低，而這也會讓消費者產生混淆。儘管如此，這樣的運動已取得不錯成果，一些大型零售商只接受森林管理看顧協會認證的木料，而 FSC 也對林業本身訂定標準及發行認證的組織「永續森林方案」（Sustainable Forestry Initiative）施壓，使後者逐漸提高標準。[104] 這些運動一旦制度化為立基在社會運動團體的監督機構，便構成了一種社會

268

資本主義：在特定面向的生產及分配上，社會權力限制了經濟權力的運用。

「平等交換公司」貿易合作社與公平貿易運動。全球北營有不多但逐漸增加的工人合作社，參與全球南營的合作社生產的商品貿易。最著名的例子是 1986 年創立於美國麻州的工人所有咖啡合作社「平等交換公司」（Equal Exchange）。它的核心宗旨是進口全球南方陣營農業合作社所生產的咖啡（後來還包括了茶及巧克力）。1990 年代，平等交換公司與其他組織，聯合打造後來為人所知的公平貿易（Fair Trade）運動，其概念是創造「公平交易」的全球標準，以及對按此標準生產的商品核發認證的可靠組織。近年來，由於公平貿易運動試圖讓像星巴克及 Whole Foods 超市的大型連鎖商店，納入公平貿易的產品，讓這個公平交易的正式認證過程備受質疑。有些人認為，當公平貿易認證擴展到大型農場及種植園產出的商品（只要它們滿足某些最低的條件），將稀釋這項認證標準。因此，像威斯康斯州的正義咖啡（Just Coffee）在內的一些咖啡合作社退出了公平貿易認證組織，並試圖在全球南方陣營的咖啡合作社與全球北方陣營的烘焙商及零售商之間，建立更直接的連繫。[105]

＊＊＊

269 這一系列朝向社會賦權路徑前進的制度方案，構成豐富多元的列表。我們討論過的某些制度設計，可由一些有志一同的人共同努力打造。許多工人合作社就是如此，其中有些還抱持著創造轉型的使命。其他設計則需要社會運動及集體結社組織一同協作，像是我們之前討論的一些社會資本主義方案。另外，還有些必須在國家強力介入之下才可能，例如基本收入制度。雖然各項方案個別看來都對擴展及深化社會賦權有所貢獻，但要想在改變經濟混生體的權力結構上做出真正的突破，必須仰賴這些方案的互動及協力作用：基本收入制有助於合作社及社會經濟機構的形成；各種社會資本主義的形式能促使合作市場經濟的擴展；這一切努力都會提高人們嘗試新型態參與式社會主義的政治意願。

然而，這樣的協力共榮願景有賴於轉型發生的可能性。我們需要一個關於轉型的理論，來理解這種可能性。這就是接下來四章的主題。

註釋

1. 有一些反資本主義者相信，有可能實現一個去中心化、以民主方式計畫、在裡頭不摻雜任何市場元素的經濟。這種立場中最具影響力的一項宣稱來自 Michael Albert 的《參經濟》（*Parecon*，「參與式經濟」〔participatory economy〕的簡稱）（London: Verso, 2003），他認為複雜的全球經濟，可以透過生產者及消費者組成的委員會等參與式計畫來組織及協調。本章後段有關於該方案的簡要概述。
2. Nancy Neamtan, "The Social Economy: Finding a Way Between the Market and the State," *Policy Options*, July-August 2005, pp. 71-6.
3. 許多「在」公民社會中參與商品及勞務生產的組織都具有混生的特質，這個論點與第四章的觀點相通：經濟結構整體來看，通常也具有混生的特質，包含了資本主義、國家主義及社會主義的元素。
4. 本節是與 Edo Navot 共同撰寫，取材自一篇未出版的論文："Wikipedia as a Real Utopia," presented at the 2008 Wikimania conference, Alexandria, Egypt。
5. 另一個著名例子是開放原始碼軟體發展，其中最為人所知的就是始於 1991 年、由芬蘭電腦程式工程師 Linus Torvalds 創建的 Linux 電腦應用系統。被稱為「開放原始碼」的軟體程式原始碼免費開放給所有有興趣改善該系統的人。多年來，全世界有數以千計的程式工程師致力於發展 Linux，加入了新的特色、增加了代碼、找出並修正了其中的錯誤。

6. 密切關注維基百科歷史的人們，對於 Wales 與他早期合作對象 Larry Sanger 對該計畫的構想及設計做出何種貢獻，一直有所爭論，但是對造就這工程而言，無論誰的想法扮演更重要的角色，Wales 都與其創建及發展密切有關。想了解這些議題的討論，請參考 Marshall Poe, "The Hive," *The Atlantic Monthly*, September 2006。
7. 請見"The Free-Knowledge Fundamentalist," *The Economist*, June 5, 2008，有關 Wales 仰慕 Rand 的討論。雖然該文並未深刻討論 Wales 對 Rand 的看法背後的基礎，我認為相較於跟資本主義信仰的聯繫，這反而與放任主義／無政府主義對權力集中的政府管制的敵意更有關係。
8. Don Tapscott and Anthony D. Williams, *Wikinomics: How Mass Collaboration Changes Everything* (New York: Penguin, 2006), p. 33。當然，雖然在根本意義上，維基百科的設計是反資本主義的，但它特別的非階序式合作的設計原則，對資本主義廠商來說仍可能是有用的。
9. 該基金會最初是用 Wales 提供的資源所建立，他在投身維基百科前本是一位成功的投資金融家。後來，該基金會主要仰賴維基百科使用者的捐助。
10. http://en.wikipedia.org/wiki/History_of_Wikipedia（所有提及維基百科的網頁，取自 2008 年中期）。
11. http://en.wikipedia.org/wiki/Wikipedia:Administrators.
12. 根據維基百科的解釋，在維基用語裡，**分身帳號**是指「在一網路社群裡，用來欺騙的線上帳號」；至於**幽靈成員**則是指「僅因要支持召募他 / 她進來的人掌控地位，而被（宣稱）加入的新成員」。
13. http://en.wikipedia.org/wiki/Wikipedia:RFA.
14. 這段描述必須加上提醒讀者注意的註腳：Edo Novat 在 2008 年維基狂熱（Wikimania）的研討會上以"Wikipedia as a Real Utopia"一文發表了在此呈現的分析。之後在與維基百科長期參與者的討論中，有人對「人們確實如維基百科上所描述的那樣，能直接無礙地進入該階序體制內的各個層次」表達懷疑。
15. 在維基百科的「爭端解決過程」（dispute resolution process）的網頁底下，按下「同時參考」（See also）鍵後，將可看到一些相關資源，此外還有很多。
16. 請見 http://en.wikipedia.org/wiki/Wikipedia:Arbitration Committee。
17. Wales 在維基百科組織內，持續掌握這個「終極權力」。他從維基社群投票出來的候選人名單之中指定仲裁委員會的委員，也保留了在特殊情況下強加新規則及政策的權利，儘管他至今都克制著未曾動用這權力。Wales 曾表示，為防止惡作劇或有心人士聯合起來掌控整個維基百科，保留這權力是必要的保護措施。從現況看來，維基百科仍是一個大體說來民主，而帶有一未曾被使用之獨裁權威的組織。

18. http://en.wikipedia.org/wiki/History_of_Wikipedia.
19. 對於 Sanger 算不算維基百科的共同創辦人，或僅是與 Wales 合作的雇員，仍有所爭議。他們一起工作時，都把 Sanger 稱為共同創辦人，但在 2004 年後，Wales 堅稱他獨自創立維基百科。新聞媒體對維基百科歷史的描述，請見 Poe, "The Hive"。關於 Sanger 在 Nupedia（維基百科的前身）中扮演的角色，以及他後來自計畫離開，也有不少記錄。想知道 Sanger 自己的說法及批評，請見他寫的文章"The Early History of Nupedia and Wikipedia: A Memoir"，該文於 2005 年 4 月 18 日貼在 Slashdot 資訊科技網站，請見 http://features.slashdot.org。
20. 大眾百科「關於」（About）的網頁（粗體為原文所有），http://en.citizendium.org/wiki/CZ:About。
21. 大眾百科對其「監督員」的解釋網頁：http://en.citizendium.org/wiki/CZ:Constabulary。
22. 更多關於編輯角色的討論，請見 http://en.citizendium.org/wiki/CZ:The_Editor_Role。
23. 更多關於批准過程的細節，請見 http://en.citizendium.org/wiki/CZ:Approval_Process。
24. http://en.citizendium.org/wiki/CZ:Statistics.
25. Udi Manber, "Encouraging People to Contribute Knowledge," *The Official Google Blog*, posted 12/31/2007, http://googleblog.blogspot.com/2007/12/encouraging-people-to -contribute.html.
26. 這節的討論源自於我與 Marguerite Mendell（研究社會經濟的蒙特婁經濟學者）及 Nancy Neamtan（社會經濟建設專案小組〔Chantier de l'économie sociale〕主任）的個人討論，以及下列著作：Marguerite Mendell, Benoît Lévesque and Ralph Rouzier, "The Role of the Non-profit Sector in Local Development: New Trends," Paper presented at OECD/LEED Forum on Social Innovation, August 31, 2000; Marguerite Mendell, "The Social Economy in Québec: Discourses and Strategies," in Abigail Bakan and Eleanor MacDonald (eds), *Critical Political Studies: Debates From the Left* (Kingston: Queen's University Press, 2002), pp. 319-43; Neamtan, "The Social Economy"; Nancy Neamtan and Rupert Downing, "Social Economy and Community Economic Development in Canada: Next Steps for Public Policy," *Chantier de l'économie sociale* issues paper, September 19, 2005; Marguerite Mendell, "L'empowerment au Canada et au Québec: enjeux et opportunités," in économie, géographie et société 8: 1 (janvier-mars 2006), pp. 63-86; Marguerite Mendell, J-L. Laville, and B. Levesque, "The Social Economy: Diverse Approaches and Practices in Europe and

Canada," in A. Noya and E. Clarence (eds), *The Social Economy: Building Inclusive Economies* (France: OECD Publications, 2007), pp. 155-87。

27. 更早之前的組織「魁北克合作社協會」（Conseil de la coopération du Québec，近期更名為魁北克合作暨互助協會〔Conseil québécois de la Coopération et de la Mutualité〕），自 1940 年代起，曾在社會經濟的合作社運動扮演重要角色。專案小組不同於協會，在於它試圖代表整體社會經濟組織與活動（集體企業、非營利組織與合作社），且在它的管理結構中納入了新、舊社會運動。協會仍與專案小組並存，有時兩個機構之間會出現些許緊張情況。
28. 與 Nancy Neamtan 的私下交流得知。
29. Neamtan, "The Social Economy," p. 74.
30. 社會經濟中的居家照護部門取得的補助要遠低於托育部門，因此工資水準（以 2009 年來說）也低得多。
31. 個人訪談。
32. 下述關於專案小組的描述來自 Neamtan 與我的討論。
33. 美國這些例子顯示，社會經濟活動不全是進步的。學校券這策略經常用來減少對公立教育資助，而不是真的為了促進基進民主平等的社會賦權；特許學校經常是用來避開教師工會的手段。
34. 關於市場與照護之間張力的討論，請見：Nancy Folbre, *The Invisible Heart: Economics and Family Values* (New York: The New Press, 2001)。
35. 這個對比來自 G. A. Cohen 的論文："Back to Socialist Basics," *New Left Review* 207, September-October 1994。也可參考第三章中關於商品化如何威脅我們所珍視之價值的討論。
36. 美國現存由政府資助的學校券方案仍相當有限，主要針對貧窮的少數族裔兒童，他們倘若沒有這方案，便只能上非常差的公立學校，因此這方案仍得到少數族裔團體內的進步人士的支持。然而，學校券最強力的政治支持來自右翼社會力量，他們把這視為讓政府對公立學校資助轉向宗教設立之學校及私立學校的終極手段。特別針對窮人發券的方案，是木馬屠城的策略手法，藉此建立這項原則並將它常態化（normalize），期盼未來能大大拓展它。
37. Samuel Bowles and Herb Gintis, *Recasting Egalitarianism* (London: Verso, 1999).
38. 基本收入是真實烏托邦計畫第五冊的核心關懷：Bruce Ackerman, Anne Alstott, and Philippe Van Parijs, *Redesigning Distribution: Basic Income and Stakeholder Grants as Cornerstones of an Egalitarian Capitalism* (London: Verso, 2006)。關於更早的討論，請見 Robert Van der Veen and Philippe Van Parijs, "A Capitalist Road to Communism," *Theory and Society* 15: 5 (1986), pp. 635-55; David Purdy, "Citizenship, Basic Income and the State," *New Left Review* 208 November-December 1994, pp. 30-48; Philippe Van Parijs, "The Second Marriage of Justice and Efficiency," in Philippe Van Parijs (ed.), *Arguing for Basic Income* (London: Verso, 1992), pp. 215-34。

39. 在這些不同名稱之下，各種方案也存在著一些技術細節上的差異，但基本上，它們都是展望一種在沒有任何條件限制下給予所有人收入的機制。
40. 關於全球性基本收入的方案之一認為，世界上的自然資源應該是全人類「所有」，因此個人擁有這些資源而衍生的經濟租金應該被抽稅，並成為提供全人類基本收入的來源。因為資源在地理上分布不均，全球稅及租金再分配也將導致實質的全球再分配過程。關於全球再分配式基本收入的立場討論，請參考 Hillel Steiner, "Three Just Taxes," in Van Parijs (ed.), *Arguing for Basic Income*。
41. 有些平等主義者反對普遍基本收入，因為它使完全仰賴該補助的人，藉此剝削那些從事生產的人。捍衛普遍基本收入的人則認為，這誤解了剩餘如何在複雜社會中產生及分配的過程。相關討論，請見 Jon Elster, "Comment on Van der Veen and Van Parijs" *Theory and Society* 15: 5 (1986), pp. 709-21。
42. Philippe Van Parijs, *Real Freedom for All* (Oxford: Oxford University Press, 1997) 一書中便將「人人享有真自由」視為證成基本收入的主要理由。
43. 在設計來減少貧窮的標準收入補助方案中，如果領取者的收入低於某個門檻，便能領取現金的補助。這意味著他們的收入若提升到該門檻之上，將失去這些補助。因此他們的收入若恰好高出門檻，很可能最終導致經濟情況更糟。這種對收入的反誘因被稱為「貧窮陷阱」。
44. 普遍基本收入對性別不平等產生的淨效果仍難以判定。一方面，補助是給予個人而非家戶，減少男女之間的不平等。補助也會變成無償照護者的收入，這項好處的受惠者大多是女性。另一方面，普遍基本收入可能強化照護活動中的性別分工，使女性更難反抗壓力，而必須徹底擔負這類活動的責任。
45. 即使是稀少的補助，也可能因為替勞動市場底層的人提供了一種薪資補助，而產生正向的反貧窮效果。這類補助的功能就像是目前美國實行的勞動所得稅扣抵制（earned income tax credit），或是像 1970 年代初提出的微負向所得稅。
46. 我們很難針對這些效應做出可信預測，因為它們很可能包含顯著的非線性及動態的互動關係。因此，我們很難從現存所得補助方案的效果去推論慷慨的基本收入補助，或從低補助去推論高補助會如何。
47. 我在較早針對基本收入的分析中曾提到，社會主義是永續普遍基本收入的必要條件。如今，我不再認為該文中的論點那麼有說服力。請見 Erik Olin Wright, "Why Something like Socialism is Necessary for the Transition to Something like Communism," *Theory and Society* 15: 5 (1986)。
48. 關於工會重要權力來源是它們動員自願性集體行動之能力的討論，請見 Claus Offe and Helmut Wiesenthal, "Two Logics of Collective Action: Theoretical Notes on Social Class and Organizational Form," in Maurice Zeitlin (ed.), *Political Power and Social Theory*, Vol. 1 (Greenwhich, CT: JAI Press, 1980), pp. 67-116。

49. 關於社運工會主義的特質討論，請參考 Gay Seidman, *Manufacturing Militance: Workers' Movements in Brazil and South Africa, 1970-1985* (Berkeley: University of California Press, 1994)。
50. 在所謂「確定給付制」退休基金中，人們事先知道當他們退休時將自這些退休金裡領到多少收入。美國傳統的社會安全就像這樣，過去許多大型公司的退休金方案也是。而在「確定提撥制」退休基金中，人們能領取多少，端視你本身投入的金錢進行投資後得到多少報酬。在這類方案中，通常能選擇不同類型的共同基金及投資工具，而退休金產生的所得，端視投入的金錢數額，以及這些基金在市場上操作的情況如何。這個試圖將社會安全「私有化」的方案，其中一部分就是把它從確定給付制轉為確定提撥制。
51. 該基金主要不只用來購買股票市場上的股票，也直接以針對新廠商進行創投，以及針對已有規模的「私有廠商」進行所謂私人股權投資（private equity investments）的形式，直接投資廠商。
52. ILO Department of Communication, "Solidarity Fund: Labour-sponsored Solidarity Funds in Quebec are Generating Jobs," *World of Work* 50 (2004), p. 22。
53. 同上，頁 22。
54. QFL, *Annual Report of the Solidarity Fund 2007*, p. 13.
55. QFL, *Annual Report of the Solidarity Fund 2007*, p. 3.
56. QFL, *Annual Report of the Solidarity Fund 2007*, p. 11.
57. QFL, *Annual Report of the Solidarity Fund 2008*, p. 3.
58. 其他由工人贊助而成立的基金包括卑詩省的工作機會基金、曼尼托巴的番紅花（Crocus）投資基金，以及渥太華的渥太華第一基金。
59. 人們因為對團結基金有貢獻而得到稅額減免，成為政府方面所謂的稅式支出。如果一個貢獻該基金的人，邊際所得稅率是 20%，而這個人貢獻了一千元至基金中，那麼這個人實質上只付了八百元，另外的二百元是政府的支出。稅式支出具有不讓政府補助被看見的特質，因為它們只以稅收降低的方式反應出來，而不顯見於政府明確的分配，因此往往較不會受到政治上的攻擊。它們也讓公民能個別決定自己部分的納稅要如何使用，而不是全權由國家來決定。
60. 想了解 Rudof Meidner 對受薪者基金的完整討論，請參考 Jonas Pontusson, *The Limits of Social Democracy* (Ithaca, NY: Cornell University Press, 1992)。
61. 股份納稅制在以下的意義上成為一種財富稅：由於發行了新股份而使每份股的價值被稀釋，這就好像強迫財富持有者從他們擁有的股份中繳納一部分給受薪者基金一樣。然而，它是一種特別的財富稅：它是一種要求資產轉移的財富稅，但不是對家屋擁有者課徵以現金繳納財產稅的那種財富稅。
62. Robin Blackburn, "Economic Democracy: Meaningful, Desirable, Feasible?," *Daedalus* 136: 3 (2007), p. 42.

63. 關於瑞典股份納稅提案所引發的政爭，請見以下文章的討論：Jonas Pontusson, "Sweden: After the Golden Age," in Perry Anderson and Patrick Camiller (eds), *Mapping the West European Left* (London: Verso, 1994), pp. 23-54。
64. Robin Blackburn 運用股份納稅制來資助退休金的提案，是 2003 年舉行的「真實烏托邦計畫」研討會中的重要貢獻。研討會論文中有兩篇後來發表在期刊 *Politics and Society*：Robin Blackburn, "The Global Pension Crisis: From Gray Capitalism to Responsible Accumulation," *Politics and Society* 34: 2 (2006), pp. 135-86, and Ewald Engelen, "Resocializing Capital: Putting Pension Savings in the Service of 'Financial Pluralism'?," *Politics and Society* 34: 2 (2006), pp. 187-218。請同時參考 Robin Blackburn, *Banking on Death, or, Investing in Life: The History and Future of Pensions* (London: Verso, 2002), and "Capital and Social Europe," *New Left Review* 34, July-August 2005, pp. 87-114。
65. Robin Blackburn, "Rudolf Meidner, 1914-2005: A Visionary Pragmatist," *Counterpunch*, December 22, 2005。Blackburn 將資本主義國家不願意對股權財富課稅的行為，類比於法國在大革命前的舊體制不願向貴族課稅：「我們所居住的社會愈來愈像是 1789 年以前的法國舊體制。那時，封建貴族的財富大多免稅；如今，股份公司裡擁有股權的千萬或億萬富豪也在避稅。讓我們想起路易十六時代的其他徵象還包括『吾等死後，哪管洪水滔天』的精神、熱衷樂透，以及稅收外包的各種現代版本——例如，要求公民納稅（退休金）給商業基金管理師，而不是繳給有可責性的公部門。但是，將向股東財富有效課稅視為禁忌，是突顯這個特權政權的最重要標誌。」
66. Pierre-Joseph Proudhon, *The Stockjobber's Handbook*，引自 Martin Buber, *Paths in Utopia* (Boston: Beacon Press, 1958[1949]), pp. 29-30。
67. 這段關於馬克思對工人合作社的看法，來自 Buber, *Paths in Utopia*, chapter VIII。
68. 引自 Buber, *Paths in Utopia*, p. 84。（譯註：中譯文參考中共中央馬克思恩格斯列寧斯大林著作編譯局編譯，《馬克思恩格斯全集》第八卷，〈路易·波拿巴的霧月十八日〉，請見 http://cpc.people.com.cn/GB/64184/180145/180173/10865905.html。）
69. Karl Marx, "The Inaugural Address to the International Working Men's Associations" (1864) in Karl Marx and Frederick Engels, *Selected Works in Two Volumes* (Moscow: Foreign Languages Publishing House, 1962), volume I, p. 383。（譯註：中文譯文參考中共中央馬克思恩格斯列寧斯大林著作編譯局編譯，《馬克思恩格斯全集》第十六卷，〈國際工人協會成立宣言〉，請見 http://cpc.people.com.cn/GB/64184/180145/180182/10879118.html。）
70. Marx, "Inaugural Address," pp. 383-4。（譯註：中文譯文參考中共中央馬克思恩格斯列寧斯大林著作編譯局編譯，《馬克思恩格斯全集》第十六卷，〈國際工人協會成立宣言〉，請見 http://cpc.people.com.cn/GB/64184/180145/180182/10879118.html。）

71. Buber 提到，馬克思認為合作社成為一般工廠的趨勢是個重要問題：「〔馬克思〕清楚認識到合作社墮落為一般布爾喬亞股份制公司的危險，他甚至也推薦了正確的藥方：所有受僱工人應該領取相同的股份。」（Buber, *Paths in Utopia,* p. 85）。

72. http://www/nceo.org.

73. 儘管如此，值得一提的是具有 ESOP 的資本主義廠商的經濟表現，似乎比起缺少 ESOP 的廠商要好。全國員工入股中心如此報告：「在至今〔2005 年〕針對密切遵循 ESOP 的公司進行的最大型及最具意義的研究中，羅格斯大學的 Douglas Kruse 與 Joseph Blasi 發現，比起沒有 ESOP 的情況下，ESOP 似乎在總銷售量、受僱人數及每位雇員銷售量上，每年增加 2.3%至 2.4%。ESOP 公司也更有機會在該行業中存活更長。」請見 http://www.nceo.org。

74. 還有許多其他種類的合作社：像雜貨店的消費合作社、行銷合作社、住屋合作社、購買型合作社（例如小農聯合組成合作社，一起購買原料）。它們每一種都體現了社會賦權的某些原則，但它們對於資本主義造成的對立或甚至是挑戰，並不像工人合作社那麼大。

75. 請見 http://www.usworker.coop。這些數據據稱僅是保守的估計而已，因為據美國工人合作社聯盟所言，「我們缺乏在美國的工人合作社的數量及輪廓的完整資料。」然而，即使將以上的估計值加倍，實行民主的工廠仍僅占美國經濟中極小的一部分。

76. 關於在「交易成本」分析及新古典經濟學的架構下如何看待工人合作社面臨的問題，相關精采討論請見 Henry Hansmann, *The Ownership of Enterprise* (Cambridge, MA: Harvard University Press, 1996)。

77. 在 Bowles 與 Gintis 合編的《重鑄平等主義》中，也談到工人所有的工廠，透過讓管理階層與工人的利益更加一致，而減少交易成本，據此讓它們比資本主義工廠更有效率。

78. 關於蒙德拉貢合作社的發展敘事，源於我與蒙德拉貢高級職員個別訪談，以及一些出版品：George Cheney, *Values at Work: Employee Participation Meets Market Pressures at Mondragón* (Ithaca: ILR Press, 1999); the official website of Mondragon: http://www.mcc.es; and Baleren Bakaikoa, Anjel Errasti, and Agurtzane Begiristain, "Governance of the Mondragón Corporación Cooperativa," *Annals of Public and Cooperative Economics* 75: 1 (2004), pp. 61-87。

79. 一如第五章曾討論過的，合作市場經濟結合了社會經濟及社會資本主義這兩條通往社會賦權的途徑。它是一種社會資本主義，因為在其中，社會權力在商品及勞務的生產過程中控制了經濟權力；它也是一種社會經濟，因為合作社這種自願性團體涉及集體財的直接生產，這些集體財是促成頻繁合作所必須的。

80. 離開蒙德拉貢的兩間合作社分別是 Irizar 與 Ampo。1990 年代初，兩者都遭逢嚴峻的經濟困境而幾近倒閉，但由於 MCC 內經濟上的連帶而獲得援助。這特別得力於 Fagor 在當時優異的經濟表現。如今，Fagor 身陷經濟困境甚至是危機中，曾期待能從如今經營得不錯的企業那裡得到支持，像是 Irizar 及 Ampo。離開 MCC 的合作社領導層認為，它們之所以離開，是因為對於管理模式有歧見，特別是要求要有新一代的董事這個問題。然而，與我討論過這些問題的蒙德拉貢工作人員相信，它們的離開是基於經濟上的好處，為此違背了 MCC 經濟團結的核心原則。
81. 過去在蒙德拉貢的合作社內，約有 10%至 20%的工人是非社員雇員。以往，人們會期待說，這些雇員大多數在經過了一或兩次暫時性聘僱契約的試用期後，最終能有機會成為合作社的社員。然而，近幾年來，暫時雇員成為合作社終身社員的比率在下降。因此，合作社內的聘僱結構相較於以前，如今已變得更加二元化。
82. 在我與蒙德拉貢社員訪談的過程中浮現的另一個問題是，他們對巴西子工廠的工人存在著高度的不信任及偏見。有些人直言，這些人很不可靠且懶惰，缺乏經營一個成功的合作社所需的動機。
83. John Roemer, *A Future for Socialism* (Cambridge, MA: Harvard University Press, 1994) and *Equal Shares: Making Market Socialism Work* (London: Verso, 1996).
84. 在馬克思主義的架構中，這也意味著消除了大多數的資本主義剝削形式，畢竟資本主義的剝削靠的是直接生產者被排除在生產工具的所有之外。
85. Michael Albert, *Parecon* (London: Verso, 2003), p. 9。Albert 稍後如此澄清社會所有權的概念：「我們把生產工具的所有權從經濟圖象中移除。我們可以將此舉想成，我們就決定說，沒有人擁有生產工具。或我們可以想成，我們就決定每個人擁有每一單項生產工具的一定部分，這些部分與其他每個人擁有該單項的部分相等。或者，我們可以想成，我們決定社會擁有所有生產工具，但它對任何生產工具沒有決定權，也不能宣稱擁有其產出。」（頁 90）
86. Albert, *Parecon*, p. 9（粗體為原書作者所加）。
87. Albert, *Parecon*, p. 10.
88. Albert, *Parecon*, p. 10.
89. Albert, *Parecon*, p. 10.
90. Albert 並不將第二項報償基礎說成是正義的原則，而認為是同情的原則。根據需求去支付「並未真的吻合經濟正義的定義……經濟體講求平等、合理、正義是一回事，經濟體講求同情又是另一回事。講求公平的經濟體並不就是道德可欲的經濟學裡的一切。」（*Parecon*, p. 37）我在第二章裡所提出的社會正義，將 Albert 的同情規範結合到社會正義的概念。事實上，我認為，倘若人們無法透過自己努力取得過上美滿生活所需的資源，那麼剝奪人們這些資源並不正義。然而，我不認為有必要去爭論有道理的同情（justified

compassion）到底是社會正義的一個面向或單一的原則。我認同 Albert 所說「正義不是評估社會制度的唯一價值」，而功能上來看，「平等取得助他們蓬勃發展之資源」的「平等取得」，包括平等取得能帶來收入的工作，而努力則是決定收入的重要指標，也包括平等取得反映特殊需求、出於同情而分配的收入。

91. Albert, *Parecon*, p. 12.
92. Albert, *Parecon*, p. 93.
93. Albert, *Parecon*, p. 28.
94. Albert, *Parecon*, p. 131.
95. Albert, *Parecon*, p. 127.
96. Albert, *Parecon*, p. 126.
97. 一個人影響決定的能力應與這些決定影響他們生活的程度等比例，這項原則在我討論政治正義的內涵時並不明顯，但我認為它是把「人們應擁有平等參與影響他們生活之決定」的原則更細緻闡述。
98. Albert, *Parecon*, p. 79（粗體為原書作者所加）。
99. Albert, *Parecon*, p. 277。我不認為拿奴隸制與市場作類比具說服力。奴隸制本質上就道德層面來看是可憎的。市場之所以可憎（如果它真變得如此），也是因為總體浮現的性質及效果，而不是內在於它的組成特質。平等的雙方之間進行自願性的雙邊交換，在道德上並沒有什麼問題。如果，存在著維繫這種平等關係的機制，那麼將這樣的交換例行化，將不像奴隸制那樣，從根本上可被否定。市場從總體上產生的性質及負向外部性，確實有可能威力強大到任何民主管制的方式都無法消解，但這樣的論點要比當前拿奴隸制來類比複雜許多。
100. 我在此討論這個議題，是立基於尋找市場與參與式計畫之平衡點的關懷，但同樣的觀點也可以運用到，找尋集權式國家管制與參與式計畫的平衡點。
101. Gay Seidman, *Beyond the Boycott: Labor Rights, Human Rights and Transnational Activism* (New York: Russell Sage Foundation, 2007)。請同時參考 César Rodríguez-Garavito, “Global Governance and Labor Rights: Codes of Conduct and Anti-Sweatshop Struggles in Global Apparel Factories in Mexico and Guatemala,” *Politics and Society* 33: 2 (2005)。
102. http://www.studentsagainstsweatshops.org.
103. Christine Overdevest, “Codes of Conduct and Standard Setting in the Forest Sector: Constructing Markets for Democracy?,” *Relations Industrielles/Industrial Relations* 59: 1 (2004), pp. 179-80。
104. 請見 Overdevest, “Codes of Conduct and Standard Setting”。
105. 關於正義咖啡的資訊，可見於它的網站：http://justcoffee.coop。想更徹底了解公平貿易咖啡，請參考 Daniel Jaffee, *Brewing Justice: Fair Trade Coffee, Sustainability, and Survival* (Berkeley: University of California Press, 2007)。

第三部
轉型

第 8 章

轉型理論的要素

即使同意前述的社會賦權願景，對人們來說既是**可欲的**，也是**可行的**，我們仍須面對一個問題：它如何才有**可達成的**機會？持懷疑態度的人或許會說：如果這些制度設計確實大大推進基進民主平等的解放理念，那麼這些制度的設立將遭到利益受這種變革所威脅的菁英群起反抗。只要資本主義仍主導著經濟結構，那些菁英就擁有足夠的力量，阻礙或顛覆任何真正朝著社會賦權路徑前進的運動。

因此，這便成為轉型理論要處理的基本問題：為了推進民主平等的理念，我們必須在資本主義社會的經濟結構中，基進地擴展並深化社會賦權的能量，但任何朝此方向推動的重要運動，勢必威脅自資本主義結構中獲益最多的權勢者，這群人也能夠運用他們的力量來反對這類運動。那麼，朝著社會賦權路徑前進的重要運動，該如何達成呢？我們需要一個解放社會轉型的理論，來回答這個問題。

一個構思完整的社會轉型理論，包含了以下四項相互關連的元素：**社會再生產**的理論、**再生產之缺口及矛盾**的理論、**非意圖社會變革軌跡**的理論，以及**轉型策略**的理論。第一項理論探討解放轉型所面臨的阻礙。第二項則告訴我們，雖然面臨這些阻礙，

274

轉型的可能性仍確實存在。第三項試圖明確指出阻礙與可能性的未來發展。最後，第四項要素，在先前討論完阻礙、可能性及未來發展軌跡之後，試圖繼之回答「我們該做些什麼」。為了清楚闡述，我們將分別討論這四項理論議程，但其實四者高度相關。再生產、矛盾、變革之動態軌跡等過程並無法一刀切：社會再生產的過程本質上就是矛盾的，而涉及這種矛盾再生產的實作便內生出非意圖的社會變革軌跡。

本章將簡要描繪以上每一項議程。我並不想徹底討論每一項，因為這需要另一本書的篇幅才能做到。本章的目的是架設一個平台，以供後三章繼續討論各種解放式轉型的模式。

社會再生產

針對「社會再生產」這個詞彙，社會理論中有許多不同的用法。有時，它指的是社會地位於世代之間再生產的問題：社會再生產主要討論父母如何透過社會化、教育、財富轉移等方式，將地位傳遞給他們的兒女。有時，社會再生產是用來相對於「生產」的概念：再生產指的是那些經年累月再造人們的活動，尤其指多為女性從事的照護及養育活動，這類活動和生產商品及勞務的活動截然不同。在此，我所指的是一社會的社會關係及制度的基本結構再生產的過程。雖然這確實包含了代間地位傳遞的機制，也包含日復一日再造人們的問題，但在這裡對該詞彙的使用指的是社會結構的再生產。

所有形式的解放社會理論，都至少初步討論社會再生產的問題。有時十分簡略，僅強調有權力及特權的行動者如何運用強制方式，維持自己的優勢。但典型的社會再生產理論將涉及「人的主體性及日常實踐如何被塑造，以促進社會體制的穩定」這個複雜議題。

資本主義社會的社會再生產透過兩種相互連結的過程展開，我稱之為**被動再生產**（passive reproduction）與**主動再生產**（active reproduction）。被動再生產指的是在日常例行事務及活動之上進行的社會再生產。此即「隱然強制發生之日常生活」的社會再生產。人們帶著根深蒂固的習慣及傾向來過日常生活，有種再自然不過的感覺，將我們生活在其中的社會世界視為理所當然。工人上班，遵從工作的指令，在此同時，他們不但生產了市場所需的商品，也再生產了他們自己工人的地位。[1] 並沒有專門的努力或有意識設計的制度，是為了達成社會再生產的這種被動面向。被動的社會再生產僅是人們投入到一種推動自我存續之均衡狀態下，進行日常活動的副產品，而在這種狀態下，行動者的傾向及選擇，將產生一系列強化原傾向及選擇的互動。[2]

275

相對來說，主動社會再生產，即（至少部分）針對社會再生產目的所設計特定制度與結構的結果。這包括的制度範圍很廣：警察、司法機關、政府行政單位、教育、媒體、宗教等。這些制度並非只為了社會再生產。大多數複雜的社會制度都具有多重「功能」。「這些是主動社會再生產的制度」的說法，也不必然意味著它們總是有效。事實上，對於社會解放理論來說，這些制度的侷限及矛盾非常重要。在此我們關切的社會再生產，不僅是日常活動無意識的副產品，也是個人有意行動及有意設計制度造

276

成的結果。

主動與被動的再生產之間互動的方式也很重要。各種能穩定日常生活例行活動的制度，都有助於被動再生產。例如，國家對契約的規範，使勞動市場及工作中的例行活動變得可以預測，而在工作場所的日常活動中，這也反過來支持了被動再生產。據此，若因為某些原因，使得形塑日常生活脈絡的制度本身受損，將會阻礙被動再生產。但同樣地，倘若被動再生產的過程並不強且其中存有矛盾，那麼主動社會再生產的制度將面臨巨大的負擔。因此，主動與被動的社會再生產所建構出的體系，其內在的連貫性及有效性可能具有不一的程度。

現今大多數解放社會理論流派對社會再生產的基本（隱含）論點如下：**有系統地強加傷害於人們身上的社會結構及制度，若想要長時間持續下去，則需要有效的主動社會再生產機制**。只靠根植於被動再生產機制的社會慣性，難以維持壓迫及剝削；要維持它們，有賴於主動社會再生產機制。[3] 這個觀點本身源於三項基本宣稱：

277

1. **傷害的真實性**：對資本主義的診斷及批判所明確指出的傷害，並不只是反映理論家獨有的價值及想法；它們或多或少都是人們親身經歷到的真實傷害。[4] 當然，人們未必了解這些傷害的**根源**為何。這是為何解放社會科學一開始要診斷並批判現存的社會結構及制度。但是，雖然傷害的性質及原因並非顯而易見，卻依然是貨真價實的傷害，而不僅是觀點問題而已：這些傷害在人們實際的生命經驗中體現，如果人們擁有一切相關資訊，通常能指出這些社會製造出的傷害。

2. **人類的能力及動機**。人們普遍來說都具有一定的基本能力（智能、想像力、問題解決的能力等），以及動機（渴望物質富足、安全、社會連繫，以及自主性等），這使我們能預測，當人經歷傷害自己生命的事物時會試圖做些什麼。當傷害的根源來自社會，這就表示：只要**制衡傷害的力量不存在**，人們就會試圖改變產生這些傷害的社會條件。雖然這不意味著，當人們的人生遭遇苦難時，從來不會選擇認命一途，但是認命本身是需要解釋的，因為人們具有智能以及解決問題的能力。他們為了改善自身環境所做的回應，必然受到某些阻撓。

3. **阻礙**。當阻礙社會轉型的機制並不存在，人們便會傾向挑戰那些產生傷害的社會結構與制度；雖然這不表示他們會完全成功，但那些結構與制度很可能改變。**因此，需要解釋為何沒人出來挑戰壓迫**。這是社會再生產理論試圖為解放社會理論提供的：去了解對這種減少壓迫之社會轉型過程產生阻礙的特定機制。這不是說，壓迫性社會結構面臨挑戰總是十分脆弱而不甚穩固，且需要設計精良的主動機制來鞏固它們。資本主義不像生物有機體那樣，只有在特定及受限的條件下才能存活下來。資本主義這種壓迫性社會體制所需要的是能產生足夠效果的機制，這些機制將社會衝突壓制在可容忍的限度以內，消除衝突帶來的毀滅效果，以使資本主義仍能持續進行投資及資本積累。

278

　　如此理解的話，解放社會科學內的社會再生產問題，**不同於**社會學內古典的「社會秩序問題」。社會秩序及社會再生產理論，都試圖解釋社會如何融合且維持穩定，但它們在解釋時設想的反事實（counterfactuals）卻大不相同。與社會秩序相反的事實是霍布斯式的混亂狀態（Hobbesian chaos）；與社會再生產相反的事實則是社會轉型。社會秩序問題的基礎如下：個人有可能以全然不受規範限制的掠奪方式行動，也就是所有人對抗所有人的戰爭。社會秩序理論試圖解釋的對象是產生穩定合作及社會整合形式的機制，這些機制能抗衡這種個人主義式、掠奪成性的反社會傾向。社會再生產理論則立基在以下命題，即人們有可能以集體方式挑戰宰制、壓迫、剝削的結構。這套理論試圖解釋：有些機制能形成足夠穩定之合作及體系整合形式，進而消除掉尋求轉型的集體傾向。社會秩序及社會再生產的問題都是社會理論中的重要主題，某些制度可能同時促成兩者——例如，警察可以防止發生混亂情況，也阻礙了解放式轉型。然而，在此我們關注的不是上述的社會秩序議題，而是有系統地促進資本主義社會中，權力、壓迫、特權的根本社會結構再生產的過程。

279 那麼，社會再生產理論具有哪些核心要素呢？有四類特別重要的機制，能透過其中各種制度影響人們個別或集體行動：**強制力**、**制度規則**、**意識型態**、**物質利益**。這些要素構成資本主義社會再生產的機制，首先，針對威脅資本主義權力及特權結構的個人及集體行動，它們予以防止；其次，它們也會對行動加以引導，使這些行動確實促進社會結構的鞏固，尤其是促進被動再生產的過程。[5] 資本主義再生產理論的核心問題，即理解資本主義社會制度如何達成上述目標。

強制力、制度規則、意識型態、物質利益有很多種互動方式，有些能更有效地建立一個連貫的社會再生產體系。有兩種樣態特別重要，我將它們稱為**專制**（despotism）與**霸權**

（hegemony）。[6] 前者之中，強制力與制度規則是核心的社會控制機制；意識型態及物質利益的主要功能在強化強制力與制度規則。後者之中，意識型態及物質利益則在社會再生產中扮演更核心的角色。底下，我先簡要討論每一類機制，然後檢視專制與霸權兩種型態的對比。

1. 強制力：提高集體挑戰成本的機制

主動社會再生產的核心包括各種過程，這些過程藉由施加各種懲罰，提高想對現存權力及特權結構進行集體挑戰的成本。這包括了參與集體行動的個人成本，以及組織這類行動的集體成本。

280

這裡特別重要的是，國家藉著將特定形式的集體行動視為非法來管控情況。這涉及的問題不僅是國家禁止直接挑戰現存權力結構的革命運動，以及由此引發動亂的暴力；有些團體想促成社會轉型而聯合組織起來，國家則試圖規制這樣的團體實踐，這也是種強制力的展現。例如，美國勞工運動之所以微弱，部分原因即法律規定特別嚴格限制工會，讓它們較難組織工人並投入集體行動。允許雇主在罷工期間僱用新工人替代罷工者的法律、禁止工會發動間接抵制（secondary boycott）的法律、規範有利於雇主的工會確認選舉（union certification election）及解除確認選舉的法律等，都是提高個人及工會採取集體行動成本的規範。違反上述規定的工會將面臨國家直接的鎮壓行動，包括巨額罰款，或工會成員及領袖被捕入獄。這種對勞工運動不利的法律環境，又因為國家機器在規制上的行政實作而更加惡化，在執行有利於工人的法律時，它們往往採取較寬鬆的態度。因此整體的結果就是壓制與敵視工會組織的規範環境。

國家的直接規範之外，非國家的行動者也以各種方式運用強制力及強制力的威脅，提高集體挑戰權力與特權結構的鬥爭所需的成本。有時，這些非國家形式的壓制得到國家授權，例如允許雇主解僱眼中的麻煩雇員，或是禁止人們在購物商場發送小冊子。另外，有些私人壓制並未正式得到授權，但國家仍默許它存在，例如長期存在的一些私人組織，便以強制力量維持種族宰制及排除他人的結構。

如你我所知，壓制未必管用。它帶來憤怒、減損正當性，並使那些同樣受害的人之間發展出凝聚力。因此，某些情況下，強制力會引發更強烈的抵抗，結果無法促成社會再生產。於是，社會再生產理論的關鍵問題，是理解什麼樣的情況能幫助或破壞社會再生產的強制工具有效運作。我們將在底下討論霸權時，進一步檢視這個問題。

281

2. 制度規則：創造集體行動機會的程度差異

雖然我們不應低估直接鎮壓非法行動的重要性，但若只把這類外顯的強制力視為國家在社會再生產過程中的角色，那也是一項錯誤。同樣重要的還包括某些程序上的「遊戲規則」，它們讓尋求某些行動過程比起尋求其他行動要來得容易。當較容易且低風險的策略比較困難的策略更不會威脅資本主義的穩定性時，這種集體行動機會的程度差異便會促進社會再生產。

我們以資本主義社會的核心制度「代議民主」為例。落實普選權利以前，資本主義統治菁英普遍害怕民主將威脅資本主義的穩定。這似乎很容易理解：如果你賦予這些遭資本主義傷害的人投票權，他們當然更容易挑戰資本主義。馬克思在著作中談到代議民主，便表達了這樣的期待：

> 然而，這部憲法的整體矛盾如下：它讓無產階級、農民、小資產階級透過普選權都擁有了政治權利，而這憲法的目的，卻又是為了鞏固這些階級的社會奴隸狀態不被動搖。它也從擁有舊社會權力的階級——資產階級——那裡收回了這權力的政治保證。它將民主條件強加到資產階級的政治統治中，而這民主條件不斷讓那些敵對的階級獲得勝利，同時破壞了資產階級社會的基礎。[7]

但事實證明，代議民主成為發展完善的資本主義中社會穩定的重要來源之一。Adam Przeworski 在關於資本主義民主的動態再生產效應的精采分析中解釋，情況之所以如此，是因為資本主義民主疏導社會衝突的方式，往往再生產了資本主義的社會關係。[8] 歷史上社會主義政黨面臨兩難：如果它們認真參與選戰，就必須臣服在系統性的壓力之下，舉措得負責任，按照遊戲規則走，如此一來，久而久之便侵蝕了它們的戰鬥力；如果它們不參加選戰以避免承受那些壓力，就得冒上被政治邊緣化的風險，因為其他政黨將占據更有利的位置，為工人及其他社會主義政黨的潛在支持者眼前的經濟利益發聲。為了避免遭邊緣化的窘況，歷史上社

282

會主義政黨選擇積極參與選戰，但為了贏得選戰，它們必須支持一些吸引中產階級選民的政策，而這些選民的利益並未與資本主義有明顯矛盾，當它們真的取得選戰勝利且想要繼續執政，就必須支持那些鞏固資本積累的政策。Przeworski 強調，社會主義與社會民主政黨實際上並未背叛工人的重要物質利益，但從更鉅觀的層面來看，它們達成工人物質利益目標的做法，往往是強化而非削弱資本主義。代議民主已大大推進這種整合的過程。

資本主義國家中的選舉制度設計，恰恰說明 Claus Offe 稱為「逆選擇」（negative selection）的這種廣泛現象：國家制度的組織藉此篩選掉（逆選擇）那些嚴重破壞資本主義再生產的實作及政策。[9] 國家內植的逆選擇機制包括官僚行政機關的正式規定（讓國家官僚隔離在人民壓力之外）、司法程序（讓反體制力量難以有效運用司法），以及規範國家取得活動所需稅收的規定（讓國家仰賴資本主義經濟，靠其產生的收入才有稅源）。Offe 認為這些機制重要的再生產特質，在於它們有系統**排除**的東西：這些國家的篩除機制，有效阻礙「有系統地挑戰資本主義基本結構並付諸行動」的可能性。[10] 當資本主義批評者認為資本主義國家有系統地偏坦資本家階級，他們多半是認為，國家機器的制度規則內建這種逆選擇的階級特質。[11]

283

3. 意識型態與文化：形塑行動者主體性的機制

如果想討論如何塑造行動者主體性的社會過程，以及這如何促使（或者有時是破壞）我們這裡指的社會再生產過程，其實有許多不同方式切入議題。其中一種就是先區分意識型態及文化。在這裡的討論中，意識型態指的是主體性的**意識**層面：信仰、想法、價值觀、信條、理論等等。文化指的是主體性的**非意識**層面：傾向、習慣、品味、技能。因此，以「激烈競爭的個人主義是好的」這項信念為例，它便是資本主義意識型態的一個面向；以極個人主義競爭的方式展現的個人習慣、技能、傾向，則是資本主義文化的一個面向。[12]

284

社會再生產理論的一項核心議題是，如此定義下的意識型態及文化，如何促使權力、不平等、特權的結構存續下去。為什麼人們的想法及其內在傾向會對一個社會結構的穩定產生助益呢？為了回答這個問題，人們提出許多機制。最簡潔了當的回答是：受益於既存的權力及特權結構的個人及機構，控制著觀念的生產及散播。[13] 例如資本主義公司所支配的大眾媒體，就在這個過程起了特別顯著的作用。雖然這無法保證人們接受的訊息完全符合掌權者的利益，但確實意味著，相對於那些挑戰權力與特權結構的觀點，肯認體制的觀點將更為流行、廣泛散播，只需花較低成本就能接觸到它們，同時背後又有強勢媒體及機構在支持著，這些都是它們的優勢。在很大程度上，人們接受到的明確訊息形塑了他們抱持的信念及觀點，這往往讓普遍的信念符應於社會再生產的需求。

不管意識型態及文化往往如何符應資本主義社會再生產的需求，那並非擁有權力的行動者刻意灌輸的觀念所直接導致的結果。這種符應也產生自形塑信念及個性的微觀過程。社會化的制度——如家庭及學校——通常關注於教導孩子，讓他們學會那些

285 幫助他們未來在成人世界中生存無礙的習慣及傾向，在面臨種種限制之下仍能過上最理想的生活。因此，父母及師長試圖盡其所能，鼓勵孩子培養在權力、不平等、特權的現存結構下至少能有效適應的性情。雖然不一定完美達成這個目標，但至少使得社會結構再生產所需要的社會主體，與在社會上被生產出來的社會主體，兩者之間有最起碼的符應。[14]

當然，信念不只在童年時的社會化過程中被灌輸而已，更是終其一生不斷被形成及重塑，而這也與社會再生產的過程有關。這裡所涉及的議題是：信念形成的心理過程，與人們對於在其中行動的社會情境所擁有的生活經驗，兩者以各種方式互動。這也是主動及被動社會再生產接合之處。例如，Jon Elster 提出**適應性偏好形成**（adaptive preference formation）是一種心理過程，藉此人們往往將自己覺得何者可欲的信念（beliefs about what is desirable），與他們認為可能成真的想法（perception of what is possible）結合起來。對於支持不平等之意識型態的某些核心要素，這也提供了心理基礎。[15] Göran Therborn 在對意識型態及人類主體形成的分析中，闡釋了一個簡單的學習模型：當個人在生活時，是根據自己對所在社會世界的本質抱持的信念來行動。如果他們相信個人接受教育是改善物質條件的方法，相較於認為教育沒什麼大不了的人，他們更可能努力受教育，而如果他們真的受更多教育，比起那些沒接受同樣教育的人，前途就可能比較好。當人每天開始工作，他們的行動便立基在自己對別人將如何

286 行動、行動又會導致何種結果的期望之上。在一個有著相連結的期望及行為模式的運作良好的制度下，這些期望及預期很有可能

會受到一致的確認，進而強化人們背後的信念；當期待落空時，信念則會被削弱。以 Therborn 的話來說，倘若社會體系產生了一套「肯定與認可」（affirmations and sanctions）模式，這套模式又與特定意識型態之信念吻合，那麼，該意識型態就會受到強化。當個人在日常實作中達致促進社會穩定的信念，意識型態也促進了社會再生產。

當我們討論意識型態及信念形成的各個面向，跟社會再生產以及挑戰權力、特權結構的潛能有何關係時，其中最重要的一項議題或許是關於「**什麼是可能的**」之信念。[16] 人們能夠對社會世界有諸多抱怨，也知道它對自己及他人產生了顯著的傷害，但他們仍認為難以避免這些傷害，覺得完全不可能讓情況有顯著改善，因此，多做抗爭而試圖改變情況毫無意義，尤其抗爭往往必須付出可觀的成本。這種信念有一部分是透過教育、媒體和其他過程（藉此人們被告知什麼是可能的）形成的。然而，透過例行的日常活動，也形構以上的信念，這讓人們覺得現存制度、社會關係、結構似乎是自然而然且無可避免的。

4. 物質利益：結合資本主義結構有效運作與個人福祉的機制

1930 至 1950 年代任教於劍橋大學的經濟學家 Joan Robinson 曾說過這麼一句名言：「比被資本主義剝削還糟的就是未被剝削。」當然，她這話的意思是，失業比有工作但被剝削還要慘，而不是說剝削是件可欲的事。這句妙語反映資本主義社會中社會再生產過程的一項重要概念：資本主義組織人們生活物質條件的方式就是，當資本主義經濟運作得好（比起運作得差）時，每個人的生活會比較好。因此，「對通用汽車好的事物便是對美國好的事物」這句名言裡，包含了一項重要的真理：在運作良好的資本主義中，幾乎每個人的物質利益，都大幅仰賴成功資本主義的經濟活動。

每個人的物質利益幾乎普遍仰賴資本主義廠商追逐利潤，這或許是資本主義社會中社會再生產最基本的機制。它讓「資本主義事實上符合每個人，而不只是資本家的利益」這個講法變得有說服力，而且帶給偏好取代資本主義的想法更多壓力。這於是呼應了民眾對某幾類國家政策的廣泛支持——那些政策能維持穩健的資本積累——並且有系統地限制對以下政策的追求：即對大部分人有利，卻傷害資本家利益的政策。只要資本主義能有效地將大多數人民的物質利益與資本家的利益結合起來，其他社會再生產機制要處理的工作就少得多了。

正因為這項機制的關鍵地位，當討論社會再生產時，資本主義的經濟危機才會揮之不去——在危機情況下，個人物質利益與資本主義的緊密結合會減弱。在較長的危機時期裡，多數人在勞動市場及資本主義整合的核心機制中，可能變得相對邊緣化，他們因此開始覺得挑戰資本主義的意識型態及運動有其道理。馬克思及恩格斯在《共產黨宣言》最後著名的幾句話是：「無產階級除了他們的枷鎖之外，已沒什麼可以失去的了。他們能贏得的則是全世界。全世界的工人們團結起來！」當資本主義無法提供人們基本的物質溫飽及安全時——而不只是當工人的自由受限時——這幾句話顯得更有說服力。因此，資本主義的穩定性及其抵抗轉型挑戰的強健性，明顯仰賴它能夠在經濟上將眾人成功整合進來的能力。

專制式與霸權式再生產

288

強制力、制度規則、意識型態／文化以及物質利益，不應被理解為四群相互獨立、自主的機制，各自僅一點點地促進社會再生產。反之，社會再生產是以上各過程複雜互動下產生的結果。當人們相信制度規則具正當性（意識型態的一個面向），當遵從這些規則符合人們的物質利益，當人們預期違反這些規則會被懲治，制度規則便能運作得最順暢。[17] 當大多數人出於自利而守法，強制力便最有效。當意識型態與重要的物質利益相結合，意識型態便變得更為穩固。因此，想要了解社會再生產的問題，我們必須研究這些機制結合的樣態（configurations），而不只是分開來探索個別機制。

這些再生產機制有兩種樣態特別重要：專制式再生產及霸權式再生產。

專制式再生產之中，強制力是主要的社會再生產機制，它也結合施行強制力的特定制度規則。社會秩序的維繫主要透過恐懼，而潛在的轉型挑戰遭各種壓制手段擋下。意識型態與文化以及物質利益仍然起作用，但僅限提供菁英內部的凝聚力，以及讓壓制勢力一方本身有必要的忠誠。然而，社會再生產的過程大多仍藉由強制力來實現。

霸權式再生產中，強制力退居後台，從屬的階級及團體主動

289 的甘願（active consent）變得格外重要。[18] 主動的甘願是指人們情願合作並參與再生產現存權力及不平等結構的工作，主要不是出於恐懼，而是因為他們相信這麼做不但符合他們的利益，也是該做的事。主動的甘願需要的，不只是人們單純認識到自己的生計仰賴資本家的利潤。這一點在資本主義社會再生產的專制體制內同樣如此。主動的甘願需要人們進一步認為，從資本積累及資本主義發展所得好處至少有部分是與一般人共享，例如根據生產情況調整的加薪措施，或是透過國家以「社會薪資」的形式進行重分配。這是一種對價關係（quid pro quo），工人以主動合作當成交換，換取成長帶來的好處，這種做法被稱為「階級妥協」（class compromise）。

以 Gramsci 的話來說，主動的甘願也取決於支配階級是否能被視為整個社會的「道德及知性領袖」。**領袖**（leaders）不同於**老闆**（bosses）：服從老闆是因為權力；跟隨領袖則是因為相信領袖站在自己這一邊，因此認為他們是打從心底關切自己的利益，也覺得與他們共同擁有一個美善社會的願景。在這情況下，支持現況存續的意識型態，就不是強加於社會之上的外來觀念，而是將菁英與大眾連結到一個共同計畫之上的「常識」。[19]

國家的制度規則在霸權式社會再生產內，要比在專制式內更為複雜。在專制體制內，國家的制度規則主要藉由扮演威脅及懲戒的角色，來促進社會再生產。它們主要面臨的問題，在於涵蓋突發性、自我摧毀式的壓制形式。在霸權式社會再生產中，制度規則的角色更吃重，因為它們要求能促進階級妥協，至少能形構

出粗淺的意識型態共識。因此，遊戲規則需要將菁英及統治階級的行動導入正面的方向，而不僅針對從屬階級的行為而已。

社會再生產的專制式及霸權式樣態都是理念型（ideal types）。大多數現實的資本主義體制同時包含了霸權式及專制式的過程。今日美國的特定人群之中，專制式再生產扮演關鍵角色，特別是居住在內城的少數族裔。非裔美國人入監的比例出奇地高，反映了霸權式計畫的失敗。另一方面，「中產階級」裡很大一部分，則透過完全霸權式過程熱切參與了社會再生產的任務。對大多數工人階級來說，面對的則是兩者混合的社會再生產過程。

290

限制、缺口及矛盾

如果社會再生產過程是全面、有效且完全融貫一致的，那幾乎不可能存在任何有效策略來推動基進的社會轉型。在各種經過縝密考量的社會變革中，唯一有可能推動的是，必須完全符合現有權力與特權結構的再生產。

社會理論中某些流派所主張的觀點，很接近上面的說法。例如，某些人對 Foucault 作品的詮釋，認為支配無孔不入地滲透到日常生活的各層面，致使實際上不存在任何轉型式抵抗（transformative resistance）的空間。有些對意識型態及文化的論述，認為支配性意識型態及文化形式的掌控力量十分強大，因此很難出現有意義的挑戰。此外，有些對於國家壓制能力的討論讓人覺得，即使人們想要掙脫霸權意識型態的束縛，但由於不可能不引發重挫這些挑戰的鎮壓力量，所以仍無力組織能真正威脅支配階級及菁英的集體行動。

我們有理由懷疑這種基進悲觀主義的論調。解放社會科學的核心任務之一，就是試圖理解再生產體制內的限制、缺口及矛盾，這些都為轉型策略打開了可運用的空間。當然，我們無法先驗地確知在任何時空環境下，這類空間是否夠大，足以產生重要的運動，逐漸對支配、壓迫、剝削的結構徹底轉型。然而，即使空間十分有限，也能夠容許出現有意義的轉型。無論如何，解放理論不應該僅描繪出各種社會再生產的機制，也應該指出再生產體制產生裂縫、開口的過程。

291

因此我們要問，什麼是資本主義社會中社會再生產的限制與矛盾的根源？以下四項主題格外重要：

1. 社會再生產的複雜性及條件不一致

社會再生產的限制及缺口的第一個（或許也是最根本的）來源就是複雜性。社會體制——特別是當它們是環繞著深層的分歧及壓迫形式而建立時——需要滿足多項條件才能穩定再生產；一般而言，這些條件不太可能完全一致。這意味著社會再生產過程持續面對兩難及取捨的情況，針對某類問題的解決方式可能讓其他問題更嚴重。

讓我以所謂國家的「科學怪人難題」（Frankenstein problem）來說明。由於我們熟知的一些原因，若沒有國家管理市場及生產的各個面向，資本主義將自我毀滅。因此，「側翼輔助體制」

（flanking systems）的存在便有其功能必需性，國家藉著這樣的體制介入其中，避免上述的自我毀滅過程。必須管制金融體制，必須建立基礎建設，必須提供教育訓練，必須控制掠奪性的商業行為，必須履行契約，必須補償負向外部性，必須管制寡占等等。為了使這些介入行為運作得當，國家需要擁有一定的自主性，以及有效的執行能力——不受制於特定資本家及公司之個別利益的自主性，以及能夠介入處罰資本家及產業的實際能力。假使沒有自主性，部分的國家機器將被特定資方團體掌控，而國家權力也會被用來保護他們的特殊利益，而非用來管理整體資本主義體系的功能運作；假使缺乏有效的執行能力，國家管制介入行動將失去效果。然而，這種自主性及能力也意味著，國家既能促進資本積累，也可以傷害資本積累。這讓破壞社會再生產的國家幽靈揮之不去，情況之所以演變如此，或許是因為國家犯下嚴重的錯誤，又或許是因為在某些緣故下，國家的政治領導團隊，開始追求反資本主義的目標。因此，這就是所謂的科學怪人難題：為了能夠具自主性地有效介入以維持功能運作，國家必須擁有能這麼做的破壞性力量；但國家卻因此可能演變成無法控制的怪獸。[20]

292

當讓資本主義經濟穩定的條件變得更為複雜，且需要更廣泛的國家管制及介入，上述潛在問題將變得更為嚴重。國家介入能力的擴張及深化，帶來一個揮之不去的問題，即國家及經濟兩者之間如何劃出行動領域的界線。兩者不再被視為「自然」分離的領域，因此國家在經濟上的行動規模及目的，將持續受到爭議。為了回應此爭議，資本家菁英及支持的政治代表，曾一度贊成國家大幅退出，以實現去管制及私有化，但想讓國家從對資本主義的管制中真正退出，只是幻想而已。如果新自由主義反對國家主義的信條真被執行，將加深資本主義危機，社會再生產也將問題重重。因此，產生了兩難：大幅降低國家管制的角色，然後提高嚴重經濟崩解（例如 2008 年開始的金融危機）的可能性；或者，讓國家獲得有效介入行動所需的自主性及能力，但冒著資本主義經濟持續政治化的風險。[21] 這樣的兩難意味著，在連結資本主義國家權力及資本主義經濟的過程中，不可能達成一個持續穩定的均衡狀態；隨著時間推移，發展的方式更可能是管制／去管制／再管制的間歇性循環過程。

293 資本主義想穩定達成社會再生產需要許多條件，而這些條件產生其他更多的矛盾及兩難：全球公司與在地資本主義廠商的再生產所需條件之間的張力；經濟體內不同部門的需求之間的張力（例如石油與運輸部門；醫療照護與製造業）；再造資本主義所需的長期環境條件與短期資本積累率之間的張力等。我們不可能找到一個穩定的均衡狀態能同時滿足以上所有條件，解決所有的緊張關係，而這也為社會變革的策略提供了機會。

2. 策略的意向性及其衍生的結果

透過解決各類問題的制度，資本主義才能有主動社會再生產，這些問題若放著不管，將使資本主義更易受挑戰及轉型的衝擊。然而，社會並非自發運作就能自動產生適當的解決方法以處理再生產的問題；人們處理問題、爭奪權力以界定制度的型態及實作時，意向性、策略性行動才能提出解決方法。這意味著社會再生產制度必然要面對三個重要問題：首先，制度設計不僅是由上而下強加的結果，而是針對如何設計來進行鬥爭才產生的；其次，對於替代的制度設計及實作，我們所具備的知識有限（這也是掌權者有時十分愚昧的原因）；第三，意向性行動累積了許多非意圖、不可預期的結果。

在社會再生產中扮演關鍵角色的制度，並不是掌握權力的行動者按照自己的期望，以自由的雙手，根據小心翼翼、有意設計出的藍本打造出來的結果；它們是鬥爭下的產物，特別是不同分支的菁英之間，以及菁英與民間社會力量之間的鬥爭。「人類創造歷史，但並不是隨心所欲地創造」這段馬克思的名言，不但適用於菁英身上，也適用在大眾身上。因此，制度設計反映出創造及後續發展過程裡介入的社會力量，彼此之間的權力平衡以及妥協。大多數時候，新制度確實「足以」運作出適當的社會再生產，但是它們很難成為環環鑲接的完美機器，阻礙所有促成轉型式社會變革的奮鬥。 294

第二，除了各類混雜條件會影響對社會再生產來說很重要的制度如何設計與發展，知識有限也是個長期存在的問題。有權力的行動者或許比一般公民更可能獲取較細緻的經濟學及社會科學知識，但他們往往仍抱持著天真的理論來理解社會的運作，意識型態也會蒙蔽他們判斷「什麼是最有利於社會再生產的政策」。即使國家及其他社會再生產制度的領袖，有意願推行確保資本家利益及資本主義社會再生產的政策，很多情況下，他們根據的是自己對「達成上述目標需要做些什麼」的錯誤理解，愚蠢的程度可能令人訝異。過度高估掌權者及富人的智能及預測能力（更遑論智慧），將造成嚴重的誤判。因此，我們可以預期制度失敗（包括十分嚴重的失敗）必會發生。

最後，即使政策皆立基在健全的理論之上，大多數仍會產生非意圖的副作用，長時間下來也會累積許多非意圖的結果，破壞一開始有效制度的價值。因此，由於制度建造時的各種策略條件，社會再生產過程中的缺口一開始就出現了，且隨著時間衍生出種種非意圖的結果而進一步發展。

3. 制度僵化與路徑依存

非意圖結果造成的問題特別重要，因為它也成為限制社會再生產的第三項來源——制度僵化。這議題聽來十分耳熟：在鉅觀社會再生產中扮演要角的制度，會在特定的歷史條件下，面對特定的問題及設計的可能性。後續的發展承續這些起始條件的痕跡。進一步來看，這些制度也都是一個個的社會體系，自身內部存在著分岐、階序、權力結構、利益衝突等。為了存續，它們同樣需要自身的社會再生產機制。[22] 這些內部社會再生產機制使得制度相對僵固——也就是說，它們促使這些制度內部基本的權力及特權結構得以存續。然而，當達成社會再生產的條件改變時，制度也因此難以彈性回應。[23] 國家訂有特定的選舉規定、政治管轄權限、行政結構；資本主義廠商則有特定的公司結構、管理階序、分工；教育體制的設計是針對處理特定種類的學生，因應勞動市場特定需求及文化條件。因此，即使這些制度在某個時期，

295

確實有效推動社會再生產，一旦條件改變，很可能變得不那麼有效。然而，由於各方挹注於這些制度中的利益，以及它們本身有效的再生產機制，想要改變或取代它們將十分困難。[24]

我在此舉三個例子來說明相關議題。美國大多數人透過雇主投保醫療保險。1950 及 1960 年代，大公司欣然接受這樣的設計，藉此讓雇員與公司互相束縛。當時這項制度附帶的補助花費不高，同時也被視為有助於維持穩定、忠誠勞動力的整體做法之一。補助逐漸擴展，特別是將那些在工廠工作很長一段時間的退休工人納入。到了二十世紀末，隨著人口老化及飛漲的醫療成本，上述醫療保險義務成為許多廠商的重擔。這也是二十一世紀初美國大型汽車製造商陷入嚴重經濟困難的原因之一。然而，這種特定的社會再生產制度鑲入強大的私人醫療保險體系之中，至少到今日為止，該體系已有效阻礙任何認真朝向全民公共保險體制的運動。從美國資本積累的整體穩定及社會再生產來看，到了 1990 年代，某些全民公共保險體制的形式，顯然較雇主繳納的私人保險制要好，然而現存體制的僵固以及與它糾纏不清的利益，使得上述的轉變難以發生。

296

第二個例子是美國大多數城市的交通及住房模式。1950 年代以來，大型高速公路建設計畫及郊區化，帶動美國以汽車為基礎的資本主義經濟成長。這些政策改變美國城市所打造的環境，也改變了人們對公有及私有交通模式之間的平衡理當如何的期待。二次大戰以後數十年，資本主義發展過程以霸權的方式整合工人的物質利益，其中郊區化及汽車普及化的雙生過程可說是核心要素。這些過程也摧毀了許多大眾運輸的實體基礎設施，最惡名遠播的例子就是洛杉磯，同時也為未來的交通系統發展施加了嚴重的限制。今日，能源成本迅速升高且全球暖化令人憂慮，欠缺基礎設施、普遍存在低密度住宅區，以及大多數美國大城市的都市區域的蔓延，都讓設定出新型態的都市大眾運輸系統的努力嘗試變得十分困難，儘管這種系統不僅對個人，也對資本主義來說是可欲的。

第三個例子是加州政府的特殊制度設計，造成政府很難提高稅賦，尤其是要求在州層次獲得絕對多數（super-majority）支持，並嚴格限制地方層次的財產稅。這些機制是保守的反稅賦勢力，在 1970 年代政府服務的擴張時所訂定。那時創立的遊戲規則如今很難改變，要有憲法修正案才行。結果，當加州政府在 2009 年陷入財政危機，幾乎無法提高政府收入以維持基本的政府服務。州政府的癱瘓不僅傷害一般人民，也使得許多資本家的利益受損。

297

4. 偶然性及不可預測性

如果社會再生產的任務及問題相當穩定，或者可以預測任務的改變（人們事先能預期會發生什麼變化），那麼制度的僵固未必會在社會再生產過程中造成顯著的缺口。但事實並非如此：或許我們唯一能確定預測的，就是未來充滿不確定性。人們或許會想，社會再生產的關鍵制度是以如下方式設計：即這些制度得以迅速且有彈性地回應各種新的需求。畢竟，好的制度設計，特色就是具有學習能力，並且能夠適應轉變。在一定程度上，我們可以說自由民主確實在資本主義中達成了這項理想，畢竟民主制度相比於較封閉的威權制度，結構上確實可以更有效地學習並改變政策。儘管如此，運作良好的自由民主制度仍受制度慣性所苦，社會經濟及政治的變革產生的偶然性及不可預測性，依舊持續阻礙順暢的調適工作。

＊＊＊

以上列舉的四項論點，說明社會再生產過程會造成缺口及矛盾，但並不表示資本主義的社會再生產一直都這麼岌岌可危。一般而言，強制力、制度規則、意識型態及物質利益的機制，能讓資本主義社會順利跋涉通過這些阻礙，並在破壞性的變革風暴出現時安度難關。然而，社會再生產中不可避免的限制及矛盾，明確指出了一件事：即使轉型挑戰的前景有限，非預期的偶發變革仍可能在未來為這類挑戰打開空間。

非意圖社會變革的根本動力及發展軌跡

解放轉型理論的前兩項要素告訴我們，任何基進社會轉型的方案，都將面臨建構社會再生產機制的系統阻礙，但這些阻礙也存在著裂縫，提供行動的空間，因為它們本身有其再生產的限制及矛盾，至少讓轉型策略有可能偶而出現。然而，長期來看，這些要素本身並未明確保證解放變革的前景。它們並未告訴我們，這類行動的空間在未來有可能擴張或緊縮，或再生產機制將變得

298

更為緊實密合或危機重重。因此，我們需要討論社會變革發展軌跡的理論。

我們在歷史上所觀察的大規模社會變革的真實發展軌跡，起於兩種引發變革的過程互動：第一，人們的行動在現存社會關係之下運作時，累積出**非意圖的副產品**；第二，**有意識的社會變革計畫**所累積的意圖性效果，其中，人們按照策略來行動、試圖改變現存社會關係。第一項產生變革的過程，包含資本家引進新技術或採用新投資及競爭策略、家庭改變人的生育行為、女性決定生育後繼續工作等例子。上述的例子中，人的行動並不是想改變這個世界，而是想解決他們面臨的問題。然而，每項個別行動累積而成的總體效果，導致具有廣泛後果的社會變革。它們之所以是「非意圖後果」，並不是因為人們一定不想看到這些效果——例如女性或許樂見她們個別的適應策略所累積的效果，導致傳統性別規範集體瓦解——但是，這種廣泛的鉅觀效果，並不在人們最初採取行動時的意圖及策略考量中。

第二項產生變革的過程，則包括了各類集體行動者的行動——政黨、工會、社會運動、非營利基金會、公司、國家——它們有意以各種方式改變社會結構及制度：透過國家政策、社會抗議、向有權力的組織施壓、努力建構實際的制度，有時也用暴力對抗的方式。當然，這些行動會累積非意圖後果，因此也貢獻了第一種變革過程，但是差別在於，它們是直接受到促成社會變革的目標所推動。

對於解放式轉型而言，有意及非意圖的社會變革過程都很重要。向基進平等民主之社會賦權大步前進，並非僅靠從其他目的

299

出發的社會行動所帶來的副產品而意外促成；它需要有意的策略行動，而因為這種人民賦權威脅了有權力者的利益，該策略行動通常包含鬥爭。然而，光是策略及鬥爭還不夠，要推動基進轉型還必須靜待條件「成熟」；社會再生產過程中的缺口及矛盾必須創造真正的契機，才能讓策略發揮出有意義的轉型效果。當然，在某些歷史時期中，集體行動者有意使用的策略也可能「創造出成熟的條件」，但通常對參與社會解放抗爭的集體行動者而言，核心問題在於「把握時機」，這個讓轉型機會出現的時機，主要不是靠集體行動者本身所促成。

每一項當代主要的解放轉型過程，都看得到非意圖社會變革的軌跡與有意的轉型策略相互匯合的情況。例如自二十世紀中期以來，發生在性別關係上的劇烈轉型。男人與女人在生命過程尋找工作、在親密生活中為了家務勞動而爭吵、努力使收支能平衡、養育自己的孩子。雇主採用新的科技，面對新的勞動要求，並找尋勞工。多數人並非有意想要改變世界；他們只是想處理他們生活中遭遇的具體問題，並盡可能改善自己的生活。然而，因著他們所面對的機會、掌握的資源、最後做的決定，他們所做的事一點一滴促成了性別關係的轉型。當然，這不是故事的全部。有意推動社會變革的奮鬥也很重要。女性前仆後繼，加入爭取平權的行列中。她們成立喚醒意識的團體，明確標榜要改變人們對世界的理解。她們參與性別平等的制度建構計畫，也藉由大規模的政治動員促進體制層面的變革。男性通常（但並非必然）反對這些變革，嘲諷女性主義者，但推動轉型的力量整體來看仍然強大。如此強大的一個重要原因，在於非意圖過程累積的效果，已打擊

300

有權者維持男性支配的利益。[25] 由於個人行動的非意圖結果及有意的轉型策略交互作用的結果，到了二十一世紀初，原本二十世紀中期的性別秩序普遍已發生轉變。這不是說我們已實現了深刻的性別平等，但轉變確實已深深地朝向解放的方向前進。

David James 藉由比較過去數十年類似運動的失敗，針對 1950 及 1960 年代民權運動如何成功改變美國南方種族支配的隔離制度，也提出了類似的論點。[26] James 認為，十九世紀時，種族隔離體制之所以在南方顯著發展並鞏固，是因為控制農業勞動力的壓迫形式（特別是收益分成的佃農制）要進行社會再生產過程，這是很重要的條件。1930 年代淘汰了收益分成的佃農制，南方農業機械化侵蝕掉種族隔離體制的物質基礎，也讓該體制無力抵抗二次大戰後政治條件改變下所發動的轉型。因此，相較於半世紀以前，當民權運動猛烈挑戰 1950 年代的種族隔離制度時，動員能力更加強大，對於反動勢力而言，也就更加難以抵擋。那些抗爭對於摧毀種族隔離體制仍然十分關鍵，但是因著之前四分之一世紀的非意圖社會變革所累積的效應，它們成功的機率大大提升。

由於鋪造社會變革發展軌跡這種過程的雙重性（duality），有志從事解放轉型方案的人必須面對底下這個嚴肅的問題：針對現存權力、不平等、特權的制度，想創造根本解放轉型的可能策略，特別是在已開發的資本主義社會中，必須經歷一段相當長的時間軸（time-horizon）。短期策略不可能行得通。如果我們認為形構策略的基本社會結構因素將保持不變，我們或許不必煩惱到底長期下來條件會如何改變。然而，事實並非如此，為了擁有

301

一個一貫的長期策略，至少我們必須對未來非意圖及非經計畫的社會變革的大致軌跡，有個粗略的認識。這項理論任務讓人有些畏懼。

古典馬克思主義恰恰提出了這樣一種理論。我們在第四章曾提過，歷史唯物論基本上是討論資本主義未來的理論。馬克思試圖指出，資本主義在資本積累過程中的競爭及剝削導致的非意圖後果，如何產生資本主義的「動力法則」，讓它沿著特定發展軌跡前進。這條軌跡有著幾項顯著特徵：市場關係持續不斷擴張它的深度及廣度，在全球資本主義階段到達極致，而社會生活被商品化；資本的集中化及集權化；資本密集度及生產力隨著時間而增加；循環性的經濟危機愈來愈嚴重；工人階級逐漸擴大並同質化，結果導致鬥爭能力增強；由於利潤率長期來看會降低，因而減弱主動社會再生產的機制。在這個古典理論裡，社會再生產、動態軌跡、矛盾的過程之間有重大關聯：資本－勞動關係的被動再生產所透過的過程（剝削及資本積累），動態地轉變生產關係本身，同時在整個體制的主動再生產中導致矛盾逐漸惡化。

歷史唯物論的許多預測，事實上都得到資本主義真實歷史的發展所印證。特別是資本主義如今已演變為一個資本積累的全球體系；無論在絕對或相對的意義上，公司規模已大大成長；資本主義商品化已更全面地穿透到社會生活之中。然而，其他的預測似乎並未實現。資本主義似乎並未面臨危機逐漸強化的系統性傾向；階級結構並未被簡化為兩極對立的結構，工人階級並未變得更同質化；而將大多數人眼下的物質利益與資本主義綁在一起的社會再生產的經濟機制，似乎未遭大幅減弱。因此，歷史唯物論

302

（做為一種預測資本主義未來的理論）似乎不是一個適當的理論，讓我們能在它的基礎上理解非意圖社會變革的發展軌跡，以設計出促進解放式轉型的策略。

目前，我們並沒有這樣的理論。我們頂多針對不久的將來之社會變革的內在傾向提出一套理論，而這不過就是根據從晚近的過去到現今所觀察到的傾向所做的推斷，要不然就是對長期可能性的猜想。因此，在以下兩種時間軸之間，存在一段落差：第一種是為了基進的社會變革採行的策略行動與計畫所設想之可欲的時間軸；另一種則是這套理論所能有效預測的時間軸。這或許不過是反映出理論發展的不足。但它也可能反映此問題內在的複雜性。畢竟，可能擁有十分堅實的理論可解釋過往歷史發展的軌跡，但也很有可能無法對未來趨勢發展出理論。例如演化生物學就是如此，它對生物如何從單細胞的形態演變為如今的樣貌，提供了健全的解釋，但卻未對未來演化情況提出任何理論。[27] 這或許也適用在社會變革理論上：我們可以對從古至今的變革軌跡提出嚴謹且具說服力的解釋，但仍無力解釋未來會發生什麼。

無論如何，我們目前缺乏有說服力的理論，來解釋非意圖社會變革的長期內在發展軌跡。這讓轉型理論的第四要素（轉型策略的理論）肩上的負擔甚重，因為在有人對於「轉型鬥爭可能遭遇之條件會發展出何種軌跡」提出滿意的解答之前，它就被迫要處理轉型鬥爭的問題。

轉型策略

轉型理論最後一項要素，直接聚焦在集體行動及轉型策略之上。重點在於面對：社會再生產過程對解放轉型產生的阻礙與機會、此過程中的缺口，以及非意圖社會變革未來不確定的軌跡。那麼，究竟何種集體策略有助我們朝社會解放的方向前進？

我們在往後三章將聚焦在轉型的三大基本邏輯，新的社會賦權制度或許可以透過這些邏輯建立起來：**斷裂式**（ruptural）、**間隙式**（interstitial）及**共生式**（symbiotic）。對系統性轉型軌跡的想像（vision），以及朝該方向前進所需策略的本質為何，三種轉型邏輯的看法大異其趣。它們彼此差異的理想狀態概述於表 8.1。

表 8.1　三種轉型模式：斷裂式、間隙式、共生式

		與轉型邏輯最密切相關的政治傳統	促成轉型的關鍵集體行動者	針對國家的策略邏輯	針對資本家階級的策略邏輯	對成功的比喻
對超越資本主義之系統性轉型軌跡的想像	斷裂式	革命社會主義者及共產主義者	透過政黨組織起來的階級	攻擊國家	對抗資產階級	戰爭（勝利與失敗）
	間隙式型態轉變	無政府主義者	社會運動	提出國家以外的替代方案	忽視資產階級	生態競爭
	共生式型態轉變	社會民主派	社會力量及工人的結盟	利用國家：在國家場域內進行鬥爭	與資產階級協作	演化式的適應

對系統性轉型軌跡的想像

關於系統性轉型軌跡的想像，主要差異在於認為超越資本主義的任何軌跡勢必包含決定性的**斷裂**，或認為在整體體制層次上並未有不連續的時刻，而是一種持續**型態轉變**（metamorphosis）的過程。斷裂式轉型，透過與現存制度及社會結構的急劇中斷，而建立起期待社會賦權的新制度。其核心想法是，我們用直接的對抗及政治抗爭，有可能摧毀現存制度，在制度結構中創造出基進的斷裂，以迅雷不及掩耳的方式建立新制度。先破壞，再建設。這項觀點最具代表性的例子，便是討論以革命完成向社會主義轉變的過程：一場革命構建人民力量、取得社會賦權的決定性及全面勝利，導致國家結構及經濟結構的基礎快速轉型。

在透過型態轉變而變革的另一類想像中，存在兩種構思路線：**間隙式**型態轉變與**共生式**型態轉變。間隙式轉型，希望在資本主義社會的利基及邊緣，建立起不會立即威脅支配階級及菁英的新社會賦權形式。這種建立社會賦權制度的策略，深深鑲嵌於公民社會之中，並且經常遭到資本主義的基進批評所遺忘。間隙式策略是無政府論者推動社會變革的主要方式，在許多社區運動人士的工作中扮演實際有意義的重要角色，然而馬克思主義傳統下的社會主義者經常輕視這類做法，視之為減緩痛苦而已，或僅具有象徵意義，並不看好它能真正挑戰現況。然而，這樣的努力累積起來，不但能真確改變人們的生活，同時也可能構成主要的要素，擴大整個社會走向社會賦權的轉型範圍。

305

共生式轉型包括實行以下策略：即讓普遍社會賦權的制度形

式擴展及深化，同時也幫助支配階級及菁英解決他們面對的某些實際問題。資本主義國家的民主化就具有這樣的特性：來自下層的抗爭及政治結盟施加的壓力，最終促成民主，而原先人們以為這種抗爭及壓力會嚴重威脅資本家支配的穩定，但是最終自由民主協助解決了許多問題，藉此也促進資本家支配的穩定。社會賦權的增加很真實，並非空想而已，但它也在解決問題的過程中，服務了資本家及其他菁英的利益。因此，共生式轉型對他們而言，具有一種矛盾的特性，不但擴大了社會權力，同時也鞏固了現存體制。

這三種想像大致呼應了反資本主義的三種傳統：革命路線的社會主義、無政府主義，以及社會民主主義。

促成轉型的關鍵集體行動者

策略不同也讓參與轉型的核心集體行動者有所差異。斷裂式策略中，**透過政黨組織起來的階級**是主要集體行動者。這個觀點在馬克思主義傳統中，充分體現在「階級鬥爭是歷史發展的動力」這句名言。間隙式策略的發動，則以**社會運動**為主，這些運動的組成、旨趣及認同都十分不同。沒有哪一種社會類屬被賦予轉型領袖的特殊身分。不同的集體行動者各自占據著最佳位置，推展著不同的間隙性策略，而其中誰是「最重要的」集體行動者則由歷史及脈絡決定。最後，共生式策略的建立則有賴**人民的結盟**，勞工運動在結盟之中扮演特別核心的角色，因為它能否形構正向階級妥協非常重要。

306

針對國家的策略邏輯

斷裂式策略所展望的政治過程，在「**正面攻擊國家**」中達到頂點。這也是革命路線的政治策略所具有的特色。國家權力對超越資本主義至為關鍵，唯有透過摧毀資本主義國家的核心制度，反體制力量才能穩定保有國家權力。相反地，間隙式策略是在**國家之外**運作，盡可能避免與國家權力對抗，其核心理想是在社會中建立起對抗霸權的體制。為了創造或捍衛這樣的空間，或許在某些脈絡下也必須與國家抗爭，但這種策略的核心仍是在國家以外運作。最後，共生式策略視國家本身為鬥爭的場域，認為可以**利用國家**來打造社會權力，建造的地點既可以在國家之內，也可能在其他的權利場域。

針對資本家階級的策略邏輯

斷裂式策略期望對資本家階級發動階級鬥爭，執行的形式是**尖銳的對抗**：資本家必然被迫做出讓步，而要讓他們持續讓步，唯一的方法就是持續保有使用武力的能力，威嚇他們。唯有透過對抗式的階級鬥爭，才有可能朝轉型道路前進，最終實現達到斷裂里程的歷史階段。間隙性式策略希望能避免對抗。其策略目標是**忽視資產階級**：挑戰資本主義的方式是建立它的替代選項，而非直接與之對抗。共生式策略希望創造**正向協作**（positive collaboration）的條件——也就是我所說的正向階級妥協。這或許需要進行對抗，但目的是為了讓資本家失去其他選項，藉此創造出實現正向合作的條件。

對轉型過程之成功的比喻

307

斷裂式策略的核心比喻就是戰爭。在與資本對抗及對國家發起攻擊的過程中，隨著勝利與失敗交雜而逐步前進。這並不是線性的過程——也有逆流及停滯。只是，能否沿著軌道成功前進，仍端賴在這些鬥爭中是否取得勝利，以及是否擁有在未來拿下全面勝利的能力。間隙式成功則比較像是個複雜的生態體系，其中某種有機體一開始由於掌握某些利益而站穩腳跟，後來在與其他對手競爭食物資源的過程中勝出，由此支配了整個環境。共生式成功則較類似於演化的過程，一步步促進社會權力的適應行動，使結構特徵逐漸調整，最終便出現一個新物種。

＊＊＊

以上所有的策略，本身都很複雜且有各自的難題。它們都存在著兩難、風險及限制，而三種策略都無法保證會成功。在不同的時間及地點，某一種轉型模式或許最有效，但通常三種都相關。許多時候，運動者因為十分投入某一特定策略，而將之視為普遍適用。結果，在掙扎於不適用的策略模型中，浪費了可觀的精力。一個希望取得成功以實現解放轉型的長期政治方案，於是便面對這種複雜難題，即如何混用這三種不同的策略，即便這些策略方向經常可能相左。接下來三章，我們將更細緻地檢視這三種轉型模式。

註釋

1. 有些運用社會再生產的討論——尤其在馬克思主義傳統內——也強調被動社會再生產同時是種動態發展的過程。資本主義生產及積累的過程，包括了工人上班、進入勞動過程、生產之後資本家拿去出售以獲取他們投資所渴望得到的利潤等。這個過程並非再生產一種靜態、固定結構，而是一種關係及過程的動態發展結構。因此，透過彼此連結的日常實作，工人與資本家不但再生產了關係，也轉化了這些關係。在我們討論轉型理論的第三要素（非意圖社會變革的軌跡問題）中，將強調這種再生產的內在發展面向。
2. Pierre Bourdieu 關於社會再生產的許多分析，即關注我這裡所謂的被動社會再生產的各種面向。Bourdieu 的**慣習**（habitus）概念指出了個體如何培養出無意識的傾向，而這些傾向讓他們能夠在一關係結構之中順暢地運作。這些傾向導致強化原傾向的實作，也構成社會再生產過程的基礎。Göran Therborn 曾精采地以「臣服」（subjection）及「合格」（qualification）的概念，探討意識型態實作如何形塑社會主體，這大體也屬於被動再生產，請參見他的著作 *The Power of Ideology and the Ideology of Power* (London: Verso, 1980)。被動再生產也十分類似於賽局理論（game theory）的制度經濟學裡特定派別的均衡（equilibrium）概念：在一制度均衡內，每個行動者的偏好、規範、期待，都持續被其他行動者自發性策略所強化。可參考 Masahiko Aoki, *Comparative Institutional Analysis* (Cambridge, MA: MIT Press, 2001)。
3. 這樣闡述該議題的方式讓社會再生產理論有「功能論」的色彩：這項論點一開始說，壓迫性社會結構「需要」一系列的過程才能存活；我們觀察到，這些制度確實存活著；因此，我們便下結論說，必然存在著某些必要的機制。例如，傳統上分析國家的馬克思主義者，經常認為國家是「實現」經濟結構再生產之「功能」。G. A. Cohen 曾明確主張，在歷史唯物論中對資本主義的分析裡，古典的上層／下層結構概念，有賴於功能論式解釋：上層結構之所以存在，且以目前的樣貌存在，是因為它再生產了經濟基礎。請見 G. A. Cohen, *Karl Marx's Theory of History: A Defense* (Princeton: Princeton University Press, 1978)。然而，這種功能論的說法，並不必然等於說，再生產的機制是由某些「在人們背後」運作的自動、無意向的過程所產生。社會再生產本身是受各方角逐、片面的、含有矛盾的現實。如果特定制度具有強烈的傾向，在功能上促成了社會再生產，這也是針對社會再生產進行的鬥爭歷史造成的結果，且是以制度構築的過程導致的，而非某種體制自動的功能邏輯產生的。
4. 有些當代社會理論不認為我們有可能客觀地探討傷害及苦難，或是它們的反面——人類的蓬勃發展。這些理論認為，苦難與蓬勃發展全然源於武斷且變異的文化標準。唯有以特定文化界定下的詞彙，才有可能討論「真正的傷害」。雖然文化在傷害及苦難的詮釋中扮演關鍵角色，它也影響了人們處理二者的方式，但我不認為傷害的問題能被化約為文化決定觀感的問題。關於實在論對於苦難及蓬勃發展的議題，請參考以下頗具啟發的討論，Andrew Sayer, *The Moral Significance of Class* (Cambridge: Cambridge University Press, 2005)。

5. 防止具威脅的行動與促進穩定並非同一件事，因為在不具威脅的行動中，有些能主動鞏固權力及特權，而其他行動卻產生不了系統性的穩定效果。
6. 這一套對比的詞彙源於 Michael Burawoy 對 Gramsci 霸權概念的再釐清。Burawoy 討論了工人在勞動過程中與資本家合作的問題，他區分出他所謂霸權式工廠體制及專制式工廠體制。這是霸權式及專制式社會再生產這類更廣泛概念中較具體的實例。請見 Michael Burawoy, *Manufacturing Consent: Changes in the Labor Process Under Monopoly Capitalism* (Chicago: University of Chicago Press, 1979) and *The Politics of Production: Factory Regimes Under Capitalism and Socialism* (London: Verso, 1985)。
7. Karl Marx, "Class Struggles in France," in Karl Marx and Frederick Engels, *Selected Works in Two Volumes*, Vol. 1 (Moscow: Foreign Languages Publishing House, 1962), p. 172.
8. Adam Przeworski, *Capitalism and Social Democracy* (Cambridge: Cambridge University Press, 1985) and Adam Przeworski and John Sprague, *Paper Stones: A History of Electoral Socialism* (Chicago: University of Chicago Press, 1988)。請同時參考以下這個對資本主義民主維持體系之特質做出精采分析的著作：Joshua Cohen and Joel Rogers, *On Democracy* (New York: Penguin Books, 1983)。
9. 請見 Claus Offe, "Structural Problems of the Capitalist State: Class Rule and the Political System. On the Selectiveness of Political Institutions," in Klaus Von Beyme (ed.), *German Political Studies*, Vol. 1 (London: Sage, 1974), pp. 31-54。
10. 認為國家結構對國家行動強加逆選擇性的論點，其實是功能論的弱版本。國家結構排除了導致高度**失能**（dysfunctional）、嚴重傷害資本主義的行動；但它並未主張在剩下的可能性中，只選擇最有利於功能的行動。
11. 對於內建於資本主義國家運作機制的階級偏誤，以及這如何複雜地促使資本主義再生產，最全面、有系統的分析是 Göran Therborn 的 *What Does the Ruling Class Do When it Rules?* (London: Verso, 1978)。
12. 這並非明確界定文化與意識型態差別的標準方式，即使這方式實際上與這兩個詞彙在解釋過程中如何被使用相呼應。在許多討論中，文化是一個包山包海的詞彙，在它之下，意識型態則是某種特定的文化產物。在其他一些討論中，意識型態較為狹義，指的是內容前後融貫、被有系統整理過的信條，而不是指整個主體性的意識要素。這裡所採用對文化的定義重視主體性的非認知層面，與 Bourdieu 的「慣習」概念密切對應——慣習指的是個人內化的傾向，在社會結構內，它將人與其位置連結起來。

13. 建立人們抱持的觀念與統治階級利益之間符應的機制，是馬克思與恩格斯在 *The German Ideology*（New York: International Publishers, 1970）對意識型態進行著名論述時的主題之一：「在每個時代中，統治階級的觀念即占統治地位的觀念，也就是說，身為社會上占統治地位之物質力量的階級，同時也是該社會占統治地位的知性力量。控制物質生產工具的階級，同時也控制了心智生產工具；因此，一般而言，缺乏心智生產工具的人，他們的觀念便臣服在該階級之下。」（頁 64）這段論述標示出的機制，就是資本家及其代理人控制了觀念的生產及散播過程。

14. Göran Therborn 在 *The Power of Ideology and the Ideology of Power* 中，準確描述這一點：孩子**臣服**於一種主體性的形式，那使他們**取得資格**，可在社會中有效發揮功能。學校裡社會主體形塑的過程與資本主義組織的需求兩者之間在功能上大致符應，一直是馬克思主義教育研究及批判教育研究的主題。在討論這種符應的論述中極具影響力的，即 Samuel Bowles and Herbert Gintis, *Schooling in Capitalist America* (New York: Basic Books, 1976)。

15. 請見 Jon Elster, *Making Sense of Marx* (Cambridge: Cambridge University Press, 1985)，特別是第八章 “Ideologies”（頁 458-510）。

16. Therborn 在 *The Power of Ideology and the Ideology of Power* 中討論意識型態的答案究竟回答人們什麼問題時，指出了三種核心問題：什麼是好的？什麼是存在的？什麼是可能的？第一個問題界定了信念的規範性面向。第二個問題則是描述並解釋社會世界如何運作。第三個問題關注的是我們能想像什麼樣的替代可能。

17. 這裡的論點並非大多數人僅出於怕被懲罰而遵守制度規則。對於大多數人而言，服從通常源於人們認為有義務服從規則的信念。儘管如此，懲治的存在及對它的預期仍然重要，因為它向那些具有這種義務感的人展示，缺乏這種義務感且違反規則的**其他人**，很有可能因此受到懲罰，以此，便能避免削弱義務感；但若人們可以違反規則卻又安然無恙，那麼便很有可能削弱義務感。關於義務與強制力之相互影響的系統性討論，請見 Margaret Levi, *Of Rule and Revenue* (Berkeley: University of California Press, 1989) 有系統的討論。

18. Antonio Gramsci 曾有句名言說，霸權是「被強制力的鎧甲所保護著的」。請見 Antonio Gramsci, *Selections From the Prison Notebooks*, edited and translated by Quintin Hoare and Geoffrey Nowell Smith (London: Lawrence and Wishart, 1971), p. 263。

19. Chantal Mouffe 曾精闢地解釋 Gramsci 意識型態霸權的概念，他特別強調它也包括把菁英與大眾以意識型態連結的工作，請見 Chantal Mouffe, “Hegemony and Ideology in Gramsci,” in Chantal Mouffe (ed.), *Gramsci and Marxist Theory*

(London: Routledge and Kegan Paul, 1979), pp. 168-206。

20. 將國家描寫為潛在的科學怪人的說法，源於 Claus Offe。請特別參考 Claus Offe, "The Capitalist State and the Problem of Policy Formation," in Leon Lindberg (ed.), *Stress and Contradiction in Contemporary Capitalism* (Lexington: D.C. Heath, 1975), pp. 125-44, and "The Crisis of Crisis Management: Elements of a Political Crisis Theory," in Claus Offe, *Contradictions of the Welfare State* (London: Hutchinson, 1984), pp. 35-61。
21. Claus Offe 將國家於再生產資本主義經濟上扮演的角色，所產生的這種張力稱為「政治行政〔體系〕是否能夠在政治上管制經濟體系，但不讓後者本質上被政治化，而因此否定了它做為資本主義經濟體系的身分……的問題」。請見 Offe, "The Crisis of Crisis Management," p. 52。
22. 以傳統馬克思主義者的語言來闡述這一點，即上層結構本身就包含上層結構：某些國家的結構性特質，就具有再生產國家本身的「功能」。
23. 這裡應註明，這項問題適用於挑戰現存制度的組織，也適用於那些制度本身：政黨及工會都有內部的階序制及權力關係，也存在著社會再生產的內部機制，該機制會產生路徑依賴的僵固性，或許讓這些組織難以應對它們社會環境中變革的策略性需求。
24. 這是組織社會學中的「組織生態」（organizational ecology）學派的有力發現之一。針對資本主義廠商的研究中，公司的基本組織設計的轉變，主要是因為某種廠商取代了另一種，而不是透過內部轉型來達成。
25. 「**有權力的**男性對積極反對性別平等的利益逐漸消蝕」之論點，在以下的著作中特別受強調：Robert Max Jackson, *Destined for Equality: The Inevitable Rise of Women's Status* (Cambridge, MA: Harvard University Press, 1998)。關於我如何看待美國性別關係的矛盾轉型，請參考 Erik Olin Wright and Joel Rogers, *American Society: How it Really Works* (New York: W. W. Norton, 2010), chapter 15, "Gender Inequality"。
26. David James, "The Transformation of the Southern Racial State: Class and Race Determinants of Local-State Structures," *American Sociological Review*, 53 (1988), pp. 191-208.
27. 不可能將未來的生物演化予以理論化，是因為偶發事件在解釋實際演化過程中扮演的極關鍵角色——例如小行星撞擊地球。演化理論提出的歷史解釋具有獨特的性質，欲知相關的討論，請見 Erik Olin Wright, Andrew Levine, and Elliott Sober, *Reconstructing Marxism: Essays on Explanation and the Theory of History* (London: Verso, 1992), chapter 3。

第 9 章

斷裂式轉型

二十一世紀初，仍大張旗鼓地討論資本主義的斷裂式轉型，似乎有點奇怪。雖然革命路線的修辭尚未全然絕跡，今日的資本主義批評者中已少有人認為，在已開發的資本主義國家中以革命推翻政府，是實現解放性社會轉型的可行策略之一。暫且不說對於採取此策略之立即後果的任何道德考量，以及推翻的舉動最終產生的結果是否真的可欲，這策略本身有可能成功似乎就是個不切實際的想法。 308

儘管如此，我認為斷裂式策略仍值得討論的理由有四：第一，政治上的積極分子——尤其是在他們年輕的時候——經常被「與現存制度徹底斷裂」的想法所吸引。現存的權力、特權及不平等結構似乎壞處多多，而且對人類蓬勃發展的渴望帶來諸多傷害，因此也讓「徹底摧毀它們，然後創造更好的新制度」的想法聽來十分誘人。這可能源於一廂情願的想法或浪漫的空想，但革命式斷裂的想法仍持續激勵著至少一部分運動者的想像。第二，對社會轉型之斷裂策略的邏輯及侷限有清楚的認識，有助我們釐清其他類型的策略。自從十九世紀起，關於左派的理論性及政治性爭論，已藉著「改革」相對於「革命」的形式展開，對於「改革」的具體闡述很大一部分立基在這樣的對比之上。第三，雖然我深深懷疑整體層次的斷裂式策略是否可能，但在特定制度情境下，有限度的斷裂仍有可能發生，而且也存在著斷裂式策略的面向——例如此策略強調與支配階級及國家尖銳對抗——這些面向在特定環境下肯定很重要。斷裂式轉型的邏輯，未必限定在整個社會體系層次的全面性斷裂。最後，即使在已開發資本主義國家中，在整體層面追求社會賦權的斷裂式策略在二十一世紀初期看起來並不合理，但沒有人能預知未來是否仍是如此。在現今的世界中，已開發資本主義民主國家中的國家制度十分穩固，使得斷裂式策略不可能施行，但在某個未可預見的未來，這些社會中存在的矛盾可能會劇烈地破壞那些制度。均衡狀態被打破。體系的危機摧毀了霸權的基礎。斷裂可能就這樣發生，而非人為製造，在這樣的情況下，斷裂式策略或許成為馬克思主義者過去所稱的歷史「必然」。[1] 當我們思考社會轉型的策略時，斷裂式策略的想法仍須納入，畢竟在未來某個時點、某個地點，這類策略可能會變得很重要。

關鍵問題及背後的預設

我在本章想要處理的問題是：在先進資本主義國家中，在什麼樣的條件之下，對抗資本主義的斷裂式策略有可能取得廣大的人民支持？對該問題的分析，立基在三項預設之上。

第一，我預設，在自由民主制度運行的已開發資本主義國家中，要想施行以社會主義為目標的斷裂式策略，在很大程度上必須透過資本主義國家的一般民主過程。這並不是說斷裂式策略不包括國家形式本身的根本轉型——國家的民主深化當然也是社會賦權議程中的核心。這也不是說，斷裂式策略不包括國家以外、在公民社會及經濟領域中的政治行動。我的預設只是說，如果轉型的斷裂式策略可行，不會是按古典革命的模式，以非議會民主的手段，使用暴力式反叛攻擊來推翻政府。我之所以做出這樣的預設，並不是根據某些絕對否定反叛式暴力的道德理由來拒斥革命，而是認為在可預見的歷史條件之下，這樣的方式不可能在已開發資本主義社會中，真正建立一個深度平等民主的社會賦權形式。[2] 因此，不管困難程度有多高，如果採用斷裂式策略是**為了民主平等式社會主義的目標**，那麼這策略將必須透過現存、不完美的國家機制來運作。[3]

第二，由於勢必要透過代議民主制度來運作，我預設廣泛取得人民支持對於斷裂式策略來說，如果不是充分條件，至少是必要條件。儘管歷史上確實發生過組織完善的政治力量雖未獲得大多數人民的支持，卻能夠「掌握時機」及利用國家嚴重衰弱的機會，使得政治制度產生斷裂，但這並未將日後的發展軌跡導向本書所探討的那種廣泛的民主社會賦權。因此在本章之中，我預設如果斷裂式策略要成為建立穩固社會賦權之社會主義的核心要素，那麼它必然要得到多數人民的支持。

311

第三，追隨 Adam Przeworski 那本影響深遠的書，[4] 我預設得到廣泛、**持續的**人民支持的必要條件，是社會主義（姑且不論如何定義它）要符合大多數人全面考量下的物質利益。[5] 這不是說在對抗資本主義的鬥爭中，與物質利益沒有直接關聯的道德使命並不重要。它們非常關鍵，協助形塑團結意識，同時讓人們願意犧牲，這些都是集體行動要穩健所不可或缺的元素。儘管如此，我仍預設，雖然意識型態及道德使命能強化人們對資本主義基進斷裂的支持，它們仍建立在物質利益的基礎之上；倘若沒有這些利益，對意識型態的投入本身無法得到人民持續的支持。[6] 如果大多數人的物質生活條件變得比在資本主義體制下還差，不管什麼形式的社會主義都無法長期維持下去。

接下來的分析即立基於上述三個預設。在本章結尾，我們將檢視若放寬這些預設，會產生什麼樣的含義。

斷裂式轉型與轉變的低谷

然後，我們必須釐清的關鍵問題便是：在什麼條件之下，以社會主義為目標的斷裂式策略能夠充分符合多數人的物質利益，足以使其成為可能實現的轉型策略？在任何涉及與現存制度急遽斷裂的大規模社會變革方案下，人們的物質利益會隨著三項關鍵因素而定：

312

- **在沒有斷裂的情況下**，人們物質福祉的發展軌跡。即如果現存的權力及特權結構持續下去，生活會是什麼樣貌。
- **斷裂的時期告終**，新制度已充分就緒且有效運作後，人們物質福祉的發展軌跡。
- 斷裂開始至新制度達到均衡狀態**兩者之間的時期**，人們物質福祉的發展軌跡。有鑑於在任何可能發生的情境下，與現存經濟結構的斷裂都很可能帶來高度混亂，在此轉換期間，平均的物質生活條件必然會明顯下降。Adam Przeworski 因此把物質條件長期發展軌跡的這一部分稱為「轉變的低谷」（transition trough）。

自 Przeworski 的著作進一步延伸，可以畫出圖 9.1 及圖 9.2，簡單描繪出在已開發資本主義制度中的這些發展軌跡。圖 9.1 呈現的是，資本主義社會中，從過去到現在乃至未來，在已開發資本主義經濟裡，中間多數人（median person）物質福祉程度的假設性發展軌跡。當然，從當前這個時刻來看，未來充滿不確定性。但讓我們假想，在已開發國家裡中間多數人的生活水準最有可能的發展軌跡，是持平或微幅上升。[7] 這樣的預測有可能完全錯誤。未來的某個時間點，有可能因為各種理由——經濟危機、生態崩解、技術革新導致的全面失業等——大多數人的生活水準在他們生命過程中顯著下滑，而如果這真的發生，底下的分析就必須修正（如同本章結束前所做的）。但是，在此讓我們先這麼假定，個人平均生活水準將持平或微幅上升。

313

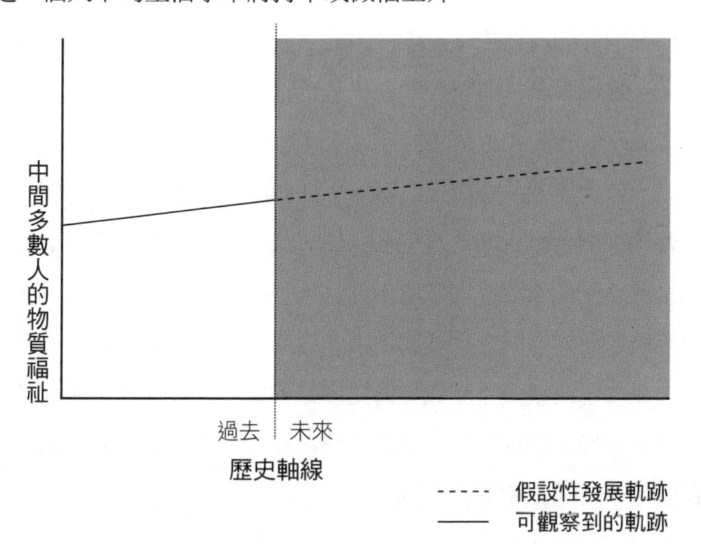

圖 9.1　已開發資本主義中物質利益的假設性發展軌跡

於是我們要問：**如果朝社會主義轉型前進的斷裂式策略成功了**，中間多數人的生活物質條件的發展軌跡可能呈現何種樣貌？[8] 讓我們先從較樂觀的角度思考上述的問題。假定某個解放式社會主義政黨想透過民主程序，得到多數人的選票支持以掌握政權，且有足夠的權力發動社會主義轉型的嚴謹方案——不管是執行前述社會賦權制度的全套議程，或只是以有限的方式追求民主版的國有制國家社會主義方案，並控制最重要的經濟組織。讓我們再假想（這或許有些不切實際），以上做法並未遇到反對社會主義的社會力量以暴力方式抵抗。武裝的反革命並未出現。因此，我們能做出相當樂觀的預設：透過民主的方式，人民選出了基進民主平等的社會主義政黨來執政，它有足夠的權力制定並執行一系列社會主義轉型方案，而當它面對投資短缺與無法創造誘因的問題時，並未遭遇反革命力量以暴力方式反抗。每個人都同意尊重現存的政治遊戲規則。因此，我們是在十分樂觀有利的條件下，檢視斷裂式策略的問題。人們平均的物質福祉會有什麼變化？圖 9.2 指出了三大可能。

314

「社會主義夢想路徑」想像了與資本主義斷裂，將立即改善社會裡中間多數人的物質生活條件。沒有顯著的經濟破壞情況，或是重分配帶來的立即好處十分巨大，掩蓋了制度快速改變所導致的破壞而引發的短期經濟下滑。這條路徑有些不切實際，至少在複雜的已開發資本主義經濟體內是如此。即使在社會主義經濟體中，一般人的物質生活條件變得更好，但與資本主義的斷裂式轉變也不可能立刻改善情況。

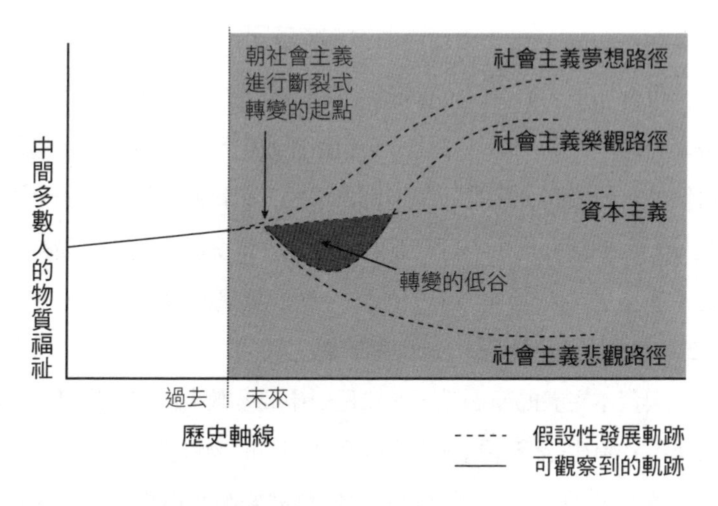

圖 9.2　社會主義的斷裂及物質利益的發展軌跡

反社會主義者預測會走向「悲觀的路徑」。資本主義機制遭破壞會使經濟崩潰，但整個體制將不會復原，產生的新均衡狀態將永遠低於資本主義持續運作的情況。如果人們認為這可信，他們就不會想追求社會主義。這裡的問題並不在於資本主義轉換到社會主義必須付出多少成本，而是這兩個體系穩定運作時，到底哪一個的經濟表現較好。

315

「樂觀路徑」的預測認為，與資本主義斷裂必然產生明顯的經濟破壞，因此會有犧牲。即使我們假定斷裂是透過民主方式達成，並未有暴力抵抗發生，所有朝向社會主義的做法仍將大大破壞推動資本主義經濟協調的誘因及資訊結構。供給鏈、分配系統、信用市場、價格機制，以及許多其他經濟整合的關鍵要素，都將被重重破壞。這無疑會使生產及生活水準顯著下滑一段時期。邁向社會主義式斷裂的前奏期所發生的資本逃離及投資短缺，也會加重上述情況，畢竟許多資本家對於種種「不祥之兆」會事先採取行動。儘管如此，樂觀路徑派仍預測，新的協調過程最終能有效設置，適當的誘因也會重啟，而新遊戲規則下的生產及分配也被制度化。一旦上述過程發生，情況就會改善，最終超越資本主義本身預測的發展軌跡，朝向更高的水準邁進。在圖9.2 中，深色區域代表介於兩個時點之間的「轉變的低谷」：其一是與資本主義的斷裂點，其二是對中間多數人而言，在社會主義下的物質生活條件超越原先社會秩序下的物質條件。

讓我們預設最有可能的發展軌跡與樂觀路徑相去不遠。於是，關鍵議題便是「轉變的低谷」面積究竟有多大。**即便人們明確相信一旦轉變的黑暗期告終，他們生活會好轉**，大多數的人可能不支持朝社會主義邁進的斷裂路徑，關鍵就在於這轉變的低谷到底有多深、歷時有多長。利益總是必須放在特定的時間區段來理解，如果轉變的低谷持續的時間太長，大多數的人將很難在其中看見自己的利益何在。

再者，我們必須謹記，從面臨轉換階段的行動者視角來看，圖中曲線的形狀並不是根據經驗觀察，而是對未來的假設。未來並不確定，而且不管怎麼說，任何預測所根據的都是具高度爭議的理論觀點。即使這些觀點有理有據，大多數的人仍不太可能對它們抱持堅定不移的信念。圖 9.3 中轉變的低谷向下滑落的那段時期，樂觀及悲觀路徑的經驗走勢看起來十分類似。當經濟走下坡，反對社會主義的政治力量會積極主張未來發展的情況將持續下滑而造成災難，應該要回復到轉變之前的做法才對。當然，社

316

會主義者會提出以下的論點來抗衡：經濟最終將有所改善，人們應該繼續堅持眼下的方向；然而，如果轉變的時期一再拉長，這樣的說詞對許多人來說，便顯得是一廂情願。在轉變的低谷中，近期物質條件發展的走勢看得見，它與反社會主義的悲觀論調預測如出一轍。因此，如果轉變的低谷出現得又深又長，支持以民主方式採斷裂式策略朝社會主義邁進的政治聯盟，很有可能備感壓力，時間一久聯盟也可能會崩解。

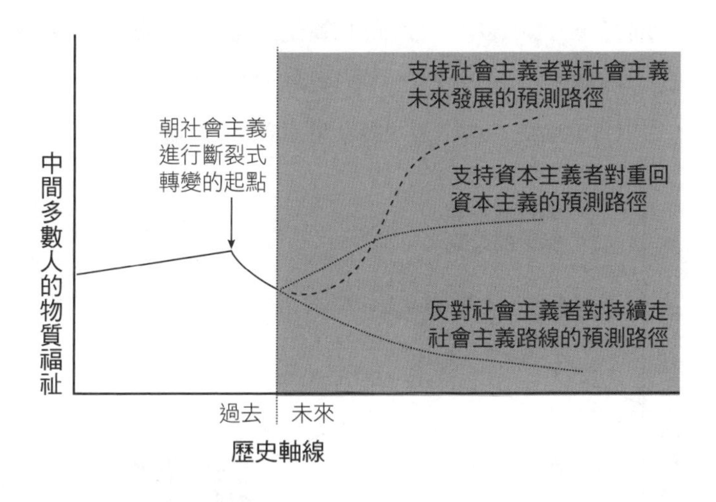

—— 可觀察到的軌跡
- - - - - 支持社會主義者假設性發展軌跡
·········· 反對社會主義者假設性發展軌跡

圖 9.3　轉變時期路徑分歧所預測的未來情況

實際情況可能比上述更險峻，因為至今我們只檢視中間多數人物質利益的發展軌跡。試想，成功轉向社會主義，最終大致服務兩種階級的物質利益。我們稱這兩階級為「工人階級」及「中產階級」。[9] 在資本主義之中，中產階級比工人階級擁有較高的物質生活水準，且設想兩者間的不平等會隨時間而加大。圖 9.4 顯示朝向社會主義進行斷裂式轉變的過程中，兩種階級轉變的低谷如何發展。在民主下朝社會主義做斷裂式轉變，需要中產階級及工人階級兩者的聯合結盟，但轉變的經驗對於聯盟之中不同部分的個人並不一樣。具體而言，如果社會主義政府認真看待平等主義的原則，那麼轉變的低谷很可能對中產階級來說是更深更長，即使在整個過程中，他們的物質生活仍較勞工優渥。這意味著在冗長的轉變低谷中，除了所獲得的普遍政治支持會下降之外，還很可能產生中產階級脫離社會主義聯盟的嚴重問題。

318

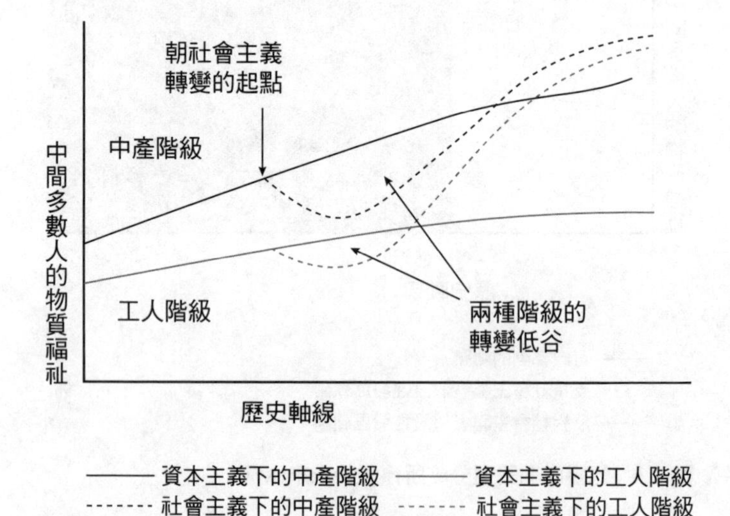

圖 9.4　**物質利益發展軌跡的階級差異**

＊＊＊

如果這些論點大致正確，而且如果轉變低谷的形狀與圖 9.2 及圖 9.4 中畫出的模式大致相似，那麼朝社會主義前進的斷裂式轉變，將無法在**民主條件之下**維持下去。它無法在較長的時期裡，依然得到夠堅強且堅定不移的政治支持。這意味著一個以民主機制選出的社會主義政府，想要透過斷裂式策略建立社會主義制度，將會在接下來的選舉中面臨政治挫敗，或者為了穩固權力並安度轉變時期，它必須訴諸非民主的手段。然而，轉向威權政黨的統治，將破壞這套制度根本的基進民主平等理念。因此，結果比較有可能轉向某種威權國家主義形式，而不是社會賦權的基進民主形式。

有些主張革命路線的社會主義者相信，自資本主義的轉變階段轉向威權的一黨專政，未必摧毀之後朝平等主義民主演進的可能。歷史告訴我們，這種情況不太可能發生：權力集中以及伴隨多黨民主代議制及法治被廢除而來的缺乏可責性，將產生新的遊戲規則及制度形式，在其中，殘酷無情可以得到回報，民主價值遭邊緣化，異議受到壓制，公民社會內為了民主發動集體行動所需的各樣自主能力也被摧毀。在困難的轉變時期實行的各種做法所遺留下的效應，將讓民主社會主義的終點變得遙不可及。

答辯

我們可以針對斷裂式策略之可能性的悲觀想法，提出幾項回應。第一，也是最直接的回應，轉變的低谷有可能不如他們想的那麼深且漫長。雖然「夢想路徑」有些不切實際，但樂觀途徑本身也許太悲觀了。如果低谷維持的時間不長，尤其是向上的反彈較快出現，那麼認同轉型的民主聯盟或許仍能持續運作下去。

319

1. 假設資本主義危機導致長期衰退的發展軌跡

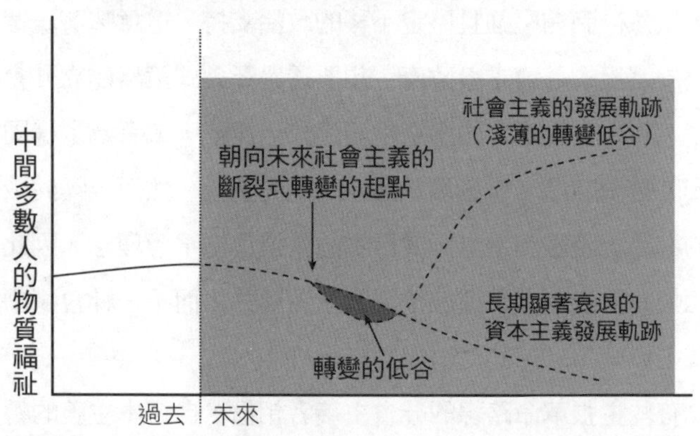

2.假設資本主義危機突然造成崩潰的發展軌跡

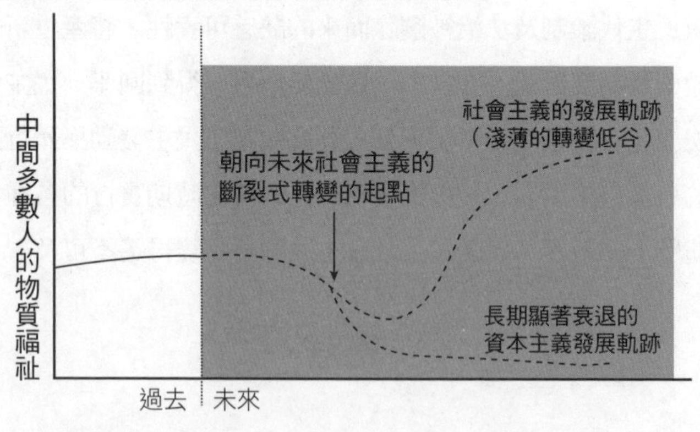

圖 9.5 資本主義危機長期深化下，做為替代的社會主義斷裂及物質利益的發展軌跡

第二，我們或許也可以這麼說，對**資本主義之下**的人進行物質生活條件的預估是錯的。如果已開發資本主義進入特有的長期危機，可預期將遭遇長期的衰退，那麼離開資本主義所要面臨的轉變低谷，或許感受起來就沒那麼糟。當然，這也是馬克思一定程度所保持的信念：長期來看，資本主義會傷害它自身獲利積累的條件，導致危機的局面愈來愈深。就像圖 9.5 所顯示，當危機深化，轉變低谷將變得淺薄許多，因為資本主義內的「反事實發展軌跡」是逐漸向下滑。如果危機讓經濟急遽崩潰且短期內無法恢復，那麼社會主義的發展軌跡很可能看起來就更像圖 9.2 的「夢想路徑」：相對於未發生斷裂的情況下，如今大多數人的物質條件馬上有所改善。 320

第三，行動者支持朝社會主義轉變，或許是出於價值而非物質利益，而考量這些其他價值，赫然的轉變低谷不見得會出現。例如，斷裂及轉變的過程，很可能促進民主參與及社群連帶這些價值的實現。因此，如果這些價值是驅使人們行動的穩定且強而有力的根源，即使在漫長的物質條件低谷中，對社會主義計畫的支持仍可能維持。

我認為這些回應都不具說服力。資本主義關係迅速轉型所帶來的破壞，或許比這裡預期的要低，但歷史經驗顯示，面對國家發動對資本的威脅（儘管規模不大）會造成投資的縮手，據此可推斷到時的破壞程度可能相當嚴重。資本主義也有可能進入危機深化、持續衰退的長期過程，使大多數人的生活水準降低，但如果缺乏一個有說服力的理論解釋情況惡化背後的機制為何，上述論點也只是純粹推測而已。當物質利益以外的動機，在爭取人類解放的鬥爭中扮演關鍵角色時，歷史告訴我們，這類動機長期來看，很難消除伴隨資本主義基進轉型計畫而來的急遽經濟衰退效應。

因此，若想透過大規模的斷裂式策略，建構民主平等式的社會主義，在我們現今居住的世界中（至少在已開發資本主義經濟中），似乎行不通。所以，如果我們希望為這樣的轉型努力，就必須思考解決問題的其他取徑。如此一來，我們所面臨的問題就變成在資本主義中，是否有可能為新的社會賦權形式爭取到更大的空間？這類努力的侷限又在哪？

註釋

1. Theda Skocpol 在她影響深遠的著作 *States and Social Revolutions* (Cambridge: Cambridge University Press, 1979)中提到，革命並非人為創造，而是自然發生。她的意思是，讓國家權力被革命力量掌握的可能性出現的危機情勢，本身並不是革命人士施行策略的結果，而是在行動者背後運作的巨大動態過程，與創造出「革命情境」的偶然歷史事件接合，這兩者交互作用的結果。革命黨人「掌握時機」，為此他們必然得做好某些準備，但斷裂式策略唯有在這樣的時刻下，才有可能派上用場。（這些議題是兩位約翰霍普金斯大學的研究生在討論轉型的斷裂式邏輯時提出的。他們分別是 Sefika Kumral 與 Erdem Yoruk。）
2. 人們經常說「目的無法賦予手段正當性」，但除非手段全然無害，不然也只有目的能賦予它們正當性。某些手段不論目的為何，或許都無法被認為具正當性，但在現實世界的大多情況下，抗爭的手段確實會對不相關人士產生不可欲的副作用，及各種非意圖的負向結果，而在判定那些手段是否儘管如此仍具正當性時，它們欲達成的目的本身是否正當便扮演了一定角色。無論如何，如果手段怎樣都不可能達成它意圖的目的，那麼手段便不是正當的。

3. 當然，這並不意味著強制力就不是斷裂式策略的一環，畢竟一旦國家權力被用來實現斷裂式轉型，要捍衛國家對抗反革命力量，可能就得仰賴強制力，尤其在反革命力量本身使用暴力的情況下。我在這裡的預設只是，對國家權力的控制是透過一般的民主手段來達成，而不是藉由暴力叛亂、推翻當權者。在斷裂式轉型的階段，國家的民主結構仍被維持。
4. 請見 Adam Przeworski, *Capitalism and Social Democracy* (Cambridge: Cambridge University Press, 1985), and Adam Przeworski and John Sprague, *Paper Stones: A History of Electoral Socialism* (Chicago: University of Chicago Press, 1986)。
5. 在此脈絡中，對於「物質利益」的理解應該更廣泛，既包括消費也包含休閒，除了所得外也包括工作品質。
6. 在這裡討論的並不是集體行動會碰到的標準問題：個人是否願意積極加入政治鬥爭以實現斷裂，而是在什麼條件下，人們會認為這樣的斷裂**有利**於自己。事實上，只有當人們相信自己能從集體行動的成功受益，克服搭便車的實際「集體行動問題」才變得有意義。
7. 很重要的一點是，即使在平均工資持續停滯時期，大多數人的生活水準仍然因為所得相對於年紀的正相關而持續提高。二十世紀最後二十五年間，美國的所得中位數停滯不前，但中間多數人的所得仍隨著他們的工作年資而增加。
8. 在提問時我使用「中間多數人」來衡量，因為如果社會主義政黨想在民主制度下持續得到選舉的勝利，社會主義轉型就需要得到大多數人的支持。
9. 在此，我刻意在使用「中產階級」一詞時，採取寬鬆的定義。這裡關心的是，在社會主義下生活得到改善（且因此可能基於其物質利益而支持社會主義目標）的人民聯盟中，區分出兩群人，一是較占優勢的，另一是較劣勢的。在這樣的目的之下，中產階級及工人階級是否精確定義並不要緊。偏好以較廣泛的方式定義工人階級的人，則會認為此處聯盟裡的兩群人，應是較占優勢的工人階級，及占劣勢的工人階級。

第 10 章

間隙式轉型

如果人們相信，有系統地以斷裂式策略追求解放性轉型不可能實現——至少是現在的歷史條件下——那麼唯一的替代選項，就是將轉型大致想像為型態轉變的過程，在這個過程中，小規模的轉型不斷累積，然後對社會體系的動力及邏輯產生根本轉變。這不是說轉型就是平順、無衝突、設法超越利益對立的過程。社會賦權的民主平等計畫，挑戰剝削與支配、不平等及特權，因此解放性型態轉變必然意味著權力鬥爭，以及與支配階級和菁英的對抗。因此，解放性型態轉變實際上將會需要斷裂式模式中的某些策略元素：未來的歷史——如果它將是解放式社會賦權的歷史——將是由勝利與失敗、贏家及輸家交織而成的軌跡，而不只是不同利益及階級之間的妥協與合作而已。這段軌跡裡的篇章將包括一個個制度創新的段落，這些創新必須克服受民主平等主義威脅的利益集團所發出的反抗，有些反抗手法很骯髒，抵抗也很頑強，且會造成破壞。因此，推動型態轉變的過程並非公然放棄鬥爭，而是以特定方式看待鬥爭的策略目標及效果：不是視為在整個體系權力中心的驟然斷裂，而是視為一個社會體系的根本結構及其社會再生產機制的漸進調整（這類調整累積起來，最後能改變整個體系）。[1]

322 在這樣的理解下，我們將有兩大途徑，來回答型態轉變的轉型問題：**間隙式轉型**與**共生式轉型**。兩者的差異主要展現在它們與國家的關係。兩者展望的變革發展軌跡，都是逐漸擴大社會賦權的社會空間，但間隙式策略在實現目標的過程中大多不與國家打交道，而共生式策略則嘗試有系統地運用國家來推進解放式社會賦權的進程。但兩者毋需相互對立，許多情況下它們可以互補，事實上它們也需要彼此。儘管如此，過去許多支持以間隙式策略來實現轉型的人對國家十分忌憚，而許多倡議國家主義共生式策略的人則排斥間隙式取徑。

下一章中我們將探討共生式轉型。在此，我們則專注在間隙式策略的邏輯。首先，我們將區分間隙式**策略**與所謂的間隙式**過程**。然後，將討論各種不同的間隙式策略，以及這些策略促進更廣泛的解放轉型背後的深層邏輯。本章最後將討論間隙式策略的侷限。

何謂間隙式策略？

社會理論用「間隙式」這個形容詞，來描述在某種權力所支配的社會結構中，發生在空間及裂縫裡的各種過程。[2] 涉及的討論單位可以是某個組織、某個社會或甚至是全球資本主義的間隙。根本的預設是，我們可以把涉及的社會單位視為一個體系，323 在其中有某種支配權力結構或組織該體系的支配邏輯，但這個體系並不是完全協調及整合，以致支配的權力關係可以治理體系內所有的活動。即使在所謂的「極權主義」體系內，集中的權力深入穿透到社會生活的方方面面，卻仍存在著某些空間可讓個人以相對自主的方式行動，而不用遵從體系邏輯的宰制。這種間隙式實踐未必具顛覆性，或必然能破壞體系的邏輯，而只是未被支配性權力關係及社會組織原則直接管理或控制。[3]

間隙式過程通常在大規模的社會變革模式中扮演關鍵角色。例如，有人經常這樣形容資本主義，說它從封建社會的間隙之中發展起來。封建社會的特徵之一，是各種位階的貴族組成權力關係及階級支配結構，這些貴族控制多數土地及主要的軍事暴力工具。權利不同的農民投入農業生產，生產剩餘則被支配的封建階級以各種（主要是強制）機制加以掠奪，在尚未完全整合到封建關係的城市中，發展出市場關係，時間久了以後，創造出能讓原始資本主義關係及實踐萌生乃至最後茁壯的脈絡。不管人們認為後來封建主義轉型的關鍵來源，是否在於發動戰爭及建立國家的動力，或是抽取封建剩餘過程中的矛盾，或是崛起的資本家後來發動的挑戰，或是以上所有過程的綜合，資本主義在封建社會的間隙中發展是整個故事裡的重要一環。

324

雖然間隙式**過程**及**活動**顯然在社會變革中扮演重要角色，但對於社會轉型是否有令人難以抗拒的間隙式**策略**就不是那麼明顯。在封建社會中，城市裡的手工業者及商人的間隙式活動孕育了新型態的社會關係，但活動本身並未帶著摧毀封建階級關係、建造新社會的計畫。他們不過是投入到追求利潤的活動，針對所處社會浮現的機會及可能性做出適當的調適而已。至於長期社會變革的擴散效果，基本上只是他們從事活動的非意圖副產品，而非有謀略的結果。相對而言，間隙式策略則是刻意發展的間隙式活動，用以促進體系整體的根本轉型。

在現今的資本主義社會中，當然存在許多間隙式活動，它們都可能成為社會解放的間隙式策略元素：工人與消費者合作社、受害婦女庇護之家、工人工廠協調會、為特定目的成立的社群及公社組織、社區型社會經濟服務、公民環境團體、社群管理的土地信託、跨國公平貿易組織等。以上團體都是刻意建立的社會組織，不同於權力及不平等的支配結構。有一些涉及重構整體社會的宏大願景；其他則有著較近程的目標，試圖轉變社會生活的特定領域。有些與社會轉型的系統性理論相關；其他的則是對急需解決的社會問題提供務實的回應。它們的共同之處在於都想建設替代的制度，且有意識地培育新型態的社會關係，這些社會關係不但體現了解放理念，主要也是透過某些直接行動（而非國家）來實現。

在反資本主義的思想中，間隙式轉型的願景歷史悠久且頗受推崇，可追溯到十九世紀的無政府主義傳統，今日仍以各種無政府主義及自主主義（autonomist）的思潮持續。[4] 雖然沒什麼絕對的理由可說服人們，間隙式轉型的策略就只能與特定的無政府主義解放願景糾纏不清，但無政府主義以強制國家不復存在為終極目標，這與間隙式策略大都不考慮國家的想法，兩者之間顯然頗為相似。二十世紀初影響力很大的美國無政府工團主義運動（US anarcho-syndicalist movement）「世界工業勞工聯盟」（Industrial Workers of the World, IWW）憲章的前言就主張：「藉著在產業中組織起來，我們正在舊社會的軀殼內創造新社會的結構。」[5] 半世紀之後，著名的英國無政府主義作家 Colin

325

Ward 曾這麼描述無政府主義策略的核心想法：

> 絕不是空想出一個未來的社會……〔無政府〕是形容一種人類組織的模式，它根植在日常生活經驗中，其運作與我們社會裡支配性威權主義趨勢比肩而立……無政府主義的替代方案已存在於此，在支配性權力結構的間隙之中。如果你想要建立一個自由社會，所需的零件全在你手邊。[6]

在二十一世紀初的世界社會論壇（World Social Forum）上，曾有運動者宣示「另一個世界是可能的」，他們心中設想的是許多受無政府主義影響的草根行動，像是設立工人及消費者的合作社、公平貿易網絡、跨國勞動標準運動，以及其他直接體現他們在此時此地展望另一個可能世界的制度。 326

我們之前曾提過，許多社會主義者（特別是那些深陷馬克思主義傳統的人）十分質疑這類計畫。他們的論點大致如下：雖然許多建設另類制度的奮鬥可能體現了可欲的價值，甚至預示解放式的社會關係，但它們並未真正挑戰現存的權力及支配關係。正因為它們是「間隙式」，它們能擁有的空間來自於資本主義的「允諾」。它們甚至可能藉由吸納了不滿的聲音，以及創造出「如果人們對支配制度不滿意，可以掉頭走開，到另類環境中生活」的假象，來強化資本主義。因此，間隙式方案最終導致人們從爭取基進社會轉型的政治鬥爭中退縮，而非提供人們實現它的可行策略。在眼下的世界，這類方案頂多只是讓某些人過小確幸日子而已；但較壞的情況可能演變成，原本希望透過真正的政治挑戰來改善社會的能量，被這類方案引導到偏差的方向。

上述的負面診斷似乎適用於一些案例。1960 年代的嬉皮公社（hippy communes）受到烏托邦渴望，以及它們參與「寶瓶時代（Age of Aquarius）肇始」的信念啟發，但實際上，它們運作起來比較像是逃離資本主義的社會現實，而非基進轉型的節點。其他像是有機雜貨合作社的例子，雖然未遠離資本主義社會，但似乎仍受到限制而只根據小規模利基在經營，其對象經常是有本錢選擇「享受」特定「生活風格」的富人。有機雜貨合作社或許體現了某些進步理念，但它們未對這個體系產生任何威脅。

這些負面評價做為控訴間隙式轉型策略的理由，實在過於嚴苛。它們不但預設有某種「對這個體系產生威脅」的替代策略存在，也預設間隙式社會轉型的努力傷害了這項替代策略。事實上，當前的歷史條件下，沒有策略能真正直接對體制產生有意義的威脅：即有很好的理由相信，一旦我們採用該策略，能在不久的將來，產生真正威脅資本主義的效果。這就是「我們居住在霸權式資本主義體系中」所代表的含義：資本主義的基本結構是如此穩固且有彈性，以至於沒有任何策略可以立即威脅它。於是策略性問題便是想出什麼是我們目前可以做的事，而那很可能可以在未來歷史偶然的條件下開創出新的可能性。當然，間隙式策略或許最終是條死胡同，永遠都侷限在狹窄範圍之內，但也可能在特定情境下，它們在解放性社會轉型的漫長演進過程中扮演積極的角色。

327

因此，問題便是：什麼是社會轉型的根本模式（在其中，我們可把間隙式活動視為解放性社會賦權整體策略的一環）？這些活動累積起來能促進整體社會轉型的方式蘊含了何種理論？無政府主義傳統下的論述者，對此問題的關注實在太少。雖然無政府主義的作品批判現存的資本主義及國家主義的權力結構，並捍衛沒有國家強制支配的情況下，以合作社聯盟為替代選項的願景，但卻少有系統性的闡述，討論實際上如何「在舊社會的軀殼中建造新社會」，以及這如何導致體系的轉型。

間隙式策略如何促進解放性社會轉型

第七章提到的許多實例，說明了社會賦權與經濟很多是源自間隙式策略。維基百科是一群人在網路這個間隙式活動的獨特空間中，建立起非資本主義式的資訊散播替代形式。社會經濟中的許多方案也都源於間隙式策略，即使像在魁北克的例子中，有些方案從國家那裡接受重要的補助。工人合作社是一種基本的間隙性組織形式，乃古典無政府主義促成間隙式轉型的策略核心。其他許多經驗例證也可加入這份名單之中：各種在網路發動的顛覆資本主義知識財產權的策略（如音樂分享網站 Napster）；開放原始碼軟體及技術計畫；連結貧窮國家生產者合作社與富裕國家消費者的公平貿易網絡；透過各種監控及發送認證的計畫來創造全球勞動及環境標準的運動。在每一項間隙式活動中，許多參與的行動者認為自己從事的活動有助於促成更廣泛的社會變革，而不僅僅因為生活風格的偏好或想做好事才行動，範圍只限於自我。於是，我們要問此類間隙式活動如何對整體社會產生廣泛的轉型及解放效果？它們累積下來，能透過什麼樣的潛在機制讓另一種世界得以可能？

328

在資本主義中，間隙式策略可以指出超越資本主義的兩種主要途徑：第一，改變現有條件，以促成最終斷裂的實現；第二，逐漸擴張它有效運作的範圍及深度，使資本主義的約束不再將它束縛在界限之內。我將兩者分別稱為**革命式無政府主義**及**演進式無政府主義**的策略願景，之所以這樣命名，不是因為無政府主義者抱持了這樣的觀點，而是因為「不以國家為社會解放之工具」的大方向，與無政府主義的傳統實有密切關連。

為斷裂鋪路

許多十九世紀的無政府主義者，與受馬克思主義啟發走革命路線的社會主義者，同樣相信：與資本主義的斷裂，最終必然會透過革命發生。他們兩者的根本差異在於，如果要促成革命式斷裂，以合理引進真正解放性替代方案，需要在資本主義之中推動何種變革。對馬克思及之後的列寧來說，在資本主義中鬥爭的主要任務，是培養同一政治陣線的工人階級的集體能力，據此才能成功奪取國家權力，這也是推翻資本主義的必要條件。深度重建社會，以新原則開創新生活方式的環境，打造新的社會互動及互惠形式，這樣的任務大抵必須等到「革命以後」才能開始進行。[7]

329

另一方面，對革命式無政府主義者而言，上述重建工作的重大進展不僅可能在資本主義中發生，還是促成與資本主義永續性解放斷裂（sustainable emancipatory rupture）的必要條件。Martin Buber 在討論普魯東對革命的觀點時說：

〔普魯東〕將革命的悲劇神聖化，在一次次失望的經驗中，愈來愈深刻地這麼感受。革命的悲劇在於，論到革命的**積極**目標所導致的結果，永遠與最誠實及熱切的革命人士所努力的方向相左，除非且直到此事〔深度的社會改革〕在革命之**前**就已經成形，讓革命的行動只需奪取這個空間，便能在其中暢行無阻。[8]

如果我們想要的是一場能帶來深度平等、民主及參與式生活方式的革命，Buber 寫道：

最重要的事實是，在相對於政治領域的社會領域中，革命與其說是種創造的力量，不如說是傳遞的力量，它的功能是解放以及認定何為真確——也就是說，它只能讓在社會這個子宮中已顯現徵兆的事物，於革命後變得完美、獲得自由，並被授予權威的印記；就社會革命而言，革命發生的那個時刻並非孕育之時，而是生產之時——前提是在此之前必須先有孕育的過程。[9]

因此，這類策略的願景勢必要與資本主義斷裂，但斷裂若想成功，必須先有一段間隙式轉型的深刻過程。

我認為在資本主義內進行革命前（即斷裂前）間隙式轉型的願景中，內含四項不同的論點。這些論點呈現在圖 10.1 中，對照之下，可以看出這個版本內轉變的低谷，與前一章圖表內的有何不同。 330

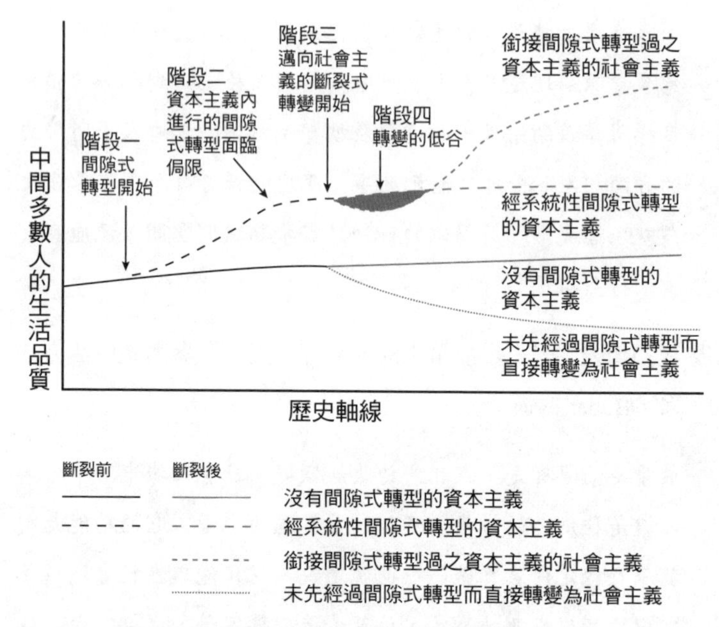

圖 10.1 為斷裂鋪路的間隙式轉型

第一，認為資本主義內的間隙式轉型不可或缺的人，主張這樣的轉型能為資本主義帶入一些超越資本主義社會的優點。因此，資本主義中一般人的生活品質，因為這樣的轉型而得到改善。看看圖 10.1 的階段一，開始進行資本主義的間隙式轉型，改善人們的平均生活品質，假使資本主義沒有這樣的轉型，就不會出現改善。[10]

第二，革命式無政府主義策略肯認，在某個時點，這種在資本主義內進行的間隙式社會轉型將面臨施加束縛的侷限（圖中的階段二）。資本主義終究阻礙了具社會賦權的間隙式轉型將潛能徹底實現的可能。如果要推進這些潛能，必須靠與資本主義的斷裂（圖中的階段三）來打破那些侷限。

第三，如果透過具社會賦權的間隙式轉型，資本主義的內在已深深轉變，那麼轉變的低谷將淺薄而比較容易忍受，持續的時期也較短（階段四）。資本主義之中成功的間隙式轉型意味著若資本主義持續下去，經濟生活將不再那麼依賴資本主義的廠商及市場。工人的合作社及消費者合作社已普遍發展開來，在經濟體內角色吃重；社會經濟也滿足不少基本需求；集體組成的團體參與各式各樣社會賦權式的規範活動；或許，資本主義廠商內的權力關係也已大幅轉型。整體來看，這些改變意味著斷裂帶來的經濟破壞，程度比起在沒有這些間隙式轉型的情況下要低得多。再者，斷裂前的轉型對工人及其他社會主義的潛在受益者來說，也具體展示承諾能讓生活品質變得更好的資本主義替代方案確實可行。一旦到達資本主義內無法橫越的侷限，這將有助於人們形成支持斷裂的政治意願。[11] 圖 10.1 中的轉變低谷，因而比沒有間隙式轉型時要淺薄許多。

332

最後，只有在斷裂以前顯著的社會賦權式間隙式轉型就已經發生，平等、民主的社會賦權才得以在斷裂之後維繫下去。若沒有先前這種社會賦權形式的存在，與資本主義的斷裂將釋放出強大的權力集中及威權主義的傾向，很可能導致壓迫式國家主義的出現。即使是立意良善的社會主義者，也將因遭遇這樣的矛盾，而被迫建立一個與心目中想像完全不同的社會。結果，大多數人的生活品質，將比在資本主義繼續維持下去的情況下更糟。

侵蝕資本主義束縛的侷限

圖 10.1 的策略性情節預設了資本主義最終仍為民主平等的解放性轉型的實現可能性，設下無法跨越的侷限。試圖透過間隙式轉型追求社會解放的演進式無政府主義者，心中設想的情節則拋棄了這一項預設。他們基本上認為（如圖 10.2 以形式化的方式呈現）：資本主義的結構及關係，確實限制透過間隙式策略來達成解放社會轉型，但藉由適當的間隙式策略，長期下來能侵蝕掉這些侷限。因此，透過間隙式策略的變革發展軌跡，每一個時期都要面臨可能性侷限，轉型嚴重受阻。不同的時期，必須設計出新的間隙式策略，來侵蝕那些侷限。因此，不同的歷史時期，為了推進社會賦權的過程，不同類型的間隙式策略將扮演關鍵角色。建立工人合作社的策略在某些時期或許最重要，到了其他時期最重要的策略則變成社會經濟的擴展，或設計出新的結社方式來控制投資（例如工會控制的創投資金）。重要的是，所謂「侷限」的存在不過是特定制度安排的權力效果，而間隙式策略能夠創造替代的制度，削弱這些侷限。雖然革命式無政府主義所設想的情節認為，最終將遭遇牢不可破的侷限，本身無法從體制內改變，但在這個逐步演進的模式內，現存的約制可以被軟化，加快間隙式轉型過程，直到遇上下一階段的侷限。因此，這將是一種社會賦權的擴張及停滯，隨著不斷有侷限出現且被侵蝕掉而相互交替的循環。如果這個過程持續下去，最終資本主義本身做出夠多的調整，資本家的權力也受到夠多的破壞，使得社會賦權深化的工作，不再面臨極具資本主義特色的限制。[12] 實際上，間隙式

334

策略產生的體制混生化（system-hybridization）過程，也將達致一臨界點，到時體制的整體邏輯將有所改變，為後續的社會賦權開啟新的可能性。

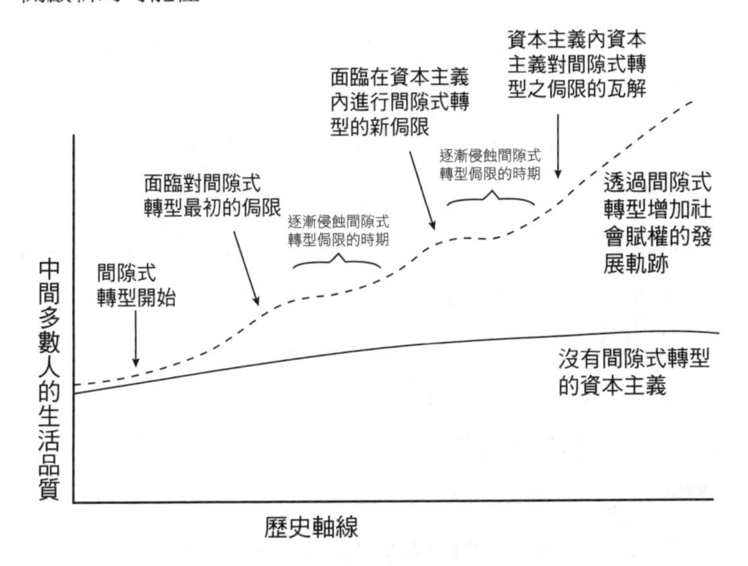

圖 10.2　**侵蝕資本主義侷限的間隙式轉型**

當然，圖 10.2 揭示的發展軌跡已經高度簡化。即使樂觀展望間隙式策略的人也了解，過程可能會有反挫，社會賦權前進受阻的階段也可能延長。而且，也可能出現偶發的歷史情境，使得間隙式策略不再可能——例如，在威權國家主義的情況下，實行這類策略的空間就被關閉起來了。這類環境下，斷裂式策略便成為必要，並不是藉此直接轉變資本主義，而是開啟受威權式國家主義堵塞的間隙式過程。然而關鍵在於，資本主義的結構內並不存在阻礙間隙式策略發揮轉變效果之物，因此朝向社會解放前進的間隙式發展軌跡，才有可能出現在資本主義支配的世界中。[13]

335

間隙式策略與國家

轉型的間隙式策略能擴展社會賦權的範圍，並改善人們的生活品質，而無需擁抱那些大的策略願景。間隙式策略可以擴大非商品化、非資本主義式的經濟關係的空間，但這樣做似乎還不足以讓大多數人不再仰賴資本主義經濟，也不足以將資本家階級的權力、經濟活動依賴資本積累的程度，削弱到足以讓革命情節發生時的轉變低谷變得又短又薄。雖然間隙式策略可以擴展社會賦權的範圍，但我們很難看出它們如何可能侵蝕資本的基本結構權力，以至於能瓦解資本主義對解放性社會變革設下的侷限。

兩種情節的基本問題都在它們對國家抱持的立場。追隨社會解放的傳統無政府主義者認為，公民社會與經濟都只是整合鬆散的體系，容許足夠的空間存在，讓人們直接行動以培育出新的關係及實踐。相反地，他們視國家為鐵板一塊、相互密合的制度，其中不存在明顯的裂隙，而實現解放性變革的潛能處於邊緣。事實上，對革命式無政府主義者來說，國家恰恰是使最終斷裂成為必要的制度：國家的強制力量，對社會賦權構成了無法橫跨的侷限。假使沒有國家，透過間隙式轉型來侵蝕資本主義力量的過程，就可以如演進式無政府主義者所說的那樣持續下去。

336

這種對國家的一般性理解，或是針對資本主義國家的理解，無法讓人信服。相較於經濟或公民社會，國家權力結構的統一及整合程度並未更高。而且，雖然國家做為一個「資本主義國家」，確實在再生產資本主義關係上扮演重要角色，但它的功能並不**只是**體現維繫資本主義的純粹運作邏輯。國家包含了各種異質的機器，以不甚平整的方式整合成為鬆散耦合的總體，其中有各種利益及意識型態彼此互動。它是公民社會中相互對抗的力量相遇的鬥爭場域。它是階級妥協及階級支配發生的地點。簡言之，國家不能只簡單從它與社會再生產的關係來理解，還必須從社會再生產的缺口及矛盾的觀點來理解。

這裡所表達的是，實現解放性轉型的努力，既不應該像演進的間隙式策略那樣忽視國家，也無法像斷裂式策略所展望的那樣在現實中摧毀國家。社會解放必須設法面向國家，利用它來促進解放式社會賦權的過程。這就是共生式轉型的核心想法。

註釋

1. 這種對型態轉變的理解意味著，將「斷裂」與「型態轉變」斷然對立的二分在某些面向上會誤導人，畢竟解放式型態轉變本身，可被想成是局部及有限的社會斷裂（制度發明）構成的發展軌跡，而這些斷裂最終累積起來，造就了根本的轉型。因此，這裡真正在意的是，大規模、全面性與資本主義的根本權力結構進行斷裂，究竟有沒有可能。
2. 之所以使用「間隙式」一詞來捕捉這裡討論的特定策略邏輯，是受益於 Marcia Kahn Wright 的建議。
3. 社會理論的根本議題之一，就是社會在什麼程度上可以被視為一個體系，而且如果可以的話，它又是什麼樣的體系。有一方意見認為社會十分類似有機體，它的各部分妥善連結，能實現彼此相關的各種功能。但社會也可被視為更類似自然界的生態體系：各個組成部分之間，存在著有系統且相互連結的因果關係，而其中有些具有功能連結及反饋過程的特質，但它們並非由一套融貫一致的邏輯統轄，也沒有必然的功能關係能順利整合全體。在此，我將這樣看待社會現象的體系性（systemness）：即視之為鬆散耦合的體系。

4. 在此，我用「無政府主義」一詞描述間隙式策略的理論基礎，因為無政府主義的著述者最重視這一類策略。就像許多政治標籤，「無政府主義」這樣的詞彙也因著該標籤所連結的具體政治運動歷史脈絡，而以不同方式與各種意義混在一起。古典的無政府主義對社會解放的願景，主要著重在以下概念：無政府存在的社會中，社會合作是在較小的社群中透過自願活動組織起來，這些小社群連結成某種自願聯盟。然而，有時候無政府主義則是用來指稱針對權威核心發動的暴力攻擊，並且這些活動的願景是製造混亂而不是非強制性的社群。「自主主義」一詞在二十世紀後半葉的歐洲政治領域中為人熟知，用來指稱部分隸屬於無政府主義傳統的運動，而這些運動強調的是自願且自主地形構平等主義式合作。
5. 一直以來，IWW 的文獻把新的工人組織形式，稱為未來社會的「胚胎」樣態，再次顯示以下想法：未來是以現在的間隙建立起來的。例如，在 1913 年 Justuys Ebert 所著的宣傳小冊 *The Trial of a New Society* (IWW: Chicago, 1913) 中，胚胎發展被用來比喻轉型的過程。該小冊宣稱，1912 年發動麻薩諸塞州羅倫斯市（Lawrence）紡織業罷工的工人團結組織，就是「尚未經雕琢的胚胎——未來狀態的粗糙輪廓，在該狀態中，政府及產業都應該由工人直接控制、為了工人利益、為工人所有」。作者在小冊結論中這麼問：「一個新的經濟力量已經出現，它在舊社會秩序中正取得嶄新的政治及社會勝利，這是無可否認的事實。但我們接著要問，它能延續下去嗎？這個成形的胚胎能夠發展下去，直到它比所有制度都強大，並為了新時代的利益支配這些制度？」作者援引資產階級興起的歷史，為這個問題提供了正面的答案：「〔資產階級〕在原有的封建建制的獨特制度之外，發展出對抗這些原制度的新制度、技藝、工會、行會、社群、聯盟。他們在舊社會的軀殼內建立了新社會；他們持續追求新理想，藉由新制度的工具，從舊制度中演化出來。」
6. Colin Ward, *Anarchy in Action* (London: Allen and Unwin, 1973), p. 18。引自 Stuart White, "Making Anarchism Respectable? The Social Philosophy of Colin Ward," *Journal of Political Ideologies* 12:1 (2007), p. 15。
7. Martin Buber 在他針對無政府主義思想的精采研究 *Paths in Utopia* (Boston: Beacon Press, 1958)中提出，雖然馬克思最終承認在合作社創造過程中的某些優點，但對於將此視為資本主義中主要鬥爭形式的觀點，他仍採取批判的態度，認為只要資產階級仍手握權力，合作社想有效重構社會的想法就只是幻想。
8. Martin Buber, *Paths in Utopia* (Boston: Beacon Press, 1958), p. 44。
9. Buber, *Paths in Utopia*, pp. 44-5。生產的比喻結合了斷裂以及漸進累積的型態轉變的概念：生產之時是與過去的斷裂。生命的過程中存在著不連續性，於此劃出了「之前」與「之後」。但生產之所以發生，必須經過一段成功的漸進累積的孕育過程，在這過程中，未來的潛能走到徹底實現的臨界，而在生產之後，這個漸進累積的過程仍透過成熟的機制持續著。

10. 在此我用「生活品質」這個普遍出現的詞彙，來指稱人們方方面面的綜合福祉，而不特別著重在收入、工作條件、休閒品質、社群特質等。

11. 解釋以上論點的另一種方法，是採用 Antonio Gramsci 的語彙。Gramsci 認為，在擁有強大公民社會的西方，社會主義的革命需要在成功實行運動戰（war of maneuver）之前，先進行長期的陣地戰（war of position）。也就是說，在斷裂以前的時期，必須先建立一個有效的**反**霸權（counter-hegemony）。Gramsci 強調建立政治及意識型態之反霸權的重要性。雖然他並未直接討論在經濟及公民社會中的間隙式轉型的議題，但這類轉型可被視為是轉化「甘願（consent）之物質基礎」的關鍵面向，這對反霸權運動來說是必要的，能讓它為人信服且得以延續下去。Gramsci 對於在資本主義內部，以增進社會賦權的方式來轉變公民社會的可能性，抱持著模稜兩可的態度，相關討論請見 Jean L. Cohen and Andrew Arato, *Civil Society and Political Theory* (Cambridge, MA: MIT Press, 1994), section on "Gramsci and the Idea of Socialist Civil Society," pp. 142-59。

12. 其他類型的結構侷限或許仍存在——性別、全球政治分工或其他的社會關係強加的侷限——而這意味著，面臨侷限然後設計出侵蝕侷限的新策略這種循環，仍將持續。但是，資本主義對於社會賦權加諸的特定侷限，將不再強加約束限制。

13. 「資本主義不能對未來的可能性產生無法橫越的侷限」這種宣稱，有時是以「反本質主義」的語言來表述。例見 J. K. Gibson-Graham (Julie Gibson and Katherine Graham), *The End of Capitalism (As We Knew It): A Feminist Critique of Political Economy* (Oxford: Blackwell, 1996)。他們主張的不只是經濟體系是混生體，還包括這些混生體的資本主義元素或面向，並不具有根本、無可改變的「本質」，能對混生體的整體性質強加硬梆梆的可能性侷限。

第 11 章

共生式轉型

共生式轉型的基本概念是指，資本主義社會中由下而上推進的社會賦權，如果有助於解決資本家及其他菁英面對的實際問題，此時社會賦權的推進將最為穩定且容易捍衛。某些歷史時刻之中，透過有效的人民動員及連帶，仍可能深化並擴展各種社會賦權，即使這會明顯威脅到資本家及其他支配菁英的利益；但是，所取得的成果可能持續面臨反擊，而顯得危機四伏。因此，高度動員之下取得的成果，往往在動員程度衰退後又付諸東流。倘若各種社會賦權能設法同時服務支配團體的某些重要利益，並解決整個體系面臨的實際問題，那麼它們將可能更持久、更深地制度化，且因此更難被逆轉回原初狀態。Joel Rogers 與 Wolfgang Streeck 思考穩定維持民主左派成功的一般條件後，提出了這樣的想法：「當民主左派改善工人的物質福祉，為資本家解決資本家自己無法解決的問題，且因上述兩種做法而贏得夠多的政治信譽，能夠挑戰資本主義所獨占的『普遍利益』詮釋權，民主左派便能取得進展。」[1] 337

這種轉型模式在歷史上最重要的例子，是二十世紀後半葉，發生在許多已開發資本主義國家中，資本家與勞工之間相對穩定的「階級妥協」方式，其間有國家居中協調。社會民主政權中， 338

較進步思潮裡的核心關懷，就在於如何培養出可能達致這種階級妥協的條件。本章將探索這類策略的基本邏輯，以及它的解放潛能。

階級妥協[2]

「階級妥協」的概念召喚出了三種十分不同的圖像。第一，階級妥協不過是種幻覺。工人階級組織（尤其是工會及政黨）的領袖，與資本家階級訂下了機會主義協定，雖承諾給予工人好處，但最終多半化為泡影。階級妥協的核心不過是單方面的屈服，而不是體現雙方讓步的互惠協議。

第二種圖像中，階級妥協像是戰場上的僵局。兩支實力大致相當的軍隊，陷在戰爭中而無法動彈。兩者都有足夠的能力，讓對方付出沉重代價；但它們都無法徹底殲滅敵人。在這種僵局之中，對抗的雙方或許願意「妥協」：避免相互傷害，以換取彼此各退一步。讓步是真的，而不是裝模作樣，即使做出的讓步程度並不對稱。儘管如此，它們不會在相互對立的階級力量之間形成真正的合作過程。這類結果可被稱之為「負向階級妥協」。

第三種圖像則視階級妥協為敵對階級的相互合作。這不只是衝突結果為雙方既未全然勝利也非全然失敗的權力平衡情勢。反而，這裡存在著工人與資本家之間非零和賽局的可能性，其中雙方可以透過各種主動相互合作的方式，改善各自的情況。這種結果可被稱為「正向階級妥協」。

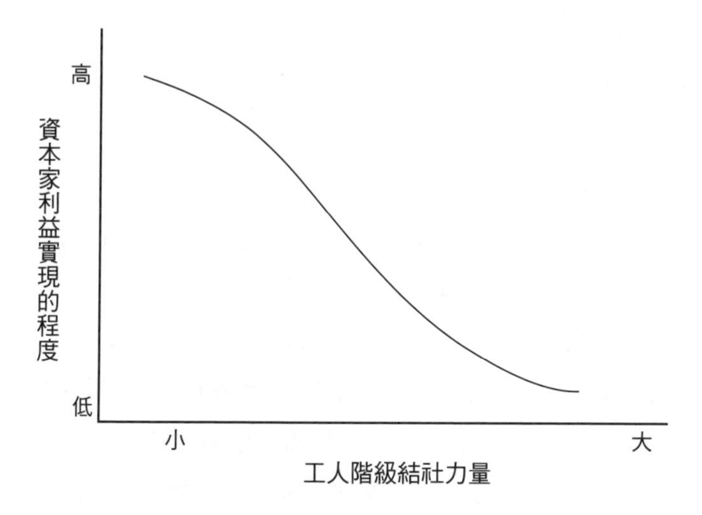

圖 11.1　**對工人階級力量與資本家階級利益之關係的一般看法**

共生式轉型的核心概念是：穩定的正向階級妥協的可能性，通常取決於工人階級**結社力量**與資本家**物質利益**的關係。[3] 新古典經濟學者與傳統馬克思主義者的傳統智慧認為，一般來說在以下兩個變項之間存在著反向關係：工人力量的增加會傷害資本家的利益（請見圖 11.1）。對馬克思主義學者而言，理由十分簡單：資本家的利潤與對工人的剝削緊密相關，因此工人與資本家的物質利益根本相互對立。因此，任何強化工人爭取及實現自身利益之能力的事物，都會破壞資本家的利益。新古典經濟學者的一般論點，由於否認在均衡狀態下工人遭資本家剝削，因此顯得沒如此直截了當。儘管如此，工人階級的結社力量，藉由讓薪資在必要時難以向下調整，且讓雇主更難解僱工人，而被視為干涉勞動市場運作的效率。工會及其他形式的工人階級力量被視為市

339

場內的壟斷力量，而像這類做法會產生壟斷租金（monopoly rents）與無效率的配置。因此，以資本家及未參與工會的工人利益為代價，隸屬工會的工人能夠以較高薪資的形式勒索到壟斷租金。

另一種對工人力量與資本家利益之關係的理解，則不認為兩者是反向關係，而是種**反 J 形**（reverse-J）的曲線關係（請見圖 340 11.2）。[4] 一般認為，當工人階級毫無組織、當工人以原子化的方式相互競爭而缺乏顯著的結社力量，此時最能滿足資本家階級利益。當工人階級力量增強，資本家階級利益便開始滑落。然而，一旦工人階級力量跨過了某個門檻，工人階級結社力量便開始能對資本家利益產生正面效果。一個經典的例子即組織起來的工人，有助於解決凱因斯主義實行的總體經濟政策所產生的問題。倘若完全就業意味著高度使用商品的能力，且對資本主義廠商的商品有更大的總體需求，那就可能滿足資本家利益。但這也可能因為薪資急速上升，及螺旋式增加的通貨膨脹，而冒上一點一滴壓縮利潤的風險。凱因斯本身也認為這是個嚴重的問題：「我擔心會出現這樣一個嚴重的問題，即當集體議價制度及完全就業同時存在時，要如何約束薪資。」[5] 有些國家出現並鞏固了 341 強大、權力集中之工會，能同時約束工人與**雇主**的薪資，這或許是解決上述問題最成功的方式。據此，強大的勞工運動，不必然透過威脅資方為勞方謀利（這會構成**負向**階級妥協之基礎）。如果勞工運動能有所節制，特別是與同情它的政府有所連繫的情況下，那麼便可協助解決總體經濟的問題，藉此積極促進資本家利益的實現。

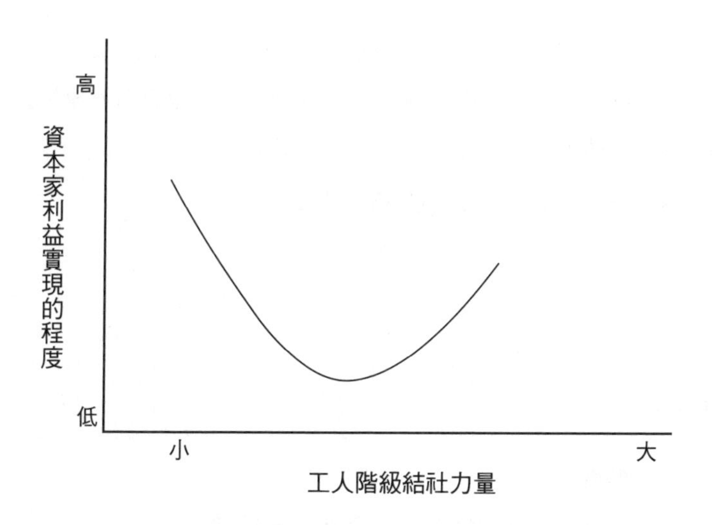

圖 11.2　**工人階級力量與資本家階級利益之曲線關係**

＊　＊　＊

為了對圖 11.2 反 J 形假設的社會過程有更深入的理解，我們必須以多種方式來闡述及延伸這個模型。[6] 首先，我們將更仔細檢視產生這條曲線的根本因果機制。其次，我們將延伸這張圖的範圍，檢視當工人階級結社力量非常大時會發生什麼事。最後，我們將討論，在階級衝突的制度環境中，這條曲線上的哪些區域，能當作歷史上可實現的目標來努力。

反 J 形關係背後的動力機制

343

圖 11.2 看到的反 J 形曲線，可被理解為兩種因果過程的結果——其一是當工人力量增加，資本家利益愈來愈受破壞；其二

是工人力量增強卻促進資本家利益。圖 11.3 說明了以上情況。大致來說，下滑的曲線反映了工人力量增強如何**傷害資本家單方面決策及控制資源的能力**；上升的曲線則反映了工人結社力量如何**幫助資本家解決集體行動及協調問題**。

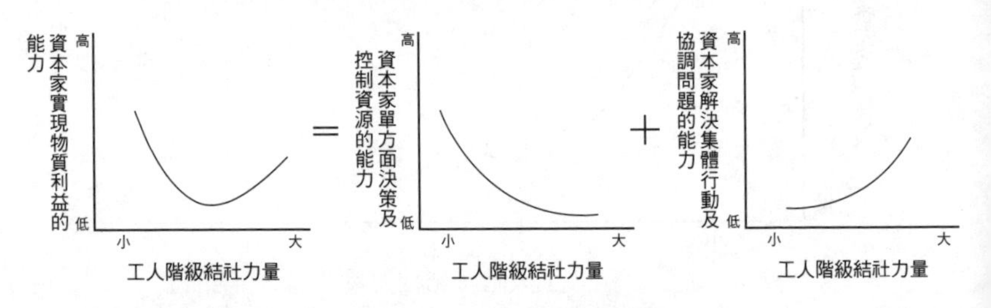

圖 11.3 解析資本家階級利益與工人階級力量之關係

階級鬥爭與妥協並非發生在無形的「社會」，而是在特定的制度脈絡中——工廠、市場、國家。產生圖 11.3 中反 J 形曲線的真正機制，鑲嵌在這樣的制度脈絡。發展出階級鬥爭及階級妥協的制度領域中，有三種特別重要：

- **交換的場域**：這關係到勞動市場及各種商品市場；而在某些情境下，金融市場也是階級鬥爭發生及階級妥協發展的場域。
- **生產的場域**：這關係到一旦工人受僱、資本投入後，工廠內會發生的事。對勞動過程及技術的鬥爭是典型的例證。
- **政治的場域**：階級鬥爭與階級妥協也發生在國家之中，涉及國家政策的形成及執行，以及各種國家施行規範的行政過程。

以上每個階級鬥爭及階級妥協的制度場域，大致對應工人階級集體組織的類型：交換的場域中，**工會**是從事鬥爭／妥協的典型結社形式；**工人協調會**及相關的團體則是生產場域中的典型形式；**政黨**則是政治場域中的典型形式。

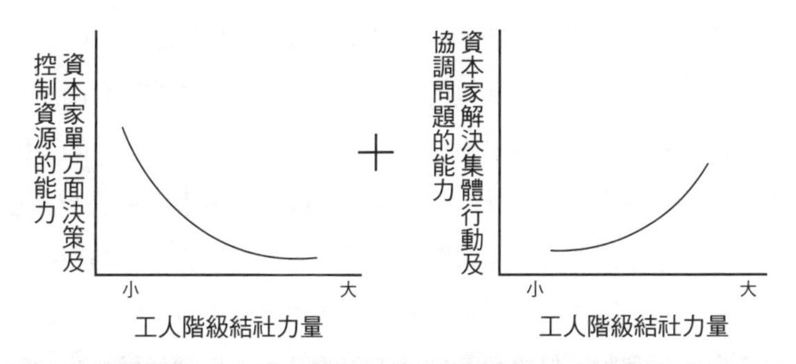

	工人階級力量的典型形式	增強的工人階級力量如何威脅資本家階級利益	增強的工人階級力量如何促進資本家階級利益
政治的場域	政黨	資本家單方面對再分配政策的政治影響力	穩定維繫三方統合主義式合作的能力
交換的場域	工會	資本家單方面僱用、解僱、訂定薪資的能力	在吃緊的勞動市場中限縮薪資的能力；出售產品的能力（凱因斯主義提倡的效果）
生產的場域	工人協調會	資本家單方面控制勞動過程及工作結構的能力	促進複雜的垂直及水平合作的能力；解決生產中資訊問題的便宜方法

圖 11.4　解析工人階級力量與資本家階級利益在政治、交換及生產場域的關係

於是，我們分析的主要任務，即檢視使這些工人階級結社力量的不同形式──工會、工人協調會、政黨──能夠在交換、生產及政治場域中，形成**正向**政治妥協的機制。圖 11.4 大略闡釋這些機制。

交換的場域

資本家在交換場域中，有許多物質利益深受資本家與工人階級的關係左右：把勞動成本降到最低；沒有任何力量介入的情況下，不受約束的僱用及解僱的能力；銷售工人生產的所有商品；在可預期及適當的勞動供給市場中，取得一批有特定技能的勞動力。誠如馬克思主義及非馬克思主義的政治經濟學者主張，上述利益有些相互衝突。其中最明顯的是，資本家出售商品的利益，意味著身為消費者的工人可以擁有許多可支配所得；然而，資本家的另一項利益又是盡可能拉低工人的薪資，也就是付愈少的錢給身為受僱者的工人，愈合乎資本家利益。

345

一般來說，強化工人階級結社力量，會破壞個別資本家在勞動市場中單方面決策及配置資源的能力。如果沒有工會，資本家可以隨意聘僱或解僱，並根據當前市場情況下，心目中的最大獲利程度來訂定薪資。工人階級的結社力量，減少了資本家針對勞動市場做出使利潤極大化之決定的個別能力，因此傷害了他們的物質利益。

如果在交換的場域中，資本家的利益完全取決於在最小的限制下，他們買及賣的個別能力，那麼實際發生的情況就很接近圖 11.1 描繪的負向關係。但是，事實並非如此。資本家的物質利益——他們維持高且穩定之利潤率的能力——仰賴在交換場域中各種總體條件供給的情況，而這就需要協調及集體行動。這類協調的問題之中，至少有一些是可以透過較強的工人階級結社力量來協助解決。[7]

資本家產出的消費物品的總體需求不足就是一個經典例證，這也是傳統凱因斯主義面臨的問題：如何透過提高薪資及社會支出來支持高度的總體需求，藉此解決經濟體內「消費不足」的問題。消費需求不足對資本家而言，代表了一個集體行動困境：資本家想要盡可能壓低付給員工的薪資，同時又希望其他的資本家付給他們員工的薪資愈高愈好，如此才能帶來足夠的商品消費需求。事實上，高度的工會化能避免個別廠商為解決上述兩難而「背棄」大家。工人階級力量也可讓勞動市場容易掌握且更穩定。勞動力市場吃緊時，資本家為取得勞動力而彼此競爭，往往拉高了薪資──或許，比例上還高於生產力增加的程度，結果引發通貨膨脹──這種情況下，工人階級結社力量強大也有助於節制薪資。[8] 節制薪資是特別複雜的集體行動問題：必須防止個別資本家背離節制薪資的協議（也就是說，當勞動市場上找不到工人，必須防止他們為了從其他雇主那裡挖走工人，而彼此競相抬高工人薪資），同時必須防止個別工人（及工會）在勞動市場緊縮的情況下，因為想盡可能拉高薪資而背離該協議。節制薪資對於長期穩定成長以及抑制通貨膨漲很重要，這在工人階級組織良好（特別是透過集權工會）的情況下，要比工人沒有組織更容易達成節制薪資的目標。

346

第二個例子則是資本家所面對勞動市場中培養技能的難題。我們在第七章討論過，雖然勞動力擁有優秀且具彈性的技能，符合資本家利益，但對個別資本家而言，提供所需的訓練並不符合其利益，因為在自由的勞動市場中，其他未提供這類訓練的資本家可以挖走這些訓練有素的工人。有力的工會可以扮演積極的角色，為工人爭取更好的工作保障、讓年資制度更穩定且確實執行，或以其他方式減低工人被挖角的機會，藉此解決上述的難題。

交換場域中，工人階級結社力量對資本家利益的正向影響，未必表示資本家一樣要在很強的雇主協會中好好組織起來，儘管北歐新統合主義的例子指出，組織堅實的工人階級運動往往會刺激雇主也發展相應的組織。無論如何，當資本家也組織起來，以工人力量解決鉅觀經濟問題的能力會隨之提升。

347

假定工人階級力量對凱因斯主義及勞動市場的正向效應，基本上要弱於薪資成本及任意解僱之能力的負向效應，那麼正負兩種過程結合起來，便在交換場域產生反 J 形的關係。

生產的場域

資本家利益與工人之間的類似矛盾，也發生在生產的場域：一方面，資本家若能單方面控制勞動過程（技術的選擇或改變、指定勞動者不同的任務、調整工作的步調等等），便有利可圖；另一方面，如果能夠有效地激發出員工的合作能力、進取心及責任感，這對雇主來說也是有利的。

生產時工人階級結社力量增強，資本家單方面對勞動過程的控制便減少。這並不意味他們就必然要面對僵固、無法改變的工作規定、分類等，但確實意味著勞動過程上的變動必須與工人代表談判、協商，而無法單方面強加。面對技術快速變革，這一點尤其可能傷害資本家利益。

另一方面，至少在特定的社會及技術的生產條件之下，在生產上，工人階級結社力量能幫助勞動者與管理者實現複雜而穩定合作的可能性。工人階級力量讓工作更穩定，減少任意管理工人的專斷做法，於是很可能因此拉長工人固守工作的時期，於是，他們也愈可能將自己與工廠視為共存共榮。這麼一來，便透過很多方式增強忠誠度及合作的意願。

最好的例子或許在德國，在那裡有以工作場所為單位、圍繞在工作協調會及共同決定制所建立起來的堅強工人組織。關於共同決定制及工作協調會如何積極協助資本家解決特定問題，Wolfgang Streeck 曾這麼形容：

> 那麼，具體來說，何謂共同決定制呢？不像其他限制聘僱內容變動的因素，共同決定制不但造成企業的問題，同時也提供了解決方法。雖然一方面共同決定制讓組織更加僵化，但另一方面，它同時提供了組織手段，以便在不嚴重傷害效率的前提下，處理這樣的僵固性……
>
> ……工作協調會不只是享有過去專屬管理階層的權力，它也承擔了責任，確保透過它的運作所做成的決議能夠執行及實施。這種制度經常被稱為勞方（或組織起來的勞方）與管理方的「整合」或「收編」；然而，基於相同的理由，這也可以被視為管理方的「殖民」，特別是由勞動代表所進行的人力資源管理。最恰當的比喻或許是**資方及勞方的相互含納**，藉此勞方內化了資方的利益，一如資方也內化了勞方的，促

348

成了以下的結果：工作協調會與管理方，變成產業治理的內在分化的子系統，兩者又相互整合成一個體系，這樣逐漸取代了傳統那種多元主義下相互敵對的產業關係體系。[9]

資方與勞方的利益更緊密的耦合，形成了更高等的階級合作形式，這有助於解決一系列工作場所中的協調問題：在生產中更有效率的資訊流通（因為工人如今可以取得管理上的資訊，而較無動力採取隱藏資訊以保障工作機會的策略）；在快速的技術升級時期，能更有效率地調整勞動過程（因為工人加入決策過程，因此較不擔憂技術升級將導致他們失業，也更可能積極合作引進新技術）；用更有效的策略培育技能（因為工人對技能的瓶頸及需求有著最切身的知識，他們也參與到訓練課程的設計之中）。更廣泛來看，工作場所內強大的結社力量，可能讓工人更有效地參與以更具創意的方式解決問題的過程。[10]

349

考量這種合作制度有這麼多正向的優勢，我們或許會覺得驚訝，在已開發的資本主義國家中，工作場所中有力的結社力量竟然如此稀少。原因是這種合作優勢，對資方而言是一筆成本。即使在德國的例證中，Streeck 也指出了這一點：

不管怎麼說，共同決定制為管理決策及管理方的特權帶來可觀的成本……整合是兩面刃，而如果想讓它對勞方產生效果，就必須納入資方。這也是為何雖然共同決定制有這麼多優點，仍被資方視為是種好壞參半的祝福……對於資本家階級而言，不論是短期導致的經濟成本，或長期對權威及地位造成的成本，都讓共同決定制的優點變得如此昂貴；這也解

> 釋為何商人對任何共同決定權利的擴張都採反對態度，雖然有點令人大惑難解。[11]

由於這些成本，一般資本家所偏好的生產體制，是自己不需要與生產上強大的工人結社力量對抗的體制。因此，生產中的工人力量與資本家利益之間的功能關係，也再次呈現反 J 形的情況。

政治的場域

工人階級結社力量與資本主義利益的反 J 形關係中的兩大元素，或許在政治場域中特別明顯。許多歷史比較研究都指出，當工人階級的政治力量增加，資本主義國家往往變得更具重分配的特質：社會工資 ① 增加了，因此工人的保留工資 ② 也提高了；稅制及移轉支付的政策減少收入不平等；而勞動力也透過各種方式一部分地去商品化（de-commodified）。對於一般高收入者（尤其是資本家）的物質利益而言，這些政策具有負面效果。工人階級的政治力量也往往想推動，能夠增進在交換場域及生產場域內工人階級力量的制度設計。因此，政治場域的工人階級結社力量，也能間接促進在交換及生產場域中的下滑曲線。

350

政治場域的階級妥協上升曲線，則是社會民主制的核心關懷。事實上，許多討論國家中心統合主義之三角關係的文獻，關注的是存在高度組織工人的情況下，資本家利益如何可能繁榮發

〔譯註〕

① 社會工資（social wage），泛指公領域對具公民身分的個人挹注的各種福利、津貼及保障。

② 保留工資（reservation wage），指工人願意接受某類工作的最低工資。

展。[12] 瑞典（直至 1980 年代中期）在舉例時經常被當成典範：社會民主黨執政的瑞典政府，在權力集中的工會與權力集中的雇主團體之間，推行一系列的統合主義措施，這使瑞典出現了一段長期穩定進行合作與成長的時期。勞工運動與社會民主黨之間的組織連結，對這個穩定非常重要，因為它給予雙方簽定協議的正當性，也讓工人有信心認定這樣的協議內容在未來仍會被遵守。這讓瑞典的資本主義有可能維持長期的高產能效用、低失業率，以及較高水準的生產力成長。立基在工人階級政治場域之結社力量、由國家中介的統合主義，對於達成這些結果扮演重要的角色。

＊＊＊

圖 11.4 的機制列表，針對階級妥協在不同時空、不同分析單位之中的條件，提供了一系列初步的變項。交換場域的階級妥協，可以在地方的、地區的、全國的勞動市場中，或在與特定產業部門連結的勞動市場中發生。生產層次的妥協通常在工廠內發生，但也可以在產業部門之內組織起來。[13] 民族國家之中，政治場域的階級妥協特別重要，但也可能有地方及地區的政治階級妥協。地方及地區層次的政府出現各種形式的統合主義，可以看出在「次國家」（sub-national）單位之中，政治階級妥協的發展。因此，描繪階級妥協樣貌的反 J 形曲線，與任何分析單位中的階級妥協相關，而不僅僅是整個國家。

351

再者，不同國家對於這三組階級妥協曲線，也有不同的價值組合。[14] 例如，德國的工人階級結社力量，傳統上在生產場域特別強，但在交換場域就沒那麼強，而在政治場域就更弱了。瑞典——至少在社會民主路線的全盛時期——則是在交換及政治場域很強，但在生產場域或許弱一些。美國工人階級的結社力量在三個場域都在逐漸衰退，但在有限特定部門的交換場域則是最強。因此，一個社會中整體的階級妥協之反 J 形曲線，是每個場域中各組成要素之曲線合併起來的複雜結果。

讓模型變得更複雜：擴大變異的理論範圍

圖 11.3 及 11.4 顯示出的變異範圍，可被視為在當代已開發資本主義社會中可能性分布的典型光譜。為了幫助稍後的分析，讓我們先假想以下的情況：假如工人階級力量在階級妥協的三個場域中同時增加，以至於達到整個社會的工人階級都組織化並產生連帶，這將有助於我們接下來的分析。這個情況也對應了被理解為工人階級透過集體民主方式控制資本的「民主社會主義」（democratic socialism）。

352

當工人階級結社力量接近理論最大值，資本家階級利益又會產生什麼變化？圖 11.5 呈現了工人階級力量，以及資本家利益的一個關鍵面向——控制投資及積累（資本的配置）——之關係。控制投資，或許是資本主義中生產工具「私」有制的最根本面向。在最徹底的資本主義社會中，即使工人階級力量增加，這種資本的特殊權力仍不會受到嚴重的侵蝕。即使工會及社會民主政黨再強大，資本家仍有撤資、選擇他們個別的儲蓄率、將利潤拿去消費，或配置到下一波投資的廣泛權力。當然，所有的資本主義國家都有能力針對特定的資本分配來創造誘因及反誘因（透過稅制、補助、關稅等）。而在特殊的情況下，「反誘因」可以帶有明顯的強制性質，有效限縮資本家配置資本的能力。只是一般來說，工人階級力量的變異，不會威脅資本家財產權的根本面向。然而，當工人階級的結社力量到達理論的最大值，便會質疑資本家控制資本配置的權利。事實上，這也是民主社會主義定義的核心——人民民主地控制資本配置。這也是為何在 1976 年，麥德納（Meidner）計畫提出股份納稅制受薪者基金時，瑞典資本家階級會如此害怕的原因。這表現在圖 11.5 的曲線形狀：直到工人階級力量達到非常高的程度之前，工人階級力量對資本家控制資本分配之基本利益，都僅能產生較弱的負面效果；而在達到上述程度時，資本家的利益將備受威脅。[15]

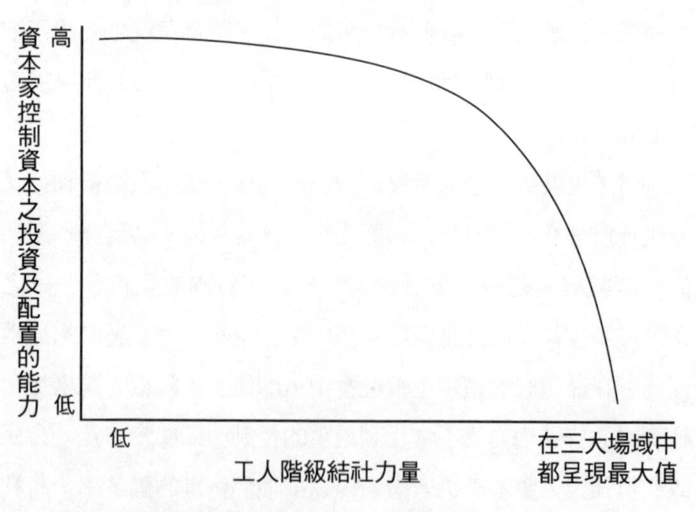

圖 11.5 關於控制投資的資方利益與工人力量

＊　＊　＊

當圖 11.5 被加到圖 11.2 之中，我們便得出了圖 11.6 那個像雲霄飛車般的曲線。在這個理論模型中，可以看到兩個**最大值**：**資本主義烏托邦**，工人階級在其中完全被原子化及去組織化，這讓資本家能自由地組織生產，不斷佔取生產力提升的獲益，不需懼怕面對太多集體反抗；**社會民主烏托邦**，工人階級在其中的結社力量，強大到能讓勞方與資方之間產生高度統合主義的合作，卻還未強大到威脅基本的資本主義財產權利。然而，這兩個最大值為工人及資本家造就了十分不同的策略環境。靜態來看，資本家應該只關心自己位在這張圖的垂直位置：如果你自這張圖上拉出一條水平線，它將與曲線交會於三處，靜態來看，資本家應不在乎到底是身在這三種可能性中的哪一個。然而，若動態來看，一般而言資本家將偏好位在曲線左方的區域。

355

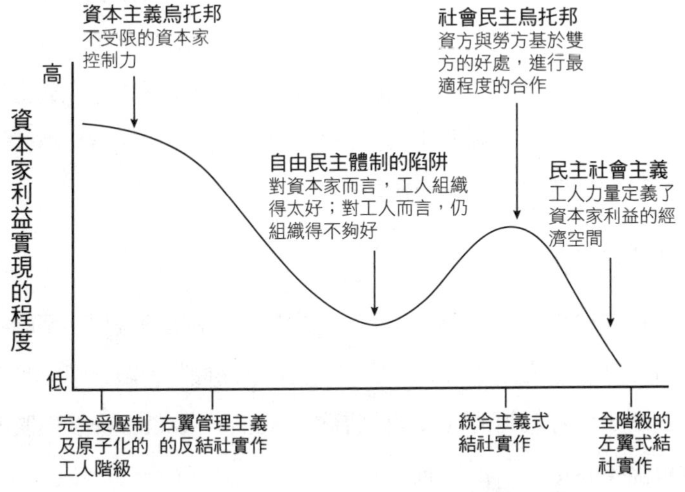

圖 11.6　**工人階級結社力量與資本家階級利益的延伸模型**

理論上來說，位在這條曲線上的社會民主「頂峰」，對資本家是有利的，但他們或許更希望工人階級結社力量維持在該頂峰的左方；之所以如此，有部分是因為他們認為，在整體社會的層次上維持階級權力平衡令他們深感威脅。到達頂峰看起來就像是木馬屠城的情節：結社力量再有一點變化，就可以對資本家的利益及權力促成關鍵性的挑戰。圖 11.6「社會民主烏托邦」的最大值，在資本家眼中或許就是個臨界點，是個風險過高因而無法待下去的區域。這也可用來解釋 1970 年代時，瑞典資本家為何激烈反對受薪者基金方案的初步構想。按剛開始的構想來說，受薪者基金讓瑞典的工會可以運用工會退休基金，控制瑞典廠商利益，藉此強化控制瑞典經濟。從經濟表現，甚至是瑞典中等規模廠商的利潤回饋來看，人們有理由認為這對瑞典的資方有利，但這讓瑞典勞方的力量顯著提升，導致長期來看有可能持續向民主社會主義靠攏。結果，瑞典資方便對社會民主黨發起猛烈攻擊。Andrew Glynn 寫道：「社會民主黨人當時提出的政策，侵犯了商業行動的權威及自由，而這兩者被認為該獲得保障，以充當完全就業及福利國家的回報。這似乎是雇主之所以拒斥瑞典模式的根源，在該模式中完全就業是核心。」[16]

無法達到的區域

在真實資本主義社會的實際世界中，並不是理論界定範圍內的所有價值都能在歷史上實現。有兩種排除機制會限縮可能實現的範圍，可將它們稱為**體制性排除**（systemic exclusion）與**制度性排除**（institutional exclusion）。

356

體制性排除，是指曲線中因為社會體制根本的結構特徵，而排除到可能範圍之外的那一部分。具體來說，**憲法保障之民主**的出現，自歷史舞台上剪除了曲線中工人階級完全受壓制、原子化的部分，而**保障資本家財產權的法律**，則剪除了曲線中的民主社會主義的部分。這並不表示未來沒有任何歷史條件，讓人們有策略地達到這些曲線區域，但想要抵達這一步，必須有根本的轉型——改變這個社會的基本社會結構原則。

制度性排除，指的是在體制性排除決定的範圍之內，各種在歷史上可變的制度安排，這讓人們難以或無法達到曲線上特定區域。例如，有些勞工法的限制，讓工人階級結社力量難以朝曲線中的統合主義式結社邁進。[17] 另一方面，福利國家的慷慨支出讓工人不那麼依靠資方，更完整的結社權利也有助於組成工會，兩者都使得朝向右翼管理主義的區域轉變格外困難。當然，這種制度性排除本身就是歷史鬥爭的產物，不應將之視為永遠固著不變。然而，一旦進入這些區塊，行動者能立即採用的可實行策略範圍就會受到界定，至少直到行動者能有效挑戰這些制度性排除為止。

圖 11.7 表示兩種排除類型。曲線中央的區域界定出可立即透過策略而達至的空間。以 Robert Alford 與 Roger Friedland 使用的賽局理論比喻，[18] 這就是常態政治（ordinary politics）的範圍，在清楚界定出的制度性「遊戲規則」下，**自由派**和**保守派**針對「比賽」（plays）所進行的鬥爭。[19] 曲線中的其他區域，則僅是偶發的政治目標。**改革派**對決**反動派**的政治，是針對界定制度性排除的遊戲規則進行鬥爭；**革命路線**對決**反革命路線**的政治，

358

則是針對體制的限制進行鬥爭，進而界定了人們要玩哪種遊戲（game）。斷裂式轉型過程的主要利害，在於創造或破壞排除的體制性壁壘，此過程的關鍵議題是權力資源的動員，藉此成功界定體制，或功敗垂成。

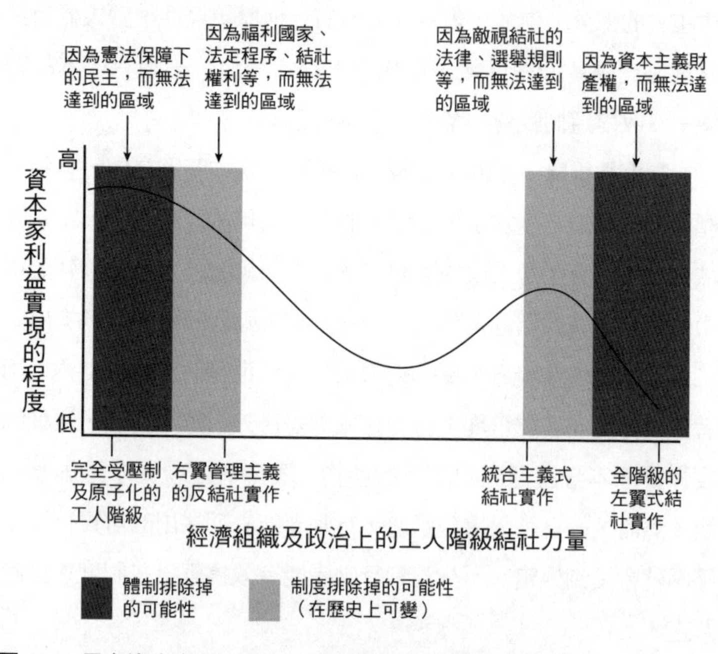

圖 11.7 民主資本主義中的工人階級結社力量與資本家利益

圖 11.7 體制性及制度性排除畫出「無法達成的區域」，對稱分布在這條呈現可能性之理論曲線的兩端。當然，我們沒有理由相信真實世界是如此對稱。事實上，我之所以介紹這一層複雜性，理由之一也就是想提供一些工具，理解這些排除情況在不同時空下的變異形式。圖 11.8 展示這種歷史變異的可能範圍，並讓瑞典社會民主制最穩定的時期和美國自由民主制兩相對照。

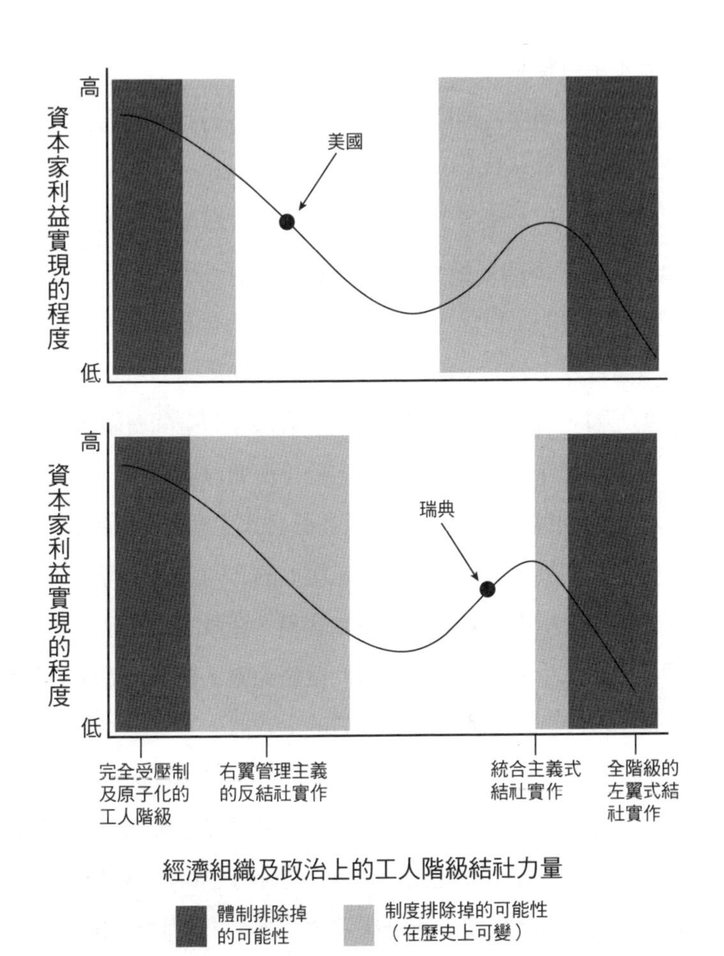

圖 11.8　自由民主式資本主義（美國）與社會民主式資本主義（瑞典）下工人階級結社力量與資本家利益

美國與瑞典的體制性排除大致相似：兩者在結構上都擁有穩固的民主政府、代議制度及法治體系，兩者也都牢牢地保證資本主義的財產權利。兩者顯著不同的地方，在於各自的工人階級所面對歷史上各種制度性排除的特徵。

美國各種制度性規則在曲線中央的低谷右側，製造出一大片制度性排除區域。鞏固中間路線政治（centrist politics）兩黨制的選舉規則，以及使勞工組織工作面臨嚴峻難題的反工會法律，都把制度性排除的區域界線往左推移。另一方面，福利體制薄弱、工人享有的工作保障非常有限、確保管理方自主性的法律，都讓右翼管理主義的反結社實作遭到制度性排除的區域變小。因此，在美國，可取得的策略範圍讓勞方操作的空間有限，也讓工人階級結社實作一直處在低谷左方的下滑曲線區域。

瑞典的制度性排除，特別是在社會民主體制最穩固的階段中，朝著有利於工人階級結社力量發展的方向前進。勞工法較為寬容，讓工會組成及吸收會員更為容易，慷慨的福利體制及工作保障，明顯減少右翼管理主義者的策略範圍。結果，瑞典勞工運359 動很長一段時間，都處在低谷右方的上升曲線。

當然，身處在這兩個體制中的行動者，並未直接看見全貌。如果制度性排除機制好一段時期未受挑戰並安然無恙，這些機制將變得完全不可見，而此曲線所包含的部分也會變得很難想像。360 因此，從體制內行動者的視野來看，「實事求是」的可能性範圍很可能看起來如圖 11.9 而非圖 11.7 所描繪的那樣。美國勞工運動面對的可能性分布的場域，讓它長期以來一直處於守勢。工人力量儘管只往前增加一點，都會被資本家視為對自己利益的威361 脅，因此一旦有機會，資本家就會想盡辦法削弱工會的力量。反工會運動很普遍，也經常有工人投票要解除工會協商代表的資格。瑞典即使在經濟環境不那麼好的二十一世紀初期，制度上為工人劃定的策略環境仍友善許多。資本家主要的壓力，來自於他們必須找到有效的方法，與工人組織起來的團體合作，並創造出制度的空間，讓工人結社力量的組織能被導向有利於生產力提高的方向。這不必然意味著雇主會積極促進工人階級結社力量，但它確實告訴我們，破壞這種力量的做法較難以維繫。

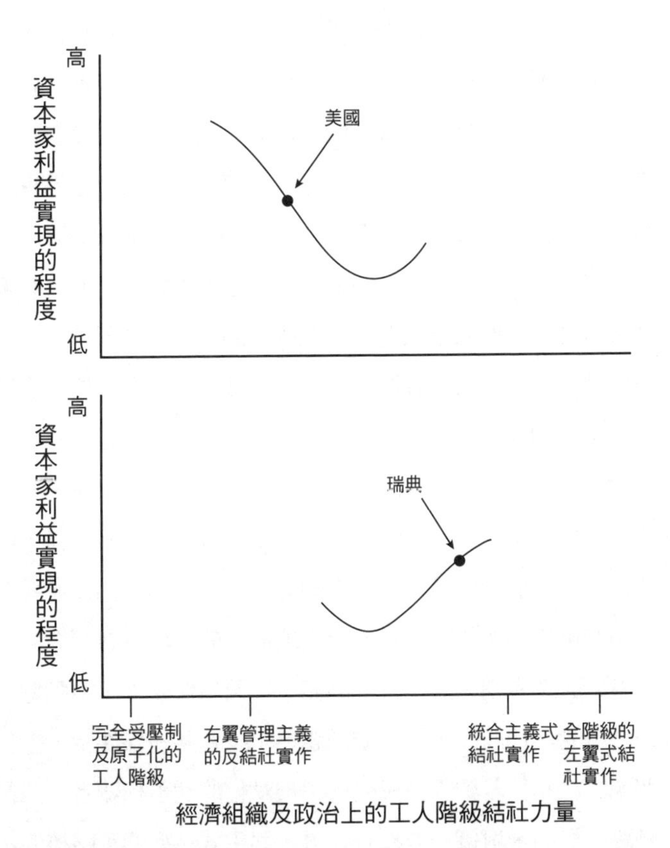

圖 11.9　社會民主式資本主義及自由主義式資本主義下，行動者眼中可實行的結社政治策略環境

共生式策略的邏輯

解放性轉型的共生式策略意味著：當社會賦權逐漸增加，並能有效解決社會問題，同時又滿足菁英及支配階級的利益時，那麼，社會結構便會朝向長期的型態轉變來前進，制度也會朝民主平等主義的理想發展。正向階級妥協是上述連結的一項實例，但這項邏輯並不侷限在以階級為基礎的集體行動；許多促進社會變革的計畫，雖未直接立基在階級關係之上，但至少裡頭多少帶有這種邏輯的要素。尤其是許多以協作方式解決問題的在地過程。它們有時被放在「公民復興運動」（civic renewal movement）這樣的標題之下。在此運動中，各種公民團體得到賦權，並與有權力的地方行動者（例如市政府、地區的有關當局、商界菁英）協作解決問題。[20] 這些根植於地方的共生式轉型，包含了像水資源協調會（watershed council）、社區發展計畫、社區健康照護方案、勞動力市場訓練的合作計畫等等。這些例子中都存在一些實際問題，它們以某種方式同時挑戰菁英及一般老百姓的利益，而在某些條件下則能吸引原本相對立的社會力量，相互協作並尋求解決問題的策略。例如，水資源及生態體系的管理，對開發商、製造業者、農業產銷、其他菁英團體，以及環保人士、運動選手與公民社會的其他成員，都造成問題。至少在某些條件下，協作式的問題解決途徑若納入公民社會中被賦權的利害相關者，將創造「雙贏」局面，對每一方都有好處。共生式轉型的策略核心，便是打造讓上述情況能發生的條件。

362

因為共生式轉型包括了對立社會力量互惠協力及合作的體制形式，我們或許也可以這麼想：追求這類合作的**策略**，也將具備協作及非對抗的特性。當代社會分析的思潮中，便有一支是將無法達成這種協作解決途徑的結果，主要歸因於對立團體彼此之間的蒙昧與缺乏信任，而不是權力鬥爭失敗所導致。據此來看，絕大多數的失敗，應被視為參與者無法從他們的處境中找到雙贏的機會。通常，這是因為意識型態及先入為主的利益觀念蒙蔽了參與者，使他們看不到協作帶來雙贏的機會。以此，社會行動者並未有真正固著的利益；相反地，利益永遠都是在解決問題特定的互動脈絡中被建構出來之物。因此，只要行動者參與到善意、具實驗精神的協作互動之中，解決問題的「雙贏」方式都應該會存在。

第七章提過的 Charles Sabel，曾詳述這類觀點並具有一定影響力，尤其是他與 Michael Dorf 合寫的重要論文〈民主實驗主義的憲法〉（A Constitution of Democratic Experimentalism）。[21] 延續 John Dewey 民主理論的實用主義傳統，Sabel 與 Dorf 發展出他們口中的社會及經濟管制民主實驗取徑，試圖「在充斥複雜性的時代，針對那些急切懷疑民主政府可能性的態度，重新思考美國憲政及代議民主的設計」。[22] 複雜性對民主制度的運轉造成兩大關鍵難題：第一，立法者愈來愈難有效通過立法——那些法案能明確指出政策在面對各式問題（從環境保育到技能培養等）必須採取的規範。結果，立法實際上將訂定規則的責任託付於中央官僚，並把實際任務交給某些機構的專家來處理。第二，這些中央官僚同樣發現，他們無法明確訂定詳細的規則，回應複雜性導

363

致的各種在地情況，他們也無法藉由持續修訂及開發，來有效回應特定規則引發的非意圖後果。Sabel 與 Dorf 提出的解決方法是延著實用主義的思路，重新建構國家制度。主要的制度設計是：透過分權的實驗性做法來形成及修訂規則，並讓得到賦權的利害關係人所組成的審議機構來治理。較集權的權威負責監督這些實驗做法以及散播資訊，讓這些審議機構能好好比較哪種實驗做法較成功。Sabel 與 Dorf 相信，一旦這個過程啟動，行動者將開始重構自己的利益（或許還有他們的認同），他們使用的方式將加強務實解決問題的協作所帶來的正向總合，並逐漸邊緣化那些堅持追求對抗性、排他性利益的阻撓力量。透過這種「自我修正」（bootstrapping）的過程，將藉由上述協作過程讓協作遍布整個社會。

本書一貫的論點，便是挑戰這種對階級之間衝突的利害抱持天真想法的觀點。雖然本書並未拒斥在特定情況下，那些衝突可能會以雙贏的正向妥協收場，並朝協力解決問題的方向前進。工人與資本家的利益，真真切切地相互對立，這深植在界定資本主義的根本關係結構之中。一般而言，享有特權的菁英與支配階級，希望看到一般大眾的力量呈現毫無組織、未被賦權的狀態；只有當這種機會實際上不存在，他們才退而求其次，偏好能產生正向階級妥協的均勢關係。然而，光靠啟蒙無法達成賦權於民的目標，還得靠權力鬥爭才行。

因此，轉型的共生式策略永遠包括相應的兩種過程。第一，人們針對制度性排除之區域進行鬥爭，試圖開啟曲線向上的部分以促進集體行動，同時盡可能封閉曲線下滑的部分；第二，在制

364

度範圍之內，此過程試圖達到最受人們偏好的均衡狀況。在穩定的資本主義民主中，這些制度性限制在大多數時間似乎十分固定且難以動搖，或許甚至不可見。然而，偶而也會有插曲出現，有機會向這些限縮可能性的制度發起嚴峻的挑戰。顯然，當這種情況發生，將依據對抗及動員結果來決定如何改變。當這些可能的制度範圍封鎖了權力菁英的其他選項，同時開啟人民參與的賦權形式，那麼對於有志於民主平等主義的運動而言，才真正有機會採取透過協作解決問題的實驗性做法。

超越資本主義的共生式轉型？

說共生式策略有可能拓展社會賦權的空間，跟說它創造相對穩定的正向協作形式，其實是同一回事。我們應該相信這累積到最後可能讓整個體制轉型嗎？相較於斷裂式及間隙式策略，共生式策略更有理由讓我們相信，它不僅改善了資本主義下的生活，同時也將超越資本主義嗎？畢竟，歷史上最令人印象深刻的兩項共生式策略——第一項導致工人階級擁有選舉權，第二項賦權於勞工運動，使它在廣泛的福利國家體制裡扮演重要角色——都為資本主義確立了非常健全的形式。因此，誠如斷裂式及間隙式策略，我們很難抽象地論證，共生式策略將提供超越資本主義的社會轉型基礎。

於是，留給我們的就是一份策略邏輯清單，以及對未來不甚確定的認識。悲觀來說，身處在一個仍被資本主義霸權籠罩的世界中，以下的情況就是我們的宿命：以民主平等體制替代資本主義的斷裂，在已開發的資本主義民主制內，幾乎不可能號召到大眾普遍的支持；間隙式轉型也侷限在高度受限的空間；當共生式策略成功，它只是強化了資本主義的霸權能力。樂觀來看，我們不知道未來會有哪些體制上的挑戰以及轉型機會：今天的間隙式策略能讓一般大眾更理解另一個世界有可能存在，且促使我們朝著某些社會賦權路徑邁進；共生式策略也可能為間隙式策略的運作打開更大的空間；圍繞著擴展的社會賦權形式來建立這類制度，所逐漸積累出來的效果，便可能在未來我們無法預測到的歷史條件下成就斷裂式轉型。

365

註釋

1. Joel Rogers and Wolfgang Streeck, "Productive Solidarities: Economic Strategy and Left Politics," in David Miliband (ed.), *Reinventing the Left* (Cambridge: Polity Press, 1994), p. 130。
2. 本節許多部分都來自過去發表過的一篇文章：Erik Olin Wright, "Working-Class Power, Capitalist-Class Interests, and Class Compromise," *American Journal of Sociology* 105: 4 (2000), pp. 957-1002。
3. 這段與階級妥協相關的討論，我將仰賴簡單、兩極化的概念來分析——預設資本主義的階級結構只有工人與資本家這兩種階級。基於一些考量，運用高度分化的階級概念（闡述階級結構中各種複雜的具體位置）也是很重要的。這類分析的例子之一，即我討論「中產階級」與「階級關係中矛盾位置」之問題的作品：Erik Olin Wright, *Classes* (London: Verso, 1985), and *Class Counts* (Cambridge: Cambridge University Press, 1997)。對某些問題而言，若不明確指出階級之中，由於部門、地位、性別及種族等各種因素，而產生的各種細密的分化及區別的話，就無法準確地研究其中的因果過程。然而，基於其他考量，使用抽象且簡化許多的階級概念也是合宜的，這種概念主要指出資本主義核心的兩極化階級關係：資本家及工人。這也是我將在本章中主要使用的概念。

4. 工人階級力量與資本家利益的反 J 形關係的想法，我首先受益於 Joel Rogers 的一篇文章："Divide and Conquer: Further 'Reflections on the Distinctive Character of American Labor Law'," *Wisconsin Law Review* 13: 1 (1990), pp. 1-147。
5. Andrew Glynn, "Social Democracy and Full Employment," *New Left Review* 211 (1995), p. 37.
6. 這篇文章對於該模型的理論基礎有更正式的闡釋：Wright, "Working-Class Power, Capitalist-Class Interests and Class Compromise," pp. 969-76。
7. 這不是說，工人階級結社力量就是形成解決這類協調問題之方式的必要條件。或許還有其他的設計可以建構出解決這些協調問題的其他策略。這裡所說的是，工人階級結社力量可以成為更容易解決這類問題的一個機制。
8. 關於工會的力量與薪資節制的討論，請參考 L. Calmfors and J. Driffill, "Bargaining Structure, Corporatism, and Macroeconomic Performance," *Economic Policy* 6 (1988), pp. 13-61; Glynn, "Social Democracy and Full Employment"; Jonas Pontusson, "Between Neo-Liberalism and the German Model: Swedish Capitalism in Transition," in Colin Crouch and Wolfgang Streeck (eds), *Political Economy of Modern Capitalism: Mapping Convergence and Diversity* (Thousand Oaks, CA: Sage, 1997), pp. 50-70。
9. Wolfgang Streeck, *Social Institutions and Economic Performance: Studies of Industrial Relations in Advanced Capitalist Economies* (Newbury Park, CA: Sage, 1992), pp. 160 and 164。
10. 在特定的社會及文化條件下，即使工作場所沒有強大的工人結社力量，仍有可能出現某些形式的合作。日本僱傭關係的合作體制，經常就是這麼被描述（例如請見 Chie Nakane, *Japanese Society* [London: Weidenfeld and Nicholson, 1970]），雖然其他人對這種文化主義的觀點抱持批判態度（例如 Masahiko Aoki, *Comparative Institutional Analysis* [Cambridge, MA: MIT Press, 2001], pp. 304 ff.）。無論如何，生產上高度的工人合作在許多情況下，如果不是受某種顯著的結社力量支持，很可能難以維繫下去。
11. Streeck, *Social Institutions*, p. 165.
12. 例如，Gøsta Esping-Andersen, *Three Worlds of Welfare Capitalism* (Princeton, NJ: Princeton University Press, 1990); Philippe Schmitter, "Corporatism is Dead! Long Live Corporatism! Reflections on Andrew Schonfield's *Modern Capitalism*," *Government and Opposition* 24 (1988), pp. 54-73; Philippe Schmitter and G. Lembruch (eds), *Trends Towards Corporatist Intermediation* (London: Sage,

1979)。

13. 在生產及交換的場域之中，不同的工廠及部門之間，階級妥協曲線的形狀，以及工人階級結社力量的異質性是很可觀的。結果，在特定國家內，階級妥協的條件或許在某些工廠及部門中，要比其他的友善許多。因此，描繪特定場域的反 J 形總體曲線，本身就是不同工廠、部門及其他總體下的分析單位之合併，是各自曲線分布的加總。
14. 當然，不同時間及空間的實際變異，比這裡所描繪的還要複雜許多。在這些曲線中，每個國家的個別位置不僅有所變異，國家間的變異還體現在：（1）不同曲線在界定整體社會樣態上的相對重要性；（2）國家內的階級妥協多數立基在何種分析單位上；（3）各組成要素之曲線本身擁有的特定形狀。例如，在某些時期及某些地方，有些曲線的上升部分或許會比較平緩，而其他則比較陡直。我對這些關係在理論上的理解，仍不足以透過有系統的方式，討論這兩種變異來源的任何一個。
15. 圖 11.5 的 x 軸是未區分生產、交換、政治場域的工人階級結社力量。因此，此 x 軸代表將這三個場域以未經理論化的方式加總起來的結社力量（每個場域的構成，又基於不同分析單位的結社力量加總起來）。在這裡根本的直觀理由是，可行的民主社會主義需要工人在三個場域中都有高度的結社力量，而唯有在這樣一致的結社力量出現後，才有可能在民主的條件下，對資本主義根本的財產權利產生**足以持續下去**的威脅。然而，這不是說，在這個理論完形的想像下，三項場域占有的重要性都一樣。傳統上，馬克思主義者認為，在國家這個層次的工人階級力量對挑戰資本主義財產權利至為關鍵，而無政府工團主義者則認為，在生產上的工人權力才是重要的。
16. Glynn, “Social Democracy and Full Employment,” pp. 53-4。
17. 這是 Rogers 在“Divide and Conquer”一文的主要論點。
18. Robert Alford and Roger Friedland, *Powers of Theory* (Cambridge: Cambridge University Press, 1985).
19. 這裡使用「自由派」（liberal）、「保守派」（conservative）的字眼，指的是美國政治中的標準用法。「保守派」在此就是許多歐洲國家的脈絡中所稱的「自由派」。
20. 以下的文獻，針對這類計畫及它們為重新賦予美國民主活力的潛在貢獻，做了廣泛的回顧及討論：Carmen Sirianni and Lewis A. Friedland, *The Civic Renewal Movement: Community Building and Democracy in the United States* (Dayton, OH: Kettering Foundation Press, 2005)。
21. Michael Dorf and Charles Sabel, “A Constitution of Democratic Experimentalism,” *Columbia Law Review* 98: 2 (1998).
22. Dorf and Sabel, “A Constitution,” p. 274.

結論：實現烏托邦

二十一世紀頭十年進入尾聲之際，資本主義再次面對嚴重的危機。二十世紀最後二十年那種自鳴得意、征服一切的信念，已大半消逝無蹤；關於資本主義的未來，新的不確定年代已然展開。為導引資本主義向前邁進、確保穩定資本積累的條件能維持而設計的那些制度，對於該採取什麼措施似乎有些迷惘。報章媒體上充斥著膚淺的評論，暢談資本主義能否在當前的動盪下倖存。

無論如何，資本主義在可預見的未來仍將存活下去。2008年經濟危機所引發的混亂讓許多人十分煎熬，一味瘋狂地去除市場管制造成的災難性後果，也揭示了資本主義的不理性，然而單單是煎熬與不理性，無法帶來根本的社會轉型。就像以往投機熱潮過後產生的金融崩潰一樣，只要歷史議程上缺乏可以替代資本主義的活躍方案——同時缺乏具廣泛人民支持的政治運動，因而無法把這些支持轉化為政治力量——資本主義就仍將是經濟組織的支配性結構。

本書的任務，就是試著把替代方案擺到歷史的議程上。這包含釐清對資本主義這個經濟結構的診斷及批判、闡述一個能幫助我們思考解放性替代方案的概念架構，並指出社會轉型理論的核心要素。以下是我們得出的幾項關鍵課題：

1. 資本主義同時阻礙了社會正義及政治正義的實現

我們尋找替代方案的根本起點，在於批判資本主義這個權力及不平等的結構。重點是資本主義以其獨特方式組織經濟活動的核心機制及過程，對人們普遍實現那些促進人類蓬勃發展及深化民主的條件，必然會造成種種阻礙。並非所有社會不正義都應歸咎於資本主義，徹底消滅資本主義也未必是顯著推進社會及政治正義的必要條件。但是，前述的批判確實告訴我們，爭取人類解放的鬥爭，不僅是在資本主義之內進行鬥爭，還必須是對抗資本主義的鬥爭。

367

2. 經濟結構必定是混生體

雖然將「資本主義」、「國家主義」、「社會主義」定義為三個性質上迥異、立基在不同權力形式以組織經濟活動的經濟結構，從分析角度來看有所助益，但現實中沒有任何一個經濟體制，屬於上述三種結構中的任一種純粹類型。當代現存的經濟體制，都是資本主義、國家主義、社會主義三者交雜而成的型態。這樣的想法不只適用於各國的經濟，也適用於經濟體制內的所有分析單位，像是各個工廠：內設工作協調會的資本主義工廠，混合了資本主義及社會主義的元素，而僱用部分非社員工人的工人合作社，同樣也是混合的。

在這種混生的形構中，稱某一個經濟結構為「資本主義的」，是要指出該形構裡權力的支配形式。如果工廠內經濟資源的配置及使用，主要是經濟權力運作下的結果，那麼這個工廠就是資本主義的。當一個經濟體內主宰經濟活動的權力支配形式是資本家的力量，那麼該經濟體就是資本主義的。這對我們理解轉型問題有著重要的意涵：我們不應把解放性轉型視為從一個體制成為另一個體制的二元轉變，而是在構成一混生體的權力關係形構中的轉變。

3. 社會主義式的混生體

本書的重要主題在於，若要以穩健的方式擴展實現基進民主平等社會及政治公義理想的可能性，藉此超越資本主義的話，我們必須讓社會賦權掌控經濟。這代表我們要十分認真看待民主這件事。首先，廣泛且深入的社會賦權，意味著讓國家權力從屬於深植在公民社會之中的社會權力。這是「民主」概念的一般意涵。由人民來治理，意味著由公民社會中自願性團體而來的權力，控制了國家的權力。然而，社會賦權並不僅限於對國家進行有意義的民主控制；它還意味著，使經濟權力從屬於社會權力。這在根本上指的是，生產工具的私有制不再控制生產資源的使用及配置。最後（或許也是最難達成的一點），社會賦權意味著讓公民社會本身民主化：創造一個結社豐厚（associational thick）的公民社會，其中充滿根據民主平等主義原則組織起來的團體，並關注或大或小的議題。總體來說，資本主義的階級關係核心，是與生產工具私有制連結在一起的經濟權力，因此民主化的過程能讓階級結構產生根本的轉變。讓經濟權力全然從屬於社會權力，意味著工人階級不再臣服於資本家階級。

368

4. 制度多元主義及異質性：社會賦權的多條路徑

以社會賦權控制經濟的長期方案，包括透過各種不同的制度、結構轉型來提升社會權力。社會主義不應被視為討論經濟體該如何組織的單一制度模式，而應被看做一種多元面向的模式——以許多不同的制度路徑實現共同的根本原則。我在第五章指出七項這類路徑：國家社會主義、社會民主式經濟管控、結社民主、社會資本主義、合作市場經濟、社會經濟，以及參與式社會主義。第六、七章探討的各種真實烏托邦的個別提案及創意，透過不同方式體現這些路徑：城市參與式預算、維基百科、魁北克針對托育及老年照護的社會經濟、無條件基本收入制、團結基金、股份納稅制的受薪者基金、蒙德拉貢合作社、市場社會主義，以及「參經濟」。在這些路徑或個別方案中，沒有任何一個可以單獨成就社會主義經濟的可行架構，但結合在一起便有可能改變控制經濟活動的根本權力形構。

5. 無法保證：社會主義是實現社會及政治正義的奮鬥場域，但無法保證可實現這些理想

如我在第二章所界定的，社會正義要求讓所有人平等獲得過蓬勃發展生活的必要社會及物質資源；政治正義是指所有人能平等獲得政治資源來參與影響他們生活的決定。社會權力對經濟的支配，並不確保上述基進民主平等理念的實現。公民社會這個場域內，形成的不只是民主平等的團體，也包括立基在特殊主義認同上、反對普遍實現人類美滿生活條件的排他性團體。在經濟結構內，增進團體的角色及權力，有可能不是減輕公民社會內的壓

369

迫，而是再生產這些壓迫。

因此，以民主力量控制生產性資源分配及使用的社會主義，未必能確保社會及政治正義，但它創造了最有利的社會經濟環境，讓人們能在其中追求正義。基本上，這仰賴所謂「對民主的信仰」（faith in democracy）：即相信在一個體制內，權力分配愈民主，就愈有可能普遍實現人道及平等主義的價值。這信念並不預設著人性本善，而是認定在廣泛且深化的民主條件之下，將愈有可能促使人們在互動當中展現人道的一面。但是，民主也可能遭到綁架。我們可能培育出有排他性的連帶，也有可能培育出普遍主義的連帶；沒辦法提供任何保證。

哲學家與政治運動人士都有一個共同的幻想：如果我們能完美地設計好制度，就可以高枕無憂了。如果我們擁有最棒的民主制度，它便保證能產生自我增強的動力，讓民主持續得到鞏固。經濟學家也對自我再生產的市場存有幻想：如果我們設計出正確無誤的財產權制度，那麼市場就能自我再生產，這便能一直確保人們擁有讓市場順利運作所需的動機及誘因。至少有部分的社會主義者期待，如果能摧毀資本家權力，並正確設計由工人來運轉的新經濟制度，那麼社會主義將能自我增強：那些制度將塑造出讓社會主義順暢運作的人，而可能傷害那些制度的社會衝突將逐漸消失。這種嚮往也使馬克思做出了著名的預測：隨著社會主義演變為共產主義，「國家將消亡」。

這些願景都想像著妥善設計制度，據此產生出某種類型的人，好讓該制度妥善運轉，並逐漸排除任何可能傷害或阻礙該制度的社會過程。簡言之，他們所想像的社會體制中並沒有矛盾、

370

沒有個體及集體行動帶來的破壞性非意圖效果，是一個能自我維持、具解放性、達至均衡狀態的系統。

我不相信，有哪個複雜的社會體制（當然也包括所有的社會主義體制）能符合這樣的理想。當然，制度設計很重要。總體來說，展望真實烏托邦，並思索制度設計與解放理想之間的關係，就是為了增進實現特定價值的機率。但是說到底，實現這些理想仍必須仰賴人類的能動性，也就是仰賴你我具創意的意願，讓我們在參與使世界更美好的過程中，從無法避免的錯誤裡學到教訓，並積極捍衛業已實現之進展。徹底實現的社會主義——社會中各權力場域（國家、經濟及公民社會）已基進地民主化——能培育出上述的意願，並增加人們的學習能力以應對未預期的問題，但沒有哪種制度設計能完美地自我改正。我們永遠不能懈怠。

6. 策略上的未決定性：不存在直達路線

朝向社會及政治正義的基進民主平等理念前進，並不是非意圖的社會變革產生的意外副產品；如果想把這個方向變成我們的未來，就必須透過人們有意識的集體行動來促成它的出現。這意味著轉型理論需要包含有意識的能動性及策略的理論。

就像有許多種增加社會權力的制度形式，也有許多種建立並改善這些制度的策略邏輯。我們已檢視轉型的三大策略邏輯：斷裂式、間隙式及共生式。無法單靠一種轉型的策略邏輯就妥善完成推進社會權力的任務。任何合理的長期轉型發展軌跡，必須同時從這三者之中汲取元素。我在第八章主張，至少在自由民主體制的已開發資本主義社會裡，想追求民主平等主義的實現，單靠體制性斷裂絕非合理策略。然而，我們絕非徹底抗拒轉型的斷裂式邏輯。在特定領域中，特別是在嚴重的經濟危機時期，有可能達成部分斷裂、打破舊制度以及開展決定性的創新。畢竟，對於實際的社會賦權計畫而言，不只需要協作式問題解決取徑，斷裂式願景中的鬥爭概念（挑戰及對抗、經歷勝利與反挫的鬥爭）仍是很關鍵的。

371

斷裂式邏輯的這些面向，必須結合間隙式及共生式策略。間隙式策略有助於由下而上地創生及深化促進社會賦權的制度；這些新制度下的社會關係不但具體展現另一種世界的可能性，也能在擴展時侵蝕到經濟權力。當這情況發生時，間隙式策略有可能最終遭遇資本家勢力組織起來的反對力量而碰觸底限；面對這種局勢，想拓展間隙式轉型得以實現的空間，可能必需用上斷裂式策略講求的政治動員及對抗。共生式策略及轉型，將統治階級利益與擴大的社會權力連結起來。這為「正向階級妥協」創造了契機，而在正向階級妥協當中，包含利益衝突的雙方所進行的雙贏（positive-sum）遊戲，以及積極合作解決問題的形式。然而，這種脈絡本身鑲嵌在特定遊戲規則之中，使有權力的團體若不遵守規則便得付出高昂代價，而這種規則經常是更為激烈的對抗性鬥爭獲得勝利或遭遇反挫的結果。

如何在追求社會賦權的政治計畫中完美結合這些策略元素，這個問題高度仰賴特定的歷史情境，以及這些情境所形成「創造歷史」的機會（及限制）。再者，即便將歷史情境的複雜程度假定在最有利的情況下，依然伴隨著非意圖後果這個潘朵拉的盒子，因此即使在情境中最機智的人，也不可能真正準確預知該如何完美搭配這些策略願景。我們所能採取的最佳方式，就是保留彈性的策略多元主義。

7. 未來的可能範圍不明確：我們無法事先得知，在這條社會賦權的發展軌跡上能走多遠

七條社會賦權路徑提供了轉型方向的簡略地圖。我們需要這張地圖來推進經濟體制的社會主義成分。轉型邏輯告訴我們，各種策略如何帶領我們走向那些路徑。然而，我們無法事先明確指出，在這些路徑上，每個特定制度幫助我們鞏固、深化及擴大社會權力的完整圖像。我們也無法真的知道在這些路上到底能走多遠。

372

早期世代的社會主義者較有信心，認為確實有可能實現戰勝資本主義的基進民主經濟體制。套用本書一直使用的詞彙來說，就是他們充滿信心地認為，社會權力——尤其是透過國家來運作——有可能成為主導經濟活動的權力形式。對此馬克思提出最強而有力的論點。他相信透過嚴謹分析，他發現了資本主義的動力法則，且長期來看足以預測資本主義摧毀自身賴以生存的條件。因此，資本家的經濟權力最終將變得過於脆弱且失去效能，無法再組織經濟活動。預測中提及的資本家權力遭受侵蝕的長期情況，為另一個互補的預測提供相當堅實的基礎，即工人階級組織開展的社會權力將在基進轉型的經濟秩序中扮演主導角色。這項命題的基礎，與其說是討論深度民主平等的經濟關係結構如何運作以及存續的系統性理論，不如說是認定資本主義無法長期存活的宣稱。

一旦拋棄這個宣稱資本主義消亡的強理論（如同我在第四章的主張），那麼說明社會主義本身如何可行便成為更迫切的任務。然而，事實也有可能如下所述，即與我們對社會解放的期待相左：在一個複雜的經濟體制中，要創建並延續一個讓社會權力主導權力形式的經濟制度及結構體制，不可能實現。當前世界規模如此之大又如此複雜，或許真的無法實行基進民主平等主義的經濟體制。創造這樣一個社會主義形構的嘗試，最後或許僅僅證明這是一個不穩固的體制，而敗退為某種國家主義或資本主義經濟體制。我們可能頂多試著緩解資本主義某些最有害的影響。雖然這是令人無法接受的結果，但或許現實就是如此。

然而，阻礙社會權力擴展的明確限制，也有可能比我們原先設想的還要脆弱。同時，在我們無法預測的未來條件下，那些限制將與今日的模樣大不相同，而社會權力有可能戲劇性地向前推進。那麼，世界局勢或許會像以下所述：無條件的基本收入制，讓人們有更多時間參與社會經濟；股份納稅制的受薪者基金及團結基金，促進工會及其他團體控制廠商及投資的能力；在新的資訊技術幫助下，工人合作社之間更容易相互協作進而重獲生機，在面對具破壞效果的市場壓力時，也發展出新的合作市場的基礎設施，讓生產者合作社有所緩衝。國家藉由結合新的結社參與形式直接介入經濟，增進國營企業的效率及可責性。參與式預算推廣到許多城市，並擴展到政府開支的新領域。最後，發明如今尚未預見的全新制度，以嶄新方式推進社會賦權。這結局也可能成真。

373

我不認為，我無法肯定可能性的界限何在，只是反映了理論想像力的不足（當然，我也可能再度錯估這種認知）。反之，我認為這反映了在理解複雜體系中非意圖後果的衍生結果時所固有的問題。但非常重要的一點就是，面對未來可能性的限制，我們儘管坦誠自己如此無知，然而就此傾向認為社會主義不可能實現，亦無道理可言。我們無法確知的是民主平等社會賦權的擴展，究竟最後底線何在。我們能做的，便是把在各種社會賦權路徑上向前邁進的鬥爭，視為我們持續測試及再試可能性界限的實驗過程，盡可能創造出能擴展界限本身的新制度。藉此，我們不僅展望真實的烏托邦，同時也朝著烏邦托的實現邁進。

參考資料

Abers, Rebecca, "From Clientelism to Cooperation: Participatory Policy and Civic Organizing in Porto Alegre, Brazil," *Politics and Society* 26: 4 (1998), pp. 511-37.

Ackerman, Bruce, *Voting With Dollars: A New Paradigm for Campaign Finance* (New Haven: Yale University Press, 2004).

Ackerman, Bruce, and Ann Alstott, *The Stakeholder Society* (New Haven: Yale University Press, 2000).

Ackerman, Bruce, and James S. Fishkin, *Deliberation Day* (New Haven: Yale University Press, 2005).

Ackerman, Bruce, Anne Alstott, and Philippe Van Parijs, *Redesigning Distribution: Basic Income and Stakeholder Grants as Cornerstones of a More Egalitarian Capitalism* (London: Verso, 2007).

Albert, Michael, *Parecon* (London: Verso, 2003).

Alexander, Jeffrey, *The Civil Sphere* (New York: Oxford University Press, 2006).

Alford, Robert, and Roger Friedland, *Powers of Theory: Capitalism, the State and Democracy* (Cambridge: Cambridge University Press, 1985).

Aoki, Masahiko, *Comparative Institutional Analysis* (Cambridge, MA: MIT Press, 2001).

Arrighi, Giovanni, *The Long Twentieth Century: Money, Power and the Origins of Our Times* (London: Verso, 1994).

Avritzer, Leonardo, "New Public Spheres in Brazil: Local Democracy and Deliberative Politics," *International Journal of Urban and Regional Research* 30: 3 (2006), pp. 623-37.

Baiocchi, Gianpaolo, *Militants and Citizens: The Politics of Participatory Democracy in Porto Alegre* (Stanford: Stanford University Press, 2005).

— "Participation, Activism and Politics: The Porto Alegre Experiment," in Fung and Wright, *Deepening Democracy,* pp. 45-76.

Bakaikoa, Baleren, Anjel Errasti, and Agurtzane Begiristain, "Governance of the Mondragón Corporacion Cooperativa," *Annals of Public and Cooperative Economics 75:* 1 (2004), pp. 61-87.

Bernhardt, Annette, Laura Dresser, and Joel Rogers, "Taking the High Road in Milwaukee: The Wisconsin Regional Training Partnership," *WorkingUSA 5:* 3 (2004), pp. 109-30.

Blackburn, Robin, *Banking on Death, or, Investing in Life: The History and Future of Pensions* (London: Verso, 2002).

— "Capital and Social Europe," *New Left Review* 34, July-August 2005, pp. 87-114.

— "Rudolf Meidner, 1914-2005: A Visionary Pragmatist," *Counterpunch,* December 22, 2005, available at counterpunch.org.

— "The Global Pension Crisis: From Gray Capitalism to Responsible Accumulation," *Politics and Society* 34: 2 (2006), pp. 135-86.

— "Economic Democracy: Meaningful, Desirable, Feasible?," *Daedalus* 136: 3 (2007), pp. 36-45.

—Boldrin, Michele, and David Levine, *Against Intellectual Monopoly* (Cambridge: Cambridge University Press, 2007).

Bowles, Samuel, "Policies Designed for Self-interested Citizens May Undermine 'The Moral Sentiments': Evidence from Economic Experiments," *Science* 320: 5883 (June 20, 2008), pp. 1605-9.

Bowles, Samuel, and Herbert Gintis, *Schooling in Capitalist America* (New York: Basic Books, 1976).

Bowles, Samuel, and Herbert Gintis, *Recasting Egalitarianism: New Rules for Equity and Accountability in Markets, Communities and States* (London: Verso, 1999).

— "Contested Exchange: New Microfoundations for the Political Economy of Capitalism," *Politics and Society* 18: 2 (1990), pp. 165-222.

Buber, Martin, *Paths in Utopia* (Boston: Beacon Press, 1958 [1949]).

Burawoy, Michael, *Manufacturing Consent: Changes in the Labor Process Under Monopoly Capitalism* (Chicago: University of Chicago Press, 1979).

— *The Politics of Production: Factory Regimes Under Capitalism and Socialism* (London: Verso, 1985).

Burawoy, Michael, and Erik Olin Wright, "Coercion and Consent in Contested Exchange," *Politics and Society* 18: 2 (1990), pp. 251-66.

Burawoy, Michael, and Erik Olin Wright, "Sociological Marxism," in Jonathan Turner (ed.), *Handbook of Sociological Theory* (New York: Kluwer Academic/Plenum Publishers, 2001).

Callinicos, Alex, *Making History: Agency, Structure, and Change in Social Theory* (Leiden: Brill, 2004).

Calmfors, L., and J. Driffill, "Bargaining Structure, Corporatism and Macroeconomic Performance," *Economic Policy* 6 (1988), pp. 13-61.

Chavez, Daniel, and B. Goldfrank, *The Left in the City: Participatory Local Governments in Latin America* (London: Latin America Bureau, 2004).

Cheney, George, *Values at Work: Employee Participation Meets Market Pressures at Mondragón* (Ithaca: ILR Press, 1999).

Cohen, G. A., *Karl Marx's Theory of History: A Defense* (Princeton: Princeton University Press, 1978).

— *History, Labour and Freedom: Themes From Marx* (Oxford: Clarendon Press, 1988).
— "Back to Socialist Basics," *New Left Review* 207, September-October 1994, pp. 3-16.
Cohen, Jean L., and Andrew Arato, *Civil Society and Political Theory* (Cambridge, MA: MIT Press, 1994).
Cohen, Joshua, and Joel Rogers, *On Democracy* (New York: Penguin Books, 1983).
— *Associations and Democracy* (London: Verso, 1995).
Crosby, N., and D. Nethercutt, "Citizens Juries Creating a Trustworthy Voice of the People," in J. Gastil and P. Levine (eds), *The Deliberative Democracy Handbook* (San Francisco: Jossey-Bass, 2005).
Dahl, Robert A., *A Preface to Economic Democracy* (Berkeley and Los Angeles: University of California Press, 1985).
Dorf, Michael C. and Charles F. Sabel, "A Constitution of Democratic Experimentalism," *Columbia Law Review* 98: 2 (1998), pp. 267-473.
Dowie, Mark, "Pinto Madness," *Mother Jones,* September-October 1977.
Durkheim, Emile, *The Division of Labor* (New York: The Free Press, 1947).
Ebert, Justuys, "The Trial of a New Society" (IWW pamphlet: Chicago, 1913).
The Economist, "The Free-Knowledge Fundamentalist," *The Economist,* June 5, 2008.
Elster, Jon, *Making Sense of Marx* (Cambridge: Cambridge University Press, 1985).
— "Comment on Van der Veen and Van Parijs," *Theory and Society* 15: 5 (1986), pp. 709-21.
Engelen, Ewald, "Resocializing Capital: Putting Pension Savings in the Service of 'Financial Pluralism'?," *Politics and Society* 34: 2 (2006), pp. 187-218.
Esping-Andersen, Gøsta, *Three Worlds of Welfare Capitalism* (Princeton, NJ: Princeton University Press, 1990).
Fishkin, James S., "Deliberative Polling: Toward a Better-Informed Democracy," available at http://cdd.stanford.edu.
Flecha, Ramon, *Sharing Words* (Lanham, MD: Rowman and Littlefield, 2000).
Folbre, Nancy, *The Invisible Heart: Economics and Family Values* (New York: The New Press, 2001).
Frank, Robert H., and Philip J. Cook, *The Winner-Take-All Society: Why the Few at the Top Get So Much More Than the Rest of Us* (New York: Penguin, 1996).
Fraser, Nancy, "Rethinking Recognition," *New Left Review* 3, May-June 2000, pp. 107-120.
Friedman, Milton, *Capitalism and Freedom* (Chicago: University of Chicago Press, 2002 [1962]).

Friedman, Milton, and Rose Friedman, *Free to Choose* (New York: Harcourt, 1980).

Fukuyama, Francis, *The End of History and the Last Man* (New York: The Free Press, 1992).

Fung, Archon, and Erik Olin Wright, *Deepening Democracy: Innovations in Empowered Participatory Governance* (London: Verso, 2003).

Fung, Archon, and Joshua Cohen, "Radical Democracy," *Swiss Journal of Political Science* 10: 4 (2004), pp. 23-34.

Gastil, John, "Citizens Initiative Review," available at http://faculty.washington.edu.

— *By Popular Demand: Revitalizing Representative Democracy Through Deliberative Elections* (Berkeley: University of California Press, 2000).

Gastil, John, and P. Levine (eds), *The Deliberative Democracy Handbook* (San Francisco, CA: Jossey-Bass, 2005).

Gastil, J., J. Reedy, and C. Wells, "When Good Voters Make Bad Policies: Assessing and Improving the Deliberative Quality of Initiative Elections," *University of Colorado Law Review* 78 (2007), pp. 1435-88.

Gibson-Graham, J. K., *The End of Capitalism (As We Knew It): A Feminist Critique of Political Economy* (Oxford: Blackwell, 1996).

— "A Diverse Economy: Rethinking Economy and Economic Representation" (2003), available at http://www.communityeconomies.org.

— *A Postcapitalist Politics* (Minneapolis: University of Minnesota Press, 2006).

Giles, Jim, "Special Report: Internet Encyclopaedias Go Head to Head," *Nature* 438, December 15, 2005, pp. 900-1.

Glynn, Andrew, "Social Democracy and Full Employment," *New Left Review* 211 (1995), pp. 33-55.

Gornick, Janet, and Marcia Meyers, *Gender Equality: Transforming Family Divisions of Labor* (London: Verso, 2009).

Gould, Stephen Jay, *The Panda's Thumb* (New York: W. W. Norton, 1980).

Gramsci, Antonio, *Selections from the Prison Notebooks,* edited and translated by Quentin Hoare and Geoffrey Nowell Smith (London: Lawrence and Wishart, 1971).

Haarmann, Claudia, Dirk Haarmann et al., "Making the Difference! The BIG in Namibia: Basic Income Grant Pilot Project Assessment Report, April 2009," available at http://www.bignam.org.

Hansmann, Henry, *The Ownership of Enterprise* (Cambridge, MA: Harvard University Press, 1996).

Hayek, Frederick A., *The Fatal Conceit: The Errors of Socialism* (Chicago: University of Chicago Press, 1991).

Healy, Kieran, *Last Best Gifts: Altruism and the Market for Human Blood and Organs* (Chicago: University of Chicago Press, 2006).

Hibbing, John R., and Elizabeth Theiss-Morse, *Stealth Democracy: Americans' Beliefs About How Government Should Work* (New York: Cambridge University Press, 2002).

Hodgson, Geoff, *Economics and Utopia: Why the Learning Economy is Not the End of History* (London: Routledge, 1999).

ILO Department of Communication, "Solidarity Fund: Labour-sponsored Solidarity Funds in Quebec are Generating Jobs," *World of Work* 50 (2004), pp. 21-2.

Jackson, Robert Max, *Destined for Equality: The Inevitable Rise of Women's Status* (Cambridge: Harvard University Press, 1998).

Jaffee, Daniel, *Brewing Justice: Fair Trade Coffee, Sustainability, and Survival* (Berkeley: University of California Press, 2007).

James, David, "The Transformation of the Southern Racial State: Class and Race Determinants of Local-State Structures," *American Sociological Review,* 53 (1988), pp. 191-208.

Kateb, George, "The Moral Distinctiveness of Representative Democracy," *Ethics* 91 (1981), pp. 357-74.

Kenworthy, Lane, "Equality and Efficiency: The Illusory Tradeoff," *European Journal of Political Research 27: 2* (2006), pp. 225-54.

— *Egalitarian Capitalism: Jobs, Incomes, and Growth in Affluent Countries* (New York: Russell Sage Foundation, 2007).

Lang, Amy, "But is it For Real? The British Columbia Citizens' Assembly as a Model of State-sponsored Citizen Empowerment," *Politics and Society,* 35: 1 (2007), pp. 35-70.

— *A New Tool for Democracy? The Contours and Consequences of Citizen Deliberation in the British Columbia Citizens' Assembly on Electoral Reform* (PhD dissertation, Department of Sociology, University of Wisconsin, 2007).

Layard, Richard, *Happiness* (New York: Penguin, 2005).

Levi, Margaret, *Of Rule and Revenue* (Berkeley: University of California Press, 1989).

Lindblom, Charles E., *Politics and Markets: The World's Political Economic Systems* (New York: Basic Books, 1977).

MacDonald, Jack, *Randomocracy: A Citizens Guide to Electoral Reform in British Columbia* (Victoria, BC: PCG Publications, 2005).

Manber, Udi, "Encouraging People to contribute knowledge", *The Official Google Blog,* posted December 31, 2007, http://googleblog.blogspot.com/2007/12/encouraging-people-to-contribute.html.

Mann, Michael, *The Sources of Social Power: A History of Power from the Beginning to A.D. 1760,* Vol. I (Cambridge: Cambridge University Press, 1986).

Marx, Karl, *The Eighteenth Brumaire of Louis Bonaparte* (New York: International Publishers, 1852 [1977]).

Marx, Karl, and Frederick Engels, *Selected Works in Two Volumes,* Vol. I (Moscow: Foreign Languages Publishing House, 1962).

Mendell, Marguerite, "The Social Economy in Québec: Discourses and Strategies," in Abigail Bakan and Eleanor MacDonald (eds), *Critical Political Studies: Debates From the Left* (Kingston: Queen's University Press, 2002), pp. 319-43.

— "L'empowerment au Canada et au Québec: enjeux et opportunités," *Economie, géographie et société* 8: 1, janvier-mars 2006, pp. 63-86.

Mendell, Marguerite, Benoit Levesque, and Ralph Rouzier, "The Role of the Non-profit Sector in Local Development: New Trends," paper presented at the OECD/LEED Forum on Social Innovation, August 31, 2000.

Mendell, Marguerite, J-L. Laville, and B. Levesque, "The Social Economy: Diverse Approaches and Practices in Europe and Canada," in A. Noya and E. Clarence (eds), *The Social Economy: Building Inclusive Economies* (France: OECD Publications, 2007), pp. 155-87.

Miliband, Ralph, "The Capitalist State: Reply to Poulantzas," *New Left Review* 59, January-February 1970, pp. 53-60.

— "Poulantzas and the Capitalist State," *New Left Review* 82, November-December 1973, pp. 83-92.

Mondragón, *Annual Report 2007* (Mondragón Corporate Center, Spain: Mondragon, 2007); available at: http://www.mcc.es.

Mouffe, Chantal, "Hegemony and Ideology in Gramsci," in Chantal Mouffe (ed.), *Gramsci and Marxist Theory* (London: Routledge and Kegan Paul, 1979), pp. 168-206.

Nakane, Chie, *Japanese Society* (London: Weidenfeld and Nicholson, 1970).

Neamtan, Nancy, "The Social Economy: Finding a Way Between the Market and the State," *Policy Options,* July/August 2005, pp. 71-6.

— "Building The Social Economy: The Quebec Experience," presentation at a seminar organized by Euresa Institute Stockholm, Sweden, March 29-30, 2005.

Neamtan, Nancy, and Rupert Downing, "Social Economy and Community Economic Development in Canada: Next Steps for Public Policy," *Chantier de l'économie sociale* issues paper, September 19, 2005.

Nussbaum, Martha C, *Women and Human Development: The Capabilities Approach* (Cambridge: Cambridge University Press, 2000).

Offe, Claus, "Structural Problems of the Capitalist State: Class Rule and the Political System. On the Selectiveness of Political Institutions," in Klaus Von Beyme (ed.),

German Political Studies, Vol. I (London: Sage, 1974), pp. 31-54.
— "The Capitalist State and the Problem of Policy Formation," in Leon Lindberg et al. (eds), *Stress and Contradiction in Contemporary Capitalism* (Lexington: D. C. Heath, 1975), pp. 125-44.
— "The Crisis of Crisis Management: Elements of a Political Crisis Theory," in Claus Offe, *Contradictions of the Welfare State* (London: Hutchinson, 1984), pp. 35-61.

Offe, Claus, and Helmut Wiesenthal, "Two Logics of Collective Action: Theoretical Notes on Social Class and Organizational Form," in Maurice Zeitlin (ed.), *Political Power and Social Theory,* Vol. 1 (Greenwich, CT: JAI Press, 1980), pp. 67-116.

Oregonwatersheds, "2007 Watershed Councils in Oregon: An Atlas of Accomplishments," available at http://www.oregonwatersheds.org.

Overdevest, Christine, "Codes of Conduct and Standard Setting in the Forest Sector: Constructing Markets for Democracy?," *Relations Industrielles/Industrial Relations* 59: 1 (2004), pp. 172-97.

Piliavin, Jane A., and Peter L. Callero, *Giving Blood: The Development of an Altruistic Identity* (Baltimore: Johns Hopkins University Press, 1991).

Poe, Marshall, "The Hive," *The Atlantic Monthly,* September 2006.

Polanyi, Karl, *The Great Transformation: The Political and Economic Origins of Our Time* (Boston: Beacon Press, 2001 [1944]).

Pontusson, Jonas, *The Limits of Social Democracy* (Ithaca, NY: Cornell University Press, 1992).
— "Sweden: After the Golden Age," in Perry Anderson and Patrick Camiller (eds), *Mapping the West European Left* (London: Verso, 1994), pp. 23-54.
— "Between Neo-Liberalism and the German Model: Swedish Capitalism in Transition," in Colin Crouch and Wolfgang Streeck (eds), *Political Economy of Modern Capitalism: Mapping Convergence and Diversity* (Thousand Oaks, CA: Sage, 1997), pp. 50-70.

Posner, Richard, *Law, Pragmatism, and Democracy* (Cambridge, MA: Harvard University Press, 2003).

Poulantzas, Nicos, *Political Power and Social Classes* (London: New Left Books, 1975).
— "The Problem of the Capitalist State," *New Left Review* 58, November-December 1969, pp. 67-78.

Przeworski, Adam, *Capitalism and Social Democracy* (Cambridge: Cambridge University Press, 1985).
— "Self-enforcing Democracy," in Donald Wittman and Barry Weingast (eds), *Oxford Handbook of Political Economy* (New York: Oxford University Press, 2006).

Przeworski, Adam, and John Sprague, *Paper Stones* (Chicago: Chicago University Press, 1988).

Purdy, David, "Citizenship, Basic Income and the State," *New Left Review* 208, November-December 1994, pp. 30-48.

Quebec Federation of Labour, *Annual Report of the Solidarity Fund 2007.*

— *Annual Report of the Solidarity Fund 2008.*

Rodriguez-Garavito, Cesar, "Global Governance and Labor Rights: Codes of Conduct and Anti-Sweatshop Struggles in Global Apparel Factories in Mexico and Guatemala," *Politics and Society* 33: 2 (2005), pp. 203-233.

Roemer, John (ed.), *Analytical Marxism* (Cambridge: Cambridge University Press, 1985).

Roemer, John, *A Future for Socialism* (Cambridge, MA: Harvard University Press, 1994).

— *Equal Shares: Making Market Socialism Work* (London: Verso, 1996).

Rogers, Joel, "Divide and Conquer: Further 'Reflections on the Distinctive Character of American Labor Law'," *Wisconsin Law Review* 13 (1990), pp. 1-147.

Rogers, Joel, and Wolfgang Streeck, "Productive Solidarities: Economic Strategy and Left Politics," in David Miliband (ed.), *Reinventing the Left* (Cambridge: Polity Press, 1994), pp. 128-45.

Rothbart, Murray, *The Ethics of Liberty* (New York: NYU Press, 1998).

Ryan, William, *Equality* (New York: Pantheon Books, 1981).

Sánchez Aroca, Montse, "La Verneda-Sant Martí: A School Where People Dare to Dream," *Harvard Educational Review 69:* 3 (1 999), pp. 320-57.

Sanger, Larry, "The Early History of Nupedia and Wikipedia: A Memoir," *Slashdot,* April 18, 2005, http://features.slashdot.org.

Santos, Boaventura de Sousa, "Participatory Budgeting in Porto Alegre: Towards a Redistributive Democracy," *Politics and Society* 26: 4 (1998), pp. 461-510.

— (ed.), *Democratizing Democracy: Beyond the Liberal Democratic Canon* (London: Verso, 2006).

Sayer, Andrew, *The Moral Significance of Class* (Cambridge: Cambridge University Press, 2005).

Seidman, Gay, *Manufacturing Militance: Workers' Movements in Brazil and South Africa, 1970-1985* (Berkeley: University of California Press, 1994).

Seidman, Gay, *Beyond the Boycott: Labor Rights, Human Rights and Transnational Activism* (New York: Russell Sage Foundation, 2007).

Schmitter, Philippe, "Corporatism is Dead! Long Live Corporatism! Reflections on Andrew Schonfield's *Modern Capitalism,*" *Government and Opposition* 24 (1988), pp. 54-73.

Schmitter, Philippe, and G. Lembruch (eds), *Trends Towards Corporatist Intermediation* (London: Sage, 1979).

Schumpeter, Joseph, *Capitalism, Socialism, and Democracy* (New York: Harper and Row, 1942).

Schor, Juliet, *The Overworked American: The Unexpected Decline of Leisure* (New York: Basic Books, 1992).

— *The Overspent American: Upscaling, Downshifting and the New Consumer* (New York: Basic Books, 1998).

Sen, Amartya, *Development as Freedom* (Oxford: Oxford University Press, 1999).

Sintomer, Yves, Carsten Herzberg, and Anja Rocke, "Participatory Budgeting in Europe: Potentials and Challenges," *International journal of Urban and Regional Research* 32: 1 (2008), pp. 164-78.

Siriani, Carmen, and Lewis A. Friedland, *The Civic Renewal Movement: Community Building and Democracy in the United States* (Dayton, OH: Kittering Foundation Press, 2005).

Skocpol, Theda, *States and Social Revolutions* (Cambridge: Cambridge University Press, 1979).

— "Advocates Without Members: The Recent Transformation of American Civic Life," in Theda Skocpol and Morris P. Fiorina (eds), *Civic Engagement in American Democracy* (Washington, DC: Brookings and Russell Sage Foundation, 1999).

Sørenson, Aage B., "Toward a Sounder Basis for Class Analysis," *American Journal of Sociology* 105: 6 (2000), pp. 1523-58.

Steedman, Ian, *Marx after Sraffa* (London: New Left Books, 1977).

Steiner, Hillel, "Three Just Taxes," in Phillipe Van Parijs (ed.), *Arguing for Basic Income* (London: Verso, 1996).

Streeck, Wolfgang, "Community, Market, State and Associations? The Prospective Contribution of Interest Governance to Social Order," in Wolfgang Streeck and Philippe C. Schmitter (eds), *Private Interest Government: Beyond Market and State* (Beverley Hills and London: Sage, 1985), pp. 1-29.

— *Social Institutions and Economic Performance: Studies of Industrial Relations in Advanced Capitalist Economies* (Newbury Park, CA: Sage, 1992).

Tapscott, Don, and Anthony D. Williams, *Wikinomics: How Mass Collaboration Changes Everything* (New York: Penguin, 2006).

Therborn, Göran, *What Does the Ruling Class Do When it Rules?* (London: NLB, 1978).

— *The Power of Ideology and the Ideology of Power* (London: Verso, 1980).

Thomas, Craig, "Habitat Conservation Planning," in Archon Fung and Erik Olin Wright (eds), *Deepening Democracy* (London: Verso, 2003), chapter 5, pp. 144-72.

Van der Veen, Robert, and Philippe Van Parijs, "A Capitalist Road to Communism," *Theory and Society* 15: 5 (1986), pp. 635-55.

Van Parijs, Philippe, "The Second Marriage of Justice and Efficiency," in Philippe Van Parijs (ed.), *Arguing for Basic Income* (London: Verso, 1992), pp. 215-34.

— *Real Freedom for All* (Oxford: Oxford University Press, 1997).

Ward, Colin, *Anarchy in Action* (London: Allen and Unwin, 1973).

Warren, Bill, *Imperialism: Pioneer of Capitalism* (London: Verso, 1980).

Weber, Max, "Politics as a Vocation," in Hans Gerth and C. Wright Mills (eds), *From Max Weber* (New York: Oxford University Press, 1946).

White, Stuart, "Making Anarchism Respectable? The Social Philosophy of Colin Ward," *Journal of Political Ideologies* 12: 1 (2007), pp. 12-31.

Woolhandler, Steffie, Terry Campbell, and David U. Himmelstein, "Costs of Health Care Administration in the United States and Canada," *The New England Journal of Medicine* 349 (2003), pp. 768-75.

Wright, Erik Olin, *Class, Crisis and the State* (London: Verso, 1978).

— *Classes* (London: Verso, 1985).

— "Why Something like Socialism is Necessary for the Transition to Something like Communism," *Theory and Society* 15: 5 (1986). Reprinted in *Interrogating Inequality* (London: Verso, 1992), pp. 157-72.

— *The Debate on Classes* (London: Verso, 1989).

— *Interrogating Inequality* (London: Verso, 1994).

— *Class Counts* (Cambridge: Cambridge University Press, 1997).

— "Working-Class Power, Capitalist-Class Interests and Class Compromise," *American Journal of Sociology* 105: 4 (2000), pp. 957-1002.

— "The Shadow of Exploitation in Weber's Class Analysis," *American Sociological Review* 67: 6 (2002), pp. 832-53.

— (ed.), *Approaches to Class Analysis* (Cambridge: Cambridge University Press, 2005).

— "Compass Points: Towards a Socialist Alternative," *New Left Review* 41, September-October 2006, pp. 93-124.

Wright, Erik Olin, and Joel Rogers, *American Society: How it Really Works* (New York: W. W. Norton, 2010).

Wright, Erik Olin, and Rachel Dwyer, "Patterns of Job Expansion and Contraction in the United States, 1960s-1990s," *Socioeconomic Review* 1 (2003), pp. 289-325.

Wright, Erik Olin, Andrew Levine, and Elliott Sober, *Reconstructing Marxism: Essays on Explanation and the Theory of History* (London: Verso, 1992).

索引

Abers, Rebecca, 158n9

achievability 可達成性 8, 20, 22-25, 148-49

two process of 的兩種過程 24-25

Ackerman, Bruce, xin2, 51n16, 167-69, 170-71n19, 217n38

African Americans, imprisonment 非裔美國人入監 290

Albert, Michael, 192n1, 253-65 各處，另見 parecon 參經濟

Alexander, Jeffrey, 146n1

Alford, Robert, 356

alienation, 異化 45, 51

Alstott, Anne, 51n16, 217n38

alternatives 替代方案

evaluative criteria 評估判準 20-25

achievability 可達成性 24-25

desirability 可欲性 20-21

viability 可行性 21-24

Marx 馬克思 89-100

class struggle 階級鬥爭 93-94

communist ideal 共產主義理想 99

socialist transition 過渡到社會主義 97-98

transformation 轉型 95-97

unsustainability無法長期持續 90-93

Marxist inadequacies 馬克思主義的缺憾 100-107

class capacity 階級能力 105-6

crisis tendencies 危機傾向 100-103

proletarianization 無產階級化 103-5

ruptural transformation 斷裂式轉型 106-7

Marxist problem 馬克思主義的問題 107-9

Analytical Marxism Group 分析馬克思主義小組 xii, xvi

anarchism 無政府主義 234, 324n4-325, 328-29, 334-36

vs socialism 相對於社會主義 146

Anderson, Perry, 232n63

Aoki, Masahiko, 275n2, 349n10

Arato, Andrew, 332n11

Arizmendiarrieta, Jose Maria, 240

associational democracy 結社民主 136-7, 152-54, 179-88, 190, 211-12

associational power 結社力量 120, 128, 338-61各處

associations, exclusionary 排他性團體 146n1-147, 212-15, 369

autonomy 主性 50-52, 210, 216, 291, 325n4, 358

Avritzer, Leonardo, 160n13

Baiocchi, Gianpaolo, xvi, 156n7, 158-59

Bakaikoa, Baleren, 240n78

Bakan, Abigail, 204n26

Barcelona 巴塞隆納 143

Begiristain, Agurtzane, 240n78

Benn, Pat, 179n28

Blackburn, Robin, 137, 232-33

Blair, Tony 布萊爾 176
Boldrin, Michele, 63n24
bosses 老闆 289
Bourdieu, Pierre, 27n14, 275n2, 283n12
Bowles, Samuel, xin2, 42n7, 61n21-22, 214-15, 239n77, 285n14
British Columbia 卑詩省 173-75, 177n25, 229n58
Buber, Martin, 235n66, 236n71, 329
Burawoy, Michael, xi, xv, 61n21, 100n7, 279n6

Caja Laboral Popular 卡加勞動人民合作社銀行 240-41
Callero, Peter, 71n32
Callinicos, Alex, 112n1
Calmfors, L., 346n8
Camiller, Patrick, 232n63
campaign finance 選舉政治獻金 167-70
Campbell, Terry, 62n23
capitalism 資本主義 33-85各處, 120, 218
  commodification 商品化 70-76
    arts 藝術 75
    childcare 托育 72-73
    product safety 產品安全 74-75
    religion 宗教 75-76
  vs community 相對於社群 79-81
  consumerism 消費主義 65-69
  criticism of 批判 37-85各處
  defined 定義 34
  and democracy 與民主 281-82
  vs democracy 相對於民主 81-84
  environmental destruction 環境破壞 69-70
  equality revoked 平等被撤除 52-54
  exploitation or not 是否有剝削 286-87
  flourishing blocked 阻礙蓬勃發展 45-50, 366-67
    competition 競爭 49-50
    material inequality 物質不平等 46-48
    work inequality 工作不平等 48-49
  freedom revoked 自由被撤除 50-52
  inefficiency 無效率 54-65
    inequality 不平等 64-65
    intellectual property 智慧財產 62-64
    market contracts 市場契約 60-62
    negative externality 負外部性 59-60
    pricing & consumption 訂價與消費 58-59
    public goods 公共財 56-57
  militarism & imperialism 軍國主義與帝國主義 76-78
  never pure 沒有純粹的 123-28, 367
  new uncertainties about 新的不確定性 366
  perpetuates suffering 苦難持續存在 39-41
    competition 競爭 44-45
    exploitation 剝削 41-43
    technological change 技術改變 43-44
  power distinguishes economy of 以權力區分其經濟 128-30
  reproduction 再生產 279
  social 社會 137-39, 220-34
    share-levy wage-earner funds 股份納稅制的受薪者基金 230-34
    solidarity funds 團結基金 225-30
  and social empowerment 與社會賦權 190-93, 320, 334
  vs social economy 相對於社會經濟

215-16
and state 與國家 291-92, 328
variations 各種變異 35-36
central planning 中央計畫式 21, 133, 191, 246
Chantier de l'économie sociale 社會經濟專案小組 183-84, 204n26, 205-6, 208, 211, 214
Chavez, Daniel, 160n13
Cheney, George, 240n78
childcare 托育 72-73, 205-6
citizens' assemblies 公民會議 171-79
Citizendium 大眾百科 200-203
Citizens Initiative Review (CIR) 公民創制評議會議 179
city budgeting 市政預算編列 2, 156-58
civil society 公民社會 119-20, 145-47, 158-59, 335
social vs state power 社會相對於國家權力 188-90
Clarence, E., 204n26
class階級
complexification 複雜化 103-5
struggle 鬥爭 93-94
class capacity 階級能力 105-6
class compromise 階級妥協 338-61
sphere of exchange 交換的場域 343-47
sphere of politics 政治的場域 343-44, 349-51
sphere of production 生產的場域 343-44, 347-49
coercion 強制力 279-80
Cohen, G. A., xxin4, xvi, 42n8, 80, 99n6, 211n35, 276n3
Cohen, Jean L., 332n11
Cohen, Joshua 83-84n44, 136n18, 153n4, 179n30-82, 282n8
commodification 商品化 70-76, 301
communism 共產主義 21, 99, 123-24
community 社群 36, 79-81
complexity 複雜性 291-93
consumerism 消費主義 65-69
vs flourishing 相對於蓬勃發展 69
Cook, Philip, 49
cooperatives 合作社 139-40, 234-46, 327, 329n7, 330
Marx on 馬克思論 235-36
Mondragón 蒙德拉貢 240-46
organic grocery 賣有機食品的商店 326
corporations 股份公司 control over 對它的控制 230-33
Crosby, Ned, 179n28
Crouch, Colin, 346n8

democracy 民主 18-20, 121, 367-68
associational 結社 136-37, 152-54
and capitalism 與資本主義 281-82
vs capitalism 相對於資本主義 81-84
direct 直接 152-67, 190
EPG 賦權式參與治理 160-67
municipal participatory budgeting 參與式市政預算編列 155-60
representative 代議 152-54, 190, 281-82
citizen assembly 公民會議 171-79
public financing 人民捐獻政治獻金 167-79
請同時參考 associational democracy 結社民主
democracy card 民主卡 168-70
despotism 專制 279, 288-90
Dewey, John 362

Dorf, Michael C., 162n14, 166, 362-63
Downing, Rupert, 204n26
Downy, Mark, 74
Dresser, Laura, 186
Driffill, J., 346n8
Durkheim, Emile 涂爾幹80
Dwyer, Rachel, 105n13
dynamic trajectory 動態軌跡 27-28, 107, 231, 297-302

Ebert, Justuys, 325n5
economic power 經濟權力 41, 81, 84, 113, 119-21, 123-24, 128, 133-35, 137-40, 145, 149, 247, 250, 259, 268, 367-68
economy 經濟、經濟體 119, 335
  social 社會 140-43
Elster, Jon, 218n41, 285
emancipation 解放 10n1
emancipatory social science 解放性社會科學 10
  diagnosis & critique 診斷與批判11-20
    social justice 社會正義 12-13, 17
employee stock ownership plans (ESOP) 雇員分紅入股方案 237
empowered participatory governance (EPG) 賦權式參與治理 155, 160-67, 190
endangered species 瀕臨絕種的物種 184, 186
Engelen, Ewald, 233n64
environment 環境
  capitalism destroys 資本主義摧毀 69-70, 102
  protection 保護 192, 267, 362-63
  standards 標準 328
  請同時參考 forestry conservation 森林保育；habitat conservation 棲息地保存
Environmental Protection Agency (EPA) 環境保護機構 187, 188
equal access 平等取得 15-16
Equal Exchange 平等交換公司 268
Eroski 蒙德拉貢連鎖超市 74, 244-45
Errasti, Anjel, 240n78
Esping-Andersen, Gøsta, 350n12
externalities 外部性
  negative 負向 53-54, 56, 59, 65, 69, 262n99, 263, 291
  positive 正向 56-57, 216

Fair Trade 公平貿易 268, 326, 328
Fiorina, Morris P., 153n4
Fishkin, James S., 171n19, 173, 179
Flecha, Ramon, 143n22
flourishing 蓬勃發展 10, 13-14, 16, 218
  capitalism blocks 資本主義阻礙 45-50, 69, 366-67
  competition 競爭 49-50
  material inequality 物質不平等 46-48
  work inequality 工作不平等 48-49
Folbre, Nancy 210n34
food 食物 70
forestry conservation 森林保育 267-68。請同時參考 environment 環境；habitat conservation 棲息地保存
Foucault, Michel 27n14, 290
Frank Robert, 49
Frankenstein problem 科學怪人的難題 291-92
Fraser, Nancy, 16
freedom 自由
  capitalism revokes 資本主義撤除 50-52

real 真正的 51, 218
Friedland, Lewis A., 361n20
Friedland, Roger, 356
Friedman, Milton, 50, 72n33, 81-82
Fukuyama, Francis 福山 x
Fung, Archon, 152n3-53n4, 155, 156n7, 161, 186n40

Gastil, John, 179
General Motors 通用汽車 287
Gerth, Hans, 119n6
Gibson-Graham, J. K., 36n3, 124n13, 335n13
Gintis, Herbert, 42n7, 61n21-22, 214-15, 239n77, 285n14
global warming 全球暖化 135, 296
Glynn, Andrew, 340n5, 346n8, 355
Goldfrank, B., 160n13
Google 谷歌 201-3
Gould, Stephen Jay, 65
Gramsci, Antonio 1, 288n18-89n19, 332n11

Habermas, Jürgen, 163
habitat conservation 棲息地保存 184, 186。請同時參見environment 環境；forestry conservation 森林保育
Hansmann, Henry, 61n22, 239n76
Hayek, Frederick 7
healthcare 醫療照護 56, 61-62, 126, 137, 157, 192, 209, 220, 293
health insurance 醫療保險 295-96
Healy, Kieran, 71n32
hegemony 霸權 279, 288-90
Herzberg, Carsten, 160n13
Hibbing, John R., 153n4
Himmelstein, David U., 62n23
historical materialism 歷史唯物論 27-28, 100n7, 276n3, 301-2
Hodgson, Geoff, 98n5, 122
homecare 居家照護 206-8
hybrids 混生體 123-28, 144-45, 147, 190, 192, 194, 367

ideology 意識型態 283-86
imperialism 帝國主義 45n9, 76-78
Industrial Workers of the World (IWW) 世界工業勞工聯盟 325
information literacy 資訊素養 172-73
institutional rigidity 制度僵化 294-96
institutional rules 制度規則 281-83
intellectual property 智慧財產 56, 60, 62-64, 102, 328
interstitial transformation 間隙式轉型 303, 305-7, 321-36

Jackson, Robert Max, 300n25
Jaffee, Daniel, 268n105
James, David, 300
job complexes 工作複合體 254-55
Just Coffee 正義咖啡 268

Kateb, George, 153n4
Kenworthy, Lane, 64n26
Keynes, John Maynard 凱因斯 92, 340
Knol (Google) 知元（谷歌） 201-3
Kumral, Sefika, 309n1

labor standards, international 勞動條件標準，國際的 265-66
labor theory of value 勞動價值理論 92, 101-2n8
land trusts 土地信託 265
Lang, Amy, 174, 175n22

Laville, J-L., 204n26
Layard, Richard, 68n29
leaders 領袖 289
learning communities 學習社群 143
Lembruch, G., 350n12
Lenin, Vladimir 列寧 328
Levesque, Benoit, 204n26
Levi, Margaret, 160n12, 288n17
Levine, Andrew, 126n15, 302n27
Levine, David, 63n24
Levine, P., 179n28
Lindberg, Leon, 292n20
Lindblom, Charles, 83-84n44
Linux, 64, 194-95n5
Lukes, Steven, 10n1, 112n1

MacDonald, Eleanor, 204n26
MacDonald, Jack, 177n25
Manber, Udi, 203
Mann, Michael, 119
market socialism 市場社會主義 122, 191, 247-52, 261
Marx, Karl 馬克思 25n13, 45n9, 46n10, 81, 218, 234, 236n71, 281, 284n13, 287, 293, 301, 319, 328, 369, 372
  as alternative 做為替代選項 89-100
    inadequacies 缺憾 100-107
    the problem 問題 107-9
  on cooperatives 論合作社 235-36, 329n7
Marxist theory of state 馬克思主義的國家理論 189, 276n3
Masé, Henri, 227
mass media 大眾媒體 67, 284
material interests 物質利益 286-87
Meidner, Rudolf 麥德納 137n19, 230, 232-33, 353
Mendell, Marguerite, 204n26
metamorphosis 型態轉變 303, 321-22
Miliband, Ralph, 189n43
militarism 軍國主義 76-78
Mills, C. Wright, 119n6
Milwaukee 密爾瓦基 185
Mondragón 蒙德拉貢 3-4, 240-46
Mouffe, Chantal, 289n19
mutualism 互助主義 235

Nakane, Chie, 349n10
National Center for Employee Ownership 全國員工入股中心 237
natural resources 自然資源 56-58, 65, 69, 77, 217n40
Navot, Edo, 194n4
Neamtan, Nancy, 183, 193, 204n26, 206n28, 207, 208n32
negative externalities 負向外部性 53-54, 56, 59, 65, 69, 262n99, 263, 291
negative selection 逆選擇 282-83
Nethercutt, D., 179n28
New Left Review《新左派評論》 xii
Noya, A., 204n26
Nussbaum, Martha C., 13n4

Offe, Claus, 222-23n48, 282, 292n20-21
Overdevest, Christine, 267-68n104
ownership 所有制 113-17
  social 社會 116-17, 253-54
    vs social empowerment 相對於社會賦權 128
請同時參見 cooperatives 合作社

Palme, Olaf, 232
parecon 參經濟 252-65
  job complexes 工作複合 254-55

nested councils 各層的、緊密相連的協調會 256-58
proportional influence 按比例計算的影響力 254
remuneration 報償 255-56
social ownership 社會所有制 253-54
viability problem 可行性的問題 260-65
all-or-nothing 全有或全無 264-65
markets 市場 261-64
Parijs, Philippe Van, 18, 51, 217n38, 217n40, 218n42
Paris Commune 巴黎公社 98
pension fund 退休基金 104, 137, 223-25, 233, 355
Piliavin, Jane, 71n32
Poe, Marshall, 195n6
Polanyi, Karl 80, 124
political justice 政治正義 12
two bases of 兩個基礎 18-20
democracy 民主 18-20
freedom 自由 18
Pontusson, Jonas, 230n60, 232n63, 346n8
Porto Alegre 愉港 2, 143, 155-60
positive externalities 正向外部性 56-57, 216
Posner, Richard, 153n4
Poulantzas, Nicos, 112n1, 189n43
power 權力、力量 191
associational 結社 120, 128, 338-61 各處
capitalist 資本家100, 106, 128, 234, 236, 263, 334-35, 367, 369
defined 定義 111-13
economic 經濟 137, 250, 259, 268
and media 與媒體 284
no simple metric of 無簡單的測量方式 126
shapes economies 形塑經濟 128-30
social 社會 121, 129, 140, 145, 188-93, 229-30, 268, 367-68, 372-73
state 國家 188-90, 259, 306, 328, 367
product safety 產品安全 74-75
proletarianization 無產化 94, 103-5, 218
Proudhon, Pierre Joseph 普魯東 234, 235n66, 329
Przeworski, Adam, 82, 281-82, 311-12
Purdy, David, 217n38

Quebec 魁北克 141-42, 183, 193-94, 204-12, 214, 225-29, 327, 368
childcare 托育 205-6
homecare 居家照護 206-8
Quebec Federation of Labor (QFL) 魁北克勞工聯盟 225-29

Rand, Ayn, 195
randomocracy 隨機統治體制 177
rational ignorance 理性無知 178,
Real Utopias Project 真實烏托邦計畫 x-xi, xvi
Reedy, J., 179n28
Robinson, Joan, 286
Rocke, Anja, 160n13
Roemer, John, 150, 247, 250-53
Rogers, Joel, xvi, 83-84n44, 136n18, 179n30-82, 185n38, 282n8, 300n25, 337, 339n4
Rothbard, Murray, 71n31
Rouzier, Ralph, 204n26
ruptural transformation 斷裂式轉型 303, 306-20, 358
Russian Revolution 俄國革命 131-132
Ryan, William, 15n7

Sabel, Charles, 162n14, 166, 362-63
Sanchez Aroca, Montse, 143n22
Sanger, Larry, 195n6, 200-202
Santos, Boaventura de Sousa, 156n7, 189
Sayer, Andrew, 16n8, 277n4
Schmitter, Philippe C., 35n2, 350n12
school voucher 學校券 209, 213-15
Schor, Juliet, 65n28
Schumpeter, Joseph, 153n4
Seidman, Gay, 139n20, 223n49, 266
Sen, Amartya, 13n4
Sintomer, Yves, 160n13
Siriani, Carmen, 361n20
skill formation 技能培養 184, 346, 348
Skocpol, Theda, 153n5, 309n1
Sober, Elliott, 126n15, 302n27
social capitalism, 137-39, 220-34
  share-levy wage-earner funds 股份納稅制的受薪者基金 230-34
  solidarity funds 團結基金 225-30
social economy 社會經濟 110, 140-42
  capitalism 資本主義 137-39
    associational 結社 211-12
    defined 定義 193-194
    investment funds 投資基金 211
    participatory 參與式 212
    Quebec 魁北克 204-8
    state subsidy 政府補助 209-11
    Wikipedia 維基百科 194-203
    Wikipedia criticism 對維基百科的批評 200-203
  vs capitalism 相對於資本主義 215-16
  ownership 所有制 116-17
  pathway problems 路徑問題 212-16
    capitalism 資本主義 215-16
    exclusionary associations 排他性團體 213-15
  power 權力 121, 129, 140, 145, 188-93
  reproduction 再生產 26
    gaps in 其中的缺口 26-27
social empowerment 社會賦權
  and capitalism 與資本主義 190-93, 320, 334
  vs economy 相對於經濟 265-69
  vs ownership 相對於所有制 128
  pathway conditions 路徑條件 144-49
    achievability 可達成性 148-49
    civil society 公民社會 145-47
    institutions 制度 148
  pathway problems 路徑問題 212-16
  pathways to 通往它的路徑128-44, 368, 371, 373
    associational democracy 結社民主 136-37
    cooperatives 合作社 139-40
    elites block 菁英阻礙 273
    participatory socialism 參與式社會主義 143-44
    social capitalism 社會資本主義 137-39
    social economy 社會經濟 140-42
    state regulation 國家的管控 134-36
    state socialism 國家社會主義 131-34
socialism 社會主義 121-23
  vs anarchism 相對於無政府主義 146
  market 市場 247-52
  never pure 沒有純粹的 123-28, 367
  participatory 參與式 143-44
  power distinguishes economy of 以權力區分其經濟 128-30

state vs social 國家相對於社會 122
statist 國家主義 131-34
social justice 社會正義 12-17各處
global principle for humanity 適用於全世界人類的普世原則 17
three bases of 三項基礎 13-18
equal access 能夠平等取得 15-16
human flourishing 人類蓬勃發展 13-14, 16
necessary means 必要的資源 14-15
social order 社會秩序 278
social power 社會權力，請見power, social 權力，社會
social reproduction 社會再生產 274-90
coercion 強制力 279-80
despotic & hegemonic 專制與霸權 288-90
gaps in 其中的缺口 290-97
complexity 複雜性 291-93
contingency 偶然性 297
institutional rigidity 制度僵化 294-96
strategic intentionality 策略意向性 293-94
ideology 意識型態 283-86
institutional rules 制度性規範 281-83
material interests 物質利益286-87
vs social order 相對於社會秩序 278
請同時參考social economy, reproduction 社會經濟，再生產
society 社會 116
Soviet Union 蘇維埃聯邦 x, 7, 32, 39-40, 78n37, 133
Sprague, John, 282n8, 311n4
state 國家 118-19, 133, 249, 310, 335-36
and capitalism 與資本主義 291-92
hybrid 混生體 190
Marxist theory of 馬克思主義的理論 189, 276n3
power 權力 188-90, 259, 306, 328
regulation 管制 134-36
subsidy 補助 209-11
statism 國家主義 120, 334
never pure 沒有純粹的 123-28, 367
power distinguishes economy of 以權力區分其經濟 128-30
Steedman, Ian, 102n8
Steiner, Hillel, 217n40
Streeck, Wolfgang, 34n2, 337, 346n8, 347-48n9, 349
structural possibility 結構可能性 107
superstructure 上層結構 95, 96, 276n3, 295n22
sweatshops 血汗工廠 266
Sweden 瑞典 222-23, 230, 232, 350-51, 355, 358-59, 361
symbiotic transformation 共生式轉型 305-07, 337-65
class compromise 階級妥協 338-61
sphere of exchange 交換的場域 343-47
sphere of politics 政治的場域 343-44, 349-51
sphere of production 生產的場域 343-44, 347-49
logic of 的邏輯 361-64

Tapscott, Don, 195
Theiss-Morse, Elizabeth, 153n4
Therborn, Göran, 83-84n44, 189n43, 275n2, 283n11, 285, 286n16
Thomas, Craig, 186n40, 188

totalitarianism 極權主義 123
transformation 轉型
four components 四項要素 25-29, 273-74
contradiction 矛盾 26-27
dynamic trajectory 動態軌跡 27-28, 107, 231, 297-302
social reproduction 社會再生產 26
strategy 策略 28-29
problem for 的問題273
requires conscious agency 需要有意識的能動性 370
social reproduction 社會再生產 274-90
coercion 強制力 279-80
despotic & hegemonic 專制與霸權 288-90
gaps in 其中的缺口 290-97
ideology 意識型態 283-86
institutional rules 制度規則 281-83
material interests 物質利益 286-87
strategies 策略 303-7
interstitial 間隙式 303, 305-7, 321-36
ruptural 斷裂式 303, 306-20, 358
symbiotic 共生式 305-7, 337-65
transportation 交通運輸 2, 56-57, 70n30, 74, 107, 133, 156, 293, 296

unconditional basic income (UBI) 無條件基本收入制 4-5, 21-22, 142, 217-20, 373
problems 問題 220-22
United Students Against Sweatshops (USAS) 學生反血汗工廠聯合運動 266

Veen, Robert van der, 217n38

Wales, Jimmy, 195, 196n9, 199, 201n19, 209
Ward, Colin, 124-25n13, 325
Warren, Bill, 45n9
Weber, Max 韋伯 46n10, 119, 121n9
Weingast, Barry, 82n42
Wells, C., 179n28
White, Stuart, 124-25n13
Wiesenthal, Helmut, 222-23n48
Wikipedia 維基百科 3, 142, 194-203, 209, 327
criticism 批評 200-203
Williams, Anthony, 195
winner-take-all, 49-50n13
Wisconsin Regional Training Partnership (WRTP) 威斯康辛地區訓練夥伴聯盟 185-86
Wittman, Donald, 82n42
Woolhandler, Steffie, 62n23
World Bank 世界銀行 7
World Social Forum 世界社會論壇 326
Wright, Erik Olin, xin3, 34n1, 42n8, 47n10, 61n21, 92n2, 100n7, 103-4nn10-11, 105n13, 121n9, 126n15, 152n3, 155n6-56n7, 186n40, 222n47, 300n25, 302n27, 338n2, 339n3, 341n6
Wright, Marcia Kahn, 322n2

Yoruk, Erdem, 309n1

Zeitlin, Maurice, 223n48
zones of unattainability 無法達到的區域 355-58